CW01666243

BEŞİNCİ SENFONİ

Pegasus Yayınları: 1689
Bestseller Roman: 731

BEŞİNCİ SENFONİ
S. J. BOLTON
Özgün Adı: Now You See Me

Yayın Koordinatörü: Yusuf Tan
Editör: Mehtap Çakır
Düzelti: Gizem Aldoğan
Sayfa Tasarım: Meral Gök

Baskı-Cilt: Alioğlu Matbaacılık
Sertifika No: 11946
Orta Mah. Fatin Rüştü Sok. No: 1/3-A
Bayrampaşa/İstanbul
Tel: 0212 612 95 59

1. Baskı: İstanbul, Temmuz 2017
ISBN: 978-605-299-242-5

Türkçe yayın hakları © PEGASUS YAYINLARI, 2017
Copyright © S. J. BOLTON, 2011

Bu kitabın Türkçe yayın hakları The Buckman Agency'den alınmıştır.

Tüm hakları saklıdır. Bu kitapta yer alan fotoğraf/resim ve metinler
Pegasus Yayıncılık Tic. San. Ltd. Şti.'den izin alınmadan fotokopi dâhil,
optik, elektronik ya da mekanik herhangi bir yolla kopyalanamaz, çoğaltılamaz,
basılamaz, yayımlanamaz.

Yayıncı Sertifika No: 12177

Pegasus Yayıncılık Tic. San. Ltd. Şti.
Gümüşsuyu Mah. Osmanlı Sk. Alara Han
No: 11/9 Taksim / İSTANBUL
Tel: 0212 244 23 50 (pbx) Faks: 0212 244 23 46
www.pegasusyayinlari.com / info@pegasusyayinlari.com

S. J. BOLTON

BEŞİNCİ SENFONİ

İngilizceden Çeviren:
BARIŞ SEVER

PEGASUS YAYINLARI

Kitaplarımı ilk okuyan kişi olan Andrew ve işe koyulmak için sabırsızlanan Hal'a.

PUNCH, OR THE LONDON CHARIVARI.—SEPTEMBER 22, 1888.

BLIND-MAN'S BUFF.

(As played by the Police.)

"TURN ROUND THREE TIMES,
AND CATCH WHOM YOU MAY!"

Giriş

On bir yıl önce

Yaprak, çamur ve çimler sesi emer. Hatta çığlıkları da. Kız bunu biliyor. Çıkarabileceği herhangi bir ses yarım kilometre uzaklıktaki araba farlarına, sokak lambalarına ve duvarın ötesinden görünen uzun binaların ışıklı pencerelerine ulaşamayabilir. Yakınlardaki şehir ona yardım edemeyecek. Çığlıkları, saklaması gereken enerjisini boşa harcamaktan başka bir işe yaramıyor.

Artık yalnız. Fakat az önce değildi.

"Cathy," diyor. "Cathy, hiç komik değil."

Bundan daha az eğlenceli bir şey aklına gelmiyor. O halde neden birileri kıkırdıyor? Başka bir ses daha geliyor. Gıcırtılı, kazıma sesine benzer bir ses.

Koşabilir. Köprü pek de uzakta sayılmaz. Başarabilir.

Fakat kaçarsa Cathy'yi arkasında bırakmış olur.

Hafifçe esen yel, yanında durduğu ağacın yapraklarını titretiyor. Kendisi de tıpkı bir yaprak gibi titriyor. Birkaç saat önce, sıcak bir barda geçireceği akşama ve otobüsle yapacağı rahat eve dönüş yolculuğuna uygun giyinmişti. Üstündekiler, gece yarısında böyle açık bir alan için uygun değil. Artık her an koşmak zorunda kalabileceğini bildiğini için önce bir ayağını kaldırıyor, sonra diğerini ve ayakkabılarını çıkarıyor.

"Canıma yetti artık," diyor kendisine bile yabancı gelen bir sesle. Ağaçtan birkaç adım uzaklaşıp önündeki çimlerin üzerinde

duran büyük, yassı bir kayaya doğru gidiyor. "Cathy," diyor. "Neredesin?"

Cevap yerine yine kazıma sesi duyuluyor.

Taşlar geceleri olduklarından daha büyük görünüyor. Sadece daha büyük de değil, daha siyah ve yaşlı... Fakat taşların oluşturduğu çember daralmış gibi görünüyor. Görüş alanının dışında kalanlar, ebe tura bir iki üç oynar gibi yakınlaşıyorlar sanki. Şimdi birden etrafında dönse dokunacak kadar yakınında olacaklarmış gibi hissediyor.

Akla hayale sığmaz böyle bir düşünceyi yok sayamıyor; uzaktan bir siluet yaklaşırken inlememesi gerekli. Uzun taşlardan biri, bir uçurumdan kopup ayrılan bir kaya parçası gibi ortadan ikiye ayrılıyor; büyüyor ve yaklaşıyor.

O anda koşmaya başlıyor ancak fazla uzaklaşamıyor. Bir başka karaltı köprüye giden yolu tıkamış. Etrafında dönüyor. Bir karaltı daha var ve bir tane daha... Karaltılar yaklaşıyor. Kaçmasına imkân yok. Çığlık atmanın da bir faydası yok. Yapabileceği tek şey tuzağa düşmüş bir sıçan gibi kendi etrafında dönebilmek. Onu yakalayıp büyük, yassı kayaya doğru sürüklüyorlar. En azından tek bir şey belirginleşiyor.

Taşa sürtünerek keskinleştirilen bıçağın sesini duyuyor.

Birinci Bölüm

Polly

"Cinayetin gaddarlığı, bilinenin ötesinde ve tarif edilemeyecek ölçüde zalimce."

Star, 31 Ağustos 1888

1

31 Ağustos Cuma

Ölü bir kadın arabama yaslanıyordu. Bir şekilde ayakta kalmayı başarıp kollarını uzatıyor ve parmaklarıyla kapı kolunu kavrarken arabanın boyalı katmanına kanlar fışkırıyordu. Ölü kadından kanlar üst üste damlıyor ve akan damlalar örümcek ağına benzer bir şekil meydana getiriyordu.

Bir saniye sonra döndü ve göz göze geldik. Ölü gözler. Boğazındaki amansız yara açıldı. Karnı kandan kıpkırmızı kesilmişti. Elini uzattı fakat hareket edemedim. Beni yakalamaya çalışıyordu. Ölü bir kadın için güçlü sayılırdı.

Biliyorum, biliyorum, ayaklarının üzerindeydi ve hâlâ hareket edebiliyordu ama o gözlere bakıp ölümden başka bir şey düşünmek imkânsızdı. Teknik olarak zayıf kalbi atmaya devam edebiliyordu ve az da olsa kaslarını kontrol ediyordu. Fakat bunların hepsi teknik formalitelerdi. O gözler oyunun sonuna gelindiğinin farkındaydı.

Aniden bunaldım. Güneş batmadan önce sıcak bir akşamdı ve dışarı çıktığınızda Londra'nın apartman ve kaldırımlarına yapışan sıcak hava dalgası yüzünüze çarpıyordu. Fakat şimdi hissettiğim yapış yapış, boğucu sıcak, akşamki havadan farklıydı. Sıcağın havayla bir ilgisi yoktu.

Bıçağı görmemiştim. Ancak bıçak sapının baskısını hissedebiliyordum. Beni o kadar sıkı tutmuştu ki kendine doğru çektikçe bıçak vücuduna daha fazla giriyordu.

Hayır, bunu yapma.

Bıçağın vücuduna daha derin saplanmasını önlemek için kadını kendimden biraz uzaklaştırmaya çalıştım. Öksürdü. Öksürüğü ağzı yerine boğazındaki yaradan gelmişti. Suratıma bir şey çarptı ve bir anda dünya tersine döndü.

Yere düşmüştük. Kadın zemine çöktü ve ben de onunla birlikte devrildim. Asfalta sertçe çarptık. Omuzlarımı tırmalıyordu. Şimdi kaldırımın üzerinde dümdüz yatıyor ve gökyüzüne bakıyordu. Bense onun başında, dizlerimin üzerine çökmüş vaziyetteydim. Göğüs kafesi hâlâ inip kalkıyordu.

Henüz zamanı var, diye düşündüm ama aslında artık zamanı kalmadığını biliyordum. Yardıma ihtiyacım vardı. Küçük otoparkta kimseler yoktu. Etrafımızı çevreleyen altı-sekiz katlı yapılara baktım. Balkonlardan birinde gözüme çarpan hareketlilik aniden gözden kayboldu. Alacakaranlık giderek derinleşiyordu.

Kadının saldırıya uğramasının üzerinden fazla zaman geçmemişti. Ona bunu kim yaptıysa yakınlarda olmalıydı.

Gözlerimi kadının gözlerinden ayırmadan, ellerimle ceplerimi yoklayıp telsiz telefonumu aradım. Çantam biraz uzağıma düşmüştü. Uzanıp cep telefonumu çıkardım ve durumu özetleyip Kennington'daki Brendon Sitesi, Victoria House önündeki otoparkta olduğumuzu söyledim. Telefonu kapattığımda kadının elimi tuttuğunu fark ettim.

Ölü bir kadın elimi tutuyordu ve gözlerime odaklanmaya çalışan gözleri aslında çok daha uzaklardaydı. Bilincini açık tutmak için onunla konuşmam gerekiyordu. Zihnimdeki, kadının işinin bittiğini tekrar eden sesi yok saymak zorundaydım.

"Sorun yok," dedim. "Her şey yolunda."

Hiçbir şeyin yolunda olmadığı belliydi.

"Birazdan yardım gelecek," dedim ama bir faydası olmayacağını biliyordum. "Her şey düzelecek."

O akşam, ölmek üzere olan insanlara yalanlar söylediğimizi fark etmiştim. Uzaktan siren sesleri duyuluyordu.

"Duyuyor musun? Yardıma geliyorlar. Biraz daha dayan." İkimizin de eli yapış yapış kanla sıvanmıştı. Kol saatinin metal kordonu koluma batıyordu. "Haydi ama biraz daha dayan." Sirenler giderek yaklaşıyordu. "Duyuyor musun? Neredeyse geldiler."

Koşar adım ilerleyen ayak sesleri duyuldu. Yanıp sönen mavi ışıkların pencerelerdeki yansımalarına bakmak için kafamı kaldırdım. Golf'ümün yanına park eden devriye aracından inen üniformalı bir polis, telsiziyle konuşarak bize doğru koşuyordu. Yanımıza geldi ve yere çömeldi.

"Şimdi bekle," dedim kadına. "Geldiler, seninle ilgileneceğiz."

Polis bir elini omzuma koydu. "Sakin ol," dedi, yalnızca birkaç saniye önce benim yaptığım gibi. "Ambulans yolda. Birazdan burada olur."

Polis, kırklı yaşlarının ortasında, tıknaz, kır saçlı bir adamdı. Onu daha önce görmüş olabileceğimi düşündüm.

"Nerenden yaralandığını bana söyleyebilir misin?" diye sordu kadına.

Başımı çevirip ölü kadına baktım. Artık gerçekten bir ölüydü.

"Beni duyuyor musun canım? Adını söyler misin bana? Yaranın nerede olduğunu söyler misin?"

Artık hiçbir şüphe kalmamıştı. Kadının soluk mavi gözleri bir noktaya takılmıştı. Vücudu kımıldamıyordu. Acaba ona söylediklerimi duymuş muydu? Açık sarı güzel saçları rüzgârla beraber dalgalanıyordu. Sokak lambalarının ışıkları küpelerinden yansıyordu. Elini yavaşça bırakıp kaldırımdan kalktım. Polis nazikçe omzuma dokunarak beni durdurdu.

"Ambulans gelene kadar bir yere gitmemelisin canım," dedi.

Onunla tartışacak cesaretim ve gücüm kalmamıştı. Gözlerimi ölü kadına diktim. Yüzünün alt kısmında kanlar birikmişti. Boğazı ve göğsü kan içindeydi ve sızan kanlar, taşların arasındaki yarıklardan ustaca yolunu bularak kaldırımda bir göl oluşturuyordu. Üstündeki tişörtün rengi güçlükle seçilebiliyordu. Boğazındaki yara en kötüsü değildi. Bir zamanlar ortalama bir kadın vücudunda beş litre kan bulunduğunu duymuştum. Fakat kanlar boşaldığı zaman nasıl görüneceğini hiç düşünmemiştim.

2

"Ben iyiyim. Yaralanmadım. Kan bana ait değil."

Ayağa kalkmak istedim ama kıpırdamama izin vermediler. İki sağlık görevlisi, sarışın kadının etrafını sarmışlardı. Kadının karnının alt kısmındaki yaraya baskı yapıyor gibi görünüyorlardı. Soluk borusunu açmaktan ve nabızdan bahsettiklerini duydum.

Teşhisi koyalım mı? Sanırım ölmüş.

Bana döndüler. Ayağa kalktım. Ölü kadının üstümdeki yapışkan kanı, sıcak havada çoktan kurumaya başlamıştı bile. Sallanır gibiydim. Beton bloklar boyunca her dairede uzun balkonlar vardı. Birkaç dakika önce kimseler yokken şimdi hepsi meraklı insanlarla doluydu. Kot pantolonumun arka cebinden kartımı çıkardım ve en yakınımdaki polise gösterdim.

"Dedektif Lacey Flint," dedim.

Kimlik kartını okuyan polis teyit etmek için gözlerimin içine baktı. "Tanıdık gelmiştin zaten," dedi. "Southwark bölgesi, değil mi?"

Başımı salladım.

"Suç Araştırma Departmanı," dedi ve sağlık görevlilerinin yanına doğru süzüldü. Sarışın kadından umudu kesen sağlıkçılardan biri bana doğru geldi. Bir adım geri çekildim.

"Bana dokunmana gerek yok," dedim. "Yaralı değilim." Başımı eğip kan lekeleri bulaşmış kıyafetlerime baktım. "Üstümdekiler kanıt olarak kullanılacak."

*

Oradan derhal sıvışmama izin vermediler. Olay yerine gelen ilk dedektif Stenning, vakadan sorumlu şefinden bir telefon almıştı. Baş Dedektif yoldaydı ve benimle konuşana kadar oradan ayrılmamamı istemişti.

Pete Stenning, Lewisham merkezli Cinayet Araştırma Ekibi'ne katılmadan önce Southwark'ta beraber çalışmıştık. Benden çok da yaşlı sayılmazdı, otuzlarında olmalıydı ve neredeyse evrensel sayılabilecek bir popülariteyle kutsanmış, şanslı tiplerden biriydi. Erkekler onu severlerdi zira çok çalışırdı, yine de etrafındakilere tehdit oluşturacak kadar çok değil. Futbol gibi gerçekçi, işçi sınıfı sporlarını sevse de aynı zamanda zengin sporları golf ve kriketle ilgili bir sohbeti de pekâlâ idare edebilirdi. Çok konuşmazdı fakat ağzından mantıksız bir şey de çıkmazdı. Kadınlar ise onun uzun boyundan ve zayıflığından; kıvırcık, siyah saçları ve çapkın gülümsemesinden hoşlanırlardı.

Bana doğru dönüp başını salladı. Etrafta kümelenmeye başlayan insanları uzaklaştırmakla meşguldü. O sırada sarışın kadının cesedinin etrafına paravanlar çekildi. Heyecan verici manzaradan mahrum kalan kalabalık bu defa beni izlemeye koyuldu. Haber hızla yayılmıştı. Meraklı kalabalık, arkadaşlarına mesaj atarak onları da eğlenceye davet ediyordu. Devriye arabasının arka koltuğuna oturdum ve meraklı gözlerden kaçınarak işime odaklanmaya çalıştım.

Büyük bir vakadan sonra, kanıtların taze ve faile ulaştıracak izlerin hâlâ sıcak olduğu ilk altmış dakika en önemli süreçtir. Takip edilmesi gereken sıkı protokoller vardır. Cinayet Araştırma Ekibi'nde çalışmıyordum, günlük işlerim arasında çalıntı mülklerin sahiplerinin izini sürmek vardı ve çok daha az heyecanlıydı. Detaylarda iyi olsam da karşıma sürekli sıkıcı işler çıktığı için bundan her zaman memnun olamıyordum. Fakat şimdi mutlu olmalıydım.

"Sana bir bardak çay getirdim canım." Bana bakıcılık yapma görevini üstlenen polis memuru geri dönmüştü. "Hızlıca içsen iyi olur," diye ekledi çayı uzatırken. "Baş dedektif gelmiş."

Polisin bakışlarını takip ettiğimde yakında bir yere park etmiş, gümüş rengi, spor bir Mercedes gördüm. Arabadan iki kişi indi. Erkek olan uzun boyluydu; kaslı vücut yapısından spor salonlarına yabancı olmadığı belliydi. Üzerinde kot pantolon ve gri polo yaka tişört vardı. Bronz tenliydi. Güneş gözlüğü takmıştı.

Kadını ise daha önce gördüğüm fotoğraflardan tanıdım. Bir model gibi inceydi ve parlak, siyah saçları çene hizasında kesilmişti. Üzerinde en az yüz sterlin değerinde bir kot pantolon vardı. Londra'da sayıları yirmi yediyi bulan Birinci Araştırma Ekibi'nden birinin başındaki en genç dedektifti. Baş Dedektif rolü için oldukça genç görünüyordu; otuzlu yaşlarının ortasında olmalıydı ancak İskoçya'da oldukça yüksek profilli vakalarda çalışmıştı. Ayrıca bilgisayar destekli vaka araştırma sistemi HOLMES 2'de Britanya'nın en iyisi olduğu dedikodusu yayılmıştı. Elbette ki bazı internet sitelerinde kadın olması ve yüzde yüz beyaz ırktan olmayışı sebebiyle daha az destekleyici yorumlar da almıştı.

Kadın ve adamın üstlerine soluk mavi Tyvek tulumlarını ve ayaklarına galoşları geçirmelerini izledim. Kadın, saçlarını kapüşonun içine sokuşturdu. Sonra paravanın arkasına geçtiler; erkek polis ilk olarak onun geçmesine müsaade etmek için son anda kenara çekildi.

O sırada beyaz tulumlu figürler olay mahallinin etrafında hayaletler gibi geziniyorlardı. Olay yeri inceleme ekibi gelmişlerdi. Önce cesedin, ardından olay mahallinin etrafına daha geniş bir güvenlik şeridi çekilecekti. O andan itibaren polis kordonuna yapılan tüm giriş ve çıkışlarda imza alınacak, bu giriş ve çıkışların tam saati kayıt altında tutulacaktı. Bütün bu bilgileri henüz birkaç ay önce akademide öğrenmiştim ancak ilk kez uygulamada görüyordum.

Cesedin hâlâ yerde beklediği noktada kuleye benzer bir yapı yükselmişti. Paravanlardan oluşan duvarların arasında dedektiflerin çalışması için geniş bir alan yaratılmıştı. Arabamın etrafına da polis şeridi çekilmişti. Dedektif ve ortağı olay mahallinde belirdiği an, büyük bir minibüsten ışıklar indiriliyordu. Birkaç saniye konuştular, sonra adam döndü ve polis kordonunun sınırlarını çizen bant şeridinden geçerek uzaklaştı. Dedektif bana doğru yürümeye başladı.

"Sizi yalnız bırakayım," dedi yanımdaki polis ve elimdeki bardağı aldıktan sonra yanımdan ayrıldı. Çiçeği burnunda dedektif önümde duruyordu. Üzerindeki olay yeri inceleme kıyafeti bile zarafetini bozamamıştı. Teni sütlü kahverengi ve gözleri yeşildi. Annesinin Hintli olduğunu okumuştum.

"Memur Flint?" diye sordu yumuşak İskoç aksanıyla. Başımla onayladım.

"Tanışmadık sanırım," diye devam etti. "Ben Dana Tulloch."

3

"Pekâlâ," dedi Dedektif Tulloch. "Yavaşça yürü ve konuşmaya devam et." Ayaklandım, ayaklarım kaldırımın üzerinde hışırdıyordu. Tulloch bana şöyle bir bakıp bir Tyvek tulumu ve terlik getirilmesi gerektiği konusunda ısrar etti. Sıcak akşam havasına rağmen üşütebileceğimi söyledi. Hem de kıyafetlerimdeki kan lekeleri görünmeyecek, daha az dikkat çekecektim. Ellerimdeki herhangi bir kanıtı muhafaza etmek için de plastik eldivenler takmıştım.

"Üçüncü kattaydım," dedim. "Daire 37. Merdivenlerden indim ve sağa döndüm."

"Orada ne yapıyordun?"

"Bir şahitle konuşuyordum." Söylediğimi düzeltme ihtiyacı hissettim. "Potansiyel bir şahit diyelim," diye devam ettim. "Birkaç haftadır cuma akşamları buraya geliyorum. Böylece kızın annesiyle karşılaşmıyorum. Annesi pek ikna olmasa da kızının davamda tanık olarak ifadesine ihtiyacım var."

"Başarabildin mi?" diye sordu Tulloch.

Başımı iki yana salladım. "Hayır," diyerek başarısızlığımı kabullendim.

Kaldırımdan geçip meydanı görebileceğimiz bir yere geldik. Üniformalı polisler meraklı kalabalığı evlerine dağılmaları konusunda ikna etmeye çalışıyordu.

"Sanırım bu akşam televizyonda eğlenceli bir şeyler yok," diye mırıldandı Tulloch. "Hangi dava?"

"Çete tecavüzü," diye yanıtladım başımı belaya sokacağımı bilerek. O akşama kadar tecavüzü de içeren suçlar üzerinde çalışmıyordum aslında. Ek iş olarak yapıyordum bunu. Londra Polisi birkaç yıl önce bu tarz suçlarla mücadele için Safir Ekipleri denilen gruplar kurmuştu. Bu tarz işler için polis olmuştum ve işe başlamak için kadro açılmasını bekliyordum. Fakat sabırsız davranıp işleri hızlandırmaktan alamamıştım kendimi.

"Merdiven boşluğundan dışarı çıktığında geçit boş muydu?" diye sordu Tulloch.

"Sanırım boştu," dedim yüzde yüz emin olmamama rağmen. Rona'dan aldığım yanıta o kadar bozulmuştum ki o sırada onu ikna etmek için bir dahaki sefere ne yapacağımı düşünüyordum. Etrafımda olup bitenlere pek de dikkat etmemiştim.

"Alana çıktığında ne gördün? Kaç kişi vardı?"

Yavaşça, akşamın önceki saatlerinde yürüdüğüm yolu izledik ve Tulloch sorularına devam etti. Dikkatsizliğime kızıyordum ama yine de elimden geldiğince gördüklerimi anlattım. Etrafta kimseciklerin olmadığını düşünmüştüm. Gürültülü bir müzik sesi geliyordu; rap müzik. Üstümüzden, alçaktan uçan bir helikopter geçmişti. O sarışın kadını daha önce hiç görmemiştim. İlk bakışta görüntüsü bir anlığına kafamı kurcaladıysa da uzun sürmemişti.

"Bu noktada durup arkama baktım," dedim olduğum yerde dönerek. "Arkamda büyük bir gürültü vardı."

Tulloch'la göz göze geldiğimde aklından geçenleri tahmin edebiliyordum. Muhtemelen arkamı döndüğüm sırada saldırıyı görememiştim. Saliselerle kaçırmıştım.

"Kızı ne zaman gördün?" diye sordu Tulloch.

"Biraz daha yaklaşmıştım ona," dedim. "Yürürken bir yandan da çantamı karıştırıyordum. Arabamın anahtarlarını arıyordum. Ardından başımı kaldırdım ve onu gördüm." Beyaz tulumlu bir polis arabamdaki kan izlerinin fotoğraflarını çekiyordu.

"Devam et," dedi Tulloch.

"İlk başta kanı fark etmedim," dedim. "Adres soracağını falan düşündüm. Arabanın içinde birilerinin olduğunu zannediyordu muhtemelen."

"Nasıl göründüğünü, nasıl biri olduğunu tarif eder misin?"

"Uzun boyluydu," diye başladım ne öğrenmeye çalıştığını anlamadan.

İç çekti. "Sen de bir dedektifsin Flint," dedi. "Ne kadar uzundu boyu?"

"Yaklaşık 1.78," diye tahmin yürüttüm. "İkimizden de uzun boyluydu. İnce yapılı bir kadındı."

Tulloch kaşlarını merakla kaldırdı.

"Sıfır beden," dedim hızlıca. "Arkadan baktığımda genç olduğunu sandım. Belki de ince yapısı ve güzel kıyafetleri yüzünden böyle düşündüm. Fakat yüzünü bana döndüğünde beklediğimden yaşlı göründü."

"Devam et."

"Güzel bir kadındı," diye devam ettim. Eğer duymak istedikleri buysa ona detayları verecektim. "Şık giyinmişti. Kıyafetleri pahalıya benziyordu. Sade ama güzel kıyafetlerdi. Saçları ustaca yapılmıştı. Boots gibi bir dükkândan alınan ucuz boyalarla boyanmadığı belliydi. Teni ve dişleri oldukça güzeldi. Gözlerinin etrafında çizgiler vardı ve gıdısı biraz sarkıktı..."

"Kaç yaşlarındaydı dersin?"

"Kendine çok iyi baktığı belliydi ama kırklı yaşların ortasındaydı sanırım."

"Ben de öyle düşünmüştüm." Etrafımızdaki hareketliliğe rağmen Tulloch gözlerini benden ayırmıyordu. Sanki otoparkta sadece ikimiz vardık.

"Üzerinden kimlik çıktı mı?" diye sordum. "Kim olduğunu biliyor muyuz?"

"Çantasında hiçbir şey yoktu," diye yanıtladı bir erkek sesi. Sese döndüğümde Tulloch'un partnerinin bize katıldığını gördüm. Güneş gözlüklerini başının üstüne kaydırmıştı. Sağ gözünün etrafında pek de eski sayılmayacak bir yara izi vardı. "Ne kimlik ne de araba anahtarı vardı. Yalnızca biraz nakit para ve birkaç makyaj malzemesi bulduk," diye devam etti. "Buraya nasıl geldiği hâlâ bir muamma. Metroya uzak bir noktada sayılırız. Ayrıca otobüse binecek birine de pek benzemiyor bence."

Tulloch meydanı çevreleyen apartman bloklarını inceliyordu. "Arabası ve anahtarları çalınmış olabilir. Böyle bir kadın muhtemelen güzel bir araba kullanıyordur," dedi adam belli belirsiz bir Güney Londra aksanıyla.

"Kulaklarında elmas küpeler vardı," dedim. "Soygun olamaz."

Adam bana baktı. Neredeyse turkuaza çalan mavi gözleri vardı. "Sahte olabilirler," dedi.

"Birisini soymak için boğazına çökseydim üzerindeki takıları sahte midir diye düşünmeden alırdım sanırım," dedim. "Ayrıca şık bir kol saati de vardı kadının. Ölmek üzereyken elimi tuttuğunda hissettim."

Yanıtımdan hoşlanmadığı belliydi. Tek eliyle yara izi olan gözünü ovuşturdu ve çatık kaşlı bakışlarını bana yöneltti.

"Flint, seni Baş Dedektif Joesbury'yle tanıştırayım," dedi Tulloch. "Araştırmayla bir ilgisi yok. Bu akşam sıkıldığı için bana eşlik etti. Joesbury, bu Dedektif Flint. Lacey'ydi sanırım, değil mi?"

Joesbury tanışma faslına pek de aldırmamıştı. "Lewisham, kızı ne zaman götüreceğimizi öğrenmek istiyor," dedi.

Tulloch hâlâ etrafımızdaki evleri inceliyordu. "Anlamıyorum Mark," dedi. "Etrafımız evlerle dolu ve saat o kadar da geç sayılmaz. Onlarca insanın olanları görmüş olması gerekir. Ayrıca neden birini burada öldürürsün ki?"

Yakınlarda bir köpeğin havladığını duydum.

"Bence burada olması tesadüf değildi," dedi Joesbury. "Bu kadın Kennington'lı değil Knighstbridge'li birine benziyor. Dedektif Flint sayesinde soygun olmadığı fikrine de vardık. Yine de arabayı bulmamız lazım elbette."

"Bu çevrede yaşayan çocuklar araba için kimseyi öldürmez," dedim. İkisi de bana baktı. "Elbette ki araba çalarlar ama sahibini şöyle bir itekleyip elinden anahtarı kapmakla yetinirlerdi. Yani..."

"Yani nefes borusuna kadar gırtlağını kesmezlerdi diyorsun, öyle mi?" diye tamamladı Joesbury. "Kaburgalarından kasık kemiğine kadar kesmezlerdi. Haklısın Dedektif Flint, aşırı güç kullanılmışa benzemiyor."

Pekâlâ, karşımdaki adamdan pozitif sinyaller aldığımı söyleyemezdim. Bir iki adım geri çekildim. Normalde konuştuğumdan fazla lafa girdiğimi biliyordum. Belki de birazcık sussam fena olmazdı. Dikkat çekmemeliydim.

"Nasıl?" diye sordu Tulloch.

"Efendim?" dedi beni inceleyen Joesbury.

"Dedektif Flint onu gördüğünde hâlâ ayaktaymış," dedi Tulloch. "Aldığı korkunç yaralara rağmen hâlâ hayattaymış. Bu da demek oluyor ki saldırıya uğrayalı çok olmamış. Hatta muhtemelen Flint ortalarda gezinip araba anahtarlarını ararken bile olmuş olabilir. Nasıl yapabildi bunu? Kadını yaralayıp nasıl bir anda ortadan kayboldu?"

Gezinmek mi? Tulloch bu kısmını sanki olanlar benim suçummuş gibi söylemişti. Tam ağzımı açıp cevap verecektim ki vazgeçtim. Dikkat çekmemeliydim.

"Meydanı gören güvenlik kameraları yok," dedi Joesbury. Fakat ana caddeye oldukça yakınız. Stenning etraftaki güvenlik kamerası görüntülerini toplamaya gitti. Eğer katil sitenin dışına çıktıysa kameralardan birine mutlaka yakalanmıştır."

Belki de sahiden benim suçumdu. Düşüncelere dalmasaydım, saldırıya geçmeden önce katili görebilir ve telsizle derhal destek isteyebilirdim. Engel olabilirdim. Kahretsin, ihtiyacım olan şey tam da böyle bir suçluluk duygusuydu.

"Bunu kim yaptıysa üzerine kan bulaşmış olmalı," dedi Joesbury bana bakmayı sürdürerek. "İz bırakmış olmalı." Arkasına baktı. "Köpekleri getirdiler galiba."

Otoparka doğru döndük. Köpekler gelmişti. İki köpek eğitmeni tarafından tutulan iki Alman çoban köpeği.

"Aslında öyle olmamış olabilir," dedim bir kez daha kendimi tutamayarak. Her ikisi de bana döndüler. "Eğer arkasından yaklaşıp boğazını kesmişse, bunu yapan kişi, üzerine kan damlatmadan kaçmış olabilir. Fışkıran kan arabama sıçramıştır."

"Ve ardından senin üstüne sıçramıştır," dedi üstümdeki kan lekelerini inceleyen Joesbury. "Burada işimiz tamam mı Tully?" diye devam etti. "Dedektif Flint'i merkeze götürmen gerekli."

Tulloch bir an kararsız kalmış gibi göründü. "Sadece Neil'den emin olmak isti..."

"Anderson ne yaptığını biliyor," diye sözünü kesti Joesbury. "Yanındaki altı polis tanık ifadelerini alıyor. Trafik yönlendirildi ve köpekler işlerini bitirir bitirmez kapı kapı sorgulamalara başlayacaklar."

"Onu sen geri götürebilir misin?" diye sordu Tulloch. "Her şey durulduğunda etrafa adam akıllı bir göz atmak istiyorum."

Joesbury bir an karşı çıkacak gibi göründüyse de gülümsedi. Dişleri çok güzeldi. "Arabanı mı kullanayım?" diye sordu.

Başını iki yana sallayan Tulloch soluk mavi tulumunun fermuarını açıp elini cebine daldırdı. Gözlerini dikip arabasının anahtarlarını uzattı. "Eğer bir yere çarparsan ben de sana çarparım."

"Haydi Flint, Tulloch fikrini değiştirmeden gidelim," dedi dirseğimden tutup beni spor Mercedes'e doğru sürükleyen Joesbury.

"Ve tulumu çıkarmadığından emin ol," dedi Tulloch. Joesbury yolcu kapısını açtı ve arabaya bindim. Arabanın içi yepyeniydi. Deri koltuğa gömüldüm ve gözlerimi kapattım.

4

Saat çoktan dokuz olmuştu ama caddeler hâlâ kalabalıktı ve büyük bir ilerleme kaydedememiştik. Tulloch'un olay sırasında yakınlarda olmam konusunda yaptığı yorumlar hâlâ canımı sıkıyordu. Gözlerimi kapadım ve farklı olarak ne yapabilirdim diye kendime sordum. Joesbury hiçbir şey söylemedi.

On ya da on beş dakikalık bir sessizlikten sonra arabanın müzikçalarını açtı ve Clannad müzik grubunun tuhaf ezgileri arabayı doldurdu.

"Ah, şaka mı bu?" diye mırıldandı. "Torpidoda bir şeyler var mı?"

Gözlerimi açtım. Lateks eldivenler hâlâ ellerimdeydi. Torpido gözünü açıp içindeki tek CD'yi çıkardım. Üzerinde *Ortaçağ Kilise Müzikleri* yazıyordu.

Josebury başını iki yana salladı. "Fırsatın olursa onunla müzik zevki hakkında konuşmalısın," dedi. "Geçen gece bana Westlife grubunu dinletti."

Old Kent Yolu'na vardığımızda yeniden sessizliğe gömüldü. Ara sıra sokak lambalarının aydınlattığı ön camdan yansımasını görüyordum. Sıradışı bir görünümü yoktu. Otuzlu yaşlarının sonunda olmalıydı. Kahverengi saçlarını kısa kestirmişti. Kirli sakalını birkaç gündür tıraş etmediği belli oluyordu. Yüzü ve kolları bronzlaşmıştı. Dişlerinin kusursuz beyazlığını daha önce de fark etmiştim zaten.

Bir diğer on dakikayı daha konuşmadan geçirdik. Başının hareketlerinden onun da ön camdan benim yansımamı izlediğini hissediyordum.

Gezinmek ve aranmak...

"Ona daha önce ulaşsaydım şimdi yaşıyor olur muydu?" diye sorduğum sırada araba Lewisham Caddesi'nden dönüp merkezin arkasına park etti.

"Sanırım bunun cevabını asla bilemeyeceğiz," diye yanıtladı Joesbury. Park yeri olmadığı için arabayı, yeşil bir Audi'nin arkasına park edip onu tamamen olduğu yere sıkıştırdı.

"Ambulans gelmeden saniyeler önce hayattaydı," dedim. "Yaranın üstüne bir şeylerle bastırmam gerekirdi değil mi? Kanamayı durdurmaya çalışmalıydım."

Karşımdaki adamdan yatıştırıcı şeyler duymayı beklemek nefesimi boşa harcamak olurdu. "Ben polis memuruyum, adli tıp uzmanı değil," diye yanıtladı motoru durdururken. "Sanırım seni bekliyorlar."

Merkezde görevli bir polis, bir olay yeri inceleme polisi ve bir doktor bizi bekliyordu. Hep beraber Lewisham Polis Merkezi'nin herkese açık olmayan kapısından girdik ve giriş kaydımı yaptılar. Yaklaşık dört yıldır Londra Polis Teşkilatı için çalışıyordum ama ilk kez işlerin nasıl döndüğünü farklı bir açıdan görüyor gibi hissediyordum.

Bir süre sonra oturdum ve kirli krem rengi duvarları, gri fayansları izlemeye başladım. Üzerine düştüğüm omzum ağrıyordu. Hafif bir ağrı, tehdit eder gibi başımda zonklamaya başlamıştı. Yaklaşık bir saat önce baştan aşağı soyundum ve doktor tarafından kontrol edildim. Hızlıca duş aldıktan sonra yeniden incelendim ve fotoğraflarım çekildi. Parmak izlerim, salya ve saç örneklerim alındı. Ardından giyinmem için genelde mahkûmlara verilen tulumlardan verdiler.

O akşam yemek yememiştim. Kan şekerimin düşmesinden dolayı mı yoksa odanın soğukluğundan mı bilmiyorum ama istemsizce titriyordum. Üzerime dikilmiş soluk mavi gözler görmeye devam ediyordum.

Onu kurtarabilirdim. Kendi dünyama bu kadar dalmamış olsaydım şu anda bu cinayet soruşturulması yürütülmüyor olacaktı. Herkes bunu biliyor. Teşkilatta kaldığım sürece burnunun ucundaki kadını bıçaklanmaktan kurtaramamış biri olarak anılacağım.

Kapı açıldı ve Baş Dedektif Joesbury içeri girdi. İçinde bulunduğumuz küçük odada gözüme arabadaki ya da olay yerindekinden daha uzun boylu görünüyordu. Kontrolüm sırasında doktora yardımcı olan Dedektif Gayle Mizon da yanındaydı. İkisi koridorda bir şeylere gülmüşlerdi. Kapıyı açtıklarında gülümseyişi hâlâ bozulmamıştı. Çok güzel bir gülümsemesi vardı. Bana doğru döndü ve gülümsemesi silindi.

"Hâlâ sıkılıyor musun?" diye sordum. Yine kendimi tutamamıştım.

Konuşmamam en iyisiydi. Tepki çekmemeliydim.

Mizon otuz üç, otuz dört yaşlarında, sarışın, oldukça çekici bir kadındı. Bana kahve getirmişti. Ellerimi ısıtmak için fincanı tuttum ama kaldırmaya cesaret edemedim. Çok kötü titriyordum. Joesbury beni incelemeye devam etti. Hâlâ ıslak olan saçlarım, kurumuş ve pembe görünen yüzüm ve üstümdeki, gözaltındaki mahkum üniformamla onu pek de etkilediğim söylenemezdi.

"Pekâlâ," dedi. "Haydi ifadeni alalım."

Mola vermemizi söylediğinde sandalyemde dik oturacak kadar bile enerjim kalmamıştı. Joesbury'nin sorgulama taktikleri hakkında nazik bir yorum yapmam istenseydi kusursuz olduğunu söyleyebilirdim. Fakat dürüst olmam istenseydi onun adi bir sadist olduğunu ifade ederdim.

Başlamadan önce ifademi Gayle Mizon'ın alacağı söylenmişti. Joesbury yalnızca yardımcı danışman olarak bulunacaktı. Hatta dilediğim zaman odadan çıkmasını isteme hakkına sahiptim. Orada olmasının sorun olmayacağını mırıldanmıştım. Büyük hataydı. Daha başından sorgulama sırasında ipleri eline almıştı.

Sonrasında olanlar, daha önce taraflarından biri olduğum tanık sorgulamalarının hiçbirine benzemiyordu. Olanları her bir detayıyla defalarca tekrar etmem istendi. Mizon rahatsız olmuş gibi görüküyordu. Joesbury sürekli aynı noktada dönüp duruyordu. Nasıl olmuştu da hiçbir şey görememiştim? Kadın kollarımda ölmesine rağmen saldırganı nasıl kaçırabilmiştim? Her an, işleri batırmasaydım sarışın kadını kurtarabileceğimi yüzüme vurmasını bekliyordum.

Sonunda sorguyu bitirip kayıt cihazını kapattı. Duvardaki saat 11.10'u gösteriyordu.

"Aramamızı istediğin biri var mı?" diye sordu Mizon. Joesbury o sırada kayıt cihazından çıkardığı diski etiketliyordu.

Başımı iki yana salladım.

"Eve döndüğünde birilerini bulacak mısın?" diye sordu. "Ev arkadaşın ya da erkek arkadaşın var mı? Büyük bir şok yaşadın. Tek başına kalmasan iyi olurdu."

"Yalnız yaşıyorum," dedim ve "iyiyim ben," diye ekledim endişeli halini görünce. "Artık gidebilir miyim?"

"Ya ailen?" Mizon kolay vazgeçeceğe benzemiyordu.

"Londra'da yaşamıyorlar," dedim. Doğruyu söylemiştim ama ikiyüzlüce. Zira hiçbir yerde yaşamıyorlardı; ailem yoktu. "Bak, çok yorgunum ve açım. Bir an önce eve gidip..."

Joesbury meraklı gözlerini bana çevirdi. "Kimse yemek vermedi mi sana?" diye sordu sanki benim suçummuş gibi.

"Sorun değil. Şimdi gidebilir miyim?" Ayağa kalktım.

Joesbury, Mizon'a döndü. "Gayle, katili elinde bıçağıyla ve kanlar içinde buraya getirsek bile onu beslemek zorundayız. Biz ise kendi elemanımıza yemek vermeyi unutuyoruz."

"Birileri vermiştir diye düşünmüştüm," diye başladı Mizon.

"Gerçekten de önemli değil..." diye araya girmeyi denedim.

"Üzgünüm," dedi Mizon. Omuz silkip gülümsemeyi başardım.

Joesbury ayağa kalkıp odadan çıktı. "Haydi, gel benimle," dedi kapıyı tutarken.

"Şimdi nereye gidiyoruz?" diye sordum. Kibar davranacak enerjim kalmamıştı artık. Zaten kibarlığımın pek de işe yaradığını söyleyemezdim.

"Önce sana yemek yedireceğim, sonra evine bırakacağım," diye yanıtladı. "İşleri sen halledebilir misin?" diye sordu Mizon'a. Ardından beraber odadan ayrıldık.

Tulloch'un gri Mercedes'i çoktan çekilmişti. Merkeze geldiğimizde arkasına park ettiğimiz yeşil Audi'ye bindik. Joesbury motoru çalıştırdıktan sonra müzik çalara bir CD koydu.

"Westlife var mı?" diye sordum arabayı otoparktan çıkarırken. Cevap vermediğini görünce bu adamın bir mizah anlayışı olmadığını aklımda tutmaya karar verdim. Sağduyulu ve şefkatli olmadığını da listeye eklemeliydim. Listede olumlu olarak işaretleyebileceğim tek şey, aç bir kadına saygı gösterdiği gerçeğiydi. Lewisham Caddesi'ne çıktığımızda müziğin sesini açtı ve ritmik, perküsyon ağırlıklı, hareketli bir müzik arabayı doldurdu. Mesaj alınmıştı; Baş Dedektif Joesbury'nin benimle çene çalmaya niyeti yoktu.

5

Bahçe dar ve uzun. Oldukça da karanlık. Uzun duvarlar sokak lambalarının ışıklarını kesiyor ve içeri sızabilen ışık demetleri ise aşırı gelişmiş, bol yapraklı ağaçlar tarafından yutuluyor. Bahçeye hâkim çok sayıda pencere var fakat görünmemek için siyahlara bürünmüş davetsiz misafir ince, taşlı yolda yavaşça ilerliyor.

Bahçe çiçek kokuyor. Davetsiz misafir bir an durup derin bir nefes aldıktan sonra yıldız şeklinde küçük bir çiçeğe doğru elini uzatıyor. Bir yasemin.

Bahçenin dibinde, bitki örtüsünün altında gizlenmiş küçük ve sade bir ahşap kulübe var. Sarmaşıklar duvarlarını kaplamış ve çatısının üzerinde ağaçlardan sarkan dallar duruyor. Kapı kilitli fakat davetsiz misafir alçak ve yassı çatının kenarında elini gezdirmek için uzanmadan önce bir an düşünüyor. Birkaç saniye sonra arayıştaki el istediğini buluyor. Bir anahtar.

Kapı kolayca açılıyor. Davetsiz misafir bir küfür mırıldanarak irkiliyor.

Bir an kulübenin içinde insan formunu andıran bir şey asılıymış gibi görünüyor. Olduğu yerde yavaşça dönüyor. Formu insana benziyor fakat insan değil. Yumuşak, silindirik bir torsosu var; üstünde kıyafetler olsa da aslında bacaksız. Bir erkeğe ait olan kafası bir zamanlar bir dükkânın vitrininden dışarıyı izliyordu.

Davetsiz misafir ona hafifçe dokunuyor. Kulübenin tavanına asılı olduğu zincirin üzerinde dönüyor ve kafası, bir sarhoşunkini veya deli bir adamınkini andırır şekilde sallanıyor.

"Ne harika bir fikir ama," diyor davetsiz misafir. "Ah Lacey, ne müthiş bir fikir."

6

"Vejetaryen misin, laktoza karşı duyarlılığın veya susam tohumuna alerjin var mı?" Polis merkezinden ayrıldığımızdan beri ilk kez konuşmuştu Joesbury. Yaşadığım yere pek de uzak olmayan bir Çin lokantasındaydık fakat buranın varlığından habersizdim. Lokanta sahibi Trev ellili yaşlarında, ince yapılı bir Çinliydi. Joesbury'yi eski bir dost gibi selamlamıştı.

"Beni daha fazla bekletirse onu bile yiyebilirim," diye yanıtladım.

Joesbury'nin gözleri açıldı. Trev'le göz göze geldiler ve kısaca bir şeyler mırıldandılar. Çinli adam yanımızdan ayrıldı. Joesbury karşımdaki sandalyeye oturdu ve beklemeye başladı. Benimle konuşmak zorunda olduğunu biliyordu.

Masadaki çatallardan birini aldı ve peçeteye batırdıktan sonra sanki çatalı kendisi yapmış gibi dört sivri ucu hayranlıkla izledi. Başını kaldırdı ve göz göze geldik. Hemen başını eğdi. Çatalı bir kez daha peçetenin yolunu tutmuştu. Şurası açıktı ki insanlarla konuşma konusunda Dedektif Joesbury ve ben aynı tarza sahip değildik.

"Cinayet Büro'ya bağlı değilsen o halde ne yapıyorsun?" diye sordum. "Trafik polisi misin?"

Tanıdık bir meslektaşa hakaret etmenin en kestirme yolu trafik polisi olup olmadığını sormaktır. Eh, üstüm sayılacak ve henüz tanıştığım bir polise böyle bir soru sormam pek de iyi bir şey sayılmazdı.

"ÖH10'da çalışıyorum," diye yanıtladı.

Bir saniyeliğine durup düşündüm. ÖH, Özel Harekât anlamına geliyordu.

Birimler özel numaralarla çeşitli görevlere ayrılmıştı. ÖH1 tanınmış kişileri korurdu, ÖH14 ise kraliyet ailesini. "ÖH10 sivil görevlerde çalışıyor, değil mi?"

Başını eğdi. "Bugünlerde gizli işler demeyi tercih ediyorlar," dedi.

"O halde Scotland Yard'a bağlısın?" diye sordum ağzından bütün bir cümle koparabilmek umuduyla.

Yine sadece başını sallamakla yetindi. "Teknik olarak öyle," dedi.

Bu da ne demek oluyor şimdi? Bir yere bağlısındır ya da değilsindir.

"Peki, geceleyin nasıl oldu da olay yerine gelebildin?"

Joesbury sorduğum ahiret sorularından sıkılmış gibi içini çekti. "Nekahet dönemindeyim," dedi. "Omzum çıktı ve bir kavga sırasında neredeyse gözümü kaybediyordum. Kasımdan beri resmî olarak daha hafif görevlerde çalışıyorum. Fakat Dedektif Tulloch'la birlikte belirtmekte çaba sarfettiğiniz gibi sıkılıyorum böyle çalışmaktan."

Trev elinde içeceklerle geri döndü. İkimizin de önüne birer şişe Güney Afrika birası bıraktı. Oysa ne içeceğimi soran olmamıştı.

"Yüzündeki ifade bira insanı olmadığını söylüyor," dedi şişemi açıp bardağa dolduran Joesbury. "Ve benim ifadem de sana, 'Bir bira içicisi olmak için fazla zayıfsın,' diyor olmalı, biliyorum. Yine de şok için birebirdir."

Bardağıma uzandım. Evet, bira sevmezdim ama yine de bir şeyler içmek iyi bir fikir gibi gelmeye başlamıştı. Joesbury tek seferde bardağın üçte birini mideye indirişimi izledi.

"Neden polis oldun?" diye sordu.

"Seri katillere karşı çocukluktan kalma bir merak," diye yanıtladım. Bunu genellikle böyle açık bir şekilde dile getirmesem de işin doğrusu buydu. Kendimi bildim bileli şiddet içeren suçlara ve bu suçların faillerine karşı merakım olmuştu ve beni uzun, dolambaçlı bir yoldan sonra polisliğe taşıyan dürtü, bu merakımdan kaynaklanıyordu.

Joesbury'nin tek kaşı havaya kalktı.

"Sadist, psikopat avcılar özellikle ilgimi çekiyor," diye devam ettim. "Bilirsin, sapkın seksüel arzularını tatmin etmek için öldürenler. Sutcliffe, West, Brady. Çocukken onlara hayrandım."

Bardağımın yarısından fazlasını içtiğimi fark ettim. Biraz yavaşlasam fena olmazdı.

"Eğer sıkıldıysan golf oynamayı düşünebilirsin," dedim. "Orta yaşlı birçok adam saatlerini golf oynamakla geçiriyor."

Josebury'nin dudakları büzülmüştü ama böylesi ucuz bir alayı bir cevapla onurlandıracağa benzemiyordu. Gerçekten çenemi kapatmam gerekiyordu. Üst rütbeli bir meslektaşımı kızdırmak iyi bir fikir değildi. Ne de olsa düşük profilli bir kızdım.

"Efendim, özür dilerim," dedim. "Tuhaf bir akşamdı ve..." Yan tarafımda bir hareketlilik hissettim. Yemekler gelmişti.

"Ona efendim deme," dedi Trev önüme karides ve sebzeli kesme makarna dolu bir tabak koyarken. Joesbury'nin önüne, içinde fasulye ve dana eti olan bir tabak bırakmıştı. "Genç kadın polisler ona 'efendim' diye hitap ettikçe cıvıtıyor."

"Bunu aklımda tutarım," diye mırıldandım. Muhtemelen hatırlamakta zorlanmayacaktım. Joesbury benim tipim değildi. Aslında idealize ettiğim bir tip yoktu. Fakat olsaydı en azından onun gibi biri olmazdı.

"Bu Dana için," dedi Trev ve masanın üzerine iyice sarmalanmış bir yemek paketi bıraktı. "Sevgilerimi ilet lütfen, yakın zamanda uğrasın. Yorulursa..."

"Trev," diye araya girdi Joesbury. "Sana kaç kere...?"

"Bir adam hayal kurabilir değil mi?" dedi Trev ve mutfağına döndü.

"Polis olduğumu nereden biliyor?" diye sordum çatalımla makarnamı karıştırırken.

"Yakasında LONDRA POLİS TEŞKİLATINA AİTTİR yazan bir kıyafet giyiyorsun," dedi Joesbury yüzüme bakmadan.

"Caninin teki de olabilirdim," dedim karidesi ağzıma atarken. İri ve rahatsız edici derecede kuru karidesi dilimin üzerinde beklettim.

"Evet," dedi Joesbury ve çatalını bırakıp gözlerini bana dikti. "Aynı şey benim de aklımdan geçmişti."

7

Wandsworth yolunun çıkışında, Trev'in restoranına en fazla beş dakika yürüme mesafesinde, Viktoryen tarzda eski bir evin bir bölümünde yaşıyordum. Emlakçı kiralarken oranın bahçe katı olduğunu söylemişti ama işin gerçeği, kaldırım seviyesinden on, on iki basamak aşağıda, evin ön kapısının sağından girilen bir bodrum dairesiydi. Alışkanlık icabı gölgeli alanı şöyle bir kontrol ettim. Eğer şanssız (ve dikkatsiz) bir günümdeysem birileri orada bekliyor olabilirdi. Daha önce böyle bir şey olmamıştı ve umarım o gece de böyle bir şey yaşanmayacaktı. Merdivenler boştu ve bisikletimi koyduğum kulübenin kapısındaki kilide dokunulmamıştı. Anahtarımı kilide soktum ve kapıyı açtım.

Oturma odamdan minik mutfağıma ve oradan yatak odama geçtim. Önceki sabah, her cuma yaptığım gibi yatak çarşaflarımı değiştirmiştim. Beyaz renkli, pamuklu, pahalı çarşaflar hayattaki birkaç lüksüm arasındadır. Genelde cuma akşamı eve gelince yatağa girmek de bütün bir haftanın en parlak anlarından biri olur.

Bir an, eğer o çarşaflar üzerine uzanırsam sarışın kadının koyu kırmızı kanı onlara bulaşacakmış gibi hissettim. Aptalcaydı. Halbuki iyi bir duş almıştım ama...

Eve bitişik olan seranın içinden geçerek arka bahçeye çıktım. Güneş görmeyen, uzun ve oldukça dar, tipik bir Londra apartmanı bahçesiydi. Neyse ki ne yaptığını bilen birisi tarafından tasarlanmıştı. Gölgede büyüyebilen bitkiler ve bodur ağaçlar ekilmişti. Sık çalılıklarla kaplıydı. Her iki taraftaki tuğlayla örülü duvarlar bana özel bir alan yaratıyordu. Dar sokağa açılan ve her zaman kilitli tuttuğum bir kapı vardı.

Gözlerimi kapayınca soluk mavi gözleri gördüm. Ah, hayır.

Dedektif münasebetsiz, aşağılık herifin tekiydi ama yüreğime su serpmişti ve bir süreliğine de olsa olanları unutturmuştu. Bir yandan onunla konuşmaya çalışıp bir yandan uygun olmayan laflar etmemeye dikkat etmek hayli yorucu olmuş ve aklımı dağıtmıştı. Oysa şimdi tek başımaydım ve yaşananlar yine aklıma geri geliyordu.

Londra asla susmaz. O saatte bile trafiğin gürültüsünü, sokaktan geçen insanların seslerini ve yakınlarda bir yerlerde birbirlerine seslenişlerini duyabiliyordum.

Evime yüz metreden az bir mesafede bir park vardı. Ergenlik çağındaki gençler güneş battıktan sonra parkın hâkimiyetini ellerine alıp oyuncaklar arasında maymun gibi seker, çığlıklar atıp ulurlardı. O akşam da formlarındalardı. Duyduğum seslerden bir kovalamaca olduğunu anlıyordum. Kızlar ciyaklıyordu. Müzik çalıyordu. Coştukça coşuyorlardı.

Ne kadar yorgun olsam da onlar gibi yapmaya ihtiyaç duyuyordum. Ne de olsa bana özel bir oyun bahçem de vardı.

8

Camden Town uzun bir süredir, özellikle de Camden Ahır Pazarı'nın geliştirilmesinden bu yana Kuzey Londra'nın en popüler yerlerinden biriydi. Bir zamanlar geniş tünelleri, kemerleri, viyadükleri ve geçitleriyle ünlü bölge, bazı girişimcilere satıldıktan sonra barları, mağazaları, pazar tezgâhları ve kafeleriyle devasa bir eğlence kompleksine dönüştü. Gündüzleri etrafta dolanıp alışveriş yapmak ve yemek yemek için güzel bir yerdi. Geceleri ise insanlar bölgeye akın ederdi. Haftada en az bir kez, genellikle cuma akşamları ben de onlara katılırdım.

Arabam olay yeri inceleme ekipleri tarafından alıkonduğu için otobüse binmek zorunda kalmıştım. Bir zamanlar hasta atların tedavi edildiği At Hastanesi'ne yaklaşırken ceketimi çıkarıp tek omzumdan sarkan çantamın içine tıktım.

Ahır Pazarı'nın öne çıkan özelliğini atlar, daha doğrusu atların replikaları oluşturuyordu. Zamanında tren yolları döşenirken yüzlercesi şehre mal taşımak için orada tutulmuştu. Bunda tuhaf bir şey olmasa da Camden bir yerden bir yere tünellerle geçilen, güvenli geçitlerin inşa edildiği bir yer haline gelmiş ve durmadan çalışan atlar, bölgedeki yaşamı şekillendirmişti. Hatta metronun ahır olarak kullanıldığı zamanlar bile olmuştu.

Bugünlerde yaşam tamamen farklı olsa da gözünüzü çevirdiğiniz her yerde atlarla ilgili bir görüntüyle karşılaşmak mümkündü. Duvar süslemeleri, ayaklı devasa heykeller ve trabzanlara, sokak lambalarına ve hatta çöp kutularının üzerine işlenmiş motifler vardı.

Atları severim ama bölgenin yeni halini tasarlayanların biraz da olsa abartmış olabileceğini düşünüyordum.

At Hastanesi'nin ana kapısından geçtiğim sırada sıcak, bir duvar gibi yüzüme çarptı. Ana geçitten, atların tutulduğu eski ahırların olduğu bölümden geçerken her iki tarafta da eflatun rengi ışıklar parıldıyordu. Pazar o saatte bile doluydu ve içerideki hava alkol ve insan kokusuyla ağırlaşmıştı.

Ahırlardan birinde bir parti veriliyordu. Bir an davetsiz bir misafir olarak içeri dalmayı düşündüm. O anda demir panjurların etrafındaki kırmızı helyum balonlarını fark ettim. Sıcak havayla titreşip parıldıyorlardı. Kan damlaları gibi. Yoluma devam edip bara girdim ve buzlu bir Bombay Sapphire sipariş ettim. Tadına katlanamadığım için yavaşça içiyordum ama işe yaraması için kafaya dikmem lazımdı. Barın arkasındaki eski saat sabaha karşı bire beş kalayı gösteriyordu. Mekân saat ikide kapandı.

Birkaç adım sonra fotoğraf galerisinin turuncu ışıkları altında buldum kendimi. Etrafımdaki altın rengi suratlar sıcağın etkisiyle ışıldıyordu. Gecenin önceki saatlerinde bir grup sahne almıştı ve artık biri sahneden ses donanımını topluyordu.

"Selam bebek!" İçki içme yaşına yeni eriştiklerini düşündüğüm dört genç adam önümü kesti. Bana seslenen çocuk sendeleyerek yaklaştı ve elini uzattı.

"Dışarı çıkalım mı?" diye sordu.

Elini belime koyduğunu hissettim. Odaklanma problemi yaşıyordu. Belli ki bu gece yalnızca içki içmemişti.

"Aslında hoş bir fikir," dedim. "Ama henüz doktordan temiz raporu almadım. Alır almaz sana dönerim."

İçlerinde diğerlerinden daha ayık görünen uzun boylu, siyah saçlı olan gence dönüp hızlıca gülümsedim. O da bana gülümsedi ve yoluma devam ettim. Henüz birkaç adım atmıştım ki biri kolumdan yakaladı. Siyah saçlı genç arkamdan gelmişti.

"Bu kadar acele etme," dedi.

Onu şöyle bir süzdüm. Tercih edeceğimden daha gençti, yoksa kesinlikle uygun bir tipti. Uzun boyluydu ve vücudu şekillenmeye başlamıştı. Keskin, güçlü bir çenesi vardı ve onu daha da yakışıklı gösteriyordu. Kıvırcık saçlıydı. Teni solgun ve yumuşak görünüyordu.

"Adın ne?" diye sordum.

"Ben," diye yanıtladı. "Ya seninki?"

Üç çift göz konuşmamızı izliyordu.

"Seni sonra yakalarım," dedim. "Arkadaşların olmadan gel."

Arkamı dönüp At Hastanesi'nden çıktım. Kalabalık azalmıştı. Tezgâhların çoğu kapalıydı. Yalnızca yiyecek satanlar hâlâ iş yapıyordu. Kafamı çevirdiğim her yerde insanlar gruplar halinde duvarlara ya da korkuluklara yaslanmış duruyor, yiyeceklerini atıştırırken ısıtıcıların altında ısınmaya çalışıyorlardı.

Meydanın ortasındaki geniş merdivenler daha fazla tezgâha doğru gidiyordu. Üst kısımdan her yeri görebiliyordum. Alt taraftaki sarışın bir adamın beni izlediğini fark ettim. Ona baktığımda başını çevirmedi ve gülümsememe aynı şekilde karşılık verdi.

Yalnıza benziyordu. Metal at heykellerinden birine yaslanmıştı. Otuzlu yaşlarda olmalıydı. Üstünde hâlâ takım elbise vardı. Sanırım buraya işten çıkıp gelmişti. Kravatını çözmüş, yakasının üst düğmesini açmıştı. Sarhoş gibi görünmüyordu.

Merdivenlerden inmeye başladığımda ona doğru ilerlediğimi fark etti. Yaslandığı yerde dikleşti. Göz göze geldiğimizde zorlu bir fetih olmadığını anlamıştım. Bir an durdum ve bilmediğim bir gücün etkisine girmiş gibi başımı kaldırıp yukarı doğru bakma ihtiyacı hissettim.

Mark Joesbury karşımda, merdivenlerin ucundaki balkonlardan birindeydi. Korkuluklara yaslanmış halde önce bana, sonra yanına doğru ilerlediğim adama baktı. Onu gördüğümü anladığında gözlerini kısmıştı.

Yürümeye devam ettim ve sarışın adamın boş bakışlarına aldırmadan merdivenlerin sonunda sola döndüm. Yolumu kapatan deri ceketli bir kızı iterek insan denizine karıştım. Joesbury'nin, Camden'ı benim kadar iyi bilmediğini umuyordum.

Kalabalık azalmıştı ama tuvaletlerin yakınından geçerken herkesin ilerleyen saatlerde giderek kabalaştığını fark ettim. Uyuşturucu ticaretinin zirveye çıktığı saatlerdi. Kanatlı kapıyı ittim ve beton merdivenlerden çıkmaya başladım. Cadde seviyesine çıkana kadar birkaç kavgaya denk gelmiştim.

Joesbury bu çıkışı bilmiyorsa tezgâhların arasından Camden Lock Place'e geçip küçük köprüye gidebilir ya da hızlı adımlarla ters yönde birkaç yüz metre yürüyüp gece otobüsünü yakalayabilirdim. Çantamda düz ayakkabılarım vardı.

Kanala doğru yürürken yine titremeye başladım fakat bu defa üşüdüğüm için mi yoksa yaşadığım şaşkınlık yüzünden miydi, emin değildim. Kanala vardığımda ne yapacağıma karar verirdim.

Joesbury burada ne arıyordu? Camden'a gelmemin bir nedeni vardı elbette, lanet olsun. Londra'nın diğer ucundan tanıdık kimseyle karşılamamak için gelmiştim. Burada olması bir tesadüf olamazdı. Beni eve bıraktıktan sonra evimin etrafında takılıp sonra da buraya kadar beni takip mi etmişti? İyi ama neden?

Eve vardığımda saat ikiyi geçiyordu. Doğrudan daireme doğru yürüdüm. Bahçenin dibinde küçük bir sundurma vardı. Sundurmanın çatısında insan gibi giydirip üstüne eskiden bir mağazaya ait bir mankenin kafasını yerleştirdiğim bir kum torbası asılıydı. Bu haliyle insana benziyordu. Boks eldivenlerimi takmakla uğraşmadım.

Kum torbasını yumruklamaya başladım. O kadar sert yumruklar indiriyordum ki şişmiş omzum ağrımaya başlamıştı. Ağrıya aldırmadan, dengemi kaybedip yere düşene kadar yumruklamaya devam ettim. Kalan son gücümle kum torbasına bir tekme indirirken içimde bastırmaya çalıştığım çığlıkların yok olduğunu hissettim. Gözlerimi kapadım.

Rüyalarımı asla hatırlamam. Sabahları uyandığımda, gecenin karanlık saatlerinde aklımdan neler geçtiğini bilmesem de kötü olup olmadıklarını her zaman anlarım. O gece hatırlamasam da kötü rüyalar görmüş olmalıydım. Yaklaşık bir saat kadar sızdıktan sonra ter içinde uyandım. Güçlükle nefes alabiliyordum. Sundurmanın kapısına çarpana kadar geri geri süründüm ve uyandığımda bahçenin ortasında buldum kendini.

Hayal mi gerçek mi bilemesem de o sarışın kadının soluk mavi gözlerini görebiliyordum. Öfkeyle bana bakıyordu. Bir yanlışlık olmalıydı. Benim karşılaştığım gözler öfkeli değil, dehşet içindeydi. Fakat bu defa dehşet içindeki kişi bendim ve gözler giderek yaklaşıyordu.

Gecenin serinliği, sıcağı azaltmıştı. İyiydim, yaşadığım yalnızca gecikmiş bir şoktu. Uzun zaman sonra rüya görmüştüm. Bahçenin ortasına kadar yalpalayarak yürüdüm ve durdum.

Yakınlardan –büyük ihtimalle parktan– müzik sesleri geliyordu. Fakat orada geceleri duymaya alışık olduğum ritmik, titreşimli müzikten farklıydı bu sefer. Damlardan süzülen hafif ve yumuşak bir melodiydi. *The Sound of Music*'ten Julie Andrews fırtınadan korkan çocukları rahatlatmak için söylüyordu şarkısını. *Raindrops and roses,*[1] diye başlıyordu. "My Favorite Things".

Çocukken *The Sound of Music*'e bayılırdım. Bu şarkıyı özellikle severdim ve kendi kendime oyun oynarken en sevdiğim şeylerin listesini yapardım. Hayat ne zaman boka sarsa (çocukluğumda artık sıradan bir durum haline gelmişti bu) bu oyunu oynayıp kendimi daha iyi hissederdim. Çok ama çok uzun zaman önceydi.

Eve biraz daha yaklaştım.

Müzik çalmaya devam ediyordu. Bahçenin öbür tarafından gelen sesleri duyabiliyordum. Hızlıca sokağa çıkan kapıyı kontrol ettim. Kilitliydi. Yine aynı sesi duydum. Bir şeyler duvarlara sürtüyor gibiydi. Korkak bir insan olduğumu söyleyemem ama birden eve girmek istedim.

Bahçeyi hızla aşıp normalden daha dikkatli bir şekilde kilitleri kontrol ettim. Belki de sadece tuhaf bir tesadüftü. Dolaptan bir battaniye alıp kanepeye uzandım. Yine de neden o gece birilerinin o eski şarkıyı; "My Favorite Things"i çaldığını merak ediyordum.

---

1 (İng.) Yağmur damlaları ve güller. (ç. n.)

Çalan telefonumun sesiyle uyandım. Arayan Southwark'taki nöbetçi komiserdi. Birileri bana ulaşmak isterse aramalarını istemiştim. Şimdi o birisi beni merkezde bekliyordu. İzin günüm olsun ya da olmasın yine de işe gidecektim.

9

1 Eylül Cumartesi

"Üç kişilerdi. Başlangıçta üç kişilerdi. Ardından diğerleri geldi."

Ahşap bankta onu rahatsız etmekten çekinerek kımıldamadan oturuyordum. Notlar almak istemiştim ama kız bunu kesinlikle reddetmişti. Küçük kayıt cihazımı kullanmama izin vermeyeceğini düşünsem de yine de yanıma almıştım. Olanları anlamamı sağlayana kadar konuşmasının ifade olarak değerlendirilmemesini istemişti. Hatta merkezin içinde durmaya bile dayanamamıştı. Beraber nehir kenarına inmiştik, Shakespeare's Globe'un yeniden inşa edildiği South Bank'te yürüyorduk.

Rona Dawson on beş yaşında, oldukça açık sözlü, parlak tenli, saçları örgülü bir kızdı. Çikolata rengi gözleri vardı. Güney Londra'nın sayısız siyahi güzellerinden biriydi. Tıpkı aynı kaderi paylaştığı diğerleri gibi o da erkek arkadaşı ve onun arkadaşları tarafından tecavüze uğramıştı.

Çeteler tarafından gerçekleştirilen tecavüz olayları Güney Londra'da büyük bir problem olmaya başlamıştı. Scotland Yard geçenlerde son dört yılda korkutucu bir şekilde artan tecavüz vakalarıyla ilgili istatistikler göstermişti. Rapor edilen kurbanlardan üçte biri on altı yaşından küçüktü.

Elbette ki bu raporlar yalnızca buzdağının görünen kısmıydı.

"Eve gittiğinde üç kişilerdi, öyle mi?" diye sordum devam etmediğini görünce. "İçlerinden biri Miles'tı?"

Başını salladı.

"Ve Miles seni arayıp gelmeni mi söyledi?"

Yeniden başıyla onayladı. "DVD izleyeceğimizi söylemişti. Sadece ikimiz olacağız diye düşündüm."

"Şu Miles, erkek arkadaşın mı?"

Omuz silkti. "Sanırım," dedi. "Sadece bir tanıdığım."

Az ilerimizdeki Millennium Köprüsü kalabalıktı ve yaya trafiği her iki yönde yavaşça ilerliyordu. North Bank yönünden gelenler ya Shakespeare's Globe'u ya da Tate Modern müzesini ziyaret ediyor, aksi yönde gidenler ise St. Paul's Katedrali ya da daha ilerideki dükkânları ziyaret ediyordu. Eylülün bu ilk gününde Londra hâlâ turizm sezonunun zirvesindeydi.

"Onunla hiç yattın mı?" diye sordum. "Yani o günden önce demek istiyorum."

Gözlerini nehirden ayırmadan yalnızca başını sallayarak onayladı.

"Oraya gittiğinde ne oldu?"

"Diğer ikisini gördüm. Onları tanımıyordum ama daha önce görmüştüm. Film izlemeye başladık ama içim rahat değildi."

Nehirden bir yolcu teknesi geçiyordu. "Neden için rahat değildi?" diye sordum.

"Film izlemek yerine birbirlerine bakıyorlardı," dedi. "Filmi izlemiyorlardı. Hoşuma gitmemişti bu. Gitmek zorunda olduğumu ve Bethany'yle buluşacağımı söyledim."

"Gitmek için kalktın mı?"

Başını salladı. "Miles gitmeme izin vermedi," dedi. "Onunla yatak odasına gitmemi istedi. Gitmek istemedim ama beni zorla odaya götürdü ve kapıyı kapattı. Midemin ağrıdığını söyledim ama dinlemedi ve beni yatağa itti. Yapmak istediği şeye izin verirsem gitmeme izin verir diye düşünmüştüm."

"Anlıyorum. Beraber oldunuz yani?"

Başıyla onayladı. "Üzerimdeyken kapının açıldığını duydum. Diğer ikisi eşikte bekliyordu."

"Ne yaptın?"

"Bağırarak defolmalarını söyledim. Miles'a onları çıkarmasını söyledim ama o sadece eliyle ağzımı kapadı ve susturdu. Sonra üstümden kalktı. Ben de kalkmaya çalıştığımda tekrar yatağa itti. Sonra diğerleri geldiler."

Rona'yı teselli etmek için hafifçe omzuna vurduğumda şaşkın gözlerle bana baktı. Elimi hemen çektim. Yolcu teknesi küçük iskeleye yanaşıyordu. Çımacıların halatları iskele babalarına bağlayışını izledik.

"Seni tehdit ettiler mi?" diye sordum yolcular tekneden inmeye başladığı sırada.

Yalnızca omuz silkti. "Sessiz olmamı istediler, susarsam canımı yakmayacaklarını ve gitmeme izin vereceklerini söylediler."

Tekne yeni yolcularla dolmuştu. Rona'nın anlattıkları beni şaşırtmadı. Aynı hikâyenin değişik versiyonlarını defalarca dinlemiş, benzer bir sürü rapor okumuştum.

"Sonra ne oldu Rona?"

"Biri dizleriyle omuzlarıma bastırdı ve sutyenimi çekip..." Durdu. Vücuduna bakıyordu.

"Ellerini göğüslerinin üstüne mi koydu?" diye sordum.

Kafa salladı. "Göğüslerimi ellerken sürekli gördüğü en büyük göğüsler olduğunu söyleyip durdu. Diğer arkadaşı üzerime çıkarken, o sürekli göğüslerimi elledi. Gurur inciticiydi, anlıyor musun?"

"Anlıyorum. Durmalarını söylemedin mi?"

Şimdiyse ellerine bakıyordu.

"Anlıyorum, korkmuştun Rona," dedim. "Bütün bu soruları sorduğum için özür dilerim. Devam edebilecek misin?"

Başını olumlu anlamda salladı. "Birinin işi bitince diğeri yaptı. Aynı şey devam edip durdu."

"Miles o sırada neredeydi?"

"Bir sandalyeye oturmuş bizi izliyordu."

"Üçüncüsü de sana tecavüz ettikten sonra gitmene izin verdiler mi?"

Başını kaldırıp bana baktı. "Hayır," dedi. "İzin vermediler. İki kişi daha geldi."

10

Yer altındaki alan geniş ve karanlık. Sakinleri uzun zaman önce ölmüş bir şehrin katedralini andırır şekilde çürük gibi kokuyor. Dışarıda hava güneşli ve açık. Vakit öğlene yaklaşıyor. Aşağıda ise karanlık her şeyi tüketiyor ve zaman kavramını anlamsızlaştırıyor. Siyahlara bürünmüş bir figür yavaşça ilerliyor, büyük yapının içi kocaman bir deniz kabuğu gibi yankılanıyor. Sonsuza dek sürecekmiş gibi tekrar eden her bir adımın yankısı uzaklardan duyuluyor. Bölme eski bir kilise mezarlığı gibi hissettiriyor.

"Mükemmel," diyor bir ses.

Yaklaşık on metre aşağıdaki su, meşalelerin ışığında siyah kadife gibi gözüküyor. Petrolle karışan tuzlu suya benzer bir izlenim yaratarak akan bir nehre benziyor. Bir farkla; bu suda hiç kıpırtı yok. Ölüm kadar durgun.

Yukarıdan ani bir ses geliyor. Uçan yaratık orada yaşıyor. Kuş mu, yarasa mı yoksa tamamen farklı türde bir yaratık mı olduğunu söylemek zor. Taş ya da tuğla işi iri bir parça suya düşüyor. Cam kırılması gibi bir gürültü, sessizliği bir anlığına bıçak gibi kesiyor. Ardından sessizlik yeniden her yanı kaplıyor.

Siyahlara bürünmüş figür ilerledikçe koku değişiyor. İnsan, uyuşturucu ve parafin; hepsini yansıtıyor. Yıllardır orada kimse bulunmamış. O kadar uzun zaman olmuş ki kimse bir zamanlar oranın birilerine yuva olduğunu hatırlamıyor artık.

Ve izler... Adımlar ilerledikçe bu tonoz biçimli yerde insanların izleri görünüyor. İçinde mum kalıntıları bulunan bir fener ve ters dönmüş küçük bir gaz ocağı var. İnsanlar kutularla, eski perdelerle hastane odalarının bölmelerine benzeyen inler yapmışlar. Koca alan, dikilmiş duvarlarla bölmelere ayrılmış ve yapıların çoğu hâlâ ayakta. Askıya alınmış galeri boyunca düzinelerce gizli yer var.

Kenara atılmış, eski bir politen çarşaf ani bir rüzgârla hareket edip kemik kalıntılarını andıran sesler çıkarıyor. Politen yolu işaret ediyor. Siyahlı figür yaklaşıp onu kenara çekiyor ve adımlarına devam ediyor.

Daha küçük bir yer. Hâlâ soğuk, rutubetli ve karanlık fakat diğer yerlere göre daha kontrol edilebilir. Yerde bir döşek var, hatta bir tane de katlanabilir sandalye.

"Mükemmel," diye bir kez daha fısıldıyor ses. Daha yumuşak ve durgun. "Lacey, eve döndüm."

11

Rona'yla bir saatten fazla konuştuk. Nehri seyretmekten sıkıldığımızda kıyı boyunca dolaşmaya başladık. Köprüye gelince geri döndük ve küçük bir sokak tiyatrosuyla karşılaştık. Bana anlattığı hiçbir şeyi kaydetmemiştim. Herhangi bir yaptırım uygulanması için henüz hazır değildi. Yalnızca birileriyle konuşmak istemişti. Bana iki kişinin daha eve geldiğini söyledi. Küçük olan on beş, büyük olan on yedi yaşındaydı. Beş kişi onu soymuş ve yeni gelen iki kişi daha tecavüz etmişti. Ardından onu diz üstü çökmeye zorlamış ve zorla oral seks yaptırmışlardı. İşleri bittiğinde içlerinden en büyüğü onu yeniden yatağa götürüp zorla anal yoldan tecavüz etmişti. Fazla kanaması olduğunu görünce tecavüzü kesmişlerdi ve Rona kapıya doğru emekleyerek gitmişti. Miles eve dönmesi için otobüs parası vermişti.

İkimiz de bu olayın mahkemeye taşınmayacağını biliyorduk. Rona aynı şeye maruz kalmış başka kızları da tanıyordu. Hem mahkemeye taşısa bile çocuklar ya inkâr edecekler ya da Rona'nın isteğiyle yaptıklarını söyleyeceklerdi. Suçlamalar sabit bulunsa bile reşit olmamaları sebebiyle muhtemelen bırakılacaklar ve mahallelerine geri döneceklerdi. Hepsi arkadaşlardı ve birbirleri lehine şahitlik yapmaktan mutlu olacaklardı. Rona'nın kamuoyunda gündeme gelmesi tehlikeli olabilirdi.

Anlattıklarını bitirdiğinde hangimizin daha bitkin düştüğünü söylemek zordu.

"Senin için ne yapabilirim Rona?" diye sordum. "Dava açmaya hazır olmadığını biliyorum ama bunun dışında senin için yapabileceğim bir şey var mı? Herhangi bir sağlık sorunun var mı? Kontrolden geçmen gerekiyor mu? Bir danışmanla görüşmeni sağlayabilirim eğer istersen."

Başını iki yana salladı. "Koruma sağlayabilir misin?" diye sordu.

"Koruma mı?" diye tekrar ettim. "Senin için mi?"

"Hayır," dedi. "Okuldaki kızlar, sırada Tia'nın olduğunu söylüyorlar. Şimdi de ona göz dikmişler."

"Tia?" Kimden bahsettiğini anlamamıştım.

"Kız kardeşim. Miles ve diğerlerinin şimdi Tia'nın peşine düşeceklerini söylüyorlar." Sustu. İlk kez gözlerinin dolduğunu fark ettim. "Bayan Flint, bir şeyler yapmak zorundasınız," dedi. "O sadece on iki yaşında."

12

Rona'yla vedalaşıp merkeze dönerken Tia'yı korumaya muhtemelen gücümün yetmeyeceğini biliyordum.

Scotland Yard'ın acil telefon hattına gelen tecavüz ihbarları oldukça ciddiye alınırdı. Sapphire Ekipleri'ne milyonlarca vergi mükellefinin parası aktarılıyordu. Yine de kabul etmek gerekirse, başarılı olamıyorlardı. Londra'nın dört bir yanında genç kızlar kötü muameleye maruz kalmaya devam ediyordu. Çünkü problemi işaret eden kişiler, işin gerçek doğasıyla yüzleşmeye cesaret edemiyorlardı.

Resmî raporlar ve gazete haberleri çete tecavüzü vakalarının genç siyahi nüfus içinde yaygın bir durum olduğundan bahsetmeyeceklerdi. Temel sorun, insanların bu tarz haberleri duymak istememesinden ziyade meydana gelen vakaların, istatistiklerin açıklayabileceğinin ötesinde olmasıydı.

Her şeyden önce kurban sıfatındaki kızlar hiçbir şey yapılamayacağına inanıyorlardı. Her gün yaşamak zorunda kaldıkları korkudan nefret etseler de erkeklere karşı korunmasız ve güçsüz hissediyorlardı. Hem içinde yaşadıkları topluluktan birilerinin hem ebeveynlerinin hem de polislerin harekete geçmeyeceklerinden ya da onlarla konuşup yardım etmeyeceklerinden eminlerdi.

Ya ben ne yapacaktım? İşin doğrusu ben de bilmiyordum. En azından şimdilik...

Dedektifler hafta sonları iskelet kadroyla çalışırlardı ve bu yüzden Southwark karakolundaki odamı boş bulmayı bekliyordum. Masama yaslanmış, kocaman sırıtışıyla bana bakan Dedektif Stenning'i orada bulduğuma şaşırmıştım. Stenning eğitimini başarılı bir şekilde tamamlayıp Lewisham'daki Cinayet Araştırma Ekibi'ne katılmadan önce onunla yaklaşık bir yıl kadar aynı birimde çalışmıştık. Arkadaşım sayılmazdı, iş yerinde arkadaş edinmiyordum fakat yine de arkadaşça bir ilişkimiz vardı. Normalde onu gördüğüme sevinirdim ancak bu defa ziyaret sebebinin yalnızca beni görme isteği olmadığını biliyordum.

"Ben de tam seni aramak üzereydim," dedi beni görünce. "Lewsiham'dan bekleniyorsun."

"Kurbanın kimliğini teşhis edebildiler mi?" diye sordum. Stenning'in arabasıyla Lewisham'a gidiyorduk.

"Seninle bu konu hakkında konuşmamam gerektiği konusunda açıkça uyarıldım," diye yanıtladı. "Dedektif Joesbury senin bir tanık olduğunu, bu vakada görevli bir polis olmadığını ısrarla hatırlattı."

Söyledikleri anlamlıydı ve Dedektif Joesbury'den gerçekten hoşlanmamış olmam dışında sinirlenmek için bir sebebim yoktu.

"Fail hâlâ etrafta dolanıyor mu yani?" diye sordum. Esas sorunun, Joesbury'nin benden hoşlanmamış gibi görünmesi olabileceğini düşünüyordum.

Stenning ses tonumdan bir anlam çıkarmış olmalı ki kendi kendine gülümsedi. "Geçen haftalarda yakaladığımız şu uyuşturucu çetesini hatırlıyor musun?" diye sordu.

Hatırlıyordum. Piyasaya on altı milyon sterlin değerinde uyuşturucu sokamadan onları yakalamıştık. Üstelik ele geçirdiğimiz adamlardan üçü yönetici konumundaydı.

"Joesbury altı ay boyunca o işin sıkı elemanlarından biri olarak çalıştı," dedi Stenning. "Örgüte girebilmek için operasyonun bir yıl öncesinden çalışmaya başladı. Tutuklamalar sırasında neredeyse kendini öldürtecekti."

Neyse ki operasyon kayıpsız atlatılmış, diye düşündüm. "Peki ya kurban kimmiş?"

Stenning hâlâ gülümsüyordu. "Şu kelimeleri kendin toparla bakalım," dedi. "Dudaklarım. Benim. Mühürlü."

"Gazetelerden öğrenmek zorunda bırakma beni lütfen," diye rica ettim.

"Bana yalnızca seni alıp merkeze bırakmam söylendi," dedi. "Gören ya da duyan birini bulana kadar her kapıyı çalmamız gerekiyor. Bu iş günler sürecek."

Stenning sıkılmış numarası yapmaya çalışıyordu ama başarılı olduğu söylenemezdi. Belli ki beni yalnızca merkeze bırakması konusunda uyarılmıştı. Londra'nın orta yerinde bile, bir cinayet soruşturmasında çalışma şansı ayağınıza her gün gelmezdi.

"Ön otopsi yapıldı mı?" diye sordum. Son bir kez şansımı denemek istemiştim.

Stenning'in gülümsemesi sanki tek bir düğmeyle çalışıyormuş gibi kaybolup yeniden ortaya çıkıyordu. "Vazgeçmeyeceksin değil mi?"

"Birkaç saat içinde sorularımın cevabını herkes öğrenecek zaten."

"Peki, öyle olsun. İlk olarak bu sabah ön otopsi yapıldı," diye başladı. "Dedektif oradaydı. Rapor henüz tamamlanmadı ama ölüm zamanı senin anlattığınla uyuşuyor. Aşırı kan kaybından ölmüş. Yine de kim olduğu konusunda hiçbir ipucu bulunamadı. Kimse kayıp ihbarında bulunmamış son zamanlarda. Bu akşam haberlerde resmi yayınlanacak. Belki bu sayede tanıyan birileri çıkabilir. Mutlu musun şimdi?"

"Bir cesedin fotoğrafını ulusal televizyonda mı yayınlayacaklar?" diye sordum şaşkınlıkla.

"Fotoğraf değil şaşkın, çizimi yayınlanacak. Cesedin başında çizimi yapan bir sanatçı var şimdi," diye yanıtladı Stenning.

Lewisham polis merkezinin otoparkına girdi. "Üstünde binlerce sterlin değerinde mücevher vardı ve çantasında oldukça yüklü miktarda nakit para bulundu. Yani olay bir soygun vakası değil. Kim olduğu ve Brendon Sitesi'nde ne yaptığı anlaşılırsa neden öldürüldüğü de ortaya çıkacaktır. Herkes hızlıca sonuca varılacağını düşünüyor gibi. Ah, ayrıca cinayette kullanılan silahla ilgili bir tuhaflık var fakat Tulloch ne olduğunu kendisine saklıyor."

Dana Tulloch'un cinayet soruşturma ekibinin bulunduğu oda kalabalıktı. Açık kapının önünde durdum, içeri giremeyecek kadar gergindim. Tulloch uzak köşedeki beyaz perdeye yansıtılmak üzere olay bölgesinin bir haritasını ayarlamıştı. Kendisi haritanın önünde duruyordu, karşısındaysa kümelenmiş bir grup polisin kimi oturarak kimi masalara yaslanmış halde onu izliyordu. O sırada odanın arka kısmındaki birinin bakışlarını bana yönelttiğini fark ettim. Bronz tenliydi, turkuaz rengi gözlerinden biri kan toplamıştı. Böylece benim için gün sona erdi.

13

Birkaç dakika sonra Tulloch toplantıyı bitirdi. İnsanlar odadan çıkarken içlerinden bir iki tanesi başlarıyla beni selamladı. Gayle Mizon elmasından bir ısırık alacakken bana gülümsemek için duraksadı.

"Lacey, nasılsın?" Tulloch içeri girmemi işaret etti. Bana sandalyeyi işaret etti ve kendisi de oturdu. Yorgun görünüyordu. Gözlerinin altında halkalar oluşmuştu ve makyajından eser yoktu. Joesbury ev sahibi edasıyla hemen Tulloch'un arkasındaki masaya tünemişti.

"İyiyim, teşekkür ederim," diye yanıtladım. Tulloch'a odaklanırsam hemen arkasındaki adama bakma isteğimi engelleyeceğimi düşünüyordum.

"İyi uyudun mu?" diye sordu Joesbury. İkimiz de ona aldırmadık.

"Lacey, soruşturma bitene kadar başka bir karakola naklini istedim," dedi Tulloch. "Nehrin kuzeyindeki karakollardan birine."

"Ne?" dedim şaşkınlıkla. "Üzgünüm efendim ama bu kesinlikle..."

"Bana Dana diyebilirsin," diye araya girdi. "Korkarım ki bunu yapmamız gerekiyor. Önemli bir tanıksın ve o gece seni birilerinin görmüş olabilme ihtimaline karşı dikkatli olmamız gerekiyor."

"Southwark'tan ayrılamam," dedim. "Size bahsettiğim şahit bu sabah merkeze geldi. Yavaş yavaş güvenini kazanıyorum. Dava açması için onu ikna edebilirim."

Kadının gözlerinde küçücük bir kıvılcım belirmişti. "Onunla birilerinin ilgilenmesini sağlarız..." diye başladı.

"İyi de o bana güveniyor," dedim fazla hızlı konuşmamaya çabalayarak. "En azından güvenmeye başladı. Ciddi şekilde korkmuş. Eğer oradan ayrılırsam onu terk ettiğimi düşünecek."

Tulloch iç çekti. "Seni anlıyorum ama önceki gece meydana gelen cinayet bizim önceliğimiz."

Razı olmam gerekiyordu. Aslında hangi karakolda çalıştığım bir fark yaratmayacaktı. Ayrıca düşük profilli bir kızdım, sorun çıkarmıyordum. "Beş gencin tecavüzüne uğradı," dedim. "Şimdiyse o çocukların on iki yaşındaki kız kardeşine göz diktiklerini düşünüyor. Annesinin kafası hep dumanlı ve onlara bakacak kimseleri yok."

Karşımdaki yeşil gözler daha soğuk bir ifadeye büründü. "Karar verilmiştir Flint," dedi. "Kabul et." Ayağa kalkıp arkasını döndü. Odanın ortasına kadar yürürken onu izledim.

"Bir dakika Tully. Neden buraya gelmiyor?"

Tulloch durdu ve ona döndü. "Ne?"

"Onu buraya getiririz," dedi Joesbury. "Böylece asıl vakanın görüldüğü Southwark'a yakın olur."

Tulloch küçümser bir tavırla konuştu. "Onu soruşturmanın yakınında tutamam," dedi. "Güvenilirliğinin mahkemede baltalanma ihtimali var. Eğer..."

"Eğer ekibinden bir dedektif, kurbanın ölümünden önce varmış olsaydı yine aynı sorunları yaşayacaktın," dedi Joesbury. "Onu ulaşabileceğin bir mesafede tut," diye devam etti. "Ama onu elinin altında tutmaya ihtiyacın olacak. Her şeyden önce, kamera kayıtlarını gözden geçirmesi lazım."

Tulloch kaşlarını çattı. Sol gözünün altındaki bir kas hafifçe titriyordu. "Bu saatler sürer," dedi.

"Zaten canlandırma sırasında da ona ihtiyacın olacak."

"Evet, ama..."

"Londra Polis Teşkilatı'nın fiziksel yaralanma iddiasıyla karşılaşmasını istemiyorsan, geçirdiği travma için onunla bir danışmanın ilgilenmesini sağlamalısın. Onu burada tutarsan süreci daha kolay takip edebilirsin."

Tulloch bir süre tek kelime etmeden Joesbury'ye baktı ve sonra "Mark, biraz konuşabilir miyiz?" dedi.

Joesbury ayağa kalkıp Tulloch'u takip etmeden önce beni şöyle bir süzdü. Bağcıklı kaba ayakkabılarıma, üzerime daima biraz bol gelen modellerini seçtiğim pantolonuma ve bol, beyaz tişörtüme baktı. Saçlarımı her zamanki gibi ensemde toplamıştım ve ne yüzümde makyaj ne de üzerimde herhangi bir takı vardı. İş yerinde daima böyle giyinirdim.

"Gerçekten de harika giyiniyorsun," dedi sonunda.

"Mark!" Sabrının sonuna gelmiş Tulloch sinirli gözlerini bize dikmişti. Joesbury ses çıkarmadan onu takip etti ve odadan ayrıldılar.

Yaklaşık iki dakika kadar yalnız konuşmaları için onlara zaman tanıdıktan sonra peşlerinden gittim. Kafeine ihtiyacım vardı. Uzun koridorun sonundaki kahve makinesine doğru yürüdüm. Henüz makineye varmamıştım ki durdum.

Oldukça belirgin Güney Londra aksanıyla konuşan derin ses, rahatsız edici bir şekilde tanıdık gelmişti. Joesbury yakınlarda bir yerdeydi. Koridordun köşesinden onu göremesem de sesini duyabiliyordum. "Sadece diyorum ki bir gözünüz üzerinde olsun," dedi. "Eğer yakınında olursa işini daha iyi yaparsın. Tedbiri elden bırakmadan birkaç araştırma yapmama izin ver."

"İyi de bunun bir ilgisi..."

Joesbury, Tulloch'un cümlesini tamamlamasına fırsat vermedi. "Var sayalım ki örümcek hislerim harekete geçiyor," dedi. Kahve makinesinin gürültüsünden iyi duyamıyordum. "İzin ver bana tatlım, olur mu?"

Toplantı salonunda tek başıma oturmuş bekliyordum. Eğer Lewisham'a gönderilirsem hem Rona ve arkadaşlarıyla iletişimde kalabilirdim hem de cinayet soruşturmasını takip edebilirdim. Nihayetinde kadın benim kollarımda ölmüştü. Gelişmeleri merak etmekten kendimi alamıyordum. Diğer yandan önceki gece nasıl çuvalladığımı bilen insanların arasında olmaktan rahatsızdım. Ayrıca Joesbury ve yaptığı tuhaflıklar konusunda ne yapacağımdan hâlâ emin değildim.

Masaya gidip uzaktan erişim şifresiyle Londra Polis Teşkilatı'nın internet sitesine girerek SO10 kodunu girdim.

Artık SO10 diye isimlendirilmediğini öğrendim. Yeni ismi Uzman Suç Direktörlüğü ya da kısaca SCD10'di. Resmî olmayan bir ifadeyle ya da halk diliyle SO10 batmıştı. 1960'larda organize suç ve meşhur suçlular hakkında bilgi toplamak üzere kurulduğunu okudum. Teknolojik gelişmeler sayesinde bilgi saklama konusunda dünya lideri konumunda olduğu iddia ediliyordu sitede.

Yani dünya genelinde özel araştırma teknikleriyle ünlenmiş bu uzman ekibin tecrübeli bir üyesinin dikkatini çekmiştim öyle mi?

Yaklaşık bir saat sonra, Tulloch'un ekibinden oldukça yakışıklı, yirmili yaşlarının sonunda gösteren, Tom Barrett isimli siyahi bir adam bana onunla gidip cinayet mahallinden alınan video kayıtlarını incelememi istedi. Barrett ve ben küçük bir iç avludan geçip merkezin diğer bir kanadına gittik ve küçük, penceresiz bir odaya girdik. Sonraki üç saat boyunca olay yeri ve etrafından alınmış kayıtları izledim. Kayıtlarda ben de vardım. Siyah Golf'ümle Camberwell New Road'dan site otoparkına giriyordum.

"Bu da nedir?" diye sordum birkaç dakika sonra. Ben aracımı park ettikten yaklaşık yarım saat sonra bir araç daha aynı yolu izliyordu.

"Çoktan araştırdık," diye yanıtladı Barrett önündeki notlara eğilerek. "Bir Lexus LS 460, Toskana zeytini renginde. Perakende satış fiyatı 60.000 sterlinden fazla. Plakanın son birkaç rakam ve harfini belirleyebildik. İzini bulmamız biraz zaman alacak ama kesinlikle hedefimizde."

"Tam da o kadının kullanacağı tarzda bir araba," dedim.

Barrett da benimle aynı fikirdeydi. Saat üçü gösterdiğinde artık bileklerimi kesip canıma kıymak istiyordum. Görüntülerde olağandışı bir şey yoktu ve ne aradıklarını anlayamıyordum. Pörtlek gözlü, kanlar içindeki bir katilin sendeleyerek Camberwell New Road'dan geçişini göreceklerini mi düşünüyorlardı?

Saat dördü on geçe son kayıtları izledik ve artık benim için bir özgürlük hissi ufukta belirdi. Eve gidip perdeleri kapatır, bir film koyup karşısında kanepeye kıvrılabilirdim. Şansım varsa sabaha kadar uyanmazdım.

Tabii ki öyle olmayacaktı. Henüz video oynatıcıyı bile kapatmamışken üzerine mavi bir yağmurluk geçirmiş Tulloch kapıda belirdi. Bu defa yalnızdı. Barrett'a başıyla selam verip bana döndü. "Sanırım senden kurtuluş yok Flint," dedi. "Bir diğer uyarıya kadar burada çalışacaksın ve Southwark'ta üzerinde çalıştığın dosyaları da buraya getireceksin. Haydi, seni evine bırakayım. Hem yolda konuşuruz."

14

"Kurbanın arabasını bulduk," dedi Tulloch arabayı otoparktan çıkarırken.

"Lexus mu?" diye sordum.

Başını sallayarak onayladı. "Aracı birkaç gün gözetim altında tutacağız," dedi.

Standart bir prosedürdü bu. Sivil kıyafetli polisler aracı birkaç gün izleyip kimsenin yaklaşıp yaklaşmadığını kontrol edeceklerdi. Araca ilgi gösteren birileri çıkarsa belki o kadının Londra'nın bu kısmında ne aradığıyla bir ilgileri olabilirdi.

"Altmış binlik bir araba öyle bir alanda uzun süre ilgi çekmeden duramaz," dedim.

"Haklısın," dedi Tulloch. "Anahtarları da bulduk. Duvarın arkasındaydı. Onunla karşılaştığın yerin fazla uzağında sayılmaz."

"Peki nasıl..." diye başladım.

"Onu öldüren her kimse anahtarları aldığını düşünüyoruz, arabayı kullanmayı düşünmüş olabilir," dedi Tulloch. "Köpekler, senin çıktığın dar yola kadar giden birinin izini sürdüler ama kişi geldiği gibi oradan geri dönmüş."

"Benim geldiğimi duymuş olmalı," dedim.

"Muhtemelen öyle oldu," dedi Tulloch. "Kaçış yolunu kestiğin için planlarını değiştirmek zorunda kaldı. Anahtarları fırlattı ve bloktan kaçıp binanın arkasından A3'e çıktı. Polis köpekleri izini Kennington Metro İstasyonu'nda kaybediyor."

"Kurbanın kim olduğunu artık biliyor olmalısınız," dedim. "Arabanın kaydı vardır herhalde."

Başını olumlu anlamda salladı. "Kim olduğuna dair oldukça iyi bir fikrimiz var."

Biraz bekledikten sonra konuştum. "Bana söyleme yetkin yok mu?" diye sordum.

Tulloch iç çekti. "Muhtemelen bu gece haberlere düşer zaten," dedi. "Araba Bay David Jones adına kayıtlı. Chiswick'te yaşıyor ve Geraldine'le evli. Çoktan birilerini yolladık ama evde sadece çocuk bakıcısı vardı. Oraya gideceğim."

Geraldine Jones. Bu isim bana kesinlikle bir şey ifade etmiyordu. "Seninle gelebilir miyim?" diye sordum.

"Kesinlikle olmaz," dedi yan yan bakarak. "Gidip dinlensen iyi olur. Görünüşe bakılırsa buna ihtiyacın var."

Onunla bu konuda tartışamazdım. Bir süre konuşmadık. Ona söylemek istediğim şeyler vardı fakat nasıl başlayacağımı bilmiyordum. O sürmeye devam ederken ben tırnaklarımı incelemeye başladım. Başımı kaldırdığımda evime pek de uzak olmayan Wandsworth Yolu'ndaydık.

"Cinayet silahıyla ilgili bir tuhaflık olduğunu duydum," dedim. Şansımı zorladığımın farkındaydım.

"Bu bilgi kesinlikle haberlerde duyurulmayacak," dedi yüzünde hafif bir gülümsemeyle kaldırım kenarına yanaşırken. Kapıyı açarken *ya şimdi ya hiç* diye düşünüyordum.

"Çuvalladığım için üzgünüm," dedim. "Biliyorum, eğer kendimle bu kadar meşgul olmasaydım belki de o ölmezdi."

Tulloch direksiyonu bırakıp gövdesini bana doğru çevirdi. "Neden bahsediyorsun?" diye sordu.

"Saldırıyı görseydim müdahale edebilirdim," dedim. "Geç bile kalmış olsam en azından katili görürdüm."

Tulloch başını yavaşça salladı. "Evet, bu mümkün," dedi. "Ya da bir yerine iki kadın cesedi bulurduk. Southwark Polisi, bir memurunu kaybedebilirdi."

Kontağı çevirip motoru susturdu. "Her halükârda," diye devam etti, "köpekler katilin izini takip etti ve senin belirdiğin geçide yürüdüğünü ve geldiğini duyunca geri döndüğünü tespit etti. Sen oraya varana kadar onu zaten yaralamış ve ölüme terk etmişti."

Haklıydı. Böyle düşünmemiştim. Ah, Tanrı'ya şükürler olsun.

"Lacey, Geraldine Jones'un başına gelenlerden sen sorumlu değilsin," diye devam etti Tulloch. "Böyle düşünüyorsan unut gitsin ve gidip biraz dinlen."

Benim hatam değildi. Geraldine Jones benim yüzümden ölmemişti. Arabadan indim ve Tulloch'a beni eve bıraktığı için teşekkür ettim. Pazartesi sabahı ilk iş olarak Lewisham'a gelmemi söyledikten sonra araba kapısı kapanır kapanmaz gaza bastı. Gümüş rengi Mercedes'in anayola çıkıp gözden kayboluşunu izledim.

Yapabileceğim bir şey yoktu. Ben yalnızca bir şahittim. Soruşturmayı yürüten bir polis değildim. Sonunda evdeydim artık. Tulloch haklıydı, dinlenmem gerekiyordu.

Fakat hayat devam ediyordu ve akşam, eylül ayının kutsandığı altın sarısı ışıklarla doluydu. Evde yalnız geçirilecek bir gün değildi. Eve girer girmez banyoya dalıp duş aldım. Yaklaşık yarım saat sonra dışarı çıkıp kaybettiğim zamanı telafi etmeye hazırdım.

Belki de değildim. Evime inen basamakların tepesinde genellikle pejmürde kılıklı, pembe ceketli, kapıya yaklaşmakta tereddüt eden bir kız bekliyor olmazdı. Benim hareket ettiğimi görünce bir an geri çekilir gibi olduysa da kaldırım seviyesinde beklemeye karar vermişe benziyordu.

"Lacey," dedi. Bu defa büsbütün şaşırmıştım. Hayatımda daha önce hiç görmediğim bir kız bana ismimle seslenmişti. "Biraz konuşabilir miyiz? Dün geceki cinayet hakkında. Bilmen gereken şeyler var."

15

"Tanışıyor muyuz?" diye sordum.

Kız yirmili yaşlarının başında görünüyordu ve bunu söylemekten hoşlanmasam da bakmak isteyeceğim. Siyaha boyalı yağlı saçları ensesinde toplanmış ve çenesindeki sivilceleri yok etmek için yaptığı yoğun makyaj pek de işe yaramamıştı. Sol kulağında altı tane küpe saydım. Sağ kulağı yoktu. Çenesinin alt kısmından boynunun sağına inen yaralar korkutucuydu.

"Ben Emma Boston," dedi hırıltılı, sigara tirkayisi olduğunu ele veren bir sesle. "Dün geceki cinayet üzerinde çalışıyorum. Elimde işine yarayacak bazı bilgiler var. İçeri girebilir miyiz?"

"Üzerine çalışıyorum derken ne demek istiyorsun?" diye sordum. Bir yandan da onu Lewisham ya da Southwark'ta görmüş olabilir miyim diye hatırlamaya çalışıyordum.

Boston, gözlerini gizleyen, kocaman güneş gözlükleri takmıştı. Gözlerinde de yanık izi olup olmadığını merak ediyordum. "Onu sen buldun," dedi. "Bulduğun sırada canlı olduğunu duydum. Doğru mu?"

Bu kadın bir polis değildi. "Lütfen basamaklardan çekil, bunu bir kez daha tekrarlamayacağım. Tam olarak ne arıyorsun burada?"

Boston cevap vermeden önce hırıltıyla öksürdü. "Ölmeden önce bir şey söyledi mi?" diye sordu güçlükle. "Kim olduğunu biliyor musun?"

"Muhabir misin?" diye sordum.

Dudaklarını sıkmıştı. İnsanların ona pek de iyi muamele etmemesine alışkın olmalıydı. "Beni dinle, ikimizin de yapacak işlerimiz var," dedi. "Bence birbirimize yardım edebiliriz." Dönüp sokağa şöyle bir göz attı. "Konuşabileceğimiz bir yer var mı?" diye devam etti. "Elimde bazı bilgiler var."

"Baş Dedektif Tulloch soruşturmayla ilgileniyor," dedim. "Lewisham Polis Merkezi'nde onu bulabilirsin."

"Peki," dedi. "Elimde katilden geldiğini düşündüğüm bir mektup var ve senden isminle bahsediyor. İlgini çeker diye düşünmüştüm. Özür dilerim."

Dönüp Wandsworth Yolu'na doğru yürümeye başladı. Arkasından ona bakarken yalan söylediğinden emindim. Fakat...

Köşeye dönmeden yakaladım onu. "Kusura bakma," dedim. "Yorucu bir gün geçirdim."

Dudakları gevşedi. Başıyla köşedeki barı işaret etti. "Bana bir içki ısmarlamak ister misin?" diye sordu.

Cumartesi akşamıydı ve bar tıka basa doluydu. Yine de bahçede oturacak bir yer bulabilmeyi başarmıştık. Boston cebinden çıkardığı sigara paketinden bir tane sigara yaktı. Diyet kolamı içerken konuşmasını bekliyordum. Yine öksürmeye başlamıştı. Elindeki sigara paketine baktı.

"Sigara içmemeliyim," dedi. "Ama ciğerlerim cartayı çekti nasılsa. Bundan sonra ne fark eder ki?"

"Üzüldüm," dedim.

"Bana söylediğin hiçbir şeyi kaydetmeyeceğim," dedi ve sigarasından derin bir nefes çekti. "Senden bahsetmeyeceğim ya da sözlerinden alıntı yapmayacağım."

"Anlıyorum," dedim. Medyaya gizli konuşmalar yapan polislerin işlerini ve itibarlarını kaybettiklerini biliyordum. Emma Boston not defteri ve kalem çıkarmamıştı. Yine de konuşmalarımızı kaydedip kaydetmediğini merak ediyordum. Yanıma kanvas bir çanta bıraktı. "İyi de sen sanki benden daha fazla şey biliyormuş gibi görünüyorsun," diye devam ettim. "Ben soruşturmanın bir parçası değilim."

"Ama onu sen buldun değil mi?"

Başımla onayladım.

"Bir şey söyledi mi?"

"Elinde mektup olduğunu söylemiştin?" dedim. Haline acıdığım için söylememem gerekenleri açıklayacak değildim. "Benden bahseden bir mektup..." diye devam ettim. "Eğer beni buraya getirmek için uydurduysan hemen eve geri dönüyorum."

Çantasına uzanıp içinde bir kâğıt bulunan ince bir dosya çıkardı. "Ben hariç kimse dokunmadı," dedi. "Zarfından çıkarana kadar ne olduğunu bilmiyordum ama görür görmez hemen bir dosyaya yerleştirdim. Doğrusunu yapmışım değil mi?" Onaylamamı bekliyordu.

"Postayla mı gönderilmiş?"

Başını iki yana salladı. "Hayır. Önceki gece kapımın altından içeri bırakılmış. Bu sabah buldum."

"Bakabilir miyim?"

Dosyayı uzattı. Plastik dosyanın içinde standart boyutlarda, sarımsı bir kâğıt vardı. Ortadan ikiye katlanmıştı. Dosya izleri oldukça belirgindi. El yazısının düzgün ve okunaklı olduğu söylenebilirdi. Kırmızı mürekkeple yazılmıştı. Mektupta rahatsız edecek kadar tanıdık gelen bir şeyler vardı. Hızlıca okudum. Henüz yarısına gelmeden yanaklarımda bir uyuşukluk hissetmeye başladım.

Sayın Bayan Bosston

Yüzsüz Jacky'nin geri döndüğünü duyuyorum. Nasıl da güldüm. Bu doğru mu? Eğer öyleyse umarım polisler zeki ve doğru izlerin peşindelerdir.

Dedektif Flint'e bayanın ötüp ötmediğini sor. Kulağını çekecek vaktim yok ama başka küçük oyunlar için fazlasıyla zaman var.

Saygılarımla

Bir dost ya da düşman.

Umarım kırmızıdan hoşlanmışsındır.

Mektubu geri uzattım. "Abuk sabuk şeyler yazmış," dedim. "Kaçığın teki, sanırım şaka yaptığını zannediyor."

Boston kafasını kaldırdı. Güneş gözlüklerinin arkasından doğruca gözlerime baktığını biliyordum. "Emin misin?" diye sordu. "Bembeyaz kesildin."

Boston'ı küçümsemememem gerektiğini kendime hatırlatmam gerekti.

"Aslında en başta ben de öyle düşündüm," diye devam etti. "Fakat ardından, kadın öldüğü sırada senin de onunla olduğun aklıma geldi ve iki kere düşündüm. Bunu bilen çok fazla insan yok."

İsmimin tanımadığım başka insanlarca bilindiği fikrini kabul etmek canımı sıkmıştı. Yine de o mektubu okumaktan daha can sıkıcı değildi. "Eh, bunu sen de bildiğine göre ulaşılması o kadar da zor olmayan bir bilgi olsa gerek," diyerek zaman kazanmaya çalıştım.

"Polis radyosunu dinliyoruz," dedi, sanki karşı çıkmaya kalkışmamı sağlamaya uğraşıyor gibiydi. "Erkek arkadaşım dün geceki hareketliliği kaydetti. Herkeste bu işi yapacak ekipman yoktur. Fakat esasen Yüzsüz Jacky'ye yapılan referansla uyandım."

Mektubun ilk satırları aklıma gelmişti. *Yüzsüz Jacky'nin geri döndüğünü duyuyorum. Nasıl da güldüm.*

"Yüzsüz Jacky de kim?" diye sordum, aynı anda iki farklı şeyin olduğu bir anda. O sırada telefonum çaldı, bir mesajım vardı ve Yüzsüz Jacky'nin kim olduğunu hatırladım.

"Google'da aratmayı dene," dedi Boston. "Yüzsüz Jacky ismiyle ilgili binlerce sonuç bulacaksın. Yüzsüz Jacky lakaplarından biri..."

"Karındeşen Jack'in lakaplarından biri," diye cümlesini tamamladım. "Polise gönderdiği mektuplarda kendisine Yüzsüz Jacky diyor, değil mi?"

"Basına da aynı imzayla mektup gönderiyordu," dedi Boston. Çantamdan cep telefonumu çıkardım. Az önce gelen mesajı Pete Stenning göndermişti ve Peckham'daki Nag's Head'da toplandıklarını ve istersem onlara katılabileceğimi söylüyordu. Yirmi dört saat içinde benimle iki defa karşılaşınca eski günlerimizi anımsamış olmalıydı. Belki de daha önce onun tarafından gelen içki davetlerini hiç kabul etmediğimi unutmuştu.

"Karındeşen Jack hakkında fazla bilgim yok," diye yalan söyledim. "Fahişeleri öldürmemiş miydi?"

"Evet," dedi Boston. "Birçok fahişe öldürdü. Genellikle boğazlarını ve karınlarını kestiğini söyleyebilirim. Tıpkı cuma gecesi o kadının başına gelenler gibi. İlk kurbanı Polly Nichols'ın canını 31 Ağustos 1888'de almıştı. Sanırım o vakanın bir taklidiyle karşı karşıyayız."

"Mektup bende kalabilir mi?" diye sordum mektubu işaret ederek.

"Karşılığında ne alacağım peki?"

Başımı iki yana salladım. "O halde istemiyorum," dedim.

Mektubu ona geri uzatırken ellerimin titrediğini fark ettim. "Söylediklerini bu gece düşüneceğim," dedim. "Eğer mantıklı gelirse Dedektif Tulloch'la görüşmeni sağlayacağım. Bundan sonrası ona bağlı. Eğer bana gösterdiklerini onunla konuşana dek yayınlamazsan işbirliği yapmaya yanaşacaktır."

Boston mektubu dikkatli bir şekilde dosyaya geri koydu. "Onunla yarın görüşmem lazım," dedi. "Yoksa derhal dolaşıma sokacağım."

"Tarayıcı aletin var mı?" diye sordum. Başını evet der gibi salladığını görünce ona iş için kullandığım elektronik posta adresimi verdim. Bana gelen elektronik postaların doğruca Lewisham'a yönlendirileceğini umuyordum. "Mektubu tarayıp bana gönder," dedim. "Kimsenin orijinal kopyaya dokunmasına izin verme. Seninle yarın nasıl temasa geçeceğim?"

Boston ev adresini ve telefon numarasını yazıp bana verdi. Kolamdan son bir yudum alıp bardan ayrıldım. Eve ve sanki onlarca yıl öncesine geri döndüm.

16

Ergenlik günlerimdeki odam, şimdi uyuduğum odadan çok da farklı değildi. Eski odam kitap yığınlarıyla doluydu; raflar, çekmece üstleri ve hatta yatağımın altı bile. Bir zamanlar çok fazla kitabım vardı ve çoğu da gerçek hikâyelere dayanan polisiye romanlardı. *Mastermind* programına katılsaydım muhtemelen uzmanlık alanım suç romanları olurdu.

Sadece birkaç dakikadır evde olmama rağmen dairem daha sıcak, boğucu ve küçük görünmeye başladı gözüme. Sanki duvarlar birbirlerine yaklaşmıştı. Hava almaya ihtiyacım vardı. Dışarı çıktım ve komşu bahçeden sarkan yaseminlere doğru yürüdüm. Kafamı rahatlatıp beni eski günlere götürene dek güzel, tatlı kokuları içime çektim.

On iki ya da on dört yıl öncesine gittim. Tarih dersiydi. Sıkıntıdan defterime çizimler yapıyor, yanımdaki kızla fısıldayarak konuşuyordum. Öğretmen gözlerini bana dikmişti. Benden biraz çekinirdi ama her fırsatta sıkıştırmaktan da geri durmazdı. "Tarihte sevdiğin bir karakter var mı?" diye sormuştu bana.

Derste konuşurken bir kulağımla da anlatılanları dinlemeyi başarırdım. Oliver Cromwell, Leonardo da Vinci, Birinci Elizabeth, Einstein...

"Karındeşen Jack," diye cevabı yapıştırmıştım. Sınıf kahkahalara boğulmuştu. Birkaç kez üst üste gözlerini kırpıştıran öğretmen nedenini açıklamamı istemişti. İstediğini yaptım. Ona ve sınıfa kötülük hakkında düşüncelerimizi değiştiren, Viktorya Dönemi Londrası'nda yaşayan bir katilin hikâyesini anlattım. Sisli East End'de saldığı korkudan, insanların artık çaresiz kalmış polis ekiplerini izleyişlerinden bahsettim.

Ayrıca yüzyıl önceki katille ilgili kendi teorimden de bahsetmiştim. Katilin hayaleti beni dinliyor olsaydı muhtemelen gülmekten kırılırdı.

Hepsini unutmuştum. Bir zamanlar tarihteki favori karakterimin Karındeşen Jack olduğunu söylediğim aklımdan tamamen çıkmıştı. Şimdiyse beni cuma günkü cinayetle ilişkilendiren mektupta, yazar takma ad olarak onun ismini anıyordu.

17

Nag's Head'e vardığımda Stenning ve Cinayet Araştırma Ekibi'nden birkaç kişiyi kumar makinesinin başında buldum. Benimle beraber saatlerce video kayıtlarını izleyen Dedektif Tom Barrett da oradaydı. Beni gören Stenning yanıma gelirken üzeri içkilerle dolu bir masayı neredeyse deviriyordu.

"Kahretsin Flint," dedi yaklaşırken. "Kendine ne yaptın böyle?"

Ah şu erkekler! Saçlarımı açmış, biraz makyaj yapıp üzerime bir blucin geçirmiş ve üstüne uygun bir şeyler giymiştim sadece. Çok az değişiklikle bile silik bir karakterden, herkesin fark edebileceği birine dönüşmenin mümkün olabileceğini henüz ergenlik çağımda keşfetmiştim. Çoğu zaman, özellikle de iş yerinde kendime özen göstermezdim ve göze batmamayı tercih ederdim. Düz ve bol kıyafetler giyerdim, makyaj yapmazdım ve ihtiyacım olmamasına rağmen büyük gözlükler takar, saçımı atkuyruğu toplardım. Söyleyecek bir şeyim olmadığımda konuşmaz, bir cinayet soruşturmasında gönülsüz bir polis gibi davranırdım. Southwark'taki birçok meslektaşımın hakkımda hiçbir şey bilmediğinden emindim. Geceleri dışarı çıktığımda ise çok farklı görünürdüm.

Normalde meslektaşlarımla dışarıda görüşmeye meraklı değilimdir. Fakat Emma'nın ziyareti ve Karındeşen Jack meselesi yüzünden evde tıkılıp kalmak istememiştim.

"Chiswick'ten yeni mi döndünüz?" diye sordum bara geçerken. "Kurban gerçekten de Geraldine Jones muymuş?"

"Kimliği henüz resmî olarak onaylanmış değil," diye yanıtladı.

"Gayrıresmî olarak?"

"Evde ona ait fotoğraflar vardı," dedi. "Ayrıca bakıcı cuma sabahından beri Bayan Jones'u görmediğini söyledi. Fikrini değiştirip hafta sonu için Bay Jones ve en büyük oğluyla Bath'da bir golf kulübüne gittiğini düşünmüş. Onlar da bu sıralar geri dönebilirlermiş."

"Ona cesedi teşhis ettirdiniz mi?"

Stenning başını salladı.

"Peki, Londra'nın o kısmında ne yaptığına dair bir fikriniz var mı?" Sorumu sorduğum sırada açılan bar kapısından tanıdık biri girmişti. Kahretsin!

"Evde basit bir arama yaptık," dedi Stenning. "Bakıcı fazla bir şey anlatamadı. Onca polisin eve doluşmasından ötürü ödü kopmuştu. Evde olağandışı bir şeye rastlamadık. Ne kokain torbaları ne de mahzenleri vardı. Görünüşte tipik bir orta sınıf üstü Londra evine benziyordu. Bir galeride yarı zamanlı olarak çalışıyormuş. İki oğlundan biri çocuk doktoruymuş ve diğeri üniversitedeymiş."

"Peki ya küçük oğlu?" diye sordum. "Eğer büyük oğlu babasıylaysa, kardeşi neredeymiş?"

"Seyahatte," dedi Stenning. "Üniversite açılacağından birkaç güne dönecekmiş."

Joesbury yaklaşıyordu.

"İyi akşamlar Flint," dedi bara yanaşırken. "Ne içeceksiniz?"

İki saat geçmesine rağmen Emma Boston'ın ziyaretinden bahsetmemiştim. Bir yandan bahsetmem gerektiğini düşünüyordum. Öte yandan ise elimdeki bilgilerden emin olmadan Joesbury gibi tecrübeli bir polisin önünde on dokuzuncu yüzyıla ait bir katille ilgili teorilerimden bahsetmek istemiyordum. Tam cesaretimi toplayıp konuşacaktım ki Joesbury, Tulloch'tan gelen bir telefonla bardan ayrıldı. Onun gidişinden kısa bir süre sonra herkes dağılmıştı.

Bütün akşam anlattığı hikâyelerle ekibi eğlendirmişti.

"Yine bir gün," diye başlamıştı muhabbetin bir yerinde. "Polis minibüsünü Tottenham taraftarlarıyla doldurmuş gidiyorduk. Yerde bir megafon gördüm. Hemen alıp pencereden dışarı bağırmaya başladığımda ne deseler beğenirsiniz? *Kapa çeneni, başımızı belaya sokacaksın.*"

Gruptaki herkes gülmekten kırılmıştı. Joesbury'nin bana doğru baktığını görünce suçluluk duygusuyla gülümsemeye zorladım kendimi. Önümüzde bir cinayet soruşturması vardı ve elimdeki belki de önemli sayılacak bir bilgiydi.

Beni eve bırakmak için ısrar eden Stenning'i başımdan savdıktan sonra evime giden basamaklardan hızla indim. Merdiven boşluğunu hızlıca kontrol ettim. Eve girdiğimde yatak odasının açık kapısından tertemiz yatağımı gördüm. Oldukça davetkâr gözükse de biraz daha beklemek zorundaydı. Yatağa gitmek yerine panjurları kapatıp dizüstü bilgisayarımı açtım ve arama motoruna Karındeşen Jack yazdım.

O anda, bir zamanlar on dokuzuncu yüzyılda, Whitechapel bölgesinde terör estiren bir katille ilgili heyecanlanan ergen kız olmuştum yeniden.

1888 yılında, Kraliçe Viktorya'nın Altın Jübile'sinden bir yıl sonra, Karındeşen Jack isimli bir katil, Whitechapel ve Spitalfields sokaklarında kendini savunmaktan en aciz insanlar üstünde terör estirmişti. Jack'in kurbanları Viktoryen tabiriyle "talihsizler"di. Yeterince kibar değilsen kurbanların fahişeler olduğunu söyleyebilirdin. Orta yaşlı, alkolik ve evsiz, bedenlerini bir kadeh cin fiyatına satan fahişeler.

Nisan 1888'den Şubat 1891'e kadar on bir cinayet işlenmişti Whitechapel'da. 1888'in son birkaç ayı cinayetlerin en yoğunlaştığı dönem olmuş ve o dönem "Terör Sonbaharı" diye adlandırılmıştı. Bir zamanlar kurbanların isimlerini, cinayet tarihi ve yerlerini, yaralarının detaylarını ezbere bilirdim. Gözlerimi kapatıp hatırlamaya çalıştım. Hâlâ hatırlıyordum.

Önümdeki bilgileri bu defa profesyonel bir gözle incelerken Karındeşen Jack'in zamanının çok ötesinde bir katil olduğunu fark ettim. On dokuzuncu yüzyılda rastgele birilerine saldırmak görülmüş şey değildi. Polis bu yüzden çaresiz kalmıştı.

Ergenlik günlerimde de şu anda da dikkatimi çeken şey aynıydı. Cinayetlerin en gizemli yanı Jack'in nereden geldiğinin belli olmayışı ve giderken arkasında hiç iz bırakmayışıydı. Cinayetlerin çoğu aynı bölgede ve kalabalık evlerin arasında gerçekleşmişti.

Cinayetler başladığı gibi aniden durmuş ve ortadan kaybolan Jack, arkasında gelmiş geçmiş en büyük sırlardan birini bırakmıştı.

Arkama yaslanıp Viktorya Dönemi Londrası'nda gerçekleşen cinayetlerle, yaklaşık yirmi dört saat önce neredeyse tanık olduğum cinayet arasındaki bağlantıyı bulmaya çalıştım.

Başarılı olduğumu söyleyemezdim. Evli, çocuklu ve zengin Geraldine Jones, Karındeşen Jack'in hedeflediği kurbanların tam tersi bir karakter sergiliyordu. Geraldine Jones, Londra'nın o kısmında bir sebepten dolayı bulunuyor olmalıydı. Üstelik Kennington, Whitechapel'dan uzakta bir yerdeydi.

Yine de Geraldine Jones'un yaralarının, Karındeşen Jack'in kurbanlarınınkine benzediğini kabul etmek zorundaydım. Fakat cinayet tarihi, Jack'in ilk cinayetini gerçekleştirdiği olayın yıl dönümü de değildi.

Hâlâ canımı sıkan bir şeyler vardı; tanımlayamadığım bir şeyler... Londra'daki son dönem cinayetlerini araştırmaya karar verdim. Özellikle de Nisan ve Ağustos aylarının ilk iki haftalarına yoğunlaşacaktım. Londra Polis Teşkilatı'nın internet sitesine ev bilgisayarımla erişemiyordum. O tarihlerde çıkan haberlere odaklanmaya karar verdim.

Bir şey bulamamıştım. Yalnızca 5 Ağustos tarihinde, on dokuz yaşında, Granada kökenli genç bir adamın vurulmasıyla ilgili bir haber bulabildim. Genç adam ölmemiş, tedavisi için hastaneye kaldırılmıştı. Nisan ayında ise başkentte herhangi bir cinayet haberi çıkmamıştı. Aradığım bağlantıyı bulamadım. O halde yatağa gitmekten başka ne yapabilirdim ki?

Cinayet şeklinin benzer olması bile bir şey ifade etmiyordu. Orijinal Karındeşen aynı yönteme sıkışıp kalmamış, yöntemlerini geliştirmiş hatta değiştirmişti. Ortada kopya falan yoktu. Emma Boston'a gönderilen mektup deli saçmasıydı. Soruşturmaya dâhil olabilmek için kendisi bile yazmış olabilirdi.

Bilgisayardan ertesi gün ekibe bilgi verirken kullanmak üzere, işime yarayacak bazı bilgilerin kopyalarını aldım ve kapıyı iki kez kontrol ettikten sonra dizüstü bilgisayarımı kapattım. Buraya taşındığımdan beri ilk kez daha sağlam bir kilit taktırmam gerektiğini düşünüyordum. Yazıcıdan çıkan kâğıtları çantama yerleştirdim. Yatak odasına gitmek üzereyken sayfalardan birinin alt başlığı gözüme çarptı. Tek bir kelime beni durdurmaya yetti: Kanonik.

On bir Whitechapel cinayeti. Tüm cinayetlerin Karındeşen Jack'e ait olduğunu düşünen az sayıda kişi vardı. Uzmanlar bu cinayetlerin hangilerinin Jack'e ait olabileceğini sonsuz kez tartışmışlardı. Emma Smith cinayeti kesinlikle öyle değildi. Martha Tabram cinayetinden jüri emin değildi ve ben de onun bir Jack cinayeti olduğunu düşünmüyordum. Birden fazla kasatura yarası, takip eden cinayetlerden oldukça farklıydı. Üçüncü kurban Polly Nichols'tan kimsenin şüphesi yoktu. 1888 Ağustos'unun son günü işlenen gerçek bir Karındeşen Jack cinayeti olduğu konusunda herkesin hemfikir olduğu ilk kurban o olmuştu. Kanonik beşlinin ilkiydi.

Yatağımın yanındaki saat sabaha karşı üçü gösteriyordu. Londra'nın günün hiçbir saatinde susmadığını daha önce söylemiştim. Fakat şimdi nedense her yer sessizdi. Hiçbir ses duymuyordum. Ne trafik sesi ne üst kattakilerin gürültüsü, hatta kendi nefesimi bile duymuyordum.

Geraldine Jones'un öldürüldüğü 31 Ağustos gecesi, Karındeşen Jack tarafından işlendiği herkesçe kabul gören cinayetin yıl dönümüydü. Notlarımı kontrol ettim. Kadının yaraları Polly Nicholes'un yara izlerine benziyordu. Ayrıca Geraldine Jones'u öldüren kişi de her kimse ardında hiçbir iz bırakmadan ortadan kaybolmuştu.

Tulloch ve Joesbury'yi muhtemelen aynı telefon aramasıyla uyandırmak zorunda kalacaktım. Bu beni popüler biri haline getirmeyecek miydi?

18

2 Eylül Pazar

"Bunu neden daha önce söylemedin?" diye sordu Joesbury. Saat dörde geliyordu ve Tulloch'un masasının arkasında duran Joesbury, Emma Boston'ın elektronik postayla yolladığı mektuba bakıyordu.

"Emin olmak istedim," diye yanıtladım cılız bir sesle. "Bazı okumalar yapmam gerekiyordu." Oldukça zayıf bir ifade olsa da *önünde aptal yerine düşmek istemiyordum*, demekten iyiydi.

Tulloch esnememek için kendini zor tutuyordu. "Orijinal mektubu gördün mü?" diye sordu.

Başımı olumlu anlamda salladım.

"El yazısı kırmızı mürekkeple mi yazılmış?" dedi. "Lütfen mektubun güvende olduğunu söyle."

"Emma mektubu vermeye niyetli değildi," dedim. "Fakat dikkatle davranıyor gibi bir hali vardı. Mektubu şeffaf bir plastik dosyaya koymuştu. Zarfı da saklamıştı. El yazısının kırmızıyla yazıldığından eminim."

"Mektubun dip köşesindeki iz pek de mürekkebe benzemiyor," dedi Joesbury. "Neden bardayken bize söylemedin?"

"Mark, sakin ol," dedi Tulloch. "Sen de biliyorsun ki cuma gecesinden beri asılsız ihbarlar alıp duruyoruz." Yeniden bana döndü. "Karındeşen Jack hakkında hiçbir şey bilmiyorum," dedi.

"Beş kurbana ne deniyordu? Hani şu kesin olarak Karındeşen Jack'e ait olan cinayetlerden bahsediyorum."

"Kanonik Beşli," dedim.

"Bu da ne demek oluyor? Dinle ilgili bir şeye benziyor."

"Kurulu düzene uygun davranmak," dedi Joesbury. "Şeyleri en basit ve temel şekline indirgemek."

Tulloch boş gözlerle bakıyordu. "Hâlâ anlamıyorum."

"Kimse neden böyle dendiğini bilmiyor," dedim. "Böyle isimlendirmeler seri katil uzmanları arasında bir gelenek. Ağustos ve eylül ayları arasında işlenen beş cinayete Kanonik Beşli deniyor."

Joesbury tek kaşını kaldırdı. Gözleri kanlanmıştı. "Karındeşen Jack hakkında bu kadar çok şeyi nereden biliyorsun?" diye sordu.

Jack'in tarihteki en favori karakterim olduğunu söylemedim elbette. Nedense bunun iyi bir fikir olmayacağını düşünmüştüm. "Suçlulara ilgi duyduğumu söylemiştim," dedim. "Her zaman ilgimi çekmişlerdir. Birçok polisin mesleğe başlama sebebi de bu değil midir?"

"Kanonik Beşli'nin ilk kurbanı Polly miydi?" diye sordu Tulloch. "Bundan emin misin?"

Başımla onayladım. "Gerçek adı Mary Ann'miş ama Polly olarak biliniyormuş."

Tulloch, Joesbury'ye baktı. Joesbury omuz silkmekle yetinmişti.

"Nedeni ise," diye başladığım sırada Tulloch elini kaldırıp beklememi işaret etti ve telefondan dâhilî bir numara çevirdi. "Cuma gününden bu yana santrale gelen tüm aramaların kayıtlarını istiyorum," diye emretti. "Karındeşen Jack'in bahsi geçmişse kaç kere geçmiş öğrenmek istiyorum. Hemen şimdi. Evet, doğru duydun."

Telefonu kapattıktan sonra yeniden bana döndü. Ağzını açıp konuşacağı sırada Joesbury ondan önce davrandı.

"Gerçek Karındeşen Jack de mektuplar göndermemiş miydi?" diye sordu. "Mektupları aracılığıyla polisle dalga geçmişti yanlış hatırlamıyorsam."

"O dönem birçok mektup gönderildi," dedim. "Yalnızca polise değil, gazetelere hatta bazı vatandaşlara bile gönderilmiş. Mektupların sahte olduğu düşünülüyor. Gerçek katilden geldiğine inanılmıyor."

"Bir film izlemiştim. Birinin içinden ceset parçaları çıkmamış mıydı?" diye sordu Joesbury. Pencere kenarına yaslanmıştı. "Hatta katil, Kraliçe Viktorya'nın torunu çıkmıştı."

"Birileri koruma görevlilerinin başına insan böbreği göndermişti," dedim. "*Cehennemden* diye imzalanan bir mektubun içinde gönderilmişti ve kurbanlardan birinin tek böbreği kayıptı. Fakat o zamanlar böbreğin kurbana ait olduğunu tespit edebilecek olanaklar yoktu. Bir başka deli saçması şaka da olabilirdi."

"Geraldine Jones'un vücudunda hiçbir parça eksik değildi," dedi Tulloch.

"Geraldine Jones'u kim öldürdüyse hatıra almak için zamanı olmadı," diye yanıtladı Joesbury. "Dedektif Flint çıkmıştı karşısına. Bence şu eski mektupları görsek fena olmaz. Haydi Flint, sen de bizim seri katil uzmanımızsın. Mektupları görebileceğimiz bir internet adresi bul bize."

Tulloch ve Joesbury'nin baskısını ensemde hissederken birkaç hatalı arama sonucunda en sonunda istediğim internet sitesini buldum. Karındeşen Jack'e ait olduğu söylenen yüzlerce mektup için kurulmuş bir internet sitesiydi.

Tulloch ve Joesbury'ye mektupların büyük bir çoğunluğunun sahte olduğunu bir kez daha hatırlattım. Hatta incelediğimiz internet sitesi, yalnızca üç mektubun gerçek olabileceğini söylüyordu.

Mektupların ilki *Sayın Yetkili* diyerek başlayan ve 27 Eylül 1888'de Merkezî Haber Ajansı'na gönderilen, *Karındeşen Jack* tabirinin ilk kez kullanıldığı ünlü mektuptu. İkincisi ise yine *Sayın Yetkili* diye başlayan bir kartpostaldı ve cinayetin detaylarını anlatıyordu. Üçüncüsü ise *Cehennemden* diye imzalanmış ve içinden insan böbreği çıkan mektuptu.

Mektuplardan birini ekrana taşıdığım sırada telefon çaldı. Telefona cevap veren Tulloch'un yüz ifadesi sertleşmişti. Teşekkür edip telefonu kapattı.

"Altı telefon aramasında Karındeşen'in cinayetlerinden bahsedilmiş."

"Bunu görmen lazım Tully," dedi Joesbury ekranı işaret ederek. Görüntüyü büyüttü. Oldukça ince ve zarif bir el yazısıyla yazılmış mektup 27 Eylül 1888'de yazılan ve *Sayın Yetkili* diye başlayıp Merkezî Haber Ajansı'na gönderilen mektuptu. Mektubu beraber okumaya başladık. Mırıltıyla okuyan Joesbury'nin sesini duyabiliyordum. Mektubun yarısına geldiğinde mideme bir kramp girdiğini hissettim.

Sayın Yetkili

Kulağıma polisin beni yakaladığına dair haberler geliyor ama uzun bir süre daha yakalayamayacaklar. Şu deri çantayla ilgili espri bana oldukça uygun. Orospuların peşindeyim ve onları yakalayana kadar da delik deşik etmekten vazgeçmeyeceğim. Sonuncusunda iyi iş başardım. O kadına çığlık atacak fırsat bile bırakmadan işini bitirdim. Şimdi nasıl yakalayacaklar beni? Yaptığım işi seviyorum ve yine yapacağım. Küçük, eğlenceli oyunlarımdan pek yakında haberdar olacaksınız. Son seferden kalan kırmızı sıvıları bir zencefilli bira şişesine doldurmuştum ama fazla yapış yapış olduğundan mürekkep olarak kullanamadım. Umarım kırmızı mürekkeple idare edersiniz artık. Ha ha. Bir sonraki kadının kulaklarını kesip mektuba raptiyeleyip polise göndereceğim. Gelecek işime kadar bu mektubu saklayın. İşim biter bitmez yenisini göndereceğim. Bıçağım sağlam ve keskin. Fırsatını bulur bulmaz yeniden işe girişeceğim. İyi şanslar.

Saygılarımla

Karındeşen Jack

Ticari unvanımı vermeme aldırmayın.

Mark Joesbury pembe bir gazlı kalem alıp Emma Boston'ın elektronik posta yoluyla gönderdiği mektuptan bazı kelime ve ifadelerin üstünü boyadı. *Kulağıma haberler geliyor... Nasıl da güldüm... zeki... doğru iz... kadın... çığlık... raptiye... kulak kesme... küçük, eğlenceli oyunlar... kırmızı sıvı...*

Cumartesi sabahı Emma Boston'ın kapısının altından yollanan mektuptaki 22 kelime, Karındeşen Jack'in orijinal mektubuyla doğrudan eşleşiyordu. Mektupla işini bitirince Emma Boston'un isminin hatalı yazılmış halini büyük bir daire içine aldı. *Sevgili Bosston.*[2]

"Aman Tanrım," diye mırıldandı Tulloch.

"Piç kurusu bize *Sayın Yetkili* mektubu gönderiyor," dedi Joesbury, herhangi birimizin anlamamış olma ihtimaline karşı. Tulloch'un suratındaki ifadeye ve genellikle kusmak üzere olduğum anlamına gelen, ağzımın arka tarafındaki acıya bakılırsa ikimiz de ne söylendiğini anlamıştık.

Tulloch bana döndü. "Boston'ın adresi var mı sende?" dedi.

Başımı olumlu anlamda salladım ve çantamın içinden çıkardığım adres kâğıdını uzattım. Tulloch kapıya doğru gitti.

"Dana, tek başına gitmemelisin," diye seslendi Joesbury.

Tulloch dönüp önce bana sonra Joesbury'ye baktı ve, "Onu gözünün önünden ayırma," dedi odadan çıkmadan önce.

2 Burada *Boston* yerine *Bosston* yazılmasının sebebi, *Yetkili, Patron* anlamına gelen Boss kelimesi aracılığıyla Karındeşen Jack'in orijinal mektubuna atıfta bulunmaktır. (ç. n.)

19

Birkaç saniye boyunca ikimiz de konuşmadık. Joesbury hemen arkamdaydı. Nefes alışını hissedebileceğim kadar yakındı. Odadan çıkmak için masanın üstünden zıplayıp koşmaktan başka bir yol göremiyordum. Ya da başımı çevirip onunla yüzleşmek zorundaydım. Zıplamak için kendimi hazırlarken Joesbury konuştu.

"Benim ekibimde olsaydın açığa alınmıştın."

Belki kıpırdamazsam ve konuşmazsam sıkılıp başımdan ayrılırdı.

"O notu dün akşam saat sekizde aldın," dedi. "Sonraki üç saat polislerle beraberdin. Şu an saat dörde geliyor. Sayende şimdiden sekiz saat kaybettik. Zamanın ne kadar kritik olduğunu bilmiyor musun?"

Adil davranmıyordu. Yüksek önem arz eden cinayet vakalarında her zaman ilginç, saçma teorilerini bildiren telefonlar alırdık. Hepsinin birden peşine koşmaya hiçbir soruşturma ekibinin gücü yetmezdi. Bazılarını değerlendirmeye alırdık. Kimisi doğru kimisi asılsız ihbarlar çıkardı. Emma'nın mektubu kendi başına yazdığından ve bana oyun oynadığından şüphelenmiştim. Böylece benden bilgi sızdırmak isteyebilirdi.

Gerçi bu ihtimal hâlâ geçerli. Emma, Karındeşen Jack'in mektubundan kopya çekmiş olabilirdi. Aslında böyle olmasını umuyordum. Biraz gururum varsa o odadan çıkmak zorundaydım. Ona döndüm.

Joesbury'nin yanık teni soluyor gibiydi. Belki de sadece yorgundu. Gözünün etrafındaki yara daha da dikkat çekici olmuştu sanki. Üzerinde kollarını kıvırdığı soluk mavi, pamuklu bir gömlek vardı. Kollarındaki tüyler altın sarısıydı.

"Polly bağlantısı nedir?" diye sordum düşünmeden. "Polly ismi Dedektif Tulloch'a ve sana bir şeyler ifade ediyor olmalı. Nedir?"

Başını iki yana salladı. Yüzü hâlâ tıraşsızdı. Tipik İngiliz erkekleri gibi sakalı kahverengi, kızıl ve sarı karışımı bir renkti. Arada kısa, beyaz tüyler bile vardı.

"Böyle olmaz," dedim. "Hem soruşturmayla ilgim olmadığını söyleyip hem de bazı şeylere geç kaldığım için sanki işin içindeymişim gibi azarlayamazsın beni. Polly meselesiyle ilgili bir şey biliyor olsaydım bunu önceden söylerdim. Yine de Dedektif ve seni yatağınızdan kaldırma zevkinden geri durmadım değil mi?"

Yüzünde öfkeden daha çok şaşkınlığa benzer bir ifade belirmişti.

"Kapıyı kapat," dedi.

Ayağa kalkıp sinirle söylediğini yaptım.

"Geraldine Jones'u öldüren bıçak, standart bir mutfak bıçağı. Her yerde bulunabilen cinsten bir şey," dedi. "Bizimkiler bıçağın izini sürmeye çalışıyor fakat aynı bıçaktan her hafta yüzlerce üretilip satılıyor. Bu yüzden pek de ümitli değiller."

Başımı aşağı yukarı salladım. Lafın nereye geleceğini tahmin edebiliyordum.

"Bıçak bir yönden olağandışıydı," diye devam etti. "Bıçağın üstünde beş harf vardı. Beş harften meydana gelen bir isim yazılıydı."

"Polly," dedim.

Başıyla onayladı. "Bundan birilerine bahsedersen seni kendi ellerimle boğarım."

Sonraki bir saat boyunca dilimi defalarca ısırdığım için kan tadını alabiliyordum. Joesbury, Tulloch'un yokluğunda gerçek Karındeşen Jack'le ilgili edinebileceğimiz kadar çok bilgi toplamamız gerektiğini söyledi ve araştırma görevini bana verdi.

Toplantı odasındaydık ve duvarlardan birini Karındeşen Jack'le ilgili bilgileri asmak için temizlemişti. Her bir kurbanla ilgili bir dosya hazırlamam ve özellikle de otopsiler üzerine yoğunlaşmam gerekiyordu.

Joesbury o sırada kocaman bir Whitechapel haritası getirmiş ve cinayetlerin gerçekleştiği yerlerin üstüne küçük bayraklar kondurmuştu. Kanonik Beşli kırmızı, diğer cinayetler sarı bayrakla işaretliydi. Kurbanların cinayet sonrası fotoğraflarını da internetten bulup bastırmıştı. Duvara asılı fotoğraflara gözüm takıldı. Yıllar sonra yeniden Polly Nichols'ın fotoğraflarına bakıyordum. Kırk beş yaşında, minyon, tıknaz, kötü giyimli ve sağlıksız görünen bir kadındı. İki kadının, o ve Geraldine Jones'tan çok daha farklı olduğunu hayal etmek zordu.

Geraldine Jones'un öldürüldüğü yerin Whitechapel'a yakın bile olmayan bir yerde olduğunu işaret edeceğim sırada Joesbury, ekip merkeze döner dönmez onlara bir sunum yapmamı istedi.

Gün doğumuyla birlikte ekip toplanmaya başlamıştı. Haberler çabucak yayıldı ve herkes toplantı odasına doluştu. Joesbury'nin hazırladığı morg fotoğrafları etkisini göstermişti. Karındeşen Jack cinayetleriyle ilgili o dönemki şahit raporları ve Whitechapel'in yoğun nüfusundan bahsettiğim sırada Tulloch ve Komiser Dedektif Neil Anderson içeri girdi.

"Ne çirkin kadın ama," diye mırıldandı kahve makinesinin yanından geçen Anderson. "Bilseydim kahvaltımı da getirirdim."

Seyrek, kızıl saçlı; basık çeneli Komiser Anderson'ın da güzellik abidesi olduğu söylenemezdi doğrusu. Birazcık egzersiz yapmasının da kimseye zararı olmazdı. Bakışlarımı yakaladığını fark edince başımı eğdim.

"Serbest gazeteci Emma Boston'a gönderilen mektup adli tıbba gönderildi," dedi benden çok ekibe seslenen Tulloch. "Mektuba öncelik vereceklerini söylediler. Neil ve ben Bayan Boston'la konuştuk ama bize yeni bir şey söylemedi. Mektup dün sabah erken saatlerde gönderilmiş. O ve erkek arkadaşı cuma akşamı polis radyosunu dinledikleri için Dedektif Flint'in de işe dâhil olduğunu keşfetmişler. Adresini bulup iletişime geçmişler."

"Hâlâ burada mı?" diye sordum.

Tulloch başını aşağı yukarı salladı. "Evinde adamakıllı bir arama yapana kadar burada kalmasını istiyorum. Eh, bundan mutlu olduğu söylenemez ama yapacak bir şey yok."

Önceki akşam barda beraber takıldığımız, George isimli babacan bir komiser, Joesbury'nin duvara astığı fotoğrafları inceliyordu. "Gerçekten de Karındeşen olayını mı inceliyoruz?" diye sordu. "Sonuçta sadece kesişen tarihler söz konusu."

"Bazı şeyleri açığa kavuştursam iyi olacak," dedi Tulloch otoriter bir sesle. "Adli tıptan gerekli rapor gelene kadar kimsenin Karındeşen Jack hakkında bu odanın dışında düşünmesini bile istemiyorum. Bu arada neyle karşı karşıya olduğumuzu araştırmaya devam edeceğiz."

"Pekâlâ," dedi Joesbury. "Zaten Dedektif Flint sunumunu kısa bir sürede hazırlamak zorunda kalmıştı. Şimdilik geçebiliriz Flint."

Umutsuz bir şekilde ona döndüm. "Zaten tam olarak hazır değildi," dedim.

O anda bazen birinin boğazına bıçak dayamanın ne kadar çekici gelebileceğini fark etmiştim.

"Şimdilik anlatabileceğin kadarını bizimle paylaşabilirsin Lacey," dedi Tulloch. "Acele etmene gerek yok."

Herkes bana bakıyordu. Kaçış yoktu artık ve en azından Tulloch'un gözüne girebilmek için en iyi şansım bu olabilirdi. Derin bir nefes alıp sunum tahtasının başına geçtim ve yeni meslektaşlarıma gelmiş geçmiş en ünlü seri katilin hikâyesini anlatmaya başladım.

20

"Karındeşen Jack gerçek biriydi," diye başladım. "Fakat sonradan bir efsaneye dönüştü. Onu tanımlamayı zorlaştıran da işte tam bu kısım; gerçeklerle efsaneyi birbirinden ayırabilmek."

Tulloch bir sandalye çekip oturdu. Joesbury ona doğru gidip arkasında durdu. O anda nedense hâlâ üzerimde dün gece bara giderken giydiğim kıyafetler olduğunu fark ettim. Esasen bütün Cinayet Büro ekibi de benimle aynı durumdaydı. Düşük profilli bir kız için fazla şıktım.

"Yıllar boyunca hakkında yazılan kitaplar, hatalar üzerine kurgulandı. Ardından gelen kitaplar ise o hatalı kitaplar üzerine yazılıp her şeyi daha da karmaşıklaştırdı," dedim. "Kıdemli polis memurları kariyerlerinin sonunda anılarını yazdılar. Kitapların satışını arttırmak için Jack'le ilgili kendi teorilerini de eklemeyi ihmal etmediler. Fakat genellikle bu teorilerin olayla doğrudan ilgilenen dedektiflerin teorileriyle ilgileri yoktu."

Tulloch not defterine bir şeyler karalıyordu.

"Yanlış anlamalar zamanla aldı yürüdü," dedim. "Cinayetlerle ilgili binlerce internet sitesi, onlarca kitap, filmler ve belgeseller ortaya çıktı. Turistler için Whitechapel civarında Karındeşen Jack turları düzenlendi."

"Ben de turlardan birine katılmıştım," dedi odanın arka kısmında oturan Tom Barrett. "Bu işlerle oldukça ilgili olan bir kız arkadaşım vardı. Turun bitmesini ve bara geçmeyi dört gözle beklemiştim."

Araya girdiği için minnettar bir şekilde ona gülümsedim. O sırada nefesimi toparlama şansı elde etmiştim. Konuşmaya başladığımdan beri odadaki herkes beni can kulağıyla dinliyordu. Jack, daha önce onlarca cinayet vakasına tanık olmuş kıdemli polislerin üzerinde bile hâlâ bir etki bırakabiliyordu.

"Konuyla ilgili kusursuza daha yakın bir analiz yapmak istersek," diye devam ettim, "ikincil kaynaklardan kurtulup orijinal dokümanlara bakmamız gerekir. Polis raporları, şahit tutanakları ya da fotoğraflar gibi. Fazla bir belge olduğu söylenemez fakat sadece birincil kaynaklara dayanırsak yanlış bir yola gireriz. Söylediklerim anlamlı geliyor mu bilmiyorum ama?"

"Gayet iyi anlaşılıyor," dedi Tulloch. Odada birkaç kişinin daha onaylar biçimde başlarını salladığını gördüm.

Cesaretlendiğimi hissederek devam ettim. "1888 ve 1889 yılları arasında Whitechapel civarında dokuz cinayet işlendi," dedim Joesbury'nin astığı haritaya dönerek. "Bir iki ay sonra birkaç cinayet daha işlenmişti. Kurbanların hepsi sefalet dolu koşullarda yaşayan, orta yaşlı fahişelerdi. Güzel kadınlar oldukları söylenemezdi ve pek de sağlıklı sayılmazlardı. Savunmasızlardı çünkü onları umursayan kimseler yoktu."

Duvardaki haritaya gözünü dikmiş Komiser Anderson dışında herkes bana bakıyordu. Yine de duruşundan, Anderson'ın da beni dinlediğinin farkındaydım.

"Kurbanların yaraları sebebiyle insanlar genel olarak cinayetlerin beşinden Jack'in sorumlu olduğuna ikna olmuşlardı. Beş cinayetten ilki 31 Ağustos 1888'de işlendi," dedim ve duraksadım. Klima odayı fazla soğutmuştu. Şimdiden boğazımın hafifçe ağrıdığını hissediyordum.

"Devam et Lacey," dedi Tulloch sabırsız bir sesle.

"Mary Ann Nichols ya da nam-ı diğer Polly Nichols sabaha karşı saat 03.40'ta, Bucks Row denilen bir dar geçitte bulundu," dedim. "Bulunduğunda muhtemelen hâlâ hayattaydı ama sağlık ekipleri gelene kadar hayatını kaybetmişti. Doğruca otopsinin yapıldığı morga taşındı. Boğazında iki derin yarık vardı. İki şah damarı ve omur dokusu kesilmişti. Doktorun dediğine göre kesikler oldukça keskin bir bıçakla yapılmış ve keserken büyük bir güç kullanılmıştı. Ayrıca karnında da aynı bıçakla oluşturulmuş birçok kesik vardı."

Bir an durup yutkundum.

"Doktor, katilin anatomi bilgisi olduğunu düşündü çünkü doğruca yaşamsal organlara ve uzuvlara saldırılmıştı," dedim. "Bu bilgi sebebiyle Jack'in doktor olabileceği dedikodusu ortaya çıktı. Doktor, cinayetin dört ya da beş dakikada işlendiği sonucuna vardı."

Odadakilerin kaşlarını merakla kaldırdıklarını fark ettim. Az önce odadan kaybolan Joesbury elinde bir bardak suyla önümde dikilmişti. Uzattığı suyu aldım.

"Karındeşen'le ilgili sürekli olarak 'arkasında iz bırakmadı' ifadesini duyacaksınız. Çünkü gerçekten de hiç iz bırakmadan işini bitiriyordu. Polis o gece Bucks Row ve etrafını sıkıca aramış fakat bir şey bulamamış. Polly öldürüldüğü sırada etrafta bulunan kulübelerde birkaç kişi varmış fakat hiçbir şey duymamışlar. Kadın bulunduğu sırada hâlâ canlıymış ki bu Karındeşen Jack'in çok kısa bir süre önce olay yerinden ayrılmış olduğunu işaret eder. Fakat yine de onu gören kimse olmamış."

"Cuma gecesi olanlara çok benziyor," dedi pencerenin yanındaki masada oturan Stenning.

Bir süre kimse konuşmadı.

"Diğer taraftan Kennington'ın Whitechapel'dan oldukça uzakta bir yerde olduğunu ve Geraldine Jones'un fahişe olmadığını unutmayalım. Ayrıca ölümü o kadar da kısa sürmedi," dedi Joesbury. "Hemen bir sonuç çıkarmayalım. Karındeşen Jack tekrar ne zaman ortaya çıktı Flint?"

"Bir dakika," dedi Tulloch. "Acaba..."

O sırada kapı çaldı ve bütün başlar kapıya doğru çevrildi.

Kapıda dikilen adamın kim olduğunu bilmiyordum. Tulloch ayağa kalkıp adamı başıyla selamladı.

"Biraz ara verelim," dedi. "Teşekkürler Lacey."

Geçici olarak bana tahsis edilen masama dönüp Emma Boston hakkında biraz daha bilgi edinmeye çalıştım. İnternette ulaşabildiğim gazeteciler listesinde adı yoktu. Ulusal Gazeteciler Birliği üyesi de değildi ve ne büyük gazetelerde ne de ünlü yerel gazetelerde herhangi bir yazısını bulabildim. Fakat çeşitli polis bloglarında hakkında resmî olmayan ifadeler bulmayı başardım.

Emma Boston'ın kısa gazetecilik kariyeri birçok meslektaşımın başına gelenden daha kötü bir şekilde alabora olmuştu. Dave of Dagenham isimli popüler bir polis bloğu onun sivri dilli bir kaltak ve fiziksel olarak çok itici biri olduğundan bahsediyordu. Ayrıca çıkarcılığından ve para kazanacağını bilse büyükannesinin yavru köpeğini satabilecek kadar ahlaksız olduğundan da bahsetmeyi ihmal etmemişlerdi. Bir diğer polis bloğunda ise uyuşturucu bağımlısı olduğu ve evinin belli aralıklarla basıldığı iddia ediliyordu.

Saat öğlene yaklaşırken odadan içeri kafasını uzatan Stenning, geç saatte bir kahvaltı ya da öğle yemeği için yakınlardaki bir bara gideceklerini söyledi ve beni de davet etti. Gelmeyeceğimi söyledim çünkü Joesbury de onlarla beraberdi. O adamda beni rahatsız eden bir şeyler vardı.

Onlarla gitmek yerine, sorgu odasına gitmeden önce öğle yemeği için kantinden bir sandviç, cips ve su aldım.

"Selam," dedim odanın kapısını açarken.

"Beni daha ne kadar burada tutacaksınız?" diye sordu Emma Boston. Rengi biraz daha solmuş gibiydi. Odaya güneş ışığı vurmamasına rağmen güneş gözlüklerini çıkarmamıştı.

"Bir süre daha tutmamız gerekiyor," dedim ve oturup elimdeki sandviçlerden birini seçme önceliğini ona verdim. "O mektubu kimin yazdığını öğrenmemiz gerekiyor. Dairende herhangi bir iz bırakıp bırakmadığını bulmamız lazım."

"Mektubu kapının altından içeri fırlatmıştı," dedi. "Herhangi bir iz bıraktıysa kapının önünde bırakmış olması gerekir. Mektubu benim yazdığımı kanıtlamaya çalıştığınızı biliyorum."

Karşı çıkmanın anlamı yoktu. "Bunu yapmak zorundayız," dedim. "Öğle yemeği veren oldu mu sana?"

"Mektubu ben yazmadım."

"Biliyorum," dedim ve o an gerçekten de Emma'nın bir yalancı olmadığını düşünüyordum. "Eğer mektup gerçekse dikkatli olman gerekiyor. Geraldine Jones'u öldüren her kimse seninle iletişime geçti ve nerede yaşadığını biliyor."

İkimiz de bir süre susup kendi düşüncelerimize daldık.

"Sandviç ister misin?" diye sordum.

"Aslında birileri verdi." Boston omuz silkip ona uzattığım ton balıklı sandviçi aldı ve burnuna götürdü.

"Kantinin hafta sonları harikalar yarattığını söyleyemem," dedim. O sırada arkamdaki kapı açıldı. Kafamı çevirdiğimde Joesbury'nin elinde kocaman bir Pret A Manger pastanesi poşeti tuttuğunu gördüm. Önce bana sonra güneş gözlüklerini çıkaran ve dünyanın en güzel ela gözlerine sahip olan Emma'ya baktı.

"Seni kantinden beslediğini söyleme bana," dedi Joesbury. "Bu yüzden onu şikâyet etme hakkın var. Hatırlat da sana bir şikâyet formu getireyim." Elindeki poşeti masanın üstüne boşalttı. "Avokado ve pestolu tavuk," dedi. "Yalnızca bir tane kalmıştı." Kadının elinden ton balıklı sandviçi aldı.

"Afiyet olsun hanımlar," dedi ve odadan çıktı.

Koridorda yankılanan ayak sesleri uzaklaşıyordu. Sanırım biriyle konuşmak için durmuştu. Gürültülü bir kahkaha koparan konuştuğu kişinin nöbetçi komiser olduğunu tahmin ettim.

"İyi biri," dedi taze sıkılmış portakal suyu şişesinin kapağını açarken. "Diğer kalın kafalılar gibi değil. Sözüm meclisten dışarı."

Gözümü kapıya dikmiştim. Yeniden Emma'ya döndüm. "Ah, üzerime alınmadım merak etme."

"Kapıma kamera takma fikrini konuşmak için uğradı," diye devam etti. "Mektubu bırakan kişinin bir kez daha gelme ihtimalini göz önünde bulunduruyor."

Ton balıklı sandviçimi açtığım sırada koridorda yankılanan topuk seslerini duydum. Seslere kulak kabartınca Gayle Mizon'un Joesbury'yle bir şeyler konuştuğunu duydum. Derken kapı açıldı ve Gayle bize baktı. "Patron seni yukarı çağırıyor," dedi.

"Bardan dönen herkesi çağırdı," diye ekledi beraber merdivenleri çıkarken. "Emma Boston'ın mektubundaki leke insan kanıymış."

Koridorun sonundaki kapıyı açtığımda Tulloch'la göz göze geldim. Başını aşağı yukarı salladı. "Geraldine'in kanı," dedi.

21

Saat on buçukta her zamanki gibi Camden'a dadanmıştım. İnsanlar yavaş yavaş etrafı doldurmaya başlamıştı ve herhangi bir sohbete izin vermeyecek kadar yüksek sesle müzik çalıyordu. Elimde içkimle meydandan ayrılıp at heykellerinden birinin etrafında dolanırken beni buraya getiren içgüdüye uyduğum için pişmandım.

Bütün öğle sonrasını bir şeyler bulmaya çalışmakla geçirmiştim. Ekibin içinde olmasam bile bulunduğum yerden merkezde değişen havayı rahatça hissedebiliyordum. Geraldine Jones'un katledilme ihtimali her şeyi değiştirmişti. Joesbury'nin dediği gibi kale direkleri, lanet olası koca stadın tamamı boyunca uzanacak kadar genişletilmişti.

Günün sonunda kadınlar tuvaletine gittim. İçerisi boştu. Bir dakika sonra tuvalet kapısı açıldı ve yandaki bölüme biri girdi. Yan kabindeki kadının öğürdüğünü duyar duymaz sifonu çektim. Ellerimi yıkayıp o durana kadar bekledim.

Durduğunu fark edince, "İyi misin?" diye sordum. "Bir şeye ihtiyacın var mı?"

Birkaç saniye bekledim fakat cevap gelmedi. Geri dönüp çıkacakken kapının arkasındaki askıdan yere düşmüş mavi bir yağmurluk gördüm. Tulloch'un yağmurluğu... Anlaşılan sinirleri gerilmiş tek kişi ben değildim.

O akşam evde, kendi düşüncelerimle baş başa kalsaydım çılgına döneceğimi biliyordum. Üstelik şu şarkı aklımdan bir türlü çıkmıyordu: "My Favorite Things". Bir anlamı yoktu. O eski oyun yıllarca aklıma gelmemişti. Şimdiyse sanki hatıralarımın baraj kapaklarını açmışım gibi anılarım durmadan akıyordu.

Sevdiğim şeylerin listesini bile hatırlamıyordum. Çiçekler var mıydı listede? Belki de kitaplar? Midillilerin olduğundan emindim. Ata benzeyen yaratıkları hep sevmiştim; eşekleri bile severdim. Belki de bu yüzden Camden Ahır Pazarı'nı bu kadar seviyordum.

O anda çıksam hâlâ metroyu yakalayabilirdim.

"Cuma gecesi nereye kayboldun?"

Dönüp sese baktım. Camden Town'ı son ziyaretimde gördüğüm takım elbiseli adam bu defa pazar akşamına uygun bir blucin ve üstüne kısa kollu, beyaz bir gömlek giymişti. Omzuna bir kolej svetşörtü atmıştı. Günlük kıyafetler içinde, cuma gecesi göründüğünden daha yakışıklıydı. Başımı hafifçe indirdiğimde parlak, pahalı ayakkabılarını gördüm.

"Arkandan cadılar kovalıyormuş gibi koşuyordun," diye devam etti cevap vermediğimi görünce. Son gördüğümden daha yakışıklı ve daha yaşlı görünüyordu sahiden de. Sol elinde yüzük yoktu. Otuz beşinden büyük olmalıydı. Muhtemelen tek yaşıyordu.

"Gazı açık unutmuştum," dedim.

Gülümsedi. "Patlama oldu mu bari?"

Ben de gülümsedim. "Henüz değil."

Adamın evinden saat iki gibi ayrıldım. İşe erken başlamayı planlıyordum. Benimle birlikte kalkıp taksi çağırmayı önerdi. O uyurken bir telefon geldiğini söyledim. Beni kapıya kadar uğurlamaya bile üşenmişti neredeyse.

Yakışıklı bir yabancıyla basit, tantanasız, karşılıksız seks... Birçok adamın fantezisi değil midir bu? Sunduğum şey buydu ve hiç tanımadığım bir adam tarafından eve davet edilmek beni şaşırtmamıştı. Asıl şaşırdığım şey numaramı istemesiydi. Belli ki beni yeniden görmek istiyordu. Genelde numaramı verirdim ancak birkaç rakamda değişiklik yapardım.

Kapı kapandıktan ve adamın ayak sesleri evin içinde uzaklaşmaya başladıktan sonra basamakların başında durdum ve temiz, serin havayı ciğerlerime çektim.

Erkeklerle ilk tecrübelerim genellikle faydalanma üzerinden gelişmişti. Bunda şaşıracak bir şey yoktu ama geçmişimin kendi seçimlerimden ibaret olduğunu hatırlamıştım. Çağırdığım taksi iki dakika sonra geldi. Birkaç yıldır hep aynı şoför beni eve bırakıyordu. Eski bir dostmuşum gibi selamladı beni.

Evet, adamın kanlı gözlerinde nasıl bir izlenim bıraktığımın pekâlâ farkındaydım. Aptal değildim. Onun sandığının aksine kendime bakabilirdim. Her daim formda olmak ve çeşitli fiziksel durumlara karşı kendini koruma becerisi genç bir polis olmanın vazgeçilmezleriydi. Eğer gücüm yetmezse polis kimliğimi gösterip en azından hasmımı başına gelecekler konusunda uyarabilirdim.

Bütün bunları göz önünde bulundurduğumda erkek şiddetinden pek de korktuğum söylenemezdi.

Eve vardığımızda taksiden inip şoföre parasını ödedim ve iyi geceler diledim. Artık kendimi adamakıllı yorulmuş hissediyordum. Belki de artık uyuyabilirdim. Basamaklardan inmeye başladım.

Ayağımda hâlâ yüksek topuklu ayakkabılar vardı ve saçlarımı arkadan kavrayan elle birlikte kolayca dengemi kaybettim. Kendimi toparlayıp karşı koymaya fırsat bulamadan gölgelik alana doğru sürüklendim. Boğazıma dayanan soğuk ve sert şeyin bıçak olduğunu anlamıştım.

"İşte bu kadar kolay," diye fısıldadı bir ses kulağıma. "Geraldine'in de hissettiği son şey buydu."

22

Üstüme abanan ağırlık hiçbir uyarıda bulunmadan geri çekildi. Neredeyse düşecekken son anda kapı kolunu yakalamayı başardım. Derin bir nefes alıp yavaşça arkamı dönmeye cesaret edebildim.

Döndüğümde başını iki yana sallayan Mark Joesbury'i gördüm. Sağ elinde araba anahtarlarını tutuyordu. Boğazıma dayadığı şey bıçak değil, anahtarlardı.

"Kafayı mı yedin sen?" diye bağırdım. "Seni şikâyet edeceğim..."

"Ah, gerçekten mi? Tulloch'a, sana evde yatıp dinlenmeni tembihlediği halde Kuzey Londra'da gezip tozduğunu söyleyecek misin?"

Biraz daha bağırırsa üst kattaki komşuların uyanması an meselesiydi.

"Beni neden takip ediyorsun, seni hasta..."

"Dışarıda savunmasız kadınları doğrayan bir adam dolaşıyor," dedi Joesbury ve bir adım yaklaşıp sesini alçalttı. "Üstelik cuma günü o adamla neredeyse karşı karşıya geliyordun ve adam ismini biliyor. Muhtemelen nerede oturduğunu da biliyordur."

"Bu sana yine de izinsiz..."

"Kapa çeneni," diye devam etti. "Senin yerindeki birçok kadın muhtemelen aynı durumda korkudan altına kaçırırdı. Nasıl oluyor da korkmuyorsun?"

"En küçük bir fikrim bile yok." Komşular her an gürültüyle uyanabilirdi.

Joesbury bana o kadar yaklaşmıştı ki nefesini hissedebiliyordum. "Gönüllü olarak konuşman için son şansın Flint," dedi.

Bağırmıyordu ama en az bağırıyormuş gibi korkutucuydu. "Cuma gecesi olan olayla ilgili sakladığın bir şey varsa derhâl dökülmeni şiddetle tavsiye ederim."

Soluk mavi gözleri yine üzerimde hissetmiştim.

"Eğer söylemezsen ve biz daha sonra öğrenirsek seni elimden kimse kurtaramaz."

Derin bir nefes aldım. Son sözleri sinirime dokunmuştu. "Siktir git!" dedim.

Tuhaf bakışlarından bir an bana vuracağını düşündüm. Kendini tuttu ve derin bir nefes alıp gözlerindeki ateşin sönmesini bekledi. Yine başını iki yana sallamaya başlamıştı. Bakışlarıyla beni böyle kınayan başka birini daha önce hiç tanımamıştım.

"Sana seçenekleri sundum Flint, gözüm üstünde," dedi. "Bence zaten başın belada. Fakat Dana nedense sende bir parıltı gördü ve artık daha fazla stresle başa çıkamıyor. O yüzden seni uyarıyorum. Burnunu her işe sokma yoksa kırarım."

O anda tam da söylediğini yapacakmış gibi göründü gözüme. "Haddini aşıyorsun," dedim.

Bir adım daha yaklaştı. Karşısındakini korkutmak için fiziğiyle gösteriş yapan adamlardan biriydi. "Londra Polisi için çalıştığını asla unutmamanı öneririm. Umarım Camden'de olmanın özel bir sebebi yoktur. Şayet öyleyse zaten öğrenirim. Arkanı kollamayı unutma."

Arkasını dönüp basamaklara yöneldiği sırada kendime gelebildim. Bu adamın benim hakkımda derin bir soruşturmaya girişmesini istemezdim doğrusu.

"Dedektif Joesbury."

Sesimdeki değişikliğin sebebini anlamak ister gibi dönüp bakarken iç çekti.

"Camden'a seks için gittim," dedim sessizce. Beni can kulağıyla dinlediğini çok iyi biliyordum. Ceketimin omuzlarımdan kayıp düşmesine izin verdim. Üzerimdeki elbise kolsuzdu ve ince askılarla omzumda duruyordu.

"Bir erkek arkadaşım yok ve hayatımda böyle birini istemiyorum," diye devam ettim. Joesbury yerinden kıpırdamamıştı. Sokak lambasının ışığı altın rengi tenini aydınlatıyordu. "Fakat bazen kendimi tatmin etmekte yetersiz kalabiliyorum. Anlıyor musun?"

Sağ eliyle araba anahtarlarını sıkıca tutuyordu. Merdivenlerden geri döndü. *Ne halt ettim ben şimdi?* Bunu planlamamıştım ve hazır değildim. İnsan bunun için nasıl hazır olurdu ki? Mark Joesbury beni korkutuyordu.

Bir adım geri çekildim. Soğuk duvarı tenimde hissediyordum. Gözlerimdeki paniği gören Joesbury durdu. Gözlerini kıstı ve birkaç saniye birbirimize baktık. Hemen ardından arkasını dönüp basamaklardan hızla çıktı ve gözden kayboldu.

Arabasını çalıştırıp uzaklaşmasını duyana dek olduğum yerden kıpırdamadım. Yere düşen ceketimi bile almamıştım. Korkudan mı yoksa soğuktan mı titrediğimden emin değildim. Eve girdim.

23

27 Ekim, 11 yıl öncesi

Çıplak ayaklı kız parke zeminde kayarak yürüyor. Banyo kapısına gelince duruyor ve kapıya doğru dayanıyor.

"Cathy," diyor kendisinin bile güçlükle duyabildiği bir sesle. "İçeride misin?"

Kapının ardında sessizlikten başka bir şey yok. Ilık nefesinin soğuk kapı süslemesinin üzerinde yoğunlaştığını görüyor ve parmağını buharın üstünde yavaşça gezdiriyor. "Cathy, iyi misin?"

Ayak sesleri ve ardından fayanslara çarpan havlu sesi geliyor.

"Cathy," diyor yeniden. "Üst katta kimse yok. İzin ver içeri gireyim."

Cathy cevap vermiyor. Kız kapı kolunu deniyor. Kol kıpırdıyor ama kapı açılmıyor; kilitli.

Birkaç saniye daha bekledikten sonra yatak odasına dönüyor. Lamba hâlâ açık. Halının üstündeki kan lekeli kıyafetleri görüyor ve geri dönüyor.

"Cathy," diye sesleniyor bu defa daha yüksek sesle. Alt katta televizyon açık. Onu duyamayabilir. "Cathy, yine kanıyor musun?" Yanıt yok. "Cathy, şaka yapmıyorum. Bunun olabileceğini söylediler. Eğer enfeksiyon kaptıysan doktora görünmen gerekir. Lütfen Cathy, izin ver içeri gireyim."

Bekliyor ve bekliyor...

İkinci Bölüm
Annie

“Londra bugün büyük bir dehşet içinde.”

Star, 8 Eylül 1888

24

7 Eylül Cuma

Dedektif Tulloch, katilin bu gece yeniden ortaya çıkmayacağından nasıl bu kadar emin olabiliyorsunuz?"

"Hiçbir şeyin sözünü veremem," diye yanıtladı Tulloch ihtiyatlı bir sesle. "Fakat son on dakikada üçüncü kez tekrar ettiğim üzere, şu aşamada 31 Ağustos'ta meydana gelen olaya benzer bir vakayla karşılaşacağımızı gösteren bir bulgu yok."

Hepimiz son basın toplantısı için New Scotland Yard'daydık. Tulloch, Southwark bölge komiseri Başkomiser Raymond Puller ve Cinayet Araştırma Ekibi'nin başı, Tulloch'un doğrudan amiri Dedektif David Weaver'la birlikte ön saftaydı. Geraldine Jones cinayetiyle ilgili somut ve sağlam verilere henüz ulaşamadıklarını kabul etmek zorunda kalmışlardı. Brendon Sitesi sakinleri ve Geraldine Jones'un ailesi ve yakınlarıyla yapılan görüşmeler sonucunda üzerine çalışabileceğimiz somut bir bulgu ortaya çıkmamıştı. Pete Stenning, ağzından laf alabilme umuduyla evin bakıcısıyla bir akşam bara bile gitmişti.

"Dedektif Tulloch, bu kadar büyük bir soruşturmaya öncülük etmeye hazır mısınız?" diye bir soru geldi. "Özellikle de geçen seneki olayları düşünecek olursak."

Platform üzerindeki iki adam göz göze geldi ve başkomiser öne çıktı. "Bayanlar ve baylar, katılımınız için teşekkür ederiz," dedi.

"Bayan Geraldine Jones'un ölümüyle ilgili devam eden soruşturmada gelişmeler oldukça sizleri de haberdar edeceğiz."

Tulloch ve Weaver aynı anda ayağa kalktılar ve dışarı çıkan komiseri takip ettiler. Muhabirler artık biz geride kalanların yakalarına yapışabilirlerdi.

Emma Boston üç gün önce Karındeşen Jack taklidi hikâyesiyle ortaya çıktığından beri soruşturma medya tarafından aşırı ilgi görmekteydi. Kamuoyu sanki intikam duygusuyla kavruluyordu. Karındeşen Jack'le ilgili turistik gece turlarına katılım dört katına çıkmıştı, hatta Tulloch *Good Morning Britain* programına bile davet edilmişti. Tabii ki katılmadı.

Emma Boston'a kendi adıma bir sebepten dolayı minnettardım. Gazetelerde ismim "ismi bilinmeyen genç bir dedektif" sıfatıyla anılıyordu.

Lewisham'a döndüğümüzde gün batmak üzereydi. Stenning, Anderson ve ben basın toplantısına aynı arabayla gitmiştik. Merkezin ön kapısına geldiğimizde Mark Joesbury'nin yeşil Audi'si gözüme çarptı. Basın toplantısına katılmamıştı Joesbury. Aslında dört gün önce evimin önündeki son karşılaşmamızdan beri hiç konuşmamıştık.

Yanımdaki iki adam, Joesbury'nin arabasının hemen arkasına park eden gri Mercedes'ten inen Tulloch'a doğru yürüdüler. Joesbury, ona yaklaşan Tulloch'u kendine doğru çekti ve kadın, başını adamın omzuna yasladı.

Kendimi bir röntgenci gibi hissettim. Arkamı dönüp koridordan merdivenlere doğru yürümeye başladım. Üst kata çıkıp doğruca kafeteryada çalışan Polonyalı genç kıza doğru yürüdüm. Kız elinde kirli tabak çanaklarla dolu bir tepsi taşıyordu.

"Önüne bak!" diye seslendim birbirine çarpan porselen seslerinin arasından.

Kızın gözleri şaşkınlıktan kocaman açıldı ve dizlerinin üstüne düştü.

"Ah, Tanrım. Çok üzgünüm," dedim yanına çökerken. Kendimi berbat, alçak biri gibi hissediyordum. "Benim hatamdı," dedim. "Çok hızlı yürüyordum. İzin ver yardım ede..."

Kızlarla birlikte sebep olduğum dağınıklığı temizlerken ekibin geri kalanı toplantı odasına gidiyordu.

"Toplantıya katılman iyi olur Flint," dedi Tulloch. Basın toplantısı ve son birkaç günün stresi yüzünden yorgun düşmüşe benziyordu.

"Pekâlâ," diye devam etti Tulloch. Masanın arka kısmında bir yere yerleşmiştim. "Bu akşam fazladan üniformalının mesai yapacağını onaylayacak kimse var mı?"

"Uygun olan bütün devriyeler görevlendirildi," diye yanıtladı Anderson. "Bölüm başlarıyla kısa bilgilendirme toplantıları yapılacak. Brendon Sitesi ve civarındaki hareketliliğe yoğunlaşacağız. Bölgedeki bütün güvenlik kameraları devrede ve kameraları izlemesi için fazladan personel görevlendirildi."

"Ya Whitechapel bölgesi?"

"O bölgede de olabildiğince fazladan polis görevlendirildi," diye yanıtladı komiser. "Sanırım onların işi bizimkinden daha zor olacak. Orijinal cinayetlerin işlendiği bölgeyi şimdiden sarhoşlar sarmış bile."

"Katil Whitechapel'da ortaya çıkmayacak," dedi Stenning. "Hele ki bölge halkının yarısının gözü üzerinde olacakken bunu yapacağını hiç sanmıyorum."

"Yeniden ortaya çıkıp çıkmayacağını bile bilmiyoruz zaten," dedi Tulloch bıkkın bir sesle.

Arkamda bir hareketlilik vardı. Bölüm başkanları toplanmaya başlamıştı. Tulloch geldikleri için onlara teşekkür ettiği sırada ön tarafa çağrıldım. Resmî olarak hâlâ soruşturmaya dâhil olmama izin verilmemesine rağmen son birkaç günümü Whitechapel cinayetleriyle ilgili bilgilerimi tazelemekle geçirmiştim. Cinayetlerle ilgili yazılmış bütün kitapları internetten sipariş ettim. Aslında bu aşamada ekibe daha iyi bilgi vermek amacıyla bir Karındeşen turu da kendim için düzenlemeyi düşünüyordum.

"Annie Chapman kırklı yaşlarının ortasında, kısa, aşırı kilolu ve birçok dişi eksik bir kadındı," dedim. Arka tarafta başını eğmiş ayakkabılarını izleyen Joesbury'yi fark etmiştim. Odadaki bütün gözler benden Annie Chapman'ın morgdaki halini gösteren fotoğrafa kaymıştı. Siyah, kıvırcık saçların çevrelediği düz, tombul bir surat vardı karşımızda.

Notlarıma bakmaya ihtiyacım yoktu. Arkasında herhangi bir iz ya da ses bırakmayan katil tarafından canı alınan Annie Chapman'ın son gecesini anlattım. Konuşmama devam ederken Joesbury'yle bir kez daha göz göze geldik ve o yine başını eğdi. Kadının canlı olarak son kez sabaha karşı saat beş buçukta görüldüğünü söylediğimde odadaki pek çok kişinin saatini kontrol ettiğini fark ettim. Saatin beş buçuk olmasına on saatten az zaman vardı.

"Karındeşen'in kraliyet ailesinden olduğuna dair bilgiler doğru mu?" diye sordu birisi arkadan. Tulloch ve ben birbirimize baktık. Başını sallayarak cevap vermemi işaret etti.

"Prens Albert Victor'dan bahsediyorsunuz," dedim. "Kraliçe Viktorya'nın torunu ve tahtın vârislerinden biriydi. Prens Albert'le ilgili iki teori vardı. Birincisi; frengisi olduğuna ve East End'de ölümcül turlara katıldığına, fahişelere de bulaştırdığına dairdi. Gerçi bu teorinin doğruluğuna inanmak zordu çünkü kraliyet ailesinin bir üyesi olmasından kaynaklı her bir adımı kayıt altına alınıyordu. Yani cinayetleri bizzat kendisinin işlediğini söyleyebilmek pek de mümkün değil."

"Ya ikinci teori nedir?" diye sordu Tulloch. Nedense hızlanmamı istediğini düşünmüştüm.

"İkincisi ise Masonik faaliyetlere katıldığına dair tartışmalı bir teoriydi," dedim. "Bu teoriye göre Prens Albert gizlice Katolik bir kadınla evlenmişti ve ondan bir kızı vardı. Kadın tutsak edilmişti fakat çocuğunun dadısı çocukla beraber kaçmayı başarıp bildiklerini bir grup fahişeye anlatmış ve hükümete şantaj mektupları göndermişti. Dönemin başbakanı Masondu ve bir grup Mason arkadaşıyla kadınları kraliyet arabasına bindirip kaçırdıkları ve Masonik geleneklere göre öldürdükleri söylentisi yayılmıştı."

"Peki, bu mümkün mü?" diye sordu üniformalı komiserlerden birisi.

"Zannetmem," dedim. "Her şeyden önce kadınlar bulundukları yerlerde öldürülmüşlerdi. Etrafa saçılan kan miktarı ve hiçbir şey bulunamamasından da bu anlaşılabilir. Ayrıca saldırıların planlanarak yapıldığına dair bir işaret yok, hatta kontrol edilemez bir öfkeyle ve bir taşkınlık sonucu yapıldıkları görüşü ağır basıyor."

"Pekâlâ," dedi ayağa kalkan Tulloch ve saatini kontrol etti. "Teşekkür ederiz Lacey. Bütün gece Karındeşen Jack şüphelileri hakkında konuşabiliriz ama bunun bizi bir yere götüreceğinden emin değilim. Şimdilik bitirelim ve burayı boşaltalım olur mu?"

Merkez hızla boşalmıştı. Gruplar binayı terk ederken üzerlerindeki stresi hissedebiliyordum. Her an kötü bir şey olacağını düşünmek ve beklemek, kötülüğün kendisiyle baş etmekten çok daha zordu.

*

"Özellikle aradığın bir şey var mı?" diye sordu güvenlik kamerası operatörlerinden birisi.

Cinayet Araştırma Ekibi'ni üstü kapalı bir şekilde takip edip eski çalıştığım yere, Southwark'a gittim ve bölgedeki bütün kameraların izlendiği odaya girdim. Otuz kadar ekrandan görüntüler takip ediliyor, gerek duyulduğunda görüntü kalitesi bozulmadan yakınlaştırılıp detaylara bakılabiliyordu. Barda oturan insanların içkilerindeki buzun parıltısı bile görünüyordu.

"Dedektif Tulloch bir süre görüntüleri takip etmemi istedi," diye yalan söyledim. "Geçen haftaya dair hafızamda belki bir şeyler canlanabilir diye düşünüyor. Bizimkilerden kimseyi görebiliyor musun?"

Ekranlarda görüntüler değişmeye başladı. Cadde köşelerine park etmiş arabalarında, barların önünde bekleyen ve dükkânların etrafında dolaşan birçok polis vardı. Mark Joesbury'nin arabası cinayetin işlendiği yere yaklaşık iki yüz metre mesafede park halinde bekliyordu. Joesbury sürücü kapısını açtı ve dışarı çıktı. Onu, açılan yolcu kapısından çıkan Komiser Anderson takip etti. İki adamın binaya girişini izlerken Joesbury'nin beni araştırma altına alma konusunda yaptığı tehdit geldi aklıma yüzüncü kez.

Üst kısımdaki monitörlerden birinde mavi yağmurluklu biri gözüme takıldı. Dana Tulloch, Southwark Katedrali'nin dışındaki meydandan geçiyordu.

Mark Joesbury hakkımda detaylı bir araştırmaya girdiyse, yirmi altı yaşımda polis kuvvetlerine katıldığımı, ondan yaklaşık üç yıl kadar önce bir dönem Kraliyet Hava Kuvvetleri için çalıştığımı ve bütün eğitim kurslarını başarıyla tamamladığımı, boş zamanlarımda hukuk eğitimi aldığımı ve dedektiflik programına ilk başvurumda kabul edildiğimi öğrenmiş olmalıydı.

Gerçi kişisel kayıtlarıma ulaştıysa ki bunu zannetmiyorum, Lancester Üniversitesi'nde hukuk okuduğumu fakat henüz ikinci yılımı bitirmeden okuldan ayrıldığımı da biliyor olmalıydı. On beş yaşımdayken cebimde yarısı içilmiş esrarlı sigarayla yakalanmış ve bir yıl sonra bir gece kulübünde aşırı doz GHB kullanımından hastaneye yatmış, hastaneden çıkışımın ertesinde polis gözetimine maruz kalmıştım.

Ekrandan, Southwark Katedrali'nin ana kapısından içeri giren Tulloch'u takip ettim. Ardından odadaki iki operatöre yardımları için teşekkür edip oradan ayrıldım.

Joesbury araştırmasında daha da ileri gittiyse Shropshire'da doğduğumu, babamı hiç tanımadığımı ve ergenlik sonrası uyuşturucu bağımlısı annemle geçirdiğimiz kısa dönem haricinde erkek kardeşim ve bana, büyükannem ve büyükbabamın baktığını da öğrenmiş olmalıydı. Büyükannem ve büyükbabam öldükten sonra uyuşturucu problemim artmıştı ve yıllarca serseri gibi orada burada sürterek, sınırlarda bir hayat yaşamıştım. Belki de erkek kardeşimin Kanada'da yaşadığını ve yıllardır konuşmadığımızı da öğrenmişti.

25

Katedral kapanmak üzereydi. Yaşlıca bir zangoç önce ellerini kaldırdı ve daha sonra kapıya doğru işaret edip başını sallamadan önce gülümsedi. Yalnızca on dakikam vardı.

Ben ona doğru yaklaşırken Tulloch gözünü sunağın altındaki camın ortasına dikmiş, kıpırdamadan duruyordu. Geldiğimi duymuş olmalıydı fakat yine de istifini bozmadı. Neredeyse vazgeçip geri dönecektim. Fakat fikrimi değiştirip yaklaştım ve sessizce konuştum: "Dedektif..."

Uykudan uyanmış gibi bana baktı. "Burada ne yapıyorsun?"

Güzel soru. "Kusura bakma," dedim. "İçeri girdiğini gördüm ve..." Onu neden takip ettiğimi doğrusu ben de bilmiyordum.

"Ve caddelerde dolaşmak yerine burada ne yaptığımı merak ettin," dedi yine arkasını dönerken. "Güzel başlık olurdu değil mi? CİNAYET SORUŞTURMASI ŞEFİ, KATİL YENİDEN SALDIRIRKEN DUA EDİYOR."

Ne cevap vereceğimi bilemedim.

"Akşam duasını kaçırdın," dedi.

"Aslında ben kiliseye pek gitmem," diye yanıtladım.

"Ben de hiç gitmezdim," dedi gözlerini daldığı noktadan ayırmadan. "Fakat şimdi yukarıda bir yerde ilahi bir gücün olduğunu bilmek için her şeyimi verirdim. İşte, plan bu."

Daha önce hiç bu şekilde düşünmemiştim ve bu andan sonra da düşüneceğimi zannetmiyordum.

Tulloch sandalyeye oturdu ve bana da yanındaki sandalyeye oturmaktan başka bir seçenek kalmadı.

"Geçen gün kadınlar tuvaletindeki kişinin sen olduğunu biliyorum," dedi yumuşak bir sesle.

"Üzgünüm," dedim. "Amacım seni dikizlemek değildi."

Yanıt vermedi.

"Sadece midene dokunan bir şeyler yediğini düşündüm." Bunu söyledikten sonra ben de durdum.

"Yediğim her şey aynı etkiyi yaratıyor Lacey," dedi. "Yemek yiyemiyorum."

Yan gözle ona baktım. Eh, diyet ürünler reyonundan alışveriş yapacak kadar şişman olmamıştım hiçbir zaman ama Tulloch'la karşılaştırıldığında kısa ve kalın sayılabilirdim.

"Ergenlik yıllarımda yeme bozukluğum vardı," diye devam etti. "Artık geçti sanıyordum ama görünüşe bakılırsa geçmemiş. Ne zaman yemek yesem hemen çıkarıyorum. Yağsız süt, portakal suyu ve vitaminlerle ayakta kalabiliyorum bu aralar."

Keşke o gözetleme odasına hiç gitmeseydim diye düşünüyordum. Tulloch bir an başını eğdikten sonra yeniden kaldırıp aynı noktayı izlemeye devam etti.

"Burada ne yaptığımı mı öğrenmek istiyorsun?" diye sordu. "Yeniden konumlanma mektubumu düşünüyorum."

Yeniden konumlanma, soruşturmayı bırakma anlamına geliyordu. Bu belki de dedektiflik kariyerinin sonu olabilirdi.

"Çok iyi gidiyor," dedi sanki önceki gün televizyonda izlediğimiz bir programdan bahsediyormuşuz gibi bir tavırla. "Yapılacak en mütevazı ve onurlu şey bu. Af dilemeyi de içeriyor aslında."

Söyleyecek bir şeyim yoktu.

"Bütün dostlarım," diye devam etti Tulloch, "ki pek fazla sayılmazlar ama hepsi bu terfiyi kabul etmemem için bana âdeta yalvardılar."

Keşke doğruca eve gitseydim. Bütün bu anlattıkları beni aşan şeylerdi. Bana doğru döndü.

"Yeni görevim için hazır olmadığımı söylediler. Biraz daha zamana ihtiyacım olduğunda ısrar ettiler. Ama böyle fırsatlar ne sıklıkla gelir ki Lacey?" dedi. "Başka bir şans için beş sene beklemek zorunda kalabilirdim."

Başını yeniden sunağa doğru çevirdi ve hafifçe iç çekti. "Hem Londra çok uzaktı."

"İskoçya'dan mı?" diye sorma cesaretinde bulundum.

Bir süre etrafa ve bana şöyle bir göz gezdirdi. "İskoçya hakkında ne biliyorsun?" diye sordu.

"Hiçbir şey," dedim dürüstçe. "Yani teknik olarak bir şey bildiğimi söyleyemem."

Tulloch bir süre bir şey söylemedi. Ardından konuştu: "Çok kötü bir vakaydı. Hayal bile edilemeyecek kadar kötüydü. Derin yaralar bıraktı bende."

Başımı çevirip ona bakmaya cesaret ettiğimde gözlerini kapadığını gördüm. Yağmurluğunun kollarını sıvıyordu. Sanki ona baktığımı hissetmiş gibi aniden gözlerini açtı ve göz göze geldik.

"Güney Londra'da en kötü ne olabilir ki diye düşünmüştüm," diye devam etti. "Tuhaf bir bıçaklı saldırı? Biraz ev içi şiddet? Bunlarla başa çıkabilirdim. Fakat böylesi bir cinayet için hazır değildim."

"Henüz her şey bitmedi," dedim hissettiğimden daha sert bir ifadeyle. "Elimizde bir cinayet var ve hepsi bu."

Bu defa bakışlarını üzerimden çekmemişti. Normalde Tulloch'a benzeyen kadınların burun ve yanaklarında çiller olurdu ama onda yoktu.

"Gerçek Karındeşen soruşturmasındaki polisler o zaman âdeta çarmıha gerildi. Charles Warren, Jack'i bulamadığı için istifa etti. Şimdiyse ilk ben davranacağım. Görev sınırlarımda beş kadının öldürülmesine katlanamam Lacey. Bunu biliyorum."

Birileri onu anlamak zorundaydı. Geraldine Jones'un ölümünü durdurabileceğim düşüncesiyle kendime işkence ettiğim zamanlar çok acı çekmiştim. Eğer birkaç kişi daha öldürülürse Tulloch'un da benim yaptığım gibi ölümlerden kendini suçlayacağından emindim.

"Bir şey sorabilir miyim?" dedim.

Hafifçe omuz silkti. Bunu evet olarak yorumlamıştım.

"Bugüne kadar kaç kez hata yaptın?"

Yay gibi kaşlarının arasında bir çizgi belirmişti. "Emin değilim..."

"Soruşturmaya sıfırdan başlama şansın olsaydı farklı olarak ne yapardın?"

Başını iki yana sallıyordu. Belli ki ne cevap vereceğinden emin değildi.

"Senin yerine daha tecrübeli ve seninkine benzer kişisel sorunlarla uğraşmayan biri soruşturmanın başında olsaydı," dedim, "senin yapmadığın neyi yapardı?"

Derin bir nefes alıp başını çevirdi ve ileride bir noktayı izlemeye başladı. Ben de aynısını yaptım.

"Bence sen yapılması gereken her şeyi yaptın," dedim. "Ortada hiçbir ipucu yoktu ve üstelik başka cinayetler olacak mı bilmiyoruz. Yerinde olsam mektubu vermeden önce bir yirmi dört saat daha beklerdim."

Tulloch öne doğru eğildi ve dirseklerini dizlerine yaslayıp yüzünü avuçları arasına yerleştirdi. "Sence bütün bunları neden sana anlatıyorum?" diye sordu.

Sağlam soruydu. "Elinin altında olduğum için?" diyerek tahminde bulundum.

"İstifamı kaçınılmaz kılmak için yapıyorum bunu," dedi. "Sana istifa edeceğimi söyleyerek meseleyi oldubittiye getiriyorum. Ekibimde bir kişinin bile liderlik edemeyeceğimi bilmesi durumunda çalışamayacağımı bilecek kadar tanıyorum kendimi."

"Eh, o halde ekibinden biri olmadığım için şanslı sayılırsın değil mi?" Biraz kendimi beğenmiş göründüğümün farkındaydım. "Ekibinden olmadığımın altını özellikle çizmiştin."

Hafifçe güler gibi bir ses çıkardı. Yoksa ağlıyor muydu? "Bana birini hatırlatıyorsun," dedi.

"Bu iyi bir şey mi yoksa kötü bir şey mi?"

O sırada zangocun içeri süzüldüğünü gördüm. Göz göze geldiğimizde yaklaştı ve bileğindeki saati işaret etti.

"Üzgünüm," dedi. "Vakit doldu."

Dana ayağa kalktı. Ben de aynısını yaptım ve katedralin arka kapısına doğru yürüdük. Adım seslerimiz boş yapının içinde gürültüyle yankılanıyordu.

"Seni benzettiğim kişinin genel olarak iyi biri olduğunu söyleyebilirim," dedi. "İyi bir arkadaşımdı ama kendini tutamaz, herkesin işine karışırdı. Sende de aynı sorun var değil mi?" dedi gülümseyerek. "Bu arada," dedi katedralden çıkarken. "Mark'a ne yaptın?"

Yüzüne bakamıyordum. "Dedektif Joesbury'yi mi kastediyorsun?" diye sordum zaman kazanmak için.

Hafifçe güldü. "Evet, ondan bahsediyorum. Konuştunuz mu?"

"Şey, pek de iyi anlaştığımızı söyleyemem," demeyi başardım. "Üzgünüm."

Tulloch yanıt vermedi ama çaktırmadan baktığımda gülümsediğini gördüm.

"Onunla uzun zamandır mı tanışıyorsunuz?" diye sordum. Aslında Tulloch'un Joesbury'yle ilişkisi hakkında hiçbir şey bilmek istemiyordum ama yine de sormuştun.

"Beraber eğitim aldık," dedi. "Ben dünyayı değiştirmek isterken o boş zamanlarında ragbi oynamak istiyordu yalnızca." Yeniden gülümsemişti. "Bir sene sonra Rugby oynaması yasaklanınca elinde dünyayı kurtarmaktan başka bir seçenek kalmadı."

Yaya geçidindeki trafik ışıklarını beklemeye başladık. Joesbury için üzülmeye hiç niyetim yoktu. İçinde bir haydut gizlediğini biliyordum.

"Uzun bir süre çok yakındık," dedi Dana. "Hatta oğlunun vaftiz annesiyim. Uzun bir ilişkiden çıkmam onun boşanmasıyla aynı zamanlara denk geldi ve bu süreçleri atlatmamızda birbirimize yardım ettik."

Yayalar için yeşil ışık yandı ve karşıya geçtik.

"Onu son iki yıldır nadiren görüyordum," diye devam etti. "Şu uyuşturucu çetesinin peşindeydi, ben de İskoçya'daydım. Sanırım kayıp zamanların acısını çıkarıyorum şimdi. Hayatımda şu anda ailem sayılabilecek kadar yakınım olan kişidir Mark."

Merkeze ulaştık.

"Bu işe canı sıkıldığı için katılması, gerçeği yansıtmıyor, değil mi?"

Tulloch, bir kadının ancak sevdiği birisiyle paylaşacağı bir gülümsemeyle bana baktı. "Tabii ki yansıtmıyor," dedi. "Benim arkamı kolluyor."

Merkeze girerken bana iyi geceler diledi. Arabama binerken Tulloch'un aile ve arkadaşlar konusunda benden çok da iyi durumda olmadığını düşünüyordum.

26

Amanda Weston titremesini bir türlü durduramıyor. Üşüttüğümüz zamanlarda hissettiğimiz titremeler gibi. Belki de üşütmüştür, ne de olsa tamamen çıplak ama bu düzensiz ve aralıklı titremenin hava durumuyla bir ilgisi yok. Korkudan titriyor.

Başının üstündeki tavandan renkli, büyük şekiller sarkıyor. Kırmızı, mavi ve sarı boyanın soyulduğunu görüyor ve artık taş kesmiş beyninin en basit bilgileri bile işleyemediğini düşünüyor. Bedenine olanların küçük bir parçası... Üzerine uzandığı ahşap bank, bedenini yüzlerce küçük yaratık ısırıyormuş gibi batıyor ve rahatsız ediyor. Sağ gözünün altını çılgınlar gibi kaşımak istiyor ama o sırada sol bacağına bir şeylerin tırmandığından emin oluyor. Yapabileceği hiçbir şey yok.

Yine de denemekten geri durmayacak. Eller, ardından kollar, baş ve bacaklar... Bitkin düşene dek asılıyor, döndürüyor ve çekiyor. Son bir gayretle deviniyor ama yararı yok. Kıpırdayamıyor.

Başının arkasında bir ses var. Birileri geri geliyor.

Yüzüne bir el dokunuyor ve ağzındaki bandı hızla çekiyor. Soğuk hava, yanan derisine temas ediyor.

"Nasıl gidiyor?" diye fısıldıyor bir ses kulağına.

Amanda söyleyecek bir şey bulmaya çalışıyor. Fark yaratacak, damara basacak bir şey. Eski klişelerden farklı bir şey. *Neden böyle yapıyorsun? Lütfen canımı yakma. Beni bırakırsan kimseye bir şey söylemem. Yemin ederim.*

"Hata yapıyorsun," diyor Amanda. "Düşündüğün kişi ben değilim. Hiçbir şey yapmadım." Amanda artık daha fazla korkmayacağını düşünüyor fakat yanıldığını anlaması uzun sürmüyor.

"Bana kendin anlat," diye fısıldıyor bir ses. "Çocuklarından bahset."

Çocuklar mı? Midesinin uyuştuğunu hissediyor. İmkânsız. Abigail okulda. Kayıp olduğu anlaşılmış olsa birileri ona haber verirdi. Daniel'le en son ne zaman konuştu? Amanda gözlerini kısıp sanki onları görebilirmiş gibi sağa sola bakıyor. Kimseler yok. Sesiyle baş başa.

"İsimleri ne?" diye soruyor ses. "Yalan söyleme, nasılsa öğrenirim. Kızının adı ne?"

"Ab... Abigail," demeyi başarıyor sonunda.

"Güzel. Ya oğlun? Onun adı ne?"

"Daniel," diyor Amanda.

"Onlarla gurur duyuyor olmalısın. Anneler çocukları için her şeyi yapar, değil mi? Sen iyi bir anne misin Amanda?"

"Olmaya çalışıyorum. Fakat anlamıyorum. Neden..."

Amanda artık üşümüyor. Sıcaktan bunalacakmış gibi hissediyor. Uzakta beyaz bir şeye gözü takılıyor. Bir elin uzanıp küçük, taşınabilir CD çalara parmaklarıyla hafifçe vurduğunu görüyor.

"Biraz müzik dinleyelim olur mu?" diyor ses. "Favorilerimden biri."

Beyaz bir figür ona doğru geliyor. Hafif, tanıdık bir melodi yükseliyor. Çocukluğundan gelen bir melodi... Sözlerin başlamasıyla beraber midesine doğru bir soğukluğun yükseldiğini hissediyor. Karnı karıncalanmaya başlıyor. Soğukla buluşan sıcak kanının cızırtısını bile duyabiliyor neredeyse.

27

8 Eylül Cumartesi

Ertesi gün merkezde yorgun ama yine de neşeli bir atmosfer vardı. 8 Eylül günü sabaha karşı saat beş buçuğu geçmesine rağmen herhangi bir olay raporu iletilmemişti. Merkeze geç gitmeme rağmen ilk gelenlerden biriydim. Ekibin geri kalanı esneyerek, gözleri kan çanağı halde öğlene doğru birer birer merkeze gelmeye başladı. Tulloch'tan haber yoktu. İstifa mı etmişti yoksa?

Öğleden sonra Emma Boston bana bir sürü mesaj gönderip yeni bir gelişme olup olmadığını sordu. Her seferinde nezaketi elden bırakmadan, olumsuz yanıt verdim. Emma elinde ismimin olduğu mektupla gelip soruşturmanın yönünü değiştirdiğinden beri her an ismimin hatta fotoğrafımın gazetelerde çarşaf çarşaf yayınlanma ihtimali vardı.

Mesai sonunda kimse evine gitmeye gönüllü değildi. 8 Eylül günü tamamen bitmeden rahat etmeyecektik. Toplantı odasında dolaşmama kimse ses çıkarmadı. Millet yemek için dışarı çıkmaya başladı. Saat 9.20 gibi kahve makinesine bir kez daha giderken kontrol odasından arama geldi.

Anderson cevap verdi ve salona sessiz olmalarını işaret etti. Birisi uzanıp televizyonu kapattı.

"Pete, patrona git," dedi. "Mandela Yolu'ndaki endüstri sitesinden arama geldi. Yarı histerik bir adam olduğunu söyleyebiliriz. Kesilmiş bir vücutla ilgili bir şeyler bağırıp durdu."

Son arabanın da istasyondan ayrılışını seyrederken Emma Boston'dan bir mesaj daha aldım.

Forest Hill Yüzme Havuzu'nda buluşabilir miyiz? G Jones'la ilgili acil bilgiler var.

Yüzme havuzunda mı buluşmamızı istiyordu? Saatimi kontrol ettim. Dokuz buçuk. Forest Hill için haritaya bakmama gerek yoktu. Dulwich ve Catford arasındaki Dartmouth Yolu üzerindeydi. Eskiden iyi yapabildiğim birkaç şeyden biri yüzmeydi ve Forest Hill'deki havuz çocukluğumun eski Viktoryen tarzı havuzlarını hatırlatıyordu bana. Emma Boston'ın orada ne aradığını ve Geraldine Jones'la ilgili ne söyleyeceğini merak ediyordum doğrusu.

Emma'nın cep telefonundan cevap yoktu. Bir saniyeliğine oturup düşünmeye başladım. Akşamın bu saatinde bir Londra turu yapmak istiyor muydum? O sırada Emma'dan başka bir mesaj daha geldi.

Arama. Yalnızca gel. Lütfen.

Bu mesele çocuk oyuncağı değildi, dikkatle ele alınmalıydı. Ekipteki herkes gelen ihbar telefonu üzerine yeni bir olay yeri olma ihtimali olan bölgeye giderken bense ters yöne, katille iletişime geçmiş biriyle buluşmaya gidecektim.

Masadaki telefonu aldım ve kontrol odasını arayıp nereye gideceğimi ve kiminle buluşacağımı söyledim. Bilgiyi ekipten birine ilk fırsatta ileteceklerini söylediler. Binadan ayrıldığım sırada Mark Joesbury merdivenlerden iniyordu. Beni görünce durdu. Arkasındaki kapı açılıp Anderson belirmese benimle konuşacağından emindim. Arkamı dönüp hızla merkezden ayrıldım.

*

Bromley Yolu'na doğru giderken aldığım riski düşünüyordum. Giderek yaklaşıyordum. Varmama on dakika kala telsizden bir anons geldi. Tulloch nerede olduğumu bilmek istiyordu. Hemen cevap verdim.

"Lacey, arkandan bir ekip yolluyorum," dedi. "Onlar gelene kadar arabandan çıkayım deme. Anlıyor musun?"

"Şey, tamam ama..."

"Benimle tartışma Flint. Mandela Yolu ihbarı asılsız çıktı. Orada kimseler yoktu. Üstelik tek başına Londra'nın diğer ucuna gitmenden hoşlanmadım."

İkimiz de hoşlanmıyorduk.

"Pekâlâ, anlıyorum," dedim. "Havuza gidip sizi bekleyeceğim."

"Mark ve Neil büyük ihtimalle daha önce varacak. Onlar merkezde kalmışlardı."

Arabamı caddenin aşağısına park edip sağa sola baktım. Hâlâ trafik vardı. Cadde iyi aydınlanıyordu. Etrafta sıradışı bir şey fark edilmiyordu. Emma'ya dair bir iz yoktu.

Çantamdan cep telefonumu çıkardım. Yeni bir mesaj yoktu. Oralarda olsaydı etrafta beni arıyor olurdu. Eğer görüp de gelmiyorsa belki de yanlış giden bir şeyler vardı.

Belki de ben çabuk gelmiştim buluşmaya. Hâlâ yolda olabilirdi. O sırada telefonum öttü. Bu defa sadece iki sözcük vardı ekranda.

Yardım et.

28

Arabadan indim. Etrafta kimseler yoktu.

"Emma!" diye hafifçe seslendim. Eğilip telsize uzandım ve cebime koydum. Cep telefonumu da sıkıca tutarak arabadan dışarı çıktım.

Her an destek ekibi gelebilirdi ve kesinlikle arabadan fazla uzaklaşmayacaktım. Etrafa şöyle bir bakmak zorundaydım. Yarı koşar adımlarla caddede yürürken kafamı kaldırdığımda incelikle inşa edilmiş kırmızı tuğlalı binayı gördüm. Her tarafta gölgeler vardı. Ön kapıya çıkan basamaklara doğru bir adım attım.

"Emma," diye seslendim bir kez daha. Yavaşça basamakları çıkarken arabama uzak olmadığımı içimden kendime tekrar ediyordum. Saniyeler içinde arabama dönüp kapıları kilitleyebilirdim.

Geraldine Jones'un katilinin dakikalara ihtiyacı yoktu.

Basamakların sonundaki ön kapının kilitli olduğunu gördüm. Herkes neredeydi? Emma'nın mesajını düşünürken hızla caddeye koşmaya başladım.

Karındeşen'in dakikalara ihtiyacı yoktu.

Binanın yanında ilk kata çıkan metal bir yangın merdiveni olduğunu hatırlamıştım. Hâlâ aynı yerindeydi. Hatırlamadığım şeyse son ziyaretimdeki metal çerçeveli güneş gözlükleriydi. Tıpkı Emma'nın gözlüklerine benziyorlardı.

"Dedektif Flint'ten merkeze."

Telsiz cızırtılarını dinlerken bir an durdum. Neredeyse kalp atışlarımı bile duyabiliyordum. "Devam et Dedektif Flint."

"Dedektif Flint acil destek istiyor," diye yanıtladım. "Ciddi, hatta ölümcül yaralanma tehlikesi şüphesi söz konusu."

Metal merdivenlerden biraz uzaklaşıp yukarı baktım. Üstteki pencere kırıktı ve kapı kapalı sayılmazdı. İçeride birileri olmalıydı. Tulloch görevi sırasında bir kadın cesediyle daha karşılaşmak istemiyordu. Ben de öyle. Fakat bu defa vakaya daha yakındım.

İlk iki adımımda bacaklarım sanki uzun süre koşu bandında çalışmışım gibi titriyordu. Beşinci adımla birlikte yürümeye alıştım ve merdivenler her bir adımımda gıcırdamaya başladı.

En üste ulaştığımda başımı çevirip son kez caddeyi kontrol etme riskine girdim. Anderson'ı öldürecektim. Joesbury'yi yere çarpıp başını tekmelemek istiyordum. Hangi cehennemde kalmışlardı?

Risk aldığımı biliyordum ama çaresizlikten Emma'nın numarasını aradım. Ardından yüzümü kırık cama doğru yaslayıp dinlemeye başladım. Caddede araçlar geçip gidiyordu. Gökyüzünde bir yerlerde bir helikopter vardı. Bir saniye kadar sonra zayıf da olsa telefonun çaldığını duydum. Ses zayıf ama netti. Emma'nın telefonu binanın içinde bir yerdeydi.

Ardından telefon sesi korkunç bir çığlıkla bastırıldı. Çığlık sona erdiğinde kapının öteki tarafındaydım.

Bu tarz binaların sinir bozucu bir korkutuculuğu vardı. Geceleri perili olduğu söylenen okul gibi ya da müşterilerin terk ettiği bir mağaza gibi ürkütücü olurlardı. Eskiden beri bildiğim bu yer geçmişi arkasında bırakmışa benzemiyordu. Karanlığa doğru bakarken çocukların çığlıklarını ve yalnızca büyük alanlar ve suyun olduğu binalarda duyulan o tuhaf ritmiş yankıları duyabiliyordum.

Klor kokusunu bile aldığıma yemin edebilirdim.

Birkaç metre ötede parıldayan bir sokak lambasının ışığı pencereden içeri giriyor, yumuşak ışık bir ayakkabının üstüne düşüyordu. Ayak parmaklarımın üstünde yürüyüp eğildim. Ayakkabının üstünde toz yoktu. Orada uzun süredir bekliyor olamazdı. Emma'nın ayakkabısıydı. Biliyordum.

İçimdeki mücadeleyi sağduyum kazandı. Kapıya doğru bir adım geri çekildiğim sırada yangın merdiveninin gıcırdadığını duydum.

Dışarıda birileri merdivene çıkmıştı.

Bu bir iz değil, bir tuzaktı.

29

Paniğin kıyısındaki gözlerim korku içinde bir fareninkiler gibi yuvalarında fır dönüyordu. Bir zamanlar ofis olarak kullanılan geniş bir yerdeydim. Etrafta hâlâ oraya buraya atılmış sandalyeler ve masalar vardı. Odanın ortasına, alanı ikiye ayıran bir dizi dolap yerleştirilmişti. Onların gölgelerine sığınarak ilerlemeye başladım. Binanın içinde bir yerlerde çalmaya devam eden telefonun sesini duyuyordum. Çaldırmayı durdurabilirdim fakat bu defa telefonumdan çıkacak ses beni ele verebilirdi. Son birkaç saniyedir nefesimi tutuyordum. Soluğumu yavaşça bıraktım.

Merdivenlerden gelen her kimse benden daha çok gürültü yapmıştı. Kilosu benden fazla olmalıydı. İtilerek açılan kapının ıslığa benzer bir sesle gıcırdayışını duydum. İçeri bir adım atıldı. Ardından bir adım daha duydum.

Sessizlik. Gelen kişi gözlerinin karanlığa alışmasını bekliyor olmalıydı. Her an Emma'nın ayakkabısı ve benim tozlu zeminde bıraktığım izi görebilirdi. Ayak sesleri tekrar yankılanmaya başladı. Bu defa daha ağır ilerliyordu. Nerede olduğumu biliyordu.

Dolapların arkasından siyah bir figür belirdi. Karanlıkta oldukça iri görünüyordu. Işığın düştüğü yere ilerleyince çok rahatladım.

"Buradayım," diye fısıldadım.

Joesbury hızla sesin geldiği yöne döndü. Onun gibi hoşlanmadığım birini göreceğime bu kadar sevineceğimi hiç düşünmezdim. Karanlığa rağmen gözlerindeki parıltıyı görebiliyordum. Bakışları dostça değildi.

"Burada birileri var," dedim. "Bir çığlık duydum. İçeride bir yerde."

Joesbury işaret parmağını dudaklarına götürüp susmamı işaret ettikten sonra telsizini ağzına yaklaştırdı. "Burada," dedi. "Evet, dışarı çıktığımızda onu kim boğazlayacak, karar veririz. Telefon sesi duyuyor musun?"

Anderson'ın yanıtını duyamadım fakat bir saniye sonra odanın en uzak köşesindeki kapıya doğru ilerleyen Joesbury'nin onu takip etmemi işaret ettiğini gördüm. Kapıya gelince önce içeriyi dinledi ve yavaşça açıp ileri doğru bir adım attı.

Ben de aynısını yaptım. Neredeyse iki büyük yüzme havuzunu çevreleyen bir galeriye çıkmıştık. Havuzun kadın ve erkekler için ayrı olduğu zamanlarda burası erkekler bölümüne aitti. Galerinin yukarı kısımlarında okul müsabakalarını izleyen ebeveynler için ayrılmış sıralar hâlâ duruyordu. Joesbury yavaş adımlarla, her bir sırayı dikkatle inceleyerek gölgeler arasında ilerlemeye başladı. Elinde bir fener vardı ama henüz kullanmamıştı. Emma'nın telefonunun sesi daha yüksek geliyordu artık.

Arkamızı kontrol ederek, sıraların arasından yer seviyesine inen Joesbury'yi takip ettim. Sıçan ölüleri ve sandviç artıkları arasından yürüdük. Ayaklarımızın altında cam kırıkları ve insan dışkısı vardı. Merdivenlerin sonuna geldiğimizde salonun uzak ucundaki kemerli yolda Dedektif Anderson'ı gördük. Yanılmıyorsam o yolun sonunda Viktoryen döneme ait iki küçük kadın havuzu vardı. Bizi gören Anderson başını iki yana salladı. Belli ki o da bir şey bulamamıştı. Joesbury havuzun kenarına doğru yürüdü.

İçinde su olmayan havuz çukuru devasa görünüyordu. Yaklaşık otuz metre uzunluğunda, on beş metre genişliğinde bir havuzdu. Eskiden derinliğine göre beş bölüme ayrılırdı. Artık kullanılmadığı için atık deposuna dönüştürülmüştü. Kafeterya sandalyeleri, can simitleri, cankurtaran sandalyeleri hatta eski bir sıçrama tahtası bile atılmıştı içine. Joesbury, havuz zemininden yukarı doğru şişkinlik yapan devasa bir kanvas perdeye bakıyordu. Telefon sesi perdenin altından geliyordu. Hâlâ aradığımı hatırlayınca telefonumu çıkarıp kapattım.

"Arayan bendim," diye durumu açıkladım şaşırmış gözlerle bana bakan iki adama. "Emma Boston'ın telefonu. Ben arıyordum. Sesi takip ettim."

Joesbury el fenerini açıp perdeyi aydınlattı. El feneri ışığıyla bile altta ne olduğunu söylemek imkânsızdı.

Anderson'a döndü. "Destek gelmiş olabilir mi?" diye sordu.

Anderson telsize bir şeyler söyledi. "Beş dakikaya buradalar," dedi. "Patron Ninjaları da yollamış."

Ninja'dan kastettikleri CO19 silahlı polis birimiydi. Tulloch gerçekten de durumu ciddiye almış olmalıydı.

"Binanın etrafını sarmalarını söyle," dedi Joesbury. "Yangın çıkışını da içeren dört çıkış var. Dikkatli olsunlar. Sanırım artık buraya olay yeri muamelesi yapabiliriz."

Kanvasın altındaki telefon yeniden çalmaya başladı. Joesbury küfredip söylendikten sonra el fenerini yere bırakıp aşağı sarktı ve havuza atladı.

"Feneri kapat Flint," dedi Anderson. Bir kez daha söyleneni hemen yaptım. Fayanslardaki ayak seslerinden bana yaklaştığını duyuyordum.

"Bekle bir dakika patron," dedi Joesbury'nin yanına inmeden önce. Her iki adam da el fenerlerini önlerindeki belirsiz şekile doğru tutuyorlardı. İkisi de söz konusu şeye yaklaşabilecek gibi görünmüyordu.

"Tanrı aşkına, hâlâ hayatta olabilir," dedim ve onlara katılmak için aşağıya atladım. Perdeye doğru ilerlerken Joesbury beni göğsümden kavradı. Perdeyi iki ucundan tutup çekti.

Neyle karşı karşıya kaldığımızı anlamaya çalıştığımız sırada Anderson inledi. Önümüzdeki insan formu sırtüstü uzanmış, gözlerini tavana dikmişti. Sol kolu göğsü boyunca uzanıyordu ve bacakları da ayrık duruyordu. Sarı saçları ikiye ayrılmıştı. Şekli insana benziyordu ama insan değildi.

Cankurtaranlık eğitimi sırasında kullanılan eski moda plastik mankenlerden biriydi. Sarı saçlarıysa ucuz peruktan ibaretti. Normalde gülebilirdik ama tansiyon hâlâ yüksekti. Mankenin pozisyonunun, Karındeşen Jack tarafından öldürülen Annie Chapman'ın bulunduğu zamanki haliyle aynı şekilde olduğunu fark ettik. Emma Boston'ın cep telefonu, Annie Chapman'ın cesediyle aynı şekilde duran mankenin ayakucundaydı. Mankenin sağ omzu üzerinde plastik bir poşet duruyordu. Joesbury gözünü poşete dikti. Anderson'a baktım. O da aynı şekilde poşete bakıyordu. Joesbury boğazını temizledi.

"Pekâlâ Flint, bu iş senin uzmanlık alanına giriyor," dedi. "Adamımız ödülünü aldı, değil mi? Polisle dalga geçmek için kurbanlarının vücut parçalarını gönderiyordu."

Karındeşen'in kurbanlarının iç organlarına ne yaptığıyla ilgili teoriler için pek de iyi bir zaman değildi. Joesbury plastik poşete yaklaşırken yalnızca başımı aşağı yukarı sallamakla yetindim. El fenerini doğrultup poşete iyice baktı.

"Kurbanlarının böbreklerini aldığını söylememiş miydin?" diye sordu Joesbury.

"Bu bir böbrek değil," dedi yaklaşan Anderson. "Böbrek böyle olmaz."

Poşetin içindeki parça kaslı bir dokuydu ve hemen hemen üçgen şeklinde, yaklaşık sekiz santim uzunluğunda, beş santim genişliğindeydi. Üzerinde pıhtılaşmış kan izleri vardı. Ne olduğunu anlamak için daha fazla yaklaşmama gerek yoktu.

"Annie Chapman'ın her iki böbreği de yerindeydi," dedim. "Kayıp olan şey rahmiydi."

30

Tulloch yarım saat sonra Emma'nın Shepherd's Bush'taki evinin önüne park etti. Havuza geldikten sonra kısaca, "Arabada kal, komutunun hangi kısmını anlamadın Flint?" cümlesinden başka tek kelime etmedi. Orada bulunmamın nedeninin herhangi bir şekilde katkıda bulunup işe yarayabileceğimle ilgisi olmadığı, yalnızca Tulloch'un bana göz kulak olabilmesine yarayacağı açıktı.

İki devriye aracının siren lambaları etrafı aydınlatıyordu. Mahalle sakinleri evlerinin önünden olanları izliyordu. Arabayı park ederken, caddenin aşağı kısmına park ettiği arabasından inip bize doğru gelen Joesbury'yi gördüm. Tulloch bana döndü ve ağzını açtı.

"Yardım et, diye bir mesaj yolladı ve çığlıklar duydum," dedim. "Sen olsan ne yapardın?"

"Bana söyleneni yapardım kesinlikle," dedi gözlerini benden Joesbury'ye kaydırırken.

"Ama bizler polisiz," dedim. "İnsanlara yardım etmek bizim görevimiz."

Tulloch gözlerini kıstı. Kapı kolunu tuttu. "Daha fazla konuşmama gerek var mı?" dedi.

"Koltuğa yapışacağımdan emin olabilirsin."

Arabadan inip Joesbury'ye doğru yürüdü. Kendi tarafımdaki camı indiren düğmeye bastım. Dinleyemezsin dememişti sonuçta. Tulloch ve Joesbury kapıya giden küçük yola doğru yürüdüler.

Küçük ön bahçedeki çöp kutuları tıka basa doluydu. Muhtemelen bir tilki kutulardan birini dağıtmıştı, etraf çürümüş yiyecek kokuyordu.

Joesbury kapıyı kıracak gibi sertçe çalmaya başladı. Ardından eğilip mektup atmak için yapılmış minik bölümü itti ve bağırdı. "Kapıyı açın. Polis!"

Joesbury kapıyı birkaç kez daha zorladı ve bir iki adım geri çekilip eve baktı. Emma'nın kapısına taktığı kameraya bakarak, "İçimde kötü bir his var," dedi. Takıldıktan sonra birileri sert bir şeyler fırlatmıştı kameraya.

"Birileri geliyor," dedi Tulloch. Ardından kapı açıldı. Tulloch'un, polis kimliğini burnuna dayadığı yirmili yaşlarda, zayıf, sağlıksız bir görünüme sahip genç bir adam kekeleyerek Emma Boston'ın nerede olduğunu bilmediğini, günün erken saatlerinde evde olmadığını ve dairesinin alt katta olduğunu söyledi.

"Kenara çekil ve çeneni kapat," dedi Tulloch. "Mark, bunun bir yere kaybolmadığından emin ol."

Joesbury'yle içeri ilk kimin gireceği üzerine kısaca tartıştıktan sonra Tulloch üst kat merdivenlerine çıkan koridorda ilerlemeye başladı. Arkasından evden çıkan genç adam, Joesbury ve üniformalı polislerden biri onu takip etti. Diğer üniformalı polis ön kapıda kalmıştı.

Beklemeye başladık. Üst kat penceresinde ışığın yakıldığını gördüm. Üniformalı polis telsizle kısa bir konuşma yaptı. Dışarı çıkmamak için kendimi zor tutuyordum. Fakat çıkarsam Tulloch'un beni paralayacağını da biliyordum.

Emma Boston çirkin, inatçı bir kızdı ve hayatımı zora sokmuştu. Fakat yine de onu sevmiştim. Tulloch ve Joesbury'nin yukarıda bulma ihtimalleri olan şeyi düşünmek bile istemiyordum.

Merdivenlerden sesler geliyordu. Az sonra Joesbury ve Tulloch belirdiler. Koridorun loş ışığı altında yüz ifadelerini okumaya çalışıyordum. İkisi de gergin ve şaşkın görünüyordu ama şoka girmiş gibi bir halleri yoktu.

"Orada mıymış?" diye sordum neredeyse arabadan çıkmaya hazırlanırken.

"İçeri birileri girmiş," dedi Joesbury. "Dağıtmışlar fakat Emma Boston'dan hiç iz yok."

"Bu sabah saat on civarında alt kat komşusu sesler duymuş," dedi Tulloch. "Fakat ne olduğuna bakmamış. Hiçbir şey görmemiş. Ayrıca kimsenin yardım istediğini de duymamış."

"Yalnız yaşamıyor," dedim. "Erkek arkadaşından iz var mı?"

Tulloch başını olumsuz anlamda sallarken, içeri giren üniformalı polis, yanında omzundan tuttuğu genç adamla göründü. Gözüme bir hareketlilik takıldı ve başımı çevirdim.

"Ah, Tanrı'ya şükür," dedim arabadan çıkıp bir adım yaklaşırken.

Yaklaşık üç metre ötede, sokak lambasının altında kızgın bir ifadeyle duran Emma Boston'ın soluk yüzündeki yanık izleri parlıyordu. Kızgın görünüyordu ama sapasağlamdı.

31

"Emma Boston'dan bir sürü cep mesajı almıştın değil mi?" diye sordu Tulloch.

"Altı mesaj aldım," diye tekrarladım. "İlki öğlene doğruydu ve gerisi yaklaşık iki saat içinde aralıklarla geldi."

Emma ise bir başka sorgu odasında o sabah evine girildiğini ve cep telefonunun çalındığını onaylamıştı. Gün boyu aldığım mesajlar ondan gelmiş olamazdı ve bunun ne anlama geldiğini şimdilik düşünmemeye çalışıyordum.

Emma ayrıca Forest Hill'de bulduğum güneş gözlüğü ve ayakkabıyı da teşhis etmişti. Evine girildiğini polise neden bildirmediğini sorduğumuzda ise bakışlarıyla bizi utandırmıştı. O da Londra polisinin hırsızlık araştırmalarında becerikli olmadığını düşünen Londralılardan biriydi.

"Mesajlardan hiç birine cevap verdin mi?" diye sordu Joesbury. Nazik ve kısa cevaplarımdan bahsettim.

"Altıncı mesajı saat dokuz buçuk gibi mi aldın?" diye sordu Tulloch. "Biz ayrıldıktan hemen sonra?"

"Evet," dedim. "Emma'yla Forest Hill'de buluşmamı isteyen mesaj."

"Boston doğruyu söylüyorsa o sabah evine girip telefonunu alan kişinin tek amacı sana ulaşmak olmalı," diye başladı Joesbury ama onu duymazdan geldim. Aklımı başıma toplamam gerekiyordu fakat nedense o etraftayken zihnim istediğim gibi işlemiyordu.

"Forest Hill'e gitmemi isteyen mesajdan sonra telefonu aradım," dedim Tulloch'a. "Telefona yanıt vermedi ve gitmemi isteyen bir mesaj daha yolladı. Merkeze haber verip yola çıktım."

Tulloch başını aşağı yukarı salladı. "Oraya vardıktan kısa bir süre sonra *yardım et* diyen mesajı aldın değil mi?"

"Mesajı kim yolladıysa gittiğini görmüş olmalı," dedi Joesbury. "Caddede kimseyi gördün mü? Olağandışı bir durum fark ettin mi?"

"Hiçbir şey görmedim," dedim Tulloch'a. "Her şey gayet normal görünüyordu. Ta ki yangın merdiveninde güneş gözlüğünü bulana ve yukarıdaki kırık camı görene kadar."

"Karşılaştığımızda birilerinin çığlık attığını duyduğunu söylemiştin," dedi Joesbury. "Ne zamandı bu?"

Derin bir nefes alıp birkaç saniye suskun kaldım. "Yangın merdiveninin üstündeyken," dedim. "İçeriden bir çığlık geldiğini duydum."

"Anlaşılmaz bir çığlık mıydı yoksa bir şeyler mi söylüyordu?" diye sordu Joesbury.

Başımı iki yana salladım. "Sanırım sadece çığlıktı. Hiçbir kelime duymadım."

"Kadın mıydı yoksa erkek mi?" diye sordu Joesbury.

Şu adam gidip bir kahve falan içseydi ya! Bir kez daha derin bir nefes aldım. "Emin değilim. Bir saniye kadar sürdü ama kadındı sanırım."

"Kaç yaşlarındaydı? Ses bir çocuğa mı aitti? Yoksa yetişkin veya yaşlı birine mi?"

Bir kez daha derin bir nefes alsaydım soluk soluğa kalacaktım. "Bilmiyorum," dedim. "Binanın içinden gelmemiş bile olabilir. Belki de yakınlardaki çocuk seslerini duymuşumdur. Korkmuştum ve doğru düzgün düşünemiyordum o anda."

"Seni bulduğumda korkmamış, âdeta taş kesilmiştin," dedi Joesbury. "Çocuk sesi olsaydı o kadar korkar mıydın?"

Hızla dönerken neredeyse masayı devirecektim. "Biraz düşünmeme izin ver, tamam mı? Kahretsin." Odaya girdiğimizden beri ilk kez Joesbury'yle doğrudan konuşmuştum. "Sekiz gün önce kollarımda bir kadın can verdi. Hâlâ biraz endişeli olabilirim."

Joesbury sakinliğimi yitirdiğim için heyecanlanmışa benziyordu. "Geçmiş peşinden mi geliyor Flint?" diye sordu sandalyesine yaslanırken. "Eski dostlarından biriyle görüştün mü?" Tulloch'a döndü. "Yeni elemanının ergenken uyuşturucu bulundurmaktan kaydı olduğunu biliyor muydun?" diye sordu.

"Evet, aslında biliyordum," dedi Tulloch. Şaşkınlıkla ona baktım ve ardından kızgın bakışlarımı Joesbury'ye diktim. "Böyle bir durumla daha önce karşılaşmadığını söyleme bana," dedi Tulloch.

Tulloch'un desteği, bana ihtiyacım olan gücü vermişti. Hatta ileri gitmeye bile kararlıydım. "Senin burada ne işin var Joesbury?" dedim. "Bu soruşturmanın bir parçası değilsin."

Gözlerini kıstı. "Pekâlâ, sen de kesinlikle bir parçası sayılmazsın," dedi. "Fakat kendini soruşturmanın orta yerinde tutmaya devam ediyorsun. Nedenini merak ediyorum doğrusu. Ayrıca merak ettiğim başka bir şey daha var Flint. İşte olman gerekirken bu sabah saat on buçukta neredeydin?"

"Mark..."

"Evdeydim," diye araya girdim. "Bir meseleyi görüşmek için ev sahibimle görüşmem gerekiyordu. Komisere geç geleceğimi söyledim."

"Ev sahibin de bu görüşmeyi onaylayacak mı?" diye sordu Joesbury.

"Buluşmayı yeniden ayarlamak için telefon etti," dedim. "Bunlar ne anlama geliyor?"

"Siz ikiniz, yeter artık!"

Tulloch'a döndüm. "Çıkmasını istiyorum," dedim. "Ya odadan çıkar ya da bir avukat isterim."

Joesbury bana gülümsüyordu. Gülümseyişi zalimceydi. "Yoksa gizlediğin bir şey mi var Flint?"

"Geber!"

"Mark..."

"Tamam, tamam gidiyorum. Sizinle sonra görüşürüz hanımlar." Sandalyesinden kalktı ve odadan ayrıldı. Kapının kapanmasıyla birlikte başımı ellerimin arasına aldım. Tulloch konuşmadı. Birkaç saniye sonra ayağa kalktığını ve odada yürüdüğünü duydum. Az sonra önüme bir kutu kâğıt mendil getirip bıraktı. Ağladığımın farkında bile değildim.

"Züccaciye dükkânına girmiş fil gibidir bazen," dedi Tulloch. "Fakat haklı olduğu bazı yönler var. Belli ki birileri seni kafaya takmış. Sebebini araştırmak zorundayız."

Gözlüklerimi çıkarıp gözyaşlarımı sildim. Bana neler oluyordu böyle? Tulloch yeniden ayağa kalkıp bu defa bir bardak su getirdi. Suyu uzattığı sırada açılan sağ bileğinde bir yara izi olduğunu fark ettim. Yaklaşık beş santim boyundaki yara bileğinin iç kısmına doğru uzanıyordu ve sütlü kahverengi tonundaki güzel tenine hiç yakışmıyordu.

Önceki gece katedralde ne demişti? *Yaralar derinleşiyor* mu? Sözlerini kelimesi kelimesine anlamamıştım. Bardağı aldığımda bileğini kapattı. Suyun çoğunu içtikten sonra burnumu sildim ve gözlüklerimi parlatıp yeniden taktım.

"Karındeşen de böyle yapmıştı," dedim yeniden konuşacak kadar kendime gelip, güvende hissettiğimde. "Birilerini hedef seçmişti. Polisin içinden, basından, hatta mübaşirlerden bile seçebilirdi. Mesajlarını göndereceği birilerini seçer ve onlarla oynarmış. Adamımız da onun izlerini takip ediyor."

Kapı çaldı.

"Kusuruma bakmayın patron," dedi Anderson. "Özel Harekât, Forest Hill'i mercek altına alıyor. Şimdilik rapor edecek bir şey yok. Düşündüğümüz gibi yangın merdiveninden giriş yapılmış. Oradan nasıl çıktığına dair iz yok. Parmak izleri var ama kimlere ait olduğunu saptamak zaman alacak."

"Peki ya organ?" diye sordu Tulloch. Yorgun ve bitkin haline bakılırsa en son ihtiyacı olan şeyin Joesbury ve benim dalaşmamız olduğunu söyleyebilirdim.

"St. Thomas'ın morguna götürüldü," dedi Anderson gözlerini Tulloch'dan bana doğru çevirirken. "Sabah ilk iş ona bakacaklar ve iş biter bitmez haber verecekler."

"Teşekkürler," dedi Tulloch.

"Şaka olma ihtimali bile var patron," dedi Anderson. "Bu şehirde bir sürü tıp öğrencisi var. İçlerinden biri bizi hiddetlendirip Mandela Yolu'nda boşa kürek çektirdikten sonra Flint ve benim bulmam için anatomi dersinden kalma küçük bir hediye bırakmış olabilir."

"Umarım öyledir," dedi Tulloch. "Kayıp kişilerin araştırılması işi nasıl gidiyor?"

"Geçen hafta Londra'da kaybolan on altı ve altmış yaş arasındaki kadınları araştırıyoruz," dedi Anderson. "Şimdilik bir şey bulamadık."

"Teşekkürler Neil," dedi Tulloch. "Birazdan aşağıya gelirim."

Anderson bana son kez şaşkın gözlerle baktıktan sonra odayı terk etti.

"Bilmen gereken bir şey var Lacey," dedi Tulloch. Joesbury'nin boşalttığı sandalyeye oturmuştu. "Mark, doktoru aktif göreve dönmesine izin vermesi için zorladı ve ben de onun önümüzdeki birkaç hafta için ekibime girmesini destekledim."

Ah, harika!

"Katilimiz bu gece haddini aştı," diye devam etti. "Kadınların organlarını kesip oraya buraya bırakarak bana göre çizgiyi aşmıştır. Artık onu gerçekten de yakalamak istiyorum."

Bir şey söylemeden bekledim. Surat ifadesinden söyleyeceklerinin bitmediğini anlamıştım.

"Her şeyi kendi başına halledebileceğini düşünen maço tiplerden değilimdir," diye ekledi. "Mark'a ihtiyacım var. Sanırım sana da ihtiyacım var. Siz ikiniz eğer..."

"Anlıyorum," dedim bitirmesine fırsat vermeden. Utanmıştım. "Tabii ki. Olanlar için üzgünüm."

"Emma ve erkek arkadaşına ne olacak şimdi?" diye sordum Tulloch'a alt kata inerken.

"Bu gece burada kalmaları önerisinde bulunacağım," dedi Tulloch. "Eğer gidecekleri başka bir yer varsa ayrılmalarına izin vereceğim. Bizimkiler evde işlerini bitirene kadar oraya gitmelerine izin veremem."

"Emma'nın sabah ilk işi olayı duyurmak olacak," dedim.

"Şu anda elinde bir hikâye yok," diye yanıtladı Tulloch. "Telefonunu nerede bulduğumuzu ve bulduğumuz yerde neyle karşılaştığımızı bilmiyor. Birkaç gün içinde bir duyuru yapılacağını ve duyuru sonrası onunla on beş dakika özel görüşeceğimi söyledim. Elbette ki senin ismini gazetelere vermemesi şartıyla..."

"Teşekkürler," dedim. Toplantı odasına varmıştık. Gece yarısını geçmesine rağmen içerisi doluydu. Joesbury de oradaydı. Anderson'la bir şeyler konuşuyordu. İçeri girdiğimizde bütün gözler bize çevrildi.

Tulloch yüksek sesle konuştu. "Pekâlâ, bulunan organın bir insana ait olduğu ya da sahte olduğu ortaya çıkana dek yeni bir kurban olduğunu var sayıyoruz," diye seslendi. "Flint, Forest Hill'e vardığında bir kadın çığlığı duymuş. Çığlığın binanın içinden geldiğinden emin ve bu da kurbanın sesi olabilir."

"Yeterince makul görünüyor," diyerek ona katıldı Anderson.

"Peki ona ne olmuş olabilir?" diye sordu Tulloch. "Sonuçta kadının %95'i St Thomas'ta değil."

"Kurban olmayabilirdi," dedim. "Zaman yoktu. Çığlığı duyduktan beş ya da on dakika sonra manken ve telefonu havuzda bulduk. Beş dakika içinde birini kesip organını çıkarmak ve bir poşete yerleştirdikten sonra bedeni sırtlayıp binadan ayrılmak mümkün değil. Düşünmeden konuştuğum için affedin ama gerçekten bu mümkün değil."

Tulloch, Anderson'a döndü. "Özel harekât bir şey bulamadı, değil mi?"

Anderson başını iki yana salladı. "Şimdilik bir şey yok."

"Yanılmışım o zaman," dedim. "Çığlık havuzun dışından gelmiş olmalı."

"Üniformalılar bölgeyi araştırıyor," dedi Anderson. "Ceset yakınlarda bir yere atılmış olabilir."

"Yeterince zaman yoktu," dedim. "Çığlık her nereden geldiyse yine de bütün bunları yapıp kaçacak vakti yoktu. Çığlık ile bulduğumuz şey arasında bir bağlantı olmak zorunda değil."

"Kesilmiş bir uzvun bulunduğu yerin civarında bir çığlık duyulması pek de tesadüfe benzemiyor," dedi Joesbury. "Kayıt sesi duymuş olabilir misin?"

Başımı aşağı yukarı salladım. Bunu düşünmemiştim.

"Yani katilin, kurbanın çığlıklarını kaydedip Lacey'nin duyabileceği şekilde çaldığını mı düşünüyorsun?" diye sordu Anderson.

"Birileri onun o binaya gitmesini istedi," dedi Joesbury. "Neredeyse oklarla binayı işaret etmediği kalmış."

Tulloch bir kez daha kızgın bakışlarını bana dikti. Havuza yalnız gittiğim için beni hâlâ affetmemişti. "Evet millet, eğer yapacak çok gerekli ve acil bir işiniz yoksa evlerinize gidin," diye seslendi. "Morga çağırılma saatimize göre sabah bir toplantımız olacak."

Odadakiler dağılmaya başlamıştı. Tulloch bana döndü.

"Araban hâlâ Forest Hill'de, değil mi?"

"Evet," dedim. Acaba Stenning beni arabama kadar bırakır mıydı? Taksiyle gitmek istemiyordum doğrusu.

"Birilerini gönderip arabanı aldırtacağım. Seni havuzun olduğu binaya yönlendirirken arabana dokunmuş olabilir."

Harika. Aynı hafta ikinci kez arabamı alıyorlardı.

Tulloch sesini yükselterek konuştu. "Birilerinin Dedektif Flint'i evine bırakmasını ve evi kontrol etmesini istiyorum."

"Ben bırakırım," dedi yaslandığı masadan doğrulan Joesbury. "Zaten evinin yakınlarından geçecektim," diye ekledi. "Ayrıca Flint ve ben savaş baltalarını gömmeliyiz bence."

"Taksiyle gidebilirdim..."

"Hayır," dedi Tulloch bana bakarak. "Güvendiğim biriyle gideceksin." Uzanıp masanın üstündeki cep telefonunu alırken bana baktı. "Ah, Tanrı aşkına Flint. Korkma, ısırmaz seni."

Tulloch'la tartışırsam ona verdiğim sözü tutamamış olacağımın farkındaydım ve daha fazla çocukça harekette bulunmamak için çantamı aldım ve kapıya doğru yöneldim. Tulloch'un, yanından geçerken Joesbury'ye de aynı uyarı dolu bakışlarla baktığını gördüm.

32

Gerçekten niyeti var mıydı bilmiyorum ama yol boyunca savaş baltalarını gömeceğimize dair bir işaret görmedim Joesbury'den. Lewisham'daki otoparktan çıkarken yüksek sesle müzik çalmaya başladı. Çantamı göğsüme bastırmış, yolcu koltuğunda otururken çalan caz müziği dinliyordum. Bir süre sonra Güney Londra'nın turuncu ve beyaz ışıkları yanmaya başlayınca gözlerimi kapadım. Tahmin ettiğimden daha çok yorgundum.

Şehir bu saatte sessizleşmişti ve yolculuğumuz fazla uzun sürmedi. Yaşadığım sokağa girerken yavaşladı Joesbury. Gözlerimi açtım.

"Teşekkür ederim," dedim arabanın kapısını açmak üzereyken. Mayışmıştım. Sıcak ve gürültülü araba âdeta uyuşturucu bir etki yaratmıştı üzerimde. Serin hava ve sessizliğe ihtiyacım vardı. Kapıyı açmak üzereyken motoru durdurduğunu fark ettim. Arkamı dönmeden arabadan indim. Çarpan ikinci kapı sesinden Joesbury'nin de indiğini anladım.

"İçeri gelmiyorsun," dedim ona dönerek.

Sözlerime aldırmamıştı. "Yanılıyorsun," dedi. "Yatağının altında bir canavar olmadığından ve bütün giriş ve çıkışların güvenli olduğundan emin olana kadar buradan ayrılmıyorum."

Dönüp yavaşça basamaklardan inmeye başladım. Anahtarları bulma bahanesiyle çantamı karıştırıp zaman kazanmaya çalışıyordum. Oysa nerede olduklarını çok iyi biliyordum. Bütün bu süre boyunca hemen arkamda duruyordu. Nefesini bile hissedebiliyordum.

Bırak peşimi! Kimse girmedi daireme işte. Hiç kimse!

"Bodruma inen basamakların altını kontrol eder misin?" diye sordum anahtarı kilide sokarken. "Orada gizlenen birkaç gerçek şerefsiz vardı ve üzerime atladılar."

"Nefesini boşa harcama Flint," dedi Joesbury. "Beni vazgeçirmenin imkânı yok."

Lambayı yakıp onu baştan aşağı süzdüm. "Belki de seni yeterince iyi görememişimdir," diye yanıtladım.

Bir an güleceğini düşünmüştüm. Dudaklarının kenarı gülümsemeye benzer bir biçimde kıvrıldı. Gözlerini benden ayırmıyordu. "Peki," dedi. "Ucuna kadar geldiğimiz köprüyü geçmemiz gerekiyor sanırım."

Yeniden kapıya döndüm ve içeri girdim. Aklımdan neler geçiyordu böyle? İkinci kez bu adama işaret vermiştim. Tanıdığım en kötü adam olduğunu söyleyemezdim ama yine de Tulloch'la arasında romantik ve yakın bir ilişki vardı. Düşünmeden şömineye doğru yürüdüm ve gözlüklerimi çıkarıp şömine rafının üzerine bıraktım. *Bırakayım da ne yapacaksa yapsın ve gitsin.*

Arkamı döndüğümde onun eşikten geçip dekorasyona, mobilyalara ve temiz zemine karşı şaşkınlığını gizleme ihtiyacı duymadan evin en geniş odasının kapı eşiğinde beklediğini gördüm. Ben bir şey söylemeyince işe koyuldu.

Ön kapıyı kontrol ederek başladı işe. Yale marka, Londra standartlarına göre oldukça yetersiz bir kilit vardı kapının üzerinde. Kapıdan sonra oturma odasına ve mutfağa geçti, bir süre sonra gözden kayboldu. Banyo kapısının ve duş perdelerinin açıldığını duydum. Banyo dolabında ne bulmayı umduğunu bilmiyordum ama onun da açılıp kapandığını duydum. Gardırobun sesini duyunca yatak odasına geçtiğini anladım. Az sonra bahçe kapısının gıcırtısını duydum. Dışarı çıkmıştı.

Ne yaptığını merak ediyordum. Onu takip ettim. Sanki birileri yüksekçe bir yerden toprağa zıplıyormuş gibi bir ses duydum. Arka kapıya vardığımda geri dönüyordu.

"Sundurmanın anahtarı?" derken tek avucunu açmış bekliyordu.

Tartışmanın bir yararı olmayacağını bildiğim için itiraz etmeden çatıda anahtarı gizlediğim yeri söyledim. Bahçeden geçip sundurma kapısını açışını ve içeriye girişini izledim. İçimden saymaya başladım. Altıya geldiğimde sundurmadan çıkmıştı. Ellerini kaldırırken doğrudan gözlerime bakıyordu.

"Bu da ne böyle?" diye sordu.

"Formda kalmamı sağlıyor," diye yanıtladım.

Arkamı dönüp eve geri döndüm. İşte, her şeyi görmüştü. Oturma odamdan sundurmaya dek girmediği yer kalmamıştı. Arkamdan o da eve girdi. Oturma odası ve yatak odamı birbirine bağlayan koridorda durdu.

"İlk olarak şunu söylememe izin ver; hayatımda bir kadına ait bunun gibi bir daire görmemiştim," dedi. "Tanrı aşkına Flint, oyuncak ayın falan da mı yok?"

Üstüm olduğunu, aynı takımda çalışıyor sayılabileceğimizi ve bana iyilik yaptığını düşünerek sakin olmaya çalıştım. "İyi geceler Dedektif Joesbury," diye yanıtladım. "Yardımın için teşekkür ederim." O kıpırdayana dek yerimden oynamadım.

O da yerinden kıpırdmadı. "İkincisi, burada kendi başına kalamazsın," dedi. "Tully bunu öğrenirse iç organlarımı kahvaltı niyetine yer."

Soğukkanlılığımı korumam lazımdı. "Burada beş yıldır güven içinde yaşıyorum. Kapıları kilitlerim. Ayrıca iç organlarından bahsetmezsen sevinirim."

Joesbury'nin dudakları bir kez daha gülümser gibi kıvrıldı. Sol elini kaldırıp sağ eliyle parmaklarını sayarak konuşmaya başladı. "Birincisi, doğrudan arka sokağa açılan bir kapı var. İkincisi, sundurma kapısı çürümeye başlamış ve biraz zorlayarak bile kolayca açılır. Üçüncüsü, ön kapında Yale kilidi takılı ve kredi kartımla açmam on saniye sürmez. Kapı zincirin bile yok." Lafını bitirdiğinde ellerini indirdi ve başını iki yana sallamaya başladı. "Burası Güney Londra," dedi. "Her an bir manyakla karşı karşıya kalman an meselesi."

Muhtemelen en iyisi aklıma gelen ilk cevabı vermemek olacaktı. "Kapıya zincir taktıracağım ve telefonumla uyuyacağım," dedim. "Şimdi izin verirsen..."

"Aslında o telefona ihtiyacım olacak," dedi. "Yarın sana yeni bir tane ayarlarım. Pekâlâ, fazla battaniyen var mı?"

"Ne?"

"Kanepede uyuyacağım."

"Cesedimi çiğnemen lazım. Kesinlikle olmaz. Defol git buradan."

Kanepeye geçip üzerindeki küçük yastıklara vurarak kabartmaya başladı. "Tully büyük ihtimalle seni daha güvenli bir eve geçirecektir," dedi ve küçük yastıkları kanepenin ucuna yerleştirdi. "En azından buraya adamakıllı bir kilit takılana kadar," diye devam etti. "Doğruca merkeze bağlı bir alarm da takarız."

"Sen beni dinlemiyorsun galiba?"

"Kullanmadığın bir diş fırçan var mı acaba?" dedi ve ceketini çıkarıp oturdu. Üzerinde kolsuz, siyah bir tişört vardı ve sağ omzunun hemen altındaki yarası görünüyordu. Kolları oldukça kaslıydı.

"Burada kalmıyorsun."

"Flint, çok yorgunum." Kahrolası piç kurusu şimdi de ayakkabılarını çıkarıyordu. "Söylenmeyi bırak ve gidip uyu."

"Yan odada sen varken uyuyamam," diye derhal cevabı yapıştırdım fakat sonuçları düşünülmeden söylenmiş bir sözdü. Aman Tanrım.

Şah-mat! Joesbury başını kaldırıp bana baktı ve ayağa kalktı. Bir adım geri çekilirken ayağım takıldı ve neredeyse düşecektim. *Ah, hayır. Dünyada bu kadar adam varken o olmaz.*

"Yan odada olmamam dışında bir önerin var mı?" diye sordu güçlükle duyulabilecek bir sesle. Başımı iki yana salladım.

Joesbury bir süre daha gözlerimin içine bakmaya devam etti. Ardından kol saatini kontrol etti ve cebinden telefonunu çıkardı. "Ben de olmadığını düşünmüştüm," dedi.

On beş dakika sonra bir kadın devriye polisi kanepeme yerleşmiş, kısık sesle televizyon izlerken kahvesini yudumluyordu. Bense yatağımdaydım, duş aldığım için hâlâ ıslaktım ve titremem ne zaman geçecek diye düşünüyordum.

33

9 Eylül Pazar

St Thomas Hastanesi morgunda hafif bir klasik müzik çalıyordu. Oda modern bir görünüme sahip olsa da kavanozlarla dolu raflar, tabaklar ve metal ışıltılarıyla dolu düzenleme sanki belli zaman dilimine ait değildi. Sakin, iyi hissettiren bir hali vardı.

Patolog Dr. Mike Kaytes ortadaki tezgâhtan bizi gördü. "Fazla bir şey söylemek zor," dedi. "Genelde bundan daha çok parça gelir elimize."

Kaynes ve teknisyeni dışında, yirmi yaşından daha fazla göstermeyen bir genç adam ve Dana Tulloch, Neil Anderson, Pete Stenning ve benden oluşan dört polis vardı odada. Ben ve Stenning ilk kez bir otopsiye katılıyorduk. Anderson ve Tulloch başka otopsilere de katılmış olmalılardı ama onlar da bizden farklı görünmüyordu. Nedenini tahmin etmek zor değildi. Tezgâhın üstündeki küçük et parçasının iğrenç bir görüntüsü vardı.

Gözlerimi kapatıp bir süre müziğe odaklanmaya çalıştım. Müziğe bayıldığımı söyleyemezdim ama çalan klasik müzik melodisinde beni rahatlatıp sakinleştiren bir şeyler vardı.

Kaynes uzun boylu, geniş göğüslü, kırklı yaşlarının sonlarında gösteren bir adamdı. Saçları kırlaşmıştı ve parlak gözleri soluk maviydi. Sol eldiveninin parmağındaki kabartı evlilik yüzüğü olabilirdi. Eğilip tezgâhtaki numunenin ucuna dokundu. "Kesinlikle bir insana ait," dedi. "Bakın, fallopiya kanalını görebilirsiniz." Grileşmiş, bezelye büyüklüğünde objeleri işaret ediyordu. "Şempanzeler bile henüz bu derecede gelişmiş organizmalara sahip değillerdir, ayrıca kadın sterilize edilmiş. Taze bir numune," diyerek sözünü bitirdi.

Piyanist, arasına uzun boşlukların serpiştirildiği saf ve temiz bir dizi nota çalıyordu.

"Taze derken?" diye sordu Anderson.

"Yakın zamanda çıkarılmış," dedi patolog. "Çeşitli testlere sokup daha kesin bilgiler edinmeye çalışacağız ama kokudan da anlaşılacağı üzere numunede çok az bozulma olmuş. Bize geldiğinde muhtemelen çıkarılalı yirmi dört saat bile olmamıştı."

Müziğin tempo kazanmasıyla birlikte piyanistin klavyede bir aşağı bir yukarı gezinen parmaklarını hayal etmeye başladım. Umarım Kaytes bir kez daha "taze" ifadesini kullanmazdı.

"Organın çıkarıldığı kadın hakkında bir şey söyleyebilir misin peki?" diye sordu Tulloch.

Kaytes başını aşağı yukarı salladı. "Bir yetişkin," dedi. "Boyutlarına bakarak yirmi dört hafta ya da daha uzun dönemlik bir hamileye ait olduğunu söylemek mümkün," dedi tezgâhtan uzaklaşırken. "Fetus büyüdükçe döl yatağı genişler," diye devam etti. "Fakat çok nadiren de olsa menopoz sonrası küçülerek hamilelik öncesi boyutlara dönüşür. Bu kadın yaşlı değil ve çocuk doğurmuş."

Portatif ışıklardan birini düzeltip doğrudan organı aydınlattı.

"Şimdiyse döl yatağı boynuna bakıyoruz," dedi eldivenli işaret parmağıyla bir noktayı gösterirken. "Buraya en basit haliyle bebeğin kaçış yolu diyebiliriz. Hafif yırtık ve bozulmuş olduğunu görüyor musunuz?"

Kendimi biyoloji dersinde gibi hissediyordum. Midem hiç bulanmadı.

"Bu ne anlama geliyor?" diye sordu Tulloch.

"Vajinal doğum öncesi delik daha derli toplu ve yuvarlak olur," dedi Kaytes. "Bu öyle değil. En azından bir kere doğum yapmış."

"Yani bir anneye ait öyle mi?" diye sordu Tulloch. "Kaç yaşında olduğuna dair bir fikrin var mı?"

"Biraz açmamız lazım," dedi Kaytes ve bir cerrah bıçağı alıp hafif bir kesik açtı. Müzik bir anda neşeli bir melodiye dönüştü. Kesik oluşurken Tulloch'a baktım. Soğukkanlılığını bozmuyordu.

"Bazı tümör lifleri var ama döl yatağına zarar verecek kadar büyük değiller," dedi Kaytes. "İki tanesi kireçlenmeye başlamış ki bu genelde ölüm sonrası görülen bir durumdur."

Stenning'le göz göze geldiğimizde tuhaf bir biçimde gülümsedi.

"Siz gelmeden önce damardan birkaç parça kestim," dedi Kaytes. Tezgâhtan uzaklaşıp arkasındaki masada duran mikroskobu açtı. "Bir saniye beklemenizi rica edeceğim."

Doğru odaklanmayı yakalayana kadar bekledik. Mikroskop bir bilgisayara bağlıydı ve ekranda ne oldukları belirsiz pembe, siyah ve sarı şeyler belirmişti. Kaytes ekrana dokunarak, "İşte başlıyoruz," dedi. "Gördüğünüz şey bir dölyatağı atardamarı ve erken damar tıkanması ibareleri taşıyor. Yaşlandıkça meydana gelen tıkanma kötü beslenme ve sigara kullanımı sebebiyle de hızlanabilir. Kısırlaşma da yaşlanma belirtisi olarak görülebilir. Benim tahminime göre bu kadın kırk beş ile elli beş yaşları arasında olabilir."

"Peki bu mümkün mü?" diye başladı Tulloch. "Yani kadının ölmüş olduğunu düşünebilir miyiz?"

Yanımda duran Anderson yutkundu. Bu rahmin sahibi hayatta olabilir miydi? Yüce Tanrım.

"Pek sayılmaz," diye yanıtladı patolog. "Histerektomi hâlâ ülkemizdeki en popüler ameliyatlardan biridir. Fakat yeterli medikal destek olmadan yapılırsa çok fazla kan kaybı meydana gelir ve enfeksiyon kapma ihtimali çok yükselir."

Kendimi biyoloji dersindeymişim gibi hissetmeye devam ediyordum.

"Bunun histerektomi sonrası geriye kalan şey olduğunu mu söylemeye çalışıyorsunuz?" diye sordu Tulloch. "Son yirmi dört saat içinde çıkarılıp ameliyathaneden kaçırılması mümkün mü?"

Kaytes şaşırmışa benziyordu. "Tıp öğrencileri bile bugünlerde böyle bir şeye kalkışmazlar," dedi.

"Emin misin?" diye sordu Tulloch. "Çünkü alternatifi daha vahim bir duruma işaret ediyor."

Kaytes yüzünde pes etmiş bir ifadeyle yeniden tezgâha doğru eğildi. "Artık döl yatağı ve yumurtalık damarlarında kıskaç izi yok," dedi. "Ayrıca bir cerrah özellikle rahim boynu etrafında diyatermi uygulardı. Bunu işaret edecek pıhtılaşma izleri görünmüyor. Rahim boynu civarındaki kesikler düzgün değil, hatta amatörce yapıldığını bile söyleyebilirim. Üstelik üst idrar kanalına ait doku artıklarına bakarak işin aceleyle yapıldığını bile söylemek mümkün." Küçük cerrah bıçağını elinde tutarak yeniden doğruldu. "Adamakıllı bir operasyonun izlerine benzemiyor."

"Fakat yine de bu işi yapan kişinin konuyla ilgili fikri olduğunu söylemek mümkün, değil mi?" diye sordu Stenning. "Sonuçta ben bir kadının rahmini yerinden çıkaramazdım." Destek bulmak ister gibi bize baktı. "İşe nereden başlayacağımı bile bilemezdim. Hatta nasıl göründüğünü bile bilmiyordum."

Anderson başını aşağı yukarı salladı. Tulloch, Stenning'e bakarak hafifçe gülümsedi.

"Eh, doğru söylüyorsun," dedi Kaytes. "Bunu yapan kimse temel anatomi bilgisine sahip olmalı. Belki de tıp eğitimi almış fakat cerrahlık yapmamış birisidir. Hatta koca hayvanları kesen bir kasap bile olma ihtimali var."

Tulloch gözlerini kapadı; ne düşündüğünü tahmin edebiliyordum. Karındeşen Jack'le ilgili de aynı tahminlerde bulunulmuştu zamanında. Anatomi bilgisine sahip biri olduğu düşünülmüştü. Hatta Whitechapel ve Spitialfields civarında birçok kasap gözetim altına alınmıştı.

"Dürüst olmak gerekirse," diye devam etti Kaytes. "Bugünlerde internette her şeyle ilgili bilgi bulmak mümkün. Sizi çılgın bir doktorun ya da doktor adayının peşine düşürmek de istemem doğrusu."

Kimse yanıt vermedi.

"Duyduklarım doğru mu?" diye sordu Kaytes. "Özenti bir Karındeşen'imiz mi var artık?"

Tulloch cevap vermek üzereyken telefonu çaldı. İzin isteyip odanın uzak köşesine gitti ve telefonu yanıtladı.

"Çalan müzik nedir?" diye sordum bir saniye sonra.

Kaytes ilk kez yüzüme dikkatle bakıyordu. "Beethoven," dedi. "Piyano sonatlarından biri. "Les Adieux", piyanist ise Alfred Brendel."

"Senfonileri şeflere saklıyor," dedi teknisyen. "Kötü bir durumla karşı karşıya kaldığımızda ise 'Beşinci Senfoni' çalıyor."

Odanın diğer köşesindeki Tulloch'un aldığı derin nefesi hepimiz duyduk. Konuşması bittiğinde dönüp patoloğa baktı ve başını aşağı yukarı salladı. "Teşekkür ederim Mike," dedi. "Çok yardımcı oldun bize." Ardından bize döndü. Gözleri parıldıyordu. "Geri dönmemiz gerek," dedi. "Emma'nın telefonundaki izi tespit edip peşine düşmüşler."

Geri dönüş yolunda Stenning'in arabasına bindim. Bir süre ikimiz de konuşmadık.

"Aptalca bir hareket," dedim en sonunda. "Arkasında iz bırakmasını kastediyorum."

"Sadece kısmi bir iz," diye hatırlatmada bulundu Stenning.

Başımı aşağı yukarı salladım. "Jones ailesi ne durumda?" diye sordum çünkü yolculuğun geri kalanını belirsiz bir kanıta kafamı takarak geçirmek istemiyordum.

Stenning omuz silkti. "Pek iyi sayılmazlar," dedi. "En küçük oğulları evde. Aslında üniversiteye geri dönmesi gerekiyor ama birkaç hafta ara verdi. Evin bakıcısı hâlâ şokta olduklarını düşünüyor. Elbette cevaplanmasını istedikleri sorular var. Bizi suçlamaya başladılar."

"Aile bizden umudu kesmedi, değil mi?" diye sordum trafik lambası yeşile dönerken. "Hâlâ onlarla konuşup kadının Kennington'la ne gibi bir bağlantısı olduğunu bulmaya çalışıyoruz."

"Evet ama o konuda herhangi bir bağlantı bulunabilmiş değil Flint. Ne mali bir dürtü ne de başka türlü bir ilişkinin izine rastlamış değiliz. Ona yakın insanların gerekçeleri oldukça geçerli görünüyor. Üstelik kocasının kaçamak bir ilişkisi de yokmuş sanırım."

"Rahmi bulduğumuz poşetin içinde hiçbir şey yoktu," dedim. "Bütün detaylara dikkat eden bir kişi neden arkasında, telefonda bir iz bıraksın ki?"

"Bazen dikkatsiz davranırlar," dedi Stenning. "Onları bu sayede yakalarız. 1888 yılında bugünkü parmak izi sürme ve adli tıp teknolojisi olsaydı Karındeşen çoktan yakalanırdı."

Karşı çıkmadım ama bundan o kadar da emin değildim. 19. yüzyılda Whitechapel yoğun nüfuslu bir yerdi. Her taraf, bütün caddeler Karındeşen'i arayan gözler ve polislerle doluydu. Karındeşen her seferinde yakalanmadan kaçmayı başarmıştı. Teşkilatın bütün olanaklarına rağmen onun hep bir adım önde olduğu gerçeğini düşünmek istemiyordum.

34

"Emma Boston'ın cep telefonundaki parmak izi %85 oranında bir kesinlikle, Samuel Cooper isimli bir adamın parmak izleriyle eşleşti."

Toplantı odasındaki yirmi kişi nefesini tutuyordu. Herkes dikkatle Peters isimli ince yapılı, kır saçlı ve sakallı, kıdemli olay yeri inceleme polisini izliyordu. Küçük dizüstü bilgisayarında bir tuşa basmasıyla birlikte potansiyel katil adayımızın fotoğrafı ekranda belirdi. Tıraşlı, sarı saçlı, uzun surata, büyük burna ve bozuk tene sahip bir adamdı. Gözlerindeki ifadenin pek de iç açıcı olduğu söylenemezdi.

"Yirmi yedi yaşında," dedi Peters. "Bilinen son adresi Tottenham Court Yolu sonunda bir yermiş."

Fotoğrafa doğru eğildim. Adamın göz bebekleri eliptik şekildeydi. Yılan gözlerine benziyordu.

"Demek %85 oranında eşleşiyor," diye tekrarladı Tulloch.

"Bulabildiğimiz en kusursuz sonuç bu," diye yanıtladı Peters. "Parçalı bir izdi sonuçta." Peters bilgisayarında bir düğmeye daha bastı ve bu defa iki parmak izi görüntüsü ekrana geldi. Biri tam ve mükemmel bir şekildeyken diğeri yaklaşık yüzde altmış oranında belirgindi. Başka bir tuşa daha bastı ve bu defa izleri daha yakından inceleme şansı bulduk. "Şu an baktığınız yer bir düğüm," dedi Peters. "Burgaç ya da kemerin hemen karşısında iki ana parmak izi örneğini görüyorsunuz. Düğümün ortasındaysa bağımsız, kısa bir bombe var," dedi kalemle işaret ederek. "Bu bölümün Emma

Boston'ın cep telefonunda bulduğumuz izle eşleştiğini net bir şekilde görebilirsiniz. Ayrıca bizim göl dediğimiz şeyi, bombenin sağ alt kısmındaki bölüme bakınca her iki parmak izinde var olduğunu görebilirsiniz. Ayrıca alt sol kısımda çizgilerin birleştiği bir delta var ve her iki parmak izinde de aynı şeyi görebiliyoruz."

"Bana oldukça ikna edici geldi," dedi Anderson.

"Eğer parmak izinin eksik kısmı da olsaydı ben de aynı fikirde olurdum," dedi okuma gözlüklerini başının üstüne doğru kaydıran Peters. "Fakat güneş gözlüğü ve ayakkabıda iz bulunmadığını unutmayalım. Elbette ki %85 oran birini ciddi bir suçlamayla alıkoymak için yeterli olmayacaktır."

"Özgeçmişi nasıl peki?" diye sordu Anderson.

"Cooper, doksanların sonunda karıştığı bir bıçaklama olayı sebebiyle beş yıl ceza almış fakat iki yıl cezaevinde yatmış," diye yanıtladı Peters. "Çete işiymiş fakat kurban çok ciddi bir şekilde yaralanmamış. Yine de fazla ceza aldığı söylenemez. Serbest kaldıktan birkaç ay sonra bir soygun olayına karışmış fakat yeterince kanıt bulunamadığı için tutuklanmadan serbest bırakılmış."

Yumuşak ayak sesleri yaklaştı. Hemen arkamdaki masa sanki üzerine biri oturmuş gibi yerinden oynamıştı.

"Büyük bir adım," dedi Tulloch. "Çete suçları ve soygundan, kadınları kesip biçmeye geçmek demek istiyorum."

"Mümkün," dedi Peters. "Fakat tutuklama raporlarında onun şiddet eğilimli olduğu kayda geçilmiş. Gözaltındayken bir kadın komisere saldırmış. Görünüşe bakılırsa komiserin boğazına sarılmış."

"Ümit verici," diye mırıldandı biri odanın uzak köşesinden. Tulloch hâlâ rahatsız görünüyordu. Ayağa kalkıp Peters'a teşekkür etti. Ardından otopsi sonuçlarını diğerleriyle paylaştı.

"Elimizdeki parça," diyerek başladı söze ve Kaytes'ın sözlerini özetledi. "Sağlıklı, en az bir çocuk doğurduğu tahmin edilen, kırk beş ile elli beş yaşları arasında bir kadına aitmiş."

"Geraldine Jones da bu yaş aralığına denk düşüyor," dedi dedektiflerden birisi.

"Karındeşen'in kurbanlarının çoğu da öyle," diye yanıtladı bir başka dedektif.

"Evet, ayrıca Londra'da yaşayan kadınların yarısı da bu yaş aralığına denk düşüyor," dedi Tulloch. "Mümkün olduğunca çabuk bir şekilde Cooper'ı bulmamız gerekiyor. George, Tom, siz ikiniz gidip Tottenham Court Yolu'ndaki adrese bir bakın. Fotoğrafını da yanınıza alıp civarda yaşayanlara gösterin. Aslında orada birkaç üniformalı olması lazım. Siz gidene kadar orada bekleyebilirler."

İki dedektif odadan ayrıldı.

"Pete, Cooper'ın fotoğrafını Geraldine Jones'un evine götürebilir misin? Bakalım evde onu tanıyan birileri var mıymış?"

"İçimizde onu tanıyan biri var mı?" diye sordu Joesbury. Arkamda olduğunu biliyordum ama konuşmasının geliş yönünden doğrudan bana baktığını tahmin etmiştim. "Mesela sen onu tanıyor musun Flint?"

Odadaki bütün yüzler bana dönmüştü. Başımı iki yana salladım.

"Emin misin? İsmi tanıdık gelmiyor mu?"

"Hayır," dedim yeniden Samuel Cooper'ın fotoğrafına bakarken.

"Aranızda fazla yaş farkı yok," diye devam etti Joesbury. "Eski günlerden bir dostun olabilir mi?"

"Hayır, tanımadığımdan eminim," dedim sakinliğimi koruyarak. Bu kadar insanın önünde aşırı bir tepki veremezdim. "Kim olduğunu bilmiyorum ve onun beni tanıyıp tanımadığı hakkında en ufak bir fikrim yok."

Tulloch ikimizi izliyordu.

"Siz ikiniz..." diye başladı.

"Öpüştük ve yattık mı?" diye araya girdi. "Kesinlikle. Dairesinin ciddi bir bakıma ihtiyacı var. Üç yaşında bir çocuk bile rahatça girebilir."

Tulloch başını iki yana salladı. Bütün kadınları korunmaya ihtiyaç duyan varlıklar olarak görmesinden rahatsız olmuşa benziyordu.

"Bir ev güvenliği firmasını organize ettim fakat talep formunu imzalaman gerekiyor," diye devam etti Joesbury. "Pazar günü olduğu için biraz tuzluya patlayacak ama bugün biteceğini sanmıyorum. Flint geceyi başka bir yerde geçirmek zorunda kalacak."

"Haydi millet, herkes iş başına," dedi Tulloch. Herkes eşyalarını toparlamaya başlamıştı. Ben de öyle yaptım.

"Bir saniye bekler misin Flint?" dedi kalktığımı gören Joesbury. Ona bakmadan yerime oturdum ve odada yalnızca Tulloch, Anderson, Joesbury ve ben kalana dek bekledik. Joesbury olduğu yerden kalkıp yanıma geldi ve tam karşımdaki sandalyeye oturdu.

"Bende sana ait bir şey var," dedi ve cebinden son model, yeni bir cep telefonu çıkardı. "Yeni telefonun," dedi.

"Eskisiyle mutluydum," diye yanıtladım.

"Bilgilerini bu telefona aktardım," dedi telefonu uzatırken. Telefonu aldım. Elleri sıcacıktı.

"Telefona bir takip cihazı yerleştirdik, GPS sistemiyle doğrudan bağlantılı çalışacak. Telefon açık olduğu sürece 7/24 nerede olduğunu bileceğiz. Sorun var mı?"

"Yok," diye yalan söyledim.

"İstersen doğruca kumanda merkezine bağlanan dört haneli numarayı da verebilirim."

"Bütün bunlara gerek var mı?" diye sordum.

"Birileri sana doğrudan ulaşabilmek için Emma Boston'ın evine girdi ve telefonunu aldı," diye yanıtladı Joesbury. "Bütün gün sana mesajlar yolladı. Bu bana yeterince endişe verici geliyor."

"Dikkatli olurum," dedim.

"Bu öğleden sonra onu Yard'a götüreceğim," dedi Joesbury Tulloch'a. "Ona bazı basit izleme ve kayıt cihazları vereceğiz."

"Altı ay boyunca cebimde kayıt cihazı taşıyamam," diye itiraz ettim.

"Artık o aletleri kullanmıyoruz," dedi Joesbury gülümseyerek. "Daha samimi aletler kullanıyoruz."

İtiraz etmeme fırsat kalmadan masadaki telefon çalmaya başladı. Anderson cevapladı ve birkaç dakika sessizce konuştuktan sonra bize döndü.

"Arayan George'du," dedi. "Üniformalılar adrese ulaşmışlar fakat orada Cooper'a ait hiçbir iz bulamamışlar. Konuştukları kişiler onun artık sokaklarda yaşadığını düşünüyormuş."

"Peki," dedi Tulloch. "Tom ve George'a civardaki evsizlerin takıldıkları yerlere gitmelerini söyle. Yardıma ihtiyaçları olacaktır. İşi olmayanlar onlara katılsın. Hemen işe koyulsunlar."

Anderson yeniden telefonu aldı. "Zamanınızı boşa harcıyorsunuz," dedim ona.

Üçü de yüzlerinde şaşkın bir ifadeyle bana döndü.

"Evsizler onlarla konuşmayacak," dedim. "Bok gibi döşenmiş evler gibilerdir ve dükkân pencerelerinde hemen göze çarpmayan heykellere benzerler."

"Tom ve George'u terapi yapmaları için göndermiyorum," dedi Tulloch. "Yalnızca fotoğrafı gösterip birkaç soru soracaklar."

"Karşılarına çıkan ilk kişi onlara Cooper'ı hayatı boyunca hiç görmediğini söyleyecek ve oradan bir an önce sıvışabilmek için elinden geleni yapacak. Sözlerine güvenilmez çünkü onlardan kurtulmak için akla gelebilecek her şeyi söylemeye hazırlardır. O arada, etraftaki diğerleri bir şekilde oradan sıvışacaklar. Bu insanlar polislerden ölesiye korkarlar."

"Serseriler hakkında bu kadar çok şeyi nereden biliyorsun?" diye sordu Joesbury.

"Evsizler," diye düzelttim yüzüne bakmadan.

"Peki sen ne yapmamızı önerirsin?" diye sordu Tulloch.

"Onlarla benim gidip konuşmama izin ver."

"Bunun pek de iyi bir..." diye başladı Anderson.

"Buradaki herkesten daha iyi iz sürerim ve benimle konuşma ihtimalleri daha yüksek," diye sözünü kestim.

"Neden?" diye sordu Tulloch ama sanki yüzündeki ifadeden nedenini bildiği anlaşılıyordu.

"Sokakları bilirim," dedim. "Çünkü sekiz ay sokaklarda yaşadım."

35

Resmî rakamlara göre Londra sokaklarında 1000 ila 1500 arasında evsizin yaşadığı tahmin ediliyor. Çoğu, evde yaşadıkları şiddetten kaçan gençlerden oluşuyor. Bazılarıysa hayatlarının sonbaharını yaşayan, her şeylerini kaybetmiş yaşlılar. Azımsanmayacak sayıda bir grubun akıl sağlığının bozuk oluşu da onlara ulaşmayı ve tedaviyi güçleştiren faktörlerden biri. Hepsi zayıf, üşümüş, her daim aç. Giderek zayıflıyor, insanlardan korkuyorlar. Bütün bunların ötesinde, en büyük dertleri günü kurtarmak.

Cooper'ı aramaya Tottenham Court Yolu civarındaki metro istasyonu çıkışlarında dilenen evsizler arasından başladım. Londra metrosu onları istasyon çıkışlarından uzaklaştırmak konusunda çok titiz olduğu için aynı yerde uzun süre kalamıyorlardı. Buraya yalnız gelmek istemiştim fakat üzerine basa basa bunun mümkün olmayacağını söylediler. Kadın dedektiflerle de gelmeme izin yoktu.

Uzun tartışmaların sonunda birimdeki en genç ve minyon yapılı iki dedektifin bana eşlik etmelerine razı oldum. İkisi de bir yandan beni gözden yitirmeyecek, bir yandan da Tulloch ve diğerlerini bilgilendireceklerdi.

Önceliğimi kadın evsizlere vermek istediysem de bu o kadar kolay değildi. Evsizlerin %70'i erkekti. Onlara sıcak içecek verip birkaç dakika konuştum. St Martin civarında yaşı on beşten fazla görünmeyen bir kız gözüme çarptı.

"Merhaba," dedim elimdeki bir kutu domates çorbasını uzatırken. "Bunu sana getirdim. Biraz konuşabilir miyiz?"

Kız bana güvenmediğini belli eden gözlerle çorbaya baktı. "Ne hakkında?"

"Bayswater'daki St John Kilisesi öğleden sonra saat dörtte yemek dağıtıyor," dedim. "Ayrıca Soho'daki Lamplight bu gece bedava yatacak yer veriyor. Londra'da evsizlere yardım eden birçok organizasyon var. Maalesef evsizlerin çoğu interneti olmadığı için bundan habersiz."

"Tamam," dedi kız ve uzattığım çorbayı aldı. Cooper'ın fotoğrafını cebimden çıkardım.

"Birini arıyorum," dedim. "Şu fotoğrafa bir bakabilir misin? Belki tanıyorsundur."

Fotoğrafa şöyle bir bakıp başını olumsuz anlamda iki yana salladı.

"Tehlikeli biri olabilir," dedim. "İnsanlara zarar vermiş olma ihtimali var." Gözleri hemen fotoğrafa geri döndü. Sokakta yaşayan insanlar tehlikeye tepki gösterir. Yalnızca şiddetten çok iyi anlarlar.

"Kimlere zarar vermiş?" diye sordu.

"Bazı kadınlara," dedim. "Onu gerçekten bulmam lazım."

Bakışlarını fotoğraftan kaldırdı ve yalnızca yirmi metre ötedeki tünelin duvarına yaslanmış bekleyen iki güvenliği gördü. Alınlarına polis olduklarına dair dövme yaptırmış olsalar bile kendilerini bu kadar açık edemezlerdi.

"Polis misin?" diye sordu. Benden korkmaya başlamıştı.

"Onu hiç gördün mü?" diye sordum ısrarla. "Bak, bu çok önemli."

Artık ne fotoğrafa ne de bana bakıyordu. Başını iki yana salladı ve ayağa kalktı. Birkaç saniye sonra uzaklaşmaya başlamıştı.

Öğleden sonra bütün vaktimi Joesbury'nin verdiği havalı telefonu taşıyarak ve bardaklar dolusu domates çorbası servis ederek geçirdim. Benimle konuşmaya razı olanların çoğu Cooper'ın fotoğrafına şöyle bir bakıp başını iki yana sallamıştı. Saat dört sıralarında konuştuğum altmışlı yaşlarındaki bir adam bana umut verecek bir şekilde fotoğrafı uzun uzun inceledi. Evsizler büyük bir topluluk değildir ve sokaklarda yaşarken hemen hepsiyle sürekli karşılaşırsınız. Sonu gelmeyecekmiş gibi fotoğrafı inceleyen yaşlı adam en sonunda başını hayır der gibi iki yana salladı.

"Onu bir süredir görmüyorum," dedi. "Bir şey mi yaptı?"

İlgimi gizleyememiştim. "Onu tanıyorsun öyle mi?" diye sordum.

"Boktan işler yapıyor," dedi adam. "Çocuklarını dilendiren Doğu Avrupalı kızlardan para alıyor."

"Onu nerede bulabilirim?" diye sorduğumda daha fazla konuşmayacağını fark etmiştim.

Başını iki yana salladı. "Acton'dan genç bir kadınla arkadaşlık ettiğini duymuştum."

Günün sonunda oldukça yorulmuştum ve depresyondan daha yoğun hisler içindeydim. En azından gidecek bir yerin olduğunu bilsen de sokaklardaki yaşamdan etkilenmemek mümkün değildir. Yaşamının dizginleri ellerinden kayıp gittiğinde sokakların orada beklediğini bilirsin.

En azından Cooper'ın Acton civarında genç bir kadınla yaşadığını biliyorduk. Bu da bir şey sayılırdı. Adamın fotoğraflarını etrafa asabilir, dükkân camlarına yapıştırabilirdik. Bir tanıyan çıkardı nasılsa.

Merkeze dönmeden önce eve uğradım ve dairemde çalışan dört elemanla karşılaştım. Joesbury'nin belirlediği alarm, kamera, panik düğmesi ve yüksek teknolojili kilitleri şöyle bir inceledim fakat içerisi yeterince kalabalık olduğu için fazla kalmadan oradan ayrıldım.

Lewisham'a döndüğümde ekipten kimsenin Cooper'la ilgili benim kadar bilgi toplayamadığını gördüm. Ne Jones ailesinden ne de Brendon Sitesi'nden kimse Cooper'ı tanımıyordu. Acton'a birilerini yerleştirmek yapabileceğimiz en iyi şeydi.

Yaklaşık bir saat sonra evimdeki çalışmanın sona erdiğini öğrendim. Eve gidip Joesbury'nin benim için düzenlediği güvenli bariyerlerin ardında kıvrılmak istiyordum. Fakat daha Scotland

Yard'la görüşüp kayıt cihazlarını öğrenmem gerekiyordu. Bilgisayarımı kapadığım sırada telefon çaldı.

"Dedektif Flint," diye açtım.

"Evet, selam," dedi genç bir ses. "Parktaki bir barakadan şüpheleniyorum. Sanırım yolunda gitmeyen bir şeyler oldu orada." Kuzey Londra aksanıyla konuşuyordu.

İç çektim. Üniformalı polislerin halledeceği türden bir mesele olmalıydı. "Pekâlâ," dedim ve kalem kâğıt alıp detayları ve nereden aradığını not ettim. "Pardon. Baraka mı demiştiniz?"

"Evet, parktaki kayıkhane. Kapı açıldı ve Joesbury'nin içeri girdiğini görünce aniden daha ilgili bir tonda konuşmaya başladım.

"Sorun nedir sizce?" diye sordum. Joesbury birkaç metre ötemdeki pencerenin pervazına yaslandı. Üzerinde koyu mavi bir ragbi tişörtü vardı ve yakasının açık düğmelerinden birkaç göğüs kılı taşıyordu.

"Çok kötü kokuyor," diye yanıtladı hattın diğer ucundaki kişi. "Ayrıca her tarafta sinekler var. Bence içeride birileri ölmüş."

"Muhtemelen bir tavşandır," dedim. "Kontrol edeceğiz. Hangi parktı?"

"Victoria Parkı."

Harika. Victoria Parkı nehrin kuzeyindeydi. Bölge sınırlarımızda bile değildi.

"Aradığınız için teşekkür ederiz. Hemen bir ekip gönderiyoruz." Telefonu kapatırken inandırıcı bir yapmacıklıkla iç çektim.

"Hazır mısın?" diye sordu Joesbury.

"Bir arama yapmam gerekiyor," dedim. "Tower Hamlets'te birileri ölmüş olabilir," dedim rehberi karıştırırken.

"Ne dedin?" diye sordu pencereden bir adım uzaklaşan Joesbury.

Başımı iki yana salladım. "Kokan bir baraka ihbarı. Sinekler uçuşuyormuş falan. Büyük ihtimalle sadece çöp ya da ölü bir sıçandır. Bana iki dakika izin ver."

"Tower Hamlets'te bir şey ölüyor ve ihbar telefonu sana mı geliyor?"

"Londra Polisi'nin karmaşık yapısını halkın anladığını farz ediyoruz fakat maalesef gerçekler böyle değil," dedim. "Başka bir telefon mu kullanmam lazım yoksa?"

"Tower Hamlets'in neresinde?"

"Victoria Parkı."

Uzanıp telefonu elimden aldı.

"Ah, tabii buyur," diye surat astım ve bir adım geri çekildim.

"Merhaba, ben Dedektif Joesbury." Arkasını bana dönmüştü. "Az önce telefonunu bağladığınız kişi özellikle biriyle konuşmak istedi mi? ... Tamam, özellikle onu mu? Emin misiniz? Hımm ... Konuşmaları kayda alıyor musunuz? ... Hay aksi. Neyse, yine de teşekkürler."

Joesbury ahizeyi bıraktı. Boynundaki damarın attığını görebiliyordum. Bana dönüp birkaç saniye konuşmadan baktı.

"Bu akşam bir planın var mı Flint?" diye sordu.

"Neden, bana çıkma mı teklif ediyorsun?"

Joesbury hafifçe gülümseyip başını iki yana salladı. "Umarım şansım vardır," dedi. Odayı arşınlayıp kapıdan çıkarken bana döndü. "Bu arada, her an bir yerlerde bir ceset bulunma ihtimali var ve birileri özellikle sana ulaşıp bu bölgede bile olmayan kötü kokular ve parktaki sineklerden bahsediyor."

"Dedektif Tulloch'a haber vermeliyim," dedim. Budala gibi hissediyordum.

"Önden sen ve ben hızlıca bir göz atalım," dedi. "Eğer sahiden de bir sıçansa en yakındaki ekibe haber veririz ve Scotland Yard'a gideriz. Ne de olsa sana çıkma teklif ettiğimden içim rahatlamış olur. Haydi, gidelim."

36

Kırk dakika sonra Tower Bridge'i geçiyorduk. Joesbury arabada müzik bile açmamıştı. Her ışıkta ya da trafik sıkışıklığında durduğunda parmaklarıyla direksiyona ritim tutmakla yetiniyordu. Aldgate'den sola dönüp Whitechapel Yolu'na girdiğimizde tüylerim diken diken oldu.

Trafikte durduğumuz bir sırada Joesbury'nin kendi kendine bir şeyler fısıldadığını fark ettim. Dönüp baktığımda kendi tarafındaki camdan dışarı baktığını gördüm. Yeniden hareket ettiğimizde nereye baktığını merak ettim ama baktığı yerde Victoria isimli bir bar hariç bir şey görememiştim.

Kanalı geçip parkın büyük girişlerinden birine geldiğimiz sırada park görevlisi derhal elini sallayıp bizi geri çevirdi. Joesbury polis kimliğini gösterip kayıkhanenin yerini sordu.

Victoria, şehrin halka açık ilk parkıydı. 19. yüzyılın ortasında bir parlamenterin Kraliçe Victoria'ya ricası sonucunda halka açılmıştı. Batı kısmında Regent Kanalı uzanırken, güney kısmından Hertford Union Kanalı geçiyordu. The Grove Yolu parkın tam ortasındaydı ve bizim o an geçtiğimiz doğu kısmında spor aletleri vardı.

"Bu parkı iyi bilir misin?" diye sordu Joesbury. Kayıkhane uzaktan görünüyordu.

Canım konuşmak istemiyordu. Ağzımı açmam halinde dökülecek kelimelerden emin değildim. "Biraz," dedim ve nedensizce "Nisanda çan çiçekleri açar," diye ekledim.

"Piknik yaparız. Barınakları biliyor musun?"

"Nereden bilecekmişim?"

Joesbury omuz silkti. "Barınaklar hakkında fikrin varmış gibi görünüyor."

Çocukların oyun alanının etrafından geçtik ve vahşi yaşam alanının olduğu bölüme geldik. Arabayı gören iki geyik hızla uzaklaştı. Önce Joesbury, ardından ben arabadan indik.

Joesbury, sanki birileri bizi izliyormuş gibi etrafı gözleriyle taramaya başladı. Kayıkhane birkaç metre ötemizdeydi. Küçük, sarı tuğladan inşa edilmiş, kırmızı kiremitten çatısı ve maviye boyanmış duvarlarıyla penceresiz, kepenksiz bir yerdi. Bir başka park görevlisi daha yanımıza yaklaştı.

"Geraldine Jones'un öldürüldüğü yeri söyle," dedi Joesbury.

"Brendon Sitesi."

"Bloğun adı?"

"Victoria House. Neden? Aman Tanrım."

"Jeton düştü, değil mi?"

"Forest Hill Havuzu," dedim. "Viktorya döneme ait bir yapı."

"Viktoryen döneme bir katil için Viktorya döneme özgü yerler..." dedi Joesbury.

Park görevlisi yaklaşırken gölün beton dolgusuyla kaplanmış ve mükemmel bir simetriyle oval şekil verilmiş yapısını inceledim. Su seviyesi alçaktı ve muhtemelen kış için boşaltılmıştı.

İkimiz birden polis rozetlerimizi gösterirken, "Barınak en son ne zaman açıktı?" diye sordu.

Görevli bakışlarını mavi ahşap kapıya doğru çevirdi. "Bir hafta önce," dedi. "Belki de on gün. Kış için botları depoladık."

"Açabilir misiniz?"

Park görevlisi endişeli görünüyordu ama karşı çıkmamıştı. Ceketinin cebinden bir demet anahtar çıkardı ve kapıya doğru yürüdü. Bana Lewisham'daki telefon hattından ulaşan adam koku ve sineklerden bahsetmişti. Oysa ne bir koku alıyordum ne de görünürde sinek vardı.

Park görevlisinin fazla şansı yoktu. Bir anahtarı daha denedi ve vazgeçip başını iki yana salladı. Joesbury alt dudağını ısırdı. Benimle gözgöze geldikten sonra arabaya geri döndü.

Bagajı açtı ve birkaç saniye sonra metal şangırtıları duyuldu. Elinde bir çift kocaman kargaburun vardı. Kapıya geri döndüğünde asma kilidi kargaburunla kavradı ve sertçe çekmesiyle beraber kilit parçalara ayrıldı.

İçeriden bir sürü uçucu böcek fırladı.

Kapı açılır açılmaz park görevlisi ve ben sineklerden birkaç adım uzaklaştık. Joesbury yerinden kıpırdamamıştı.

Bana onunla birlikte içeri girmemi işaret etmeden önce park görevlisine döndü.

"Lütfen burada bekleyin," dedi. Bir an önce Joesbury'yle yürümeye başladım. Aksi takdirde olduğum yerde kalabilirdim. İçeri ilk önce ben girdim.

Joesbury'nin ışığı aradığının farkında değildim. Lamba yanar yanmaz korkuyla bir adım geri çekildim. Joesbury arkamdaydı ve beni omuzlarımdan kavramıştı. Nefesini ensemde hissediyordum.

"Yüce Tanrım, sen büyüksün," dedi.

37

8 Eylül 1888'de Annie Chapman'ın cesedi bulunduğunda güneş henüz doğmamıştı ve Spitalfields'taki birkaç sokak lambasının ışığı 29 Hanbury Sokağı'nın arkasındaki dar avluya ulaşamıyordu. Avlunun etrafında duvarlar vardı ve yakınlardaki binalar genellikle büyük yapılardı. Yaşlı bir kapıcı olan John Davis o sabah evinden çıkarken her yer hâlâ zifiri karanlıktı.

Joesbury ve ben onun kadar şanslı değildik. Kayıkhanenin tavanına asılı düz, florasan lamba her şeyi aydınlatıyordu.

Bence John Davis o sabah yolunda gitmeyen bir şeyler olduğunu biliyordu. İnsan ırkının içinde bir yerlerde atalarımızdan kalma, kötülüğü hisseden içgüdülere sahip olduğunu hep düşünmüşümdür. Yaşlı adam o gece iyi uyuyamadığını söylemişti polise. Evden çıkışını ve içinden bir hissin ona dikkatli olmasını söylediğini hayal edebiliyordum.

Belki de sadece koku almıştı ama bundan şüpheliydim. The East End bölgesi, kesimhaneleriyle ve kanalizasyonların berbat kokusuyla meşhurdu. Belki de zavallı Annie'nin son çığlığını ya da avludan kaçarak uzaklaşan Karındeşen'in ayak seslerini duymuştu yalnızca.

Joesbury ve ben barınağa girmeden bizi neyin bekliyor olabileceğini biliyorduk.

1888'de Karındeşen Jack, Annie'yi boğazından yakalayıp yarı boğar pozisyonda yere düşmeye zorlamıştı. Arkasına geçip dizüstü çöken katil, boğazını o kadar derin kesmişti ki neredeyse başını gövdesinden ayıracaktı. Ardından eğilip kadının eteğini sıyırdı ve karnını kesti. Deriyi parçalara ayırıp iç organlarını dışarı çıkardı ve vücudunun üstüne bıraktı. Rahmini tamamen çıkardı.

Saldırının büyük bir kısmında Annie'nin bilincinin yerinde olduğunu düşünüyorum. Boğulduğu için hareketsiz kalmış ama ölmemişti. Bence boğazındaki bıçağı hissetti ve yaşadığı panik yüzünden bağırmayı başaramadı. Sonrasında çamurlu yerde uzanıp hiçbirimizin hayal bile edemeyeceği acıları yaşayarak gözlerinin kapanmasını ve her şeyin sona ermesini bekledi.

Kayıkhanede Joesbury'nin elleri omzumdayken ben olsaydım ne yapardım diye düşünmekten kendimi alamadım. Muhtemelen aynı şeyleri yaşardım çünkü cinayetlerde hep aynı şeyler olur.

Annie'nin ölümü çabuk gerçekleşmiş, ilk saldırı ve son nefesi arasında muhtemelen on beş ya da yirmi dakikalık bir süre geçmiş olmalıydı. Ne olduğunu anlayamamıştı bile herhalde.

Bu kadının ölümü o kadar çabuk olmamıştı çünkü çırılçıplak soyulmuş ve normalde botların tamiri için kullanılan kayıkhanenin ortasındaki bir sıraya uzatılıp bileklerinden bağlanmıştı. Kolları sıranın altına sarkıtılmış ve boynuna, göğsünün altına ve leğen kemiğine yapıştırılmış koli bandıyla sıraya bağlanmıştı. Katil zaman kazanmak için kurbanını bağlamayı seçmişti.

Annie'nin çığlık atmaya fırsatı olmamıştı. Eğer atsaydı etraftaki evlerde yaşayan birileri duyabilirdi fakat kimse hiçbir şey duymamıştı.

Kadının ağzı kanlı bir kumaş parçasıyla tıkanmıştı ve üzeri bantla yapıştırılmıştı. Belli ki çığlık atacağı öngörülmüştü.

"Lacey, iyi misin?" Birileri benimle konuşuyordu. Başımı eğdim ve tekrar kaldırdım. Ne çığlık atmış ne bayılmış ne de kusmuştum. Demek ki hâlâ kendimdeydim. Sakinleşiyordum. Joesbury yanımdan ayrılıp kadına yaklaştı ve eğilip yüzüne baktı.

Açık gözlerinin beyazı görünüyordu. Kurtçuklar şimdiden belirmeye başlamıştı. Burnu ve kulakları etrafında sinekler uçuşuyordu. Yüzümüzdeki delikleri tercih ederlerdi genelde. Kanın kokusuna ve tadına bayılırlardı.

Annie Chapman'ın göğsüne dokunulmamıştı. Kıyafetleri onu korumuştu. Katilin vakti kısıtlıydı.

Oysa bu kadının katilinin çok fazla vakti olmuştu. Göğüslerinde bir düzineden fazla kesik vardı. Derin olmayan, keskin bıçaklarla küçük kesikler açılmıştı. Göğsü kan içindeydi ve kayıkhanenin zemini kanla kaplanmıştı. Kan aktığına göre canlıydı demek ki. Sağ göğüs ucu iki parçaya ayrılmıştı.

Kollarımı göğsümde birleştirmiş ve kendimi korumak ister gibi bedenime sarılmıştım. Joesbury bana bakarak cesede doğru eğildi. Göğsündeki yara en kötüsü değildi.

Karnı o kadar kötü kesilmişti ki paramparça edilmiş karnındaki etlerin bir an ne olduğunu anlayamadım. Yerde göllenmiş kan pıhtıları parıldıyordu. Yine de bir zamanlar yaşayan bir insanın içindekileri görmek dayanılmaz bir şeydi. Renkler çok parlaktı. Kan pıhtıları kıpkırmızı, yağ kürecikleri sapsarıydı ve etraflarında parlak mavi sinekler geziyordu. Fakat en kötüsü bu değildi.

1888'de Annie Chapman'ın bacakları, ayakları bir araya gelecek şekilde düzenlendikten sonra, dizleri vajinasını açığa çıkaracak şekilde dışa doğru ikiye ayrılmıştı. Cesedi bulanları şok edecek bir görüntü bırakmak istemiş olabilirdi katil. Belki de bir dahaki sefere ne yapacağını göstermek istemişti zamanı tükenmeden önce.

Bizim Karındeşen'imizin fazlaca vakti olmuştu.

Kadınların çoğu yirmili yaşların ortasına geldiğinde en az bir rahim boynu kontrolünden geçerler. Muayene sedyesine uzanıp bacaklarımızı açarak neredeyse göğüs seviyesine kadar çekeriz. Bazen bacaklarımızı koyacağımız yerler olur sedyede, bazense bacaklarımızı kendimiz ayırmamız istenir. Bu kadın da tıpkı sedyede kontrol sırasını bekleyen bir hasta gibi duruyordu. Fakat bu doktor kadının dizlerini alt ve üst kısmından bantlayıp bacakları katlamıştı. Kadın ne kıpırdayacak ne de çığlık atabilecek bir haldeydi. Yaklaşık bir metre uzunluğunda bir odun parçası içine tıkılmıştı.

Joesbury odun parçasını inceliyordu. Ben de baktım. Kadının bedeninden çıkan kısmından itibaren beş harf kazınmıştı.

ANNIE

"Ah, sanırım mesajı aldık," diye mırıldandı Joesbury. Eliyle yüzünü ovuştururken güçlükle yutkunuyordu.

38

8 Eylül 1888'de John Davis derhal yardım bulabilmek için koşmuş, yoldan geçen iki kişiyi polis bulmaları için göndermişti. Aradan yüzyıldan fazla zaman geçmişti ve Mark Joesbury bana bakarak telefonda Dedektif Tulloch'la konuşuyordu. Ardından polis telsizini alıp bölge polisine durumu bildirdi.

Birileri, muhtemelen dostumuz John, Annie'nin eteğini indirip edep yerlerini örtmüştü. Joesbury park görevlisini gönderip bir başka asma kilit istedi. Kilit geldiğinde kapıyı sıkıca kapatıp kilidi astı.

Haber şimşek hızıyla yayılmıştı. Diğer park görevlileri ve sıradan insanlar toplaşmaya başladı. O ana kadar bir şey yapmamıştım. Joesbury'nin arabasına yaslanıp olayları izlemekle yetindim. Sıkı tutunmam gerekiyordu.

Joesbury'ye ne yapmamı istediğini sorduğumda barakanın kapısında nöbet tutmamı ve kimsenin yaklaşmasına izin vermememi söyledi. Art arda iki polis aracının geldiğini gördüm. Joesbury polislere dört farklı nokta gösterdi ve alanı korumalarını istedi. Hatta park görevlilerini bile yardıma çağırmıştı. Zaman ilerledikçe daha fazla polis olay yerine intikal edince nöbetime devam etmeme gerek kalmadı. Ne yapacağımı bilmeden Joesbury'nin arabasına gidip oturdum. Etrafa çekilmiş güvenlik şeridinin iç kısmına geçen ilk olay yeri inceleme ekibi gözüme çarptı. Bu cinayetin de önceki gibi Lewisham Suç Araştırma Departmanı tarafından soruşturulması gerekiyordu fakat yine de Tower Hamlets'taki ilgili birime de haber verilmesi lazımdı.

Gümüş rengi bir Mercedes çimlerin üzerine park etti ve içinden Tulloch çıktı. Henüz birkaç metre ilerlemişti ki Joesbury onu karşıladı. Bir elini kadının omzuna koyup daha fazla yürümesini engelledi. Tulloch ona bakarak başını aşağı yukarı salladı ve iyi olduğunu söyledi. Ardından bir süre daha konuşup bana baktılar. Tartışır gibi bir halleri vardı. Eğer öyleyse yüz ifadelerinden Joesbury'nin tartışmayı kazandığını söyleyebilirdim. Tulloch barakaya doğru yönelmeden önce birkaç kelime daha etti. Ardından Joesbury yanına Stenning'i alarak yanıma geldi.

"Nasıl oldun?" diye sordu yeterince yaklaşınca.

"İyiyim," dedim.

"Kısa bir yürüyüş yapalım mı?"

Arabadan inerken bana bir ayak işi yüklemesini bekliyordum. "Nereye?" diye sordum.

"Şöyle bir etrafta dolaşalım," dedi bakışlarını benden ayırmadan. "Bana bakmaya devam et. Biraz kordonun dışına çıkmanı istiyorum. Sanki hava almaya gitmişsin gibi."

İnsanları dışarıda tutmak için dış güvenlik şeridi çekiliyordu.

"Adamımız hâlâ burada olabilir. Etrafa bakma. Olayları ve senin tepkilerini görmek için can atıyordur şimdi. Etrafta biraz gezin. Stenning ve ben uzaktan takip edip seni izleyen birileri var mı diye bakacağız."

"Yani beni yem olarak mı kullanacaksınız?"

"Lacey, hemen arkanda olacağız," dedi Stenning. "Birileri sana yaklaştığı an üstüne atlayacağız."

"Bunu yapmak zorunda değilsin. Ayrıca Tulloch sana bir şey olursa testislerimi koparıp parçalarıyla Southwark Katedrali'ndeki güvercinleri besleyeceğini söyledi."

Neredeyse gülümsemiştim. "Bunu kaçırmak istemezdim," dedim.

Stenning omzuma dostça vurdu ve Joesbury'yle birlikte yanımdan ayrıldılar. Birkaç saniye sonra ikisi de gözden yitmişlerdi. Başımı öne eğip ensemi ovdum. Uzaktan izleyen biri uzun süre arabada oturmaktan her yanımın tutulduğunu düşünebilirdi. Asfaltta yürümeye başladım ve meraklıların arasından geçerek güvenlik şeridinden uzaklaştım.

Arkama bile bakmadan çocuk parkının yanından geçtim ve maviye boyalı metal parmaklıkları takip ettim. Az sonra asfalttan ayrılıp küçük bir tepeye yönelen keçi yoluna girdim. Sol tarafımdaki spor alanları ve parkın ötesindeki devasa pembe blokları görebiliyordum. Tepenin üstünde ağaçlar vardı ama beni gizleyecek kadar sık değillerdi.

Önüme iri kıyım, siyah bir karga kondu ve nedense bunu hayra alamet bir şey olarak yorumlamadım.

Gün ışığı yavaş yavaş sönüyordu ve gökyüzü sonbahar akşamlarına özgü o tatlı turkuaz renge bürünmek üzereydi. Günün bu kısmı her zaman tuhaf gelirdi bana. Ne geceydi ne de gündüz. Dünya sanki vardiya değişimi yapardı bu saatlerde.

Gölün arkasındaki barınak sirk gibi ışıl ışıldı. Doktor varmak üzereydi. Işıklar sayesinde diğer insanları görebiliyordum ama ben onlar için görünmezdim.

Joesbury ve Stenning'in de benim kadar rahat olduklarını ve ne yaptıklarını bildiklerini umdum. Diğer insanlardan birkaç yüz metre uzaktaydım ve hızla kararan bir parkta yalnız başına bir kadındım. Her an, istediği zaman hızlı davranan ama öbür türlü kurbanını öldürmek için pek de aceleci olmayan bir katille karşı karşıya kalabilirdim.

Tepede yürümeye devam ettim ve küçük bir göle inen keçi yoluna saptım. Artık çocuk parkının olduğu bölümü göremiyordum. İki korumamı da henüz görmemiştim. Eğer beni burada bıraktılarsa Tulloch kafalarını koparmak için sırasını beklemek zorunda kalacaktı.

Gökyüzünde ay ve yıldızlar belirmeye başlamıştı. Gölün çevresindeki çalılıkları görünce diğer taraftan gitmeye karar verdim. Açık alanda kalmak daha güvenli olurdu belki ama bunu yapmak zorundaydım. Güvende olduğum sürece yaklaşamazdı.

Güneşin son ışıkları gölün yüzeyinde yansıyor ve sazlıkların etrafından yumuşak, pembe dalgalar akıyordu. Kayın ağaçlarının bronz yaprakları gölde minik kayıklar gibi süzülüyordu. Büyükşehrin gürültüsü Londra'da hiç dinmezdi ama bu parkta, yaz günleri bahçelerde öten böcek mırıltıları gibi geliyordu kulağa. Dökülen bir yaprağın göle düşüşünü izlerken hayatımda nadiren bu kadar huzurla dolduğumu düşünüyordum.

Karanlık giderek etrafı kaplamaya başlamıştı ve gölgeler bana doğru uzanıyordu. Olay yerinden gelen sesler artık çok uzakta kalmıştı. Londra'nın parkları bu koca şehirde huzur vadeden nadir yerlerdendi.

Göl kenarına geldiğimde gözüme çarpan ani hareketlilikle yerimden sıçradım. Fakat bir saniye sonra bunun, sazlıkların arasında saklandığı yerden kaçan bir ördekten başka bir şey olmadığını anladım. Gölün diğer ucuna hızla fırlarken yüzeyde izler bırakmıştı.

Ah Joesbury! Şu canavarın zavallı kadına yaptıklarını görmem yetmedi mi? Sıradaki kurban olarak beni alsın diye etrafta ışıklı tabela taşıyarak dolanmam mı gerekiyordu?

Bir tenis topu sesi duydum ve tüylerim diken diken oldu. Parkın normalde kapandığı saati geçmiştik. Meslektaşlarım muhtemelen şu an olay yeri yakınlarındaki insanları parktan ayrılmaya ikna etmeye çalışıyordu. Şu anda birileri tenis oynuyor olabilir miydi? Zannetmiyordum. Tenis kortları çok uzakta kalmıştı.

Birileri beni omzumdan vurdu.

Ağzımdan çığlık yerine korku dolu bir haykırış çıkmıştı. Sıçrayıp etrafa baktım. Kimseler yoktu. Fakat birkaç metre ötemde, karahindiba yaprakları arasında sarı bir tenis topu duruyordu. Topun gelme ihtimali olan yöne doğru baktım. Ve onu gördüm.

Bir çocuğun bedenine ait olacak kadar zayıf bir adam. Birbirimize baktık. Yaklaşık yüz metre mesafedeydi ve yüzünü seçebilme imkânım yoktu ama Cooper'a benziyordu. Beyaz tenli, yirmili yaşlarının sonunda, saçları sarımsı ve ten rengi... Uzun boyluydu; Cooper'ın boyunun 1.80'e yakın olduğunu okuduğumu hatırladım. Üzerinde kayak kıyafetleri vardı; torba gibi şişkin bir pantolon, renkli sembollerle dolu, gevşek, siyah bir ceket ve başına sıkıca oturan bir bere. Tenis raketi hâlâ sağ elindeydi.

Bir saniye sonra çimlerin arasında koşmaya başlayan bir tilki gibi hızla kapılardan birine doğru fırladı. Joesbury hemen arkasındaydı. Joesbury, Cooper'dan yaşlıydı ama belli ki ondan daha güçlü ve formdaydı. Aralarındaki mesafe giderek daralıyordu. Bana doğru yaklaşan ayak sesleri duydum ve sese döndüğümde telsizine bağırarak bize doğru yaklaşan Stenning'i gördüm.

"İyi misin?" diye sordu nefes nefese.

"İyiyim," dedim. "Peşlerinden gidelim."

Stenning iki büklüm halde nefesini toplamaya çalışıyordu. "Şef seninle kalmamı söyledi," dedi.

Bir saniyeliğine birbirimize baktıktan sonra çimenliğe doğru koşmaya başladık. Joesbury ve kovaladığı adamı göremiyorduk ama hangi yöne gittiklerini biliyorduk. Stenning benden uzun ve hızlıydı ama çimenlikte bana yetişebilmek için birkaç kez depar atmak zorunda kalmıştı. Ayrıca benim yanımdan ayrılmaması söylenmişti ona. O yüzden beraber koşuyorduk.

Bu tarafta bir kapı yoktu. Yalnızca oyun oynayan çocukların yakınlardaki yollara yaklaşmasını engellemek için konulmuş mavi bariyerler vardı. Üstlerinden sıçrayıp küçük bir yan yola çıktık. Yolun bir kenarına arabalar park etmişti. Joesbury ve avından iz yoktu.

"İki gruba ayrılmalıyız," dedim.

"Hayatta olmaz."

Hangi yöne gideceğimizi bilmeden, kırmızı tuğlalı Viktoryen evler arasında koşmaya başladık. Queen's Gate Villaları. Etrafta birkaç yaya yolu vardı. Nerede olduğumuzu bilmiyorduk. Stenning'in telsizinden bazı meslektaşlarımız yanımıza geleceklerini söylediler. Kısa bir süre sonra ayak seslerini işittik. Telsizden diğer polislerin de farklı kapılardan parktan çıktıklarını duyduk. Joesbury'nin emirler yağdıran umutsuz sesi telsizde yankılanıyordu. Birkaç dakika sonra kendisi de yolun diğer tarafındaki çimenlik bir alanda ortaya çıktı. Başını iki yana salladı ve arabaların arasından yanımıza geldi.

"Piç kurusunu kaybettim!" dedikten sonra eğilip su kanalına tükürdü.

39

10 Eylül Pazartesi

"Ketçap isteyen?" diye sordu Kristos.

Masanın diğer ucundaki Tulloch ürkmüş görünüyordu. Yanındaki Joesbury'nin çenesi sımsıkıydı. Benim yanımda oturan Stenning isteyip istemediğimiz sorulan kan kırmızı şişeye baktı. Ardından Joesbury'yle göz göze geldim. Tam kıkırdayacak gibi olduğum sırada şişeye uzandı.

"Pastırmanı yiyecek misin Tully?" diye sordu.

Tulloch sandviçindeki üç dilim pastırmayı çıkarıp Joesbury'nin tabağına koydu. Artık boş ekmekten ibaret sandviçini üç parçaya ayırmadan önce parmaklarını yaladı.

"Vejetaryenim," dedi Stenning ve benim baktığımı görünce. "Fakat pastırma yağına direnemiyorum."

Saat sabaha karşı ikiydi ve Levisham High Street'te geceleri de açık olan bir kafedeydik. Buraya ilk kez geliyordum ancak mekânın sahibi Rum Kristos diğerlerini belli ki iyi tanıyordu. Bizi görür görmez büyük fincanlara kahveleri doldurup daha sormadan ızgaraya pastırmaları yerleştirmişti.

"Eş değiştirme," dedi Stenning Joesbury'den ketçabı alırken.

"Efendim?" diye sordu Tulloch.

"İyi gitmeyen bir eş değiştirme çemberi," diye devam etti Stenning. Joesbury arkasına yaslanıp tek kaşını kaldırarak onu dinlemeye başladı. "Kırklı yaşlarda orta sınıf kadınlar, hepsi yapıyor. *Mail* ve *Sunday* gazetelerinde başlıkları görebiliyorum. İşin içindeki kocalardan biri fikir değiştirip bütün kadınların fahişe olduğu kanısına varıp hepsini kesmeye karar veriyor."

Joesbury ve ben sandviçlerimizden birer ısırık aldık. Tulloch kendi sandviçinin kenarını kemirdi.

Stenning masaya doğru uzandı. Sanki iki amirine yaklaşırsa söylediklerine destek bulacak, onları ikna edebilecekti. "Bundan daha tuhaf şeyler de gördük," dedi.

"Kovaladığım adam orta sınıfa mensup ve kırklı yaşlarda olsaydı onu yakalardım," diye yanıtladı Joesbury.

Tulloch'la göz göze geldik, ilk hangimizin gülümsediğini söylemek zordu.

"İki kurban da benzer tipteydi." Stenning asla kolayca vazgeçmezdi. "Orta yaşlı kadınlar."

Kayıkhanede ya da bedenin üzerinde, kadının kim olduğunu gösterecek herhangi bir iz yoktu. Tek bildiğimiz kadının muhtemelen kırklı yaşlarının ortasında, ince ve sağlıklı yapılı, manikürlü, güzelce kesilmiş saçları olan ve çalışan bir kadın izlenimi veren biri olduğuydu.

Toplantı odasına döndüğümüzde kayıp listesini kontrol etmemizi önerdim. Bazı ihtimaller olabilirdi ama karşımıza çıkan fotoğrafların hiçbiri o kadına benzemiyordu. Yine de sabahki ilk işimiz en zoruydu: yakınlarıyla iletişime geçmek.

İsim ve detaylar en başta, kayıkhanedeki kokuyla ilgili telefonu açan kişi tarafından bana bildirilmişti.

Merkezde bulunduğumuz süre boyunca sokaklardaki meslektaşlarımızdan düzenli olarak raporlar aldık. Parkta kovaladığımız kişi, ki aksi ispatlanana kadar Cooper olabileceğini düşünüyorduk, ortadan kaybolmuştu. Joesbury'nin tahmini, adamın bir bahçeye atlayıp oradan anayola çıktığı yönündeydi. Yardıma helikopter çağrılmıştı ama gelene kadar adamın kaçmak için yeterince vakti olmuştu. Cooper'ın detayları tüm Londra'daki bütün polis birimlerine bildirilmişti ve ekipler sokaklarda onu arıyorlardı.

Güvenlik kamerası kayıtları cumartesi günü akşama doğru Cooper'la tamamen aynı kıyafetleri giymiş bir adamın yanında siyah saçlı bir kadınla parka girdiğini gösteriyordu. Kadının üzerinde puantiyeli kumaştan kahverengi bir mont vardı ve kurban o olabilirdi. İkisi birbirlerine yakın yürüyorlardı ve kadının yürüyüşünden orada gönüllü olarak bulunduğunu söylemek mümkündü.

Görüntüleri izledikten sonra Tulloch bize Geraldine Jones vakasıyla ilgili görüntüleri gönderdi ve yaklaşık yarım saat izledikten sonra ödülümüzü aldık. Geraldine Jones'un kollarımda can verdiği andan yaklaşık beş dakika sonra, parktaki adamla aynı kıyafetleri giyen bir figür Kennington Metro İstasyonu'na giriyordu.

"Üç ayrı olayda aynı kıyafetler," diye kendi kendime mırıldanır gibi konuştum.

"Geraldine Jones'un öldürüldüğü zamanki pantolon farklı," diye yanıtladı hemen arkamdaki Tulloch. "Kargo pantolonlarına benziyor sanki," diye devam etti. "Belki de yalnızca tek ceketi vardır."

"Belki de öyledir," dedim. Yine de canımı sıkan bir şey vardı fakat ne olduğunu bulamıyordum.

Cooper'ın katil olduğundan emin olmamamıza rağmen fotoğrafı gazetelerde yayınlanmıştı. Birden fazla ulusal gazete yeni Karındeşen olduğu yönünde şüphelenilen adamın fotoğrafı için baskı yenilemişti.

"Demek Viktoryen döneme ait mekânları seçtiğini düşünüyorsun, öyle mi?" diye sordu yana dönerek.

Joesbury başını aşağı yukarı sallayarak onayladı. Sandviçinin kalan son parçasını ağzına tıktığı için konuşamıyordu.

"Ya da bir Viktoryen bağlantısı olan," dedim. "Yüzme havuzu ve park Viktoryen döneme ait yapılar ama Brendon Sitesi değil. Bloğun ismi burada önem taşıyor."

"Anlamlı geliyor," dedi Stenning. "Orijinal mekânları tekrar edemiyor çünkü artık yoklar. Çoğu yüzyıl önce yıkıldı ve yerlerine başka şeyler yapıldı."

"İki gece önce Whitechapel'daki meraklıların sayısını hatırlasanıza," dedi Joesbury. "Etraf hıncahınç doluydu."

"O halde Viktorya dönemine ait yapıları belirleyip 30 Eylül tarihi için kontrol altında tutuyoruz," dedi Stenning.

"Londra'da kaç tane böyle yapı var sizce?" diye sordu Joesbury. "Bu şehrin pratik olarak Viktoryen dönemde inşa edildiğini söyleyebiliriz. A'dan Z'ye Victoria isimli en az kırkın üzerinde cadde var. Kontrol ettim."

"O halde önemli olanları seçeriz," dedi pes etme niyetinde olmayan Stenning.

Tulloch alt dudağını ısırdı. "Şu odun parçası," dedi ve gözlerini masaya kaydırdı. "Annie Chapman'ın başına böyle bir şey gelmemişti, değil mi?"

Önce iki adam konuşur diye bekledim ama ikisi de yanıt vermedi.

"Emma Smith'in başına gelmişti," dedim.

"Bunu yeni öğreniyorum," dedi Stenning bana doğru bakarak.

"Emma Smith, Whitechapel'daki ilk cinayetin kurbanı," dedim. "O yıl Nisan ayında öldürüldü. İçine doğru batırılan kalın bir odun parçası iç organlarına zarar vermişti. Saldırı sonrasında hemen ölmemiş ama ertesi gün hastanede hayatını kaybetmişti."

Stenning'in kafası karışmış gibiydi. "Hey, bekle bir dakika..."

"Kimse onun gerçekten de Karındeşen tarafından öldürüldüğüne inanmıyor," dedim. "Kendisi üç adamın saldırısına uğradığını söylemiş. Muhtemelen bir çeşit intikam ya da cezalandırmaydı."

"O halde Cooper ne numaralar peşinde?" diye sordu Joesbury. "O zaman su katılmamış bir kopyacı değil, bundan eminiz."

Tulloch'un saatine baktığını gördüm. Tarihi mi kontrol ediyordu, merak ettim. 10 Eylül'dü. Karındeşen'in kopyasının yeni saldırısına yirmi gün daha vardı.

"Onu yakalayacağız," dedim kimi ikna etmek istediğimi bilmeden. "O adamı gördüm. Gerçek biri ve kim olduğunu biliyoruz. Onu yakalayacağız."

Tulloch'un gülümsemeye çabaladığını görebiliyordum.

"Bir plana ihtiyacımız var," dedi Joesbury.

"Söyle bakalım," diye mırıldandı Tulloch.

Joesbury bana bakıyordu. "Karındeşen'in küçük avı için bir plan demek istedim," dedi.

Sandalyemde doğruldum. "Umarım bu lakap merkezde dile düşmez," diye başladım konuşmaya.

"Merak etme, testislerimi güvercinlere yem etmeye niyetim yok," dedi ve neşeyle gülümseyince harika dişleri göründü.

"Onlardan küpe yapacağım," dedim. "Kokmaya başladıklarında ise şiş geçirip kebap yapması için Kristo'ya vereceğim."

Joesbury gerçekten de gülümsüyordu. Ağzının sol alt köşesinde bir parça ketçap kalmıştı ve uzanıp silmemek için kendimi zor tutuyordum.

"Bir mahsuru yoksa eve gitmek istiyorum, olur mu patron?" diye sordum.

"Hepimiz gitsek iyi olur," dedi Tulloch, Joesbury'ye doğru dönerken. "Bir planın var mı?"

"Onu güvenli bir eve götürmeliyiz," dedi. "Yapabilirsek yarın hemen yapalım. Bu gece kapısında nöbet tutacağım."

"Hayır," dedi Tulloch bakışlarını ikimizin arasında gezdirerek. "Senin uyuman lazım. O işi birkaç üniformalı yapar. Yarın taşınmasını sağlarız."

"Emin misin?" diye sordum.

Üç çift göz bana doğru döndü.

"Önümüzde yirmi gün var," dedim. "Bu kadar vakti boşa harcamamalıyız."

"Eğer bir gelenekçiyse bir dahaki sefere iki kişiyi öldürecektir," diye devam ettim. "30 Eylül."

"Gelenekçi değil," dedi Joesbury. "Kafasına göre seçip uyguluyor."

"İki olay birden gerçekleştirmemek için direnebileceğini sanmam," dedim.

Tulloch, hâlâ gözlerini benden ayırmayan Joesbury'ye bakıyordu. "Hayır," dedi Joesbury.

"Elizabeth Stride ve Catherine Eddowes," dedim. "Birer saat arayla öldürüldüler."

Joesbury başını iki yana salladı. "Böyle bir şey olmayacak Flint," dedi.

"O gün beni av olarak kullanmaktan çok mutluydun ama," dedim.

"İkisi birbirinden farklı," dedi. "O zamanki durum kontrol edilebilir bir durumdu. Seni günde yirmi dört saat güvende tutamayız."

"Evde kalırsam iletişime geçecektir," dedim. "Bahçeye güvenlik kameraları koymadınız mı? Ön kapıya da koydunuz."

Joesbury gözlerini indirdi.

"Üstelik merkeze bağlılar," diye devam ettim. "Ayrıca yatağımda panik düğmesi var, değil mi?"

"Lacey," diye başladı söze Tulloch ama devam etmesine izin vermedim.

Söylediklerini duymazdan gelerek, "Her kapı ve pencerede alarm var değil mi?" diye lafıma devam ettim. Sanki her şey onun yetkisindeymiş gibi Joesbury'ye bakarak konuşuyordum. O da bana bakıyordu ama bu defa gözleri gülmüyordu. "Beni içeride yakalayamaz," dedim. "Fakat bahçeye girmeyi deneyip içeriye ya da kapıya bir şey bırakmaya çalışabilir. Telefonla bile arayabilir. Dışarı çıktığımda benimle iletişime geçmeye çalışabilir. Önümüzdeki birkaç gün sokaklarda çok vakit geçireceğim. Yeniden sokaklara çıkacağım."

Masaya sessizlik hâkim oldu. Kasanın arkasındaki Kristo bile yerinden kıpırdamamıştı. O da bizi dinliyordu.

"Yirmi günümüz var," dedim. "Eğer ayın otuzunda onu yakalayamazsak o zaman güvenli bir eve geçerim."

Sessizlik devam ediyordu ama bana hak verdiklerinin farkındaydım. Otuzunda onu yakalayamazsak iki kadın daha ölecekti. Tulloch başını avuçlarının arasına aldı ve Stenning elini omzuma koydu. Joesbury bana bakmaya devam ediyordu ama artık konuşmuyordu.

Artık resmen Karındeşen'in yemiydim.

40

Kulağıma yakın bir yerden gelen tiz bir sesle uyandım. Elimle sese doğru uzanıp yeni telefonumu buldum.

"Günaydın güzelim."

"Ne? Kim?"

"Benim, Pete. Başka birini mi bekliyordun?"

"Ne istiyorsun?"

"Gününü güzelleştirecek bir şey var bende."

"Neymiş?"

"Meni."

Doğrulmaya çalıştım. "Stenning, gururumun okşanmadığını düşünme ama..."

"Benimki değil seni uykucu kısrak. Cesedin üzerinde demek istiyorum."

Artık uyanmıştım. "Şunu baştan anlatır mısın?"

"Dedektif Tulloch ön otopsiden geldi. Patolog ceset üzerinde meni bulmuş."

Kafamı toparlamak için bir saniyeye ihtiyacım vardı. "Ona tecavüz mü etmiş?"

Stenning derin bir nefes aldı. "Evet, muhtemelen öyle," dedi. "Fakat bizim için iyi haber. Biz..."

"Bir dakika, otopsi yapıldı mı? Ne zaman?"

"Sabah ilk iş yapıldı. Başka bir müzikal daha vardı anlaşılan. Tulloch ve Anderson beraber gittiler."

Eğilip alarmlı saatime baktım. Neredeyse on buçuk olmuştu.

"Tulloch seni uyandırmamamızı söyledi," dedi Stenning. "Fakat iyi haberleri duymak istersin diye düşündüm. Onu yakalayacağız Flint. Elimizde isim ve DNA var. Yaklaşıyoruz. Ayrıca gazeteler Viktoryen hikâyelerle dolup taşıyor. Arkadaşın Emma Boston da dâhil herkes buna odaklanmış durumda."

Yataktan çıkarken temiz kıyafet olarak ne giyeceğimi düşünüyordum.

"Şimdi kaldır kıçını ve buraya gel. Patron şu çifte olay mevzusunu ne olur ne olmaz diye bize anlatmanı istiyor."

41

23 Aralık, on bir yıl öncesi

Doktorun etrafı çocuk fotoğraflarıyla çevrili. Masasının üstü, arkasındaki raflar, pencere pervazı... Bazı fotoğraflar, doktorun kendi çocuklarına ait olanlar, onlarca yıl öncesine ait; kıyafetlere ve fotoğrafların grenine bakılarak böyle olduğu söylenebilir. Diğerleri daha yeni, özellikle de torunlarına ait olanlar.

Doktorun kendi doğurganlığı yüzünden, Cathy'ye asla çocuk doğurmayacağını söylerken sergilediği aşırılık fazla patavatsızca değil mi?

"Enfeksiyon vajinal duvara saldırmış durumda," diye açıklıyor doktor. "Daha erken tespit etseydik kontrol altına alabilirdik. Henüz vajina kanalına ve yumurtalıklara bulaşmamış bile olsa uzun bir dönem hamilelik yaşama şansınız mümkün değil. Üzgünüm."

Aslında üzgün olmadığını Cathy'nin elinden tutan kız bile söyleyebilir. Hep kendinden beklendiği şekilde doğruları söyler fakat bu defa bakışları sabit ve yoğun. Öyle ya da böyle umurunda değildi nasılsa. En kötüsü de başkalarının acısından zevk duyacak kadar zalim oluşu.

"Çocuk sahibi olamıyorum," diyor Cathy üçüncü defa. "Asla anne olamayacağım."

Üç yaşından beri oyuncak bebeklerine sanki canlılarmış gibi annelik yapan Cathy bu habere, kadınların en doğal yeteneğini uygulayamayacağı gerçeğine katlanamaz.

"Şey, biliyorsun canım," diyor doktor. "Anne olmanın birden fazla yolu var."

"Bu kahrolası şey de ne demek oluyor?" diyor kız.

Doktor gözlerini kısıyor. "Böyle bir üsluba başvurmaya gerek yok," diyor. "Belki de kız kardeşinizle yalnız konuşsam daha iyi olur."

Kız ayağa kalkıyor. "Cathy'ye sormak istediğiniz başka bir şey var mı?" diyor.

Cathy'nin gözleri odaklanma yeteneğini yitirmiş gibi görünüyor. Yalnızca başını iki yana sallıyor ve kız kardeşi koluna girip yavaşça onu ayağa kaldırıyor. Sandalyeden uzaklaşıp kapıya doğru yürüyorlar. Ardından kız durup dönüyor ve masaya doğru gidiyor.

"Kes şunu," diyor doktor. "Hemen kes şunu yoksa güvenliği arayacağım."

"Bu binada güvenlik falan yok, seni şapşal," diyor kız açık pencereye doğru giderken. Sağ elindeki altın kaplama çerçevede doktorun çok daha genç halinin, kucağında bir bebeği tuttuğu bir fotoğraf var. Kız, pencereye gidip başını uzatıyor ve çerçeveyi aşağı bırakıyor. Cathy'yi odadan çıkarırken bir arabanın tepesine inen çerçevenin tangırtısını duyuyor.

Üçüncü Bölüm

Elizabeth

"Söz konusu katıksız kana susamışlığı dindirebilmek için bu kez tek gecede iki kurban katledildi."

Evening Standard, 1 Ekim 1888

42

10 Eylül Pazartesi

"30 Eylül 1888 günü sabahın erken saatlerinde iki kadın öldürülmüştü," dedim. Dizüstü bilgisayarın bir tuşuna bastım ve odanın ön kısmındaki ekranda bir kadın fotoğrafı belirdi. Morgda çekilmiş fotoğrafta oval ve temiz bir yüz ve sıradan yüz hatları görünüyordu. Siyah, hafif kıvırcık saçları tepeden tokayla tutturulmuştu. Geniş bir ağzı vardı ve bir zamanlar güzel bir gülümsemesi olduğunu söylemek mümkündü.

"İlk kurban, İsveç doğumlu ve ölümünden yirmi yıl önce Londra'ya taşınmış Elizabeth Stride'dı," dedim. "Kırk beş yaşındaydı, kocasından boşanmıştı ve evsizdi. Cinayetin gerçekleştiği yer Dutfield's Yard'da, Whitechapel'daki Berner Caddesi'ne çıkan avlulardan biriydi."

Toplantı odası tamamen doluydu fakat birden pek çok kişinin açık camlardan dışarı baktığını fark ettim. Kibarlıklarından dinler gibi bir halleri vardı. Artık kim olduğumuzu biliyorduk ve Samuel Cooper'ı bulunca katilin o olduğunu ispatlayabilecektik. Vakanın sonucu kesinleşmişti.

"Sabaha karşı bire çeyrek kala Dutfield Yard yolunda bir adamla tartışırken görüldü," diye devam ettim. "Son kez canlı olarak o zaman görülmüştü."

Konuşmaya devam ediyordum ama aklım başka yerdeydi. Yorgunluk ve yaşadığım şoklar birkaç haftadır zihnimde türlü oyunlar oynuyordu. Kapı açıldı ve Mark Joesbury içeri girdi. Üzerinde ince çizgili, koyu gri bir takım elbise vardı. Beyaz bir gömlek giymiş ve üzerine koyu kırmızı bir kravat takmıştı. Nerede kaldığımı bir an unuttum.

Yeniden hatırlamam zaman aldı. "Dutfield's Yard, Yahudi Sosyalist Kulüp tarafından görmezden geliniyordu," diye devam ederken notlarıma göz ucuyla baktım. "Geceleri dolup taşan bir yerdi ve çok gürültülüydü. Elizabeth'in son olarak görüldüğü andan on beş dakika sonra, saat sabaha karşı bir civarı, kulübün garsonu işten evine dönerken boğazı kesilmiş halde yerde yatan bir kadın görmüş ve kesiği derin bir yara olarak tanımlamıştı. Yaklaşık beş santimetre genişliğindeydi."

Joesbury, Tulloch'un yanındaki sandalyeye yerleşti. Tıraş olmuştu.

"Hemen kulübe dönüp polisi aradı," dediğim sırada Joesbury, Tulloch'un kulağına bir şeyler fısıldadı.

"Elizabeth Stride vakasında üç farklı özellik dikkat çekiyor. Birincisi katilin kadını nasıl o şekilde etkisiz hale getirdiğidir."

"Kurbanını önce boğdu, değil mi?" diye sordu arka taraflardan birisi.

"Öyle olduğu zannediliyor," diyerek onu onayladım. "Fakat Elizabeth Stride'ın boğulduğuna dair bir iz yoktu. Yüzde ya da boğazda şişliklere rastlanmamıştı. Cerrah boğazın soldan sağa doğru kesildiğini ve o sırada kadının, dizlerinin üstünde secdeye yatar gibi durduğunu belirtmişti."

"Seks yapacağını zannetmiştir," dedi Anderson. "Kadınların böyle durduğunu kendi tecrübelerimden biliyorum."

Odada hafif kıkırtılar yükseldi.

"Oldukça yağmurlu bir gündü," diye yanıtladım. "Avlu çamurla kaplıydı. Belki de biraz daha maceracı olmaya ihtiyacınız vardır Anderson."

Yine kıkırtılar duyuldu fakat bu defa kadın ağırlıklıydı.

"Gönüllü olarak eğilmemiş olmalı," dedim. "Etrafta bir sürü insan olmasına rağmen kimse boğuşma sesi duymamış. Ayrıca yere eğilmeye zorlandığı sırada elinde küçük bir paket şekerleme varmış. Katil, kadını hızlıca eğip yaygaraya fırsat vermeden işini bitirmiş olmalı."

"Bu kadınların hepsi sarhoştu değil mi?" diye sordu Joesbury. "Kadın alkollü müymüş?"

"Patolog, kadının alkollü olmadığını söylemiş," dedim notlarıma bakarak. "Midesini kontrol ettiğinde ne alkol ne de uyuşturucu izine rastlanmış. Polis o dönem katilin kadını nasıl yere diz çöktürdüğünü çözememişti."

Dışarıda bir korna sesi yankılandı. Birkaç kişi hemen kafalarını pencereye çevirdi.

"Elizabeth Stride'ı oyun dışına iten başka bir nedense bir yerlerinin kesilip sakat bırakılmamış olmasıdır," diye devam ettim. "Boğazındaki kesik tek yarasıymış. Vücudunun diğer hiçbir kısmına dokunulmamış."

"Araya birileri girmiş," dedi Stenning.

"İzlediğim bir film, 30 Eylül tarihinde yalnızca bir cinayet işlendiğini gösteriyordu," dedi Gayle Mizon ağzına bir parça kuruyemiş atarken. "Elizabeth Stride, Karındeşen Jack'in kurbanlarından biri olarak sayılmıyordu."

"Bu da aslında bahsedeceğim üçüncü şey olacaktı," dedim gülümseyerek. "Elizabeth'in Karındeşen tarafından öldürüldüğüne inanan çok uzman yoktur. Boğulma izi olmamasını ve vücudun başka bir parçasına zarar verilmemesini, kadının başka bir adam tarafından öldürüldüğü fikriyle açıklıyorlar."

"Başka bir karşıt görüş ise işini bitiremeden birilerinin ortaya çıktığı ve Karındeşen'in öfkesini bir başka kurbana yöneltmek zorunda kaldığı yönündedir," dedi Tulloch.

"Evet, bu ise bir diğer ihtimal," dedim. "Karındeşen Jack'in Kanonik Beşli cinayetlerinin dördüncü kurbanı ise Catherine Eddowes'tur." Yeniden dizüstü bilgisayardan bir tuşa bastım ve ekranda başka bir kadının morg görüntüsü belirdi. Catherine'in çıplak bedeninin fotoğrafıydı bu ve vücudu boyunca uzanan devasa bir yara görünüyordu. Yüzündeki yaralar dehşet vericiydi.

"Sabaha karşı ikiye çeyrek kala," dedim. "Londra Polisi'nden Memur Watkins, Catherine'in bedenini Mitre Meydanı'nda bulmuştu."

"Bir dakika, Stride'in Whitechapel'daki ölümünün üzerinden geçen bir saatten az bir süre sonrasından bahsediyoruz, öyle mi?" diye sordu Barrett.

"Doğru," dedim. "Catherine'in boğazı neredeyse omurgasına kadar kesilmişti. Doktora göre ölüm sebebi şah damarı kesilmesi sonucu aşırı kan kaybıydı. Karnı, göğsünden leğen kemiğine kadar kesilmişti. Birçok iç organı zarar görmüş, rahmi ve sol böbreği alınmıştı. Bazı iç organlarıysa sanki katil bir şeyler arıyormuş gibi öylece dağıtılmış halde bırakılmıştı."

Odadaki atmosfer değişmişti. Herkes pür dikkat dinlemeye başlamıştı yeniden.

"Eddowes'la birlikte Karındeşen ilk kez kurbanlarının yüzüne saldırıyordu," dedim. "Bıçağıyla yanak ve göz kapaklarında kesikler açmıştı. Bir gözünün lobu kesilip çıkarılmış ve burnunun ucu da kesilmişti."

Meslektaşlarım Eddowes'un yüzünü gördüklerinde donakalmışlardı. Morgda dikilmiş yüzünde korkunç yaralar vardı. Bunca yaraya rağmen hâlâ güzel bir kadın olduğunu söylemek mümkündü. Kalp şeklindeki yüzü, çıkık elmacık kemikleri ve düz, temiz kaşlarına bakınca Karındeşen'in en korkunç şiddeti uyguladığı kurban oluşunun sebebi, bu güzellik miydi diye düşünmeden edemedim.

43

Sonraki birkaç gün boyunca Londra Polisi'nin poster kızı olmuştum. Stenning ve diğer birkaç kişiyse Karındeşen için yem olduğumu söylemekte ısrar ediyorlardı. Merkezde bir saatten az kalıp vaktimin çoğunu dışarıda geçiriyordum. Güney Londra'daki okulları, gençlik kulüplerini ya da toplum merkezlerini ziyaret ediyordum. Safir Ekipleri'yle bağlantıya geçip bir grup kızla konuşmalarına ve olayları bildirmelerinin önemini anlatmalarına yardım ettim. Bir gün Rona ve kız kardeşi Tia'yla buluşup öğle yemeğinde onlarla beraber hamburger yedim. Henüz başlarına bir şey gelmediğini duymak rahatlatıcıydı ama ikisi de tetikteydi.

Diğer zamanlarda aldığım bardaklar dolusu çorbaları dağıtıp insanları hostellere, danışma merkezlerine yönlendiriyordum. Bazen sadece konuşuyordum onlarla. Yapacak bir şeyim ya da gidecek bir yerim olmayınca günler çok sıkıcı geçiyordu. Öğlen yemeği saatlerinde yüzmeye gittim, akşamları barlara, kafelere gidip gazete okuyor numarası yaptım. Elimden geldiğince dışarıda uzun saatler geçirdim ve Samuel Cooper'dan bir telefon gelmesini ya da bir gün uzak mesafeden ortaya çıkmasını bekledim. İkinci gece Camden Town'a bile gitmiştim. Asıl amacın Joesbury'yle karşılaşmaktı fakat onu kızdırmanın da bir sınırı olduğunu biliyordum. Eve yalnız döndüm.

Aslında tam olarak yalnız değildim. Joesbury SO10 biriminden iki meslektaşını, beni gölgem gibi izlemeleri için yönlendirmişti.

"Senin adamların armut gibi ortada," dedi ona itiraz eden Tulloch'a. "Bir katil onları bir kilometre öteden bile tanır."

Joesbury'nin adamları her kimse işlerini gayet iyi yapıyorlardı. Ben bile henüz onları fark edememiştim. Zaman zaman Lewisham'dan birilerini gördüğüm oluyordu. Tulloch belli ki işi şansa bırakmak niyetinde değildi.

Tulloch sık sık telefonla arıyordu. Stenning'in de ondan aşağı kalır yanı yoktu. Son basın toplantısının korkunç geçtiğini duydum. Tulloch'un amirleri mesafeli davranmaya başlamışlardı. Katil yakında bulunamazsa Tulloch bunun sorumluluğunu üstlenmek zorunda kalacaktı.

Merkezde Tulloch'un soruşturmayı bırakacağına dair bir fikir yoktu şimdilik.

Stenning sayesinde Victoria Parkı'nda öldürülen kadının otopsi raporlarına ulaşabildim. Ölüm sebebi olarak aşırı kan kaybı ve karın boşluğu ile iç organların zarar görmesi gösterilmişti. Kadın, ölmeden önce göğüs bölgesine aldığı on dört kesik darbesiyle işkenceye uğramıştı. Vajinasındaki odun parçası henüz hayattayken yerleştirilmişti. İç kısımlarındaki zarar olağanüstü boyuttaydı ve genital bölgesindeki kıllar üzerinde bulunan meni, kadının tecavüze uğradığı ihtimalini ortaya çıkarıyordu.

Öğrendiğim kadarıyla meni, sıradan bir koruyucu kullandığını işaret ediyordu. Katil tecavüz ederken kondom kullanmıştı. Asıl sinir bozucu olansa tutuklulardan her defasında düzenli olarak DNA örneği alma uygulamasının Cooper'ın tutukluluk zamanlarından sonraki bir dönemde başlamış olmasıydı. Yani katilin o olduğunu kesin bir şekilde kanıtlayabilmek için onu yakalamamız gerekiyordu. Öyle de olacaktı. Fotoğrafları her yerdeydi. Birçok defa televizyonda ve ulusal gazetelerde görmüştüm.

Dördüncü günün sonunda kurbanı teşhis etmeyi başardık.

44

14 Eylül Cuma

Hampshire, Stockbridge'li Daryl Watson on günlük Filipinler ziyaretinden döndüğünde evini tuhaf bir şekilde tenha halde buldu. Karısı Amanda ortalıklarda yoktu ve kedileri açlıktan ölmek üzereydi. Telesekreter mesajla doluydu. Aramaların bazıları, Bristol'da yaşayan oğlu ve Gloucestershire'da yatılı okuyan kızındandı. Geriye kalan aramaların çoğuysa televizyonda gördükleri kurbana ait çizimi Amanda'ya benzetip merak eden ve hayatta olup olmadığını öğrenmek isteyen arkadaşlarından gelmişti.

Daryl Weston, aynı endişeyi dile getiren dördüncü mesajı dinledikten sonra bunun kötü bir şaka olup olmadığı anlamaya uğraşıyordu. Eşinin Sussex'te yaşayan ebeveynlerini ve en yakın arkadaşlarını aradıktan sonra bize ulaştı.

Kırk altı yaşındaki Amanda Weston dört yıldır evliydi. Daryl ikinci kocasıydı ve çocukları ilk evliliğindendi. Kocasının ifadesine bakılırsa eşinin bir düşmanı yoktu. Yatılı kanser hastalarının kaldığı bir poliklinikte yarı zamanlı hemşire olarak çalışıyordu.

Daryl Weston'ın karısını sevdiği belliydi. Kadının cansız vücudunu görünce çocuklar gibi ağlamıştı. Lewisham'a ifade vermek için döndüklerinde bile hâlâ ağlıyordu. Tulloch ve Anderson acılı adamı genelde suç şüphesi taşımayan kişilerin yani kurban, kurban yakını ya da önemli ve savunmasız şahitlerin sorgulandığı odaya götürüp ifadesini aldı. Oda konforlu bir şekilde döşenmişti ve bir köşede gizli kamera vardı. Tulloch ve Anderson, Weston'la konuşurken toplantı odasında ekibin geri kalanıyla birlikte aralarında geçen diyalogları izledim.

"Bay Weston, çocuklarınızın yanına dönmek istediğinizi biliyorum," dedi Dana. "Fakat birkaç soru sormamız gerekiyor. Bir sakıncası var mı?"

Weston bakışlarını kaldırmadan başını aşağı yukarı salladı.

"Geçen cumartesi karınızın Londra'da ne işi olabileceği hakkında bir fikriniz var mı?"

Weston başını iki yana salladı. "Londra'ya hiç gelmezdi," dedi. "Buradan nefret eder."

"Onunla en son ne zaman konuştunuz?"

Adam birkaç saniye düşündü. "Salı gecesi," dedi. "Londra'da saatin kaç olduğunu sormuştum ve sekizi henüz geçtiğini söylemişti."

"Sesi nasıldı?"

"Normal. Yorgun. O gün çalışmıştı ama cumartesi gününe kadar mesaisi yoktu. Dinlenmek için sabırsızlanıyordu."

"Herhangi bir planı var mıydı?" diye sordu Tulloch.

"Bahçeyi kış için düzenleyecek ve Daniel'a eşyalarını yerleştirmesi için yardımcı olacaktı. Daniel, gelecek hafta yeni dairesine taşınacaktı. Tanrım..." Başını ellerinin arasına aldı.

"Daniel yirmi beş yaşındaydı, değil mi?"

Bir sürü kişi ekranın başına toplanmıştık. İçerisi rahatsız edecek derecede sıcaktı. Hafifçe geri çekilip saatime baktım. Yirmi dakika sonra yerel Safir Ekibi'yle yakınlarda bir okulda buluşacaktım.

"Bay Weston, eşinizi öldüren kişinin geçen hafta bir başka kadını da öldürdüğüne dair şüphelerimiz var. Bundan haberiniz var mıydı?"

Weston başını kaldırıp iki yana salladı. "Yurtdışındaydım."

"Evet, söylemiştiniz. Diğer kadın da eşinizle aynı yaşlardaydı. Geraldine Jones. Bu isim size tanıdık geliyor mu?"

Adam yine başını olumsuz anlamda salladı.

Artık gitmem gerekiyordu. Bir adım geri çekilince Joesbury'yle karşılaştım. Odada olduğunu bile fark etmemiştim. Gözümü ekrandan ayırmadan yavaşça etrafından dolaştım ve sola döndüm.

Günlerce Cooper'ı üzerime çekmek için dolaşmaya devam ettim. Stenning ve Mizon gibiler benim önemli bir işle görevlendirildiğimi düşünüyorlardı.

Geraldine Jones ve Amanda Weston'ın arkadaş olabilme ihtimalini bulmaya çalıştıysak da iki ailenin üyeleri de kadınların arkadaş olduklarını hatırlamıyordu. Fakat Amanda Weston çocuklarını doğurduğu ilk evliliği sırasında Londra'da yaşamıştı. Onun ve Geraldine Jones'un çocukları, Chiswick'teki aynı özel okula gitmişlerdi. Bunu öğrendikten sonra Cooper'ın annesinin o okulda aşçı olarak çalıştığı ve Cooper'ın kendisinin de zaman zaman annesini okulda ziyaret ettiği ortaya çıktı. Görünüşe göre cinayetler tesadüf değildi, arkalarında bir amaç vardı.

Bu arada Cooper elimizden kaçmaya devam ediyordu. Her gün Karındeşen mektupları ve asılsız telefonlar alıyorduk ve medyadan gelen baskı ve yoğun eleştiriler çekiç gibi iniyordu üstümüze. POLİS BİHABER. BECERİKSİZ LONDRA POLİSİ. SIRADAKİ CİNAYET İÇİN GERİ SAYIM BAŞLADI. Başlıklar giderek acımasızlaşıyordu. Gazeteleri Tulloch'tan gizlemeye başladık.

Amanda Weston'ın bedenini bulduktan sekiz gün sonra Cooper'ı bulduk.

45

17 Eylül Pazartesi

"Çiçek Pazarı. On dakika sonra. Yalnız gel."

Hafif bir klik sesi duydum ve hat kesildi. Görüşmeyi sonlandıracak düğmeye bastım. Yatak odam karanlıktı. Dijital çalar saatimin ışıklı göstergeleri saatin sabaha karşı dördü on geçtiğini gösteriyordu. Hemen kıyafet dolabıma gittim ve hızlıca giyindim. Koşu eşofmanı, spor ayakkabı, svetşört ve SO10'un verdiği ceketi üzerime geçirdim. Ceketin üzerinde dört tane iri, plastik düğme vardı. Düğmelerden ikisi gerçekti. Üçüncü düğmenin içinde bir izleme cihazı, dördüncüdeyse minik bir kayıt cihazı vardı.

Daireden dışarı adımımı atar atmaz kameralar beni görecekti. Düğmeleri aktif hale getirmeyi unutsam bile cep telefonum sürekli Scotland Yard'daki kumanda merkezine sinyal gönderiyordu. Eğer bu saatte evden çıkarsam izlemeyi gerçekleştirenlerden biri bunun normal bir davranış olmadığını saptayacak ve hem kendi ekibim hem de SO10 alarma geçecekti. Sokağıma park etmiş ve beni gizlice takip etmesi söylenen araçla iletişime geçeceklerdi.

Bisikletimle dışarı çıktım ve Wandsworth Yolu'na doğru sürmeye başladım. Diğer tarafta caddeler daha kalabalıktı. Bu taraflarda trafik erkenden başlıyordu.

The New Covent Garden Çiçek Pazarı, Londra boyunca bütün çiçekçilerin stoklarını sağladıkları yerdi.

Deniz aşırı ülkelerden ve Britanya'nın dört yanından gelen filizler burada toplanıyordu. Thames Nehri'ne yakın ve Nine Elms Lane ile Wandsworth Yolu arasında devasa bir toptan satış yerine sahip Çiçek Pazarı çoğu zaman sabaha karşı saat üçte açılırdı.

Çoğu zaman işyeri sahiplerince ziyaret edilen bir yer olsa da halka da açıktı. Özellikle cuma ve cumartesi sabahları çiçek meraklıları buraya akın ederdi. Sabahın o saatinde kalkıp gelmeye üşenmeyen turistler, nehrin kuzeyinde yaşayıp havalı partiler düzenlemek isteyen zengin kadınlar, evlenecekleri kiliseleri süslemek isteyen gelin adayları... Ben de ara sıra gelirdim buraya.

Uykum kaçtığında sık sık bisikletime atlar ve buraya gelip tezgâhların arasında dolaşırdım. Çiçekleri hep çok sevmişimdir.

Bisikletimi demir korkulukların yanına bıraktıktan sonra ana kargo kapısından içeri girdim. Yapış yapış leylakların iğrenç kokusu burnuma çarptı. Sağ taraftaki tezgâhta binlerce beyaz, pembe, sarı ve turuncu-altın karışımı renkte leylak vardı. Pazarın iç kısımlarına doğru, isimlerini bilmediğim çiçek yığınlarının arasından yoluma devam ettim. Bu çiçeklerin kokusu hazır yiyeceklerin kokusuna benziyordu. Gül ve yağ karışımı tuhaf bir kokuydu. İçerisi oldukça kalabalıktı. Pazarın en yoğun saatleri, sabaha karşı beş ve altı civarıydı ve en yoğun zaman dilimine yaklaşmak üzereydik.

İşte o.

Yaklaşık on beş metre uzağımda, dekorasyon amaçlı defne ağacı saksılarının yanında duruyordu. Parktaki kıyafetlerinin aynısı vardı üzerinde; kot pantolon, turuncu ve sarı sembollerle dolu siyah bir ceket ve siyah bere. Çiçek Pazarı'nın sert aydınlatması altında kocaman burnunu fark etmemek imkânsızdı. Bir hafta önceki karşılaşmamızda bana çok uzaktı ve o muydu emin olamamıştım ama artık emindim.

Bana doğru yaklaşacakmış gibi bir hali vardı. Kendisine duyduğu güveni göstermek ister gibi emin adımlarla yürümeye başladığını gördüğümde yerimden kıpırdamamaya karar verdim. Birbirimize baktığımız sırada pazarda kaç çıkış olduğunu hatırlamaya çalışıyordum. Meslektaşlarım, Joesbury'nin takip cihazları sayesinde nerede olduğumuzu biliyor olmalılardı. Buraya gelir gelmez içinde bulunduğumuz yapının etrafını sarar ve her tarafın tutulduğundan emin olduktan sonra içeri girme teşebbüsünde bulunurlardı. Onu burada yeterince tutmayı başarırsam yakalama şansımız artardı.

Saniyeler geçerken adamın içindeki kararsızlığı sezmeye başladım. Tuhaf gözleri sağa sola kayıp etrafı kolluyordu.

Hâlâ çok az vakit geçmişti. Dışarıda birkaç polis memuru olabilirdi fakat muhtemelen yeterince yakında değillerdi. Telsizime ihtiyacım vardı. Şu ana kadar açmamıştım fakat diğerlerinin nerede kaldıklarını bilmem lazımdı. Ağır hareketlerle elimi cebime götürdüm. Cooper'ın bir adım geri çekildiğini görünce durdum.

Köşeye sıkışmıştım. Kıpırdadığım anda koşacaktı.

"Yardımcı olabilir miyim canım?"

Konuşan, başında durduğum tezgâhın sahibiydi. Gözlerimi Cooper'dan ayırmadan başımı iki yana salladım.

"Nasıl istersen," diye mırıldandı göz ucuyla baktığım tezgâh sahibi adam. "Yine de biraz kıpırdasan fena olmazdı. Buraya bir şeyler yığmam gerekiyor."

"Polisim," dedim bana inanmayacağını bildiğim halde. Günlük kıyafetler içindeydim ve kafamda bisiklet kaskım vardı. "Bir dakika bekleyin lütfen."

Tezgâh sahibi bir süre sessizce durdu. "Kimliğini görebilir miyim?" diye sordu.

Duymazdan geldim.

Kolumu kavradı. "Sana söylüyorum. Eğer..."

Ona dönmekten başka bir çarem kalmamıştı. Kırklı yaşlarında, aşırı kilolu bir adam vardı karşımda. Başımı çevirmek zorunda kaldığım için çok öfkeliydim. "Geri çekil!" diye tısladım.

"Güvenliği çağırıyorum," dedi.

Cooper gitmişti. Kolumu adamdan kurtardım ve peşine düştüm. Bir el arabasına çarptım. Telsizimi açtım.

"Dedektif Flint, şüphelinin peşindeyim," dedim kimliğimi açık ederek. "Acil desteğe ihtiyacım var." Kalabalığın içinde adamı bulmaya çalışıyordum. Kapıları gördüm. "10 numaralı çıkış," dedim. "Şüpheli 10 numaralı çıkışa doğru ilerliyor."

Cooper otoparka kaçtı. Birkaç saniye sonra ben de otoparktaydım. Demir korkulukların üstünden atlayıp Nine Elms Lane'e doğru koştuğunu gördüm. Ben de peşinden koşuyordum. Trafik boyunca Wandsworth Yolu'nun sonundaki kavşağa doğru koştu.

"Köprüye doğru gidiyor," diye bağırdım telsize.

Kendimi trafiğin ortasına atmaya cesaret edebilmiştim. Bir otobüs yanımdan hızla geçti ve işe gitmek için yola koyulmuş arabaların içinden şoförler şaşkın gözlerle bana baktılar. Bir an Cooper'ı gözden yitirdim. Ardından ceketinin parlak yerleri gözüme çarptı.

"Şüpheli, Vauxhall Köprüsü üzerinde," diye konuştum telsize. Soluk soluğa kalmıştım. Köprünün üstünde rahatça koşacak bir alan vardı. Onu yakalayabilirdim. Hatta yolun diğer tarafında önü bile kesilebilirdi. Vauxhall Köprüsü'nün sonu polis yoğunluğunun hiç eksik olmadığı Westminister'a çıkıyordu.

"Şüpheli Vauxhall Köprüsü'nden kuzeybatı yönüne doğru ilerliyor." Nefes nefese kalmıştım. "Şüphelinin üzerinde siyah bir ceket, kot pantolon ve siyah bere var. Samuel Cooper olduğunu düşünüyorum."

Samuel Cooper olma ihtimali taşıyan adam köprünün ortasındaki yaya yolunda durdu. Ben de durdum. Bizim tarafımızda trafik normal seyrinde akıyordu. Yolun diğer kısmı boştu. İki polis aracı yolun sonundaki kavşakta ve Thames Nehri'nin kuzey kıyısında durmuştu. Cooper'ın kaçacağı bir yol kalmamıştı. Dönüp geri gelmeye başladı.

İçimden bir his önünden çekilip trafiğe doğru çıkmamı söylese de olduğum yerde durmayı başardım. Kaçmaya çalışsa bile en azından onu yavaşlatabilirdim. Muhtemelen yolun arkamda kalan tarafında da desteğe gelmiş birimler vardı ve pozisyon alıyorlardı. Daha fazla polisin varması an meselesiydi.

"Flint!" diye bağıran tanıdık bir ses duydum. "Kahrolası yoldan çekil!"

İki taraftan da ayak sesleri geliyordu ve sanki beni ele geçireceklermiş gibi hissettim. Dayanılmaz bir kaçma ihtiyacı duyuyordum.

Cooper'la aramızda kısa bir mesafe kalmıştı. Adımlarını hızlandırdı ve cebinden siyah bir tabanca çıkardı.

Adım seslerinin yavaşladığını duydum.

Cooper'la aramda metreler vardı. Arkasındaki üniformalı polislerden gri ceketli olanı henüz birkaç gün önce kanepemde uyumak istemişti. Joesbury'yse bana beş dakikalık sürüş mesafesinde yaşıyordu.

Cooper etrafında döndü ve tabancasını önce bana sonra Joesbury ve ekibine doğru çevirdi. Köprüde trafik tamamen kesilmişti, bomboştu. Joesbury'nin ağzının oynadığını gördüm. Bana bir şeyler anlatmaya çalışıyordu. Geri çekilmemi istediğini anladığımda artık çok geçti.

Cooper beni yakalamıştı. Köprünün kırmızı korkuluklarına doğru sertçe düştük.

"Onun beynini uçuracağım!" diye bağırdı Cooper. "Yaklaşmayın, yaparım!"

Aslında tabancayı omzuma doğru tutuyordu fakat bunu tartışmanın sırası değildi. Nefesimi toparlamaya çalışırken gözlerimi tabancadan ayırmayı başardım. Cooper'ın tuhaf gözleri odaklanmaktan uzaktı. Hâlâ hızla nefes alıyordu ve ağzının kenarında salya birikmişti. Belli ki bazı uyuşturucu maddelerin etkisi altındaydı.

Yeniden dengesini sağlayıp ayağa kalktı ve beni de kaldırıp önüne doğru çekti. Benden çok daha uzun ve kuvvetliydi. Sol eliyle belimden kavramış, tabancayı sağ şakağıma dayamıştı. Tabancayı omzuma doğrulttuğu sırada namludaki model numarasını görebildim.

"Kızı bırak Sam," diye bağırdı Joesbury. "Onu bırak ve konuşalım."

"Kahrolası köprüden çekilin!" Cooper'ın sesi sol kulağımı neredeyse sağır edecekti. "Çekilin yoksa beyninin parçalarını asfalttan toplarsınız."

Joesbury her iki elini de havaya kaldırdı. Bir adım geri çekildi. "Sakin ol," dedi. "Tamam, çekileceğiz."

O ve yanındaki polisler geri çekilmeye başladılar. Eğer harekete geçeceksem şimdi tam sırasıydı. Ellerimi Cooper'ın ceketinin kumaşına doladım. Sağlam tutarsam hiçbir yere gidemezdi. Derin bir nefes aldım.

"Tabanca gerçek değil," diye bağırdım haklı çıkmam için içimden dua ederek. "Havalı tabanca. Gelin ve yakalayın."

Joesbury ve yanındakiler birbirlerine baktılar. Tabanca gerçek olmayabilirdi, bundan emin değildim doğrusu, fakat şakağıma daha sert batıyordu şimdi. O anda boynuma bir şeyin çarptığını hissettim ve sanki arkadan çekilmiş gibi oldum.

Panik, ucu sivri iğneler gibi içime batıyordu

Cooper'ın vücudundaki sıcaklık geçmiş gibiydi ve beni hâlâ sıkıca tutuyordu. Çelik bariyere doğru çekildim. Kahretsin, Cooper bariyerin öteki tarafına geçmiş, nehre doğru sarkarken düşmemek için beni tutuyordu.

"İyi bir fikir değil Sam," dedi yeniden yaklaşmaya başlayan Joesbury. "Aşağısı gelgitli ve derinlik ancak bir metredir. Düştüğün an ölürsün."

Nehir kıyısında sığ yerlere özgü o küçük, kirli kumsalın varlığında hiçbir iz yoktu. Suyun derinliği Joesbury'nin söylediğinden fazla olmalıydı. Ayaklarımın ucuyla yere basabildiğim için rahat değildim. Omurgam çatırdamak üzereydi.

"Yirmi metre yüksekliktesin Sam," dedi Joesbury. "Olimpik atlayışlar bile daha alçak oluyor. Hayatta kalma şansın yok."

Vauxhall Köprüsü suyun en alçak olduğu yüzeyde bile on iki hatta yol seviyesini eklersek en fazla on dört metreydi. Yine de bunu bilmek beni rahatlatmamıştı. Thames Nehri'ne düşen insanlar çoğu zaman hayatta kalmazdı.

"Tam olarak köprü ayaklarının üzerindesiniz," diye devam etti Joesbury. "Suya bile ulaşamazsınız." Aşağıyı göremiyordum ama umarım bu da Joesbury'nin blöflerinden biriydi. Suya düştüğümüz takdirde hâlâ bir şansımız olabilirdi ama betona düşersek işimiz bitikti.

"Ben hiçbir şey yapmadım. Tuzak kurdular."

Joesbury gözlerini bile kırpmadan bakıyordu. "Haydi ama ahbap, bu tarafa geç, gerisini hallederiz merak etme."

"Canın cehenneme!"

Cooper beni korkulukların diğer tarafına çektiği sırada Joesbury atıldı ve ayağımdan kavrayan bir el hissettim. Joesbury'yle göz göze geldiğimde acısını görmüştüm. Çıkık omzu acıyor olmalıydı. Ayağımdaki baskının hafiflediğini hissetmeye başladım. Ayağım spor ayakkabılarımdan kayıyordu ve aşağı düşüyordum.

Korku içindeki mavi gözleri görebiliyordum. Nehrin kuzey kıyısında yansıyan ışıklar, şeritlere benziyordu. Bir an şaşkınlık içinde kaldım. Ölümümü hayal ettiğim zamanlar olmuştu ama hiç böyle hayal etmemiştim. O anda bunları düşünmem gayet normaldi fakat aynı zamanda yıkıcıydı. İçgüdüsel olarak kollarımı başımın üstüne doğru kaldırdım. Tam zamanında. Suya o kadar sert çarpmıştım ki bir an betona çarptığımı ve bütün dünyanın suya dalıp karanlık bir deliğe dönüştüğünü sandım.

46

O kadar büyük bir hızla batıyorum ki sanki karanlığın içine düşmeye devam ediyorum ve her türlü içgüdüme rağmen panik yapamayacağımı biliyorum. Hâlâ zamanım var. Kışın ortasında Westminister civarından Thames'in sularına düştükten sonra soğuğun ciğerlerinizi işlevsiz hale getirmesi ve dibe batmanız kabaca yüz yirmi saniye sürer. Eylülün sonunda olduğumuz için belki bir iki dakika fazladan zamanım olabilir.

Hızla dalmaya devam ediyorum. Bu dakikaları iyi değerlendirmeliyim. Genişleyen ciğerlerim beni yavaşlatmaya başlıyor. Etrafa bakmaya çalışırken gözlerim iğne batıyormuş gibi acıyor. Kıyıya yansıyan ışıklar yukarıda kaldı. Artık batmıyorum ama aynı hızla hareket ediyorum. Gelgit beni kontrolüne aldı.

Yüzmem lazım. Işığa doğru gitmeliyim. Nefes almamalıyım. Nehri, aşağıdaki karanlığı ve yüzümü kaşındıran otları düşünmemeliyim. Kaç dakikam kaldı? Büyük bir acı vuruyor bedenime. Göremediğim sert bir yüzeye doğru çekiliyorum. Bir an hareket etmeyi bırakıyorum ve bir şeylere kapıldığımın farkındayım. Nehir bir şelale gibi yanımdan geçip gidiyor ve sona yaklaştığımı biliyorum. Bir an serbest kalıyor ve karanlıktan uzaklaşıyorum. Nefes almamalıyım. Işık hâlâ üzerimde. Dakikalar geçiyor. Havaya ihtiyacım var.

Nefes alıyorum. Bir an yüzeye çıkıp tekrar batıyorum ama bu defa ciğerlerime dolan oksijen bana umut veriyor. Hareket etmeye çalışıyorum. Bedenimi soğuğun ele geçirmesine izin vermemeliyim.

Yılın her haftası Thames Nehri'nden birkaç ceset çıkarılır. Çoğunluğu da Londra civarında yüzeye çıkar. Onlardan biri olmamalıyım.

Yeniden yüzeydeyim. London Eye'ın koca tekeri fazla uzağımda değil. Anlaşılan epeyce sürüklenmişim. Dalgalar beni itiyor ve yeniden suyun altına doğru çekiliyorum. Nehrin karanlık dalgaları arasındayım. Muhtemelen nehrin U şeklini aldığı Isle of Dogs civarında bulunacağım çünkü cesetlerin çoğu orada bir yerlere takılmış halde bulunurlar. Şişip parçalanacak ve martılara yem olacağım. Wapping'de sığ bir yerde uzanır halde bulunacak ve Donanma Birlikleri, eğer sağlam parmağım kalırsa, cesedimi teşhis edebilmek için parmak izlerimi almaya çalışacak.

Fakat hâlâ hayattayım ve kıpırdamaya devam ediyorum. Ceketimden kurtulmam lazım. Ağırlık yapıp beni aşağı çekiyor. Ceketimin düğmelerine uzanma riskini aldığım sırada aklıma geliyor.

Bu ceket benim tek umudum olabilir. Ceket ve cebindeki Joesbury'nin verdiği cep telefonu... Onlar sayesinde diğerleri nerede olduğumu bilecekler ve beni nehir boyunca takip edecekler. Yalnızca hayatta kalmam lazım. İşte; Cleopatra's Needle. Demek ki Waterloo Köprüsü'ne doğru gidiyorum. İşte *Queen Mary*. Nehir burada keskin bir şekilde bükülüyor. İşte burada bir iskele ya da bir mavnaya çarpıp ölme riskim var fakat aynı zamanda kurtuluşum için en iyi şansım da olabilir.

Yüzümü savrulduğum yöne doğru çeviriyorum. Nehrin ortasındayım ve sağ ya da sola doğru yüzme şansım söz konusu bile değil. Fakat nehrin bu bölümünde, kuzey kıyısı oldukça kalabalık ve teknelerle tarihî gemilerin park yeri gibi. Bu sefer canım yandı. Bir şeyin yüzüme sertçe çarptığını hissediyorum ve bir an nefesimin kesildiğini sanıyorum. Embankment'taki botlar yakınlaşıyor. İşte, deniz taksisine benzer bir tanesi kıyıya doğru ilerliyor. Arkasında kıyaya kadar uzanan halatlar var. İçlerinden birkaçı su seviyesinin üzerinde.

Doğruca üzerlerine gidiyorum. Nehir uğulduyor ve hâkimiyetimi yitiriyorum. Nehir beni bırakmamaya kararlı. Halatlardan birini yakalıyor ve kendimi suyun içinde neredeyse yatay bir şekilde buluyorum. Nehir beni akıntı yönünde sürüklüyor. Kalan son enerjimle halatı dirseğimin etrafına sarmayı başarıyorum ve ellerimi birbirine kilitliyorum. Yapabileceğim tek şey bu.

Şimdi gerçekten de gücümün tükenmesine, eylül ayında bile olsak soğuğun beni ele geçirmesine dakikalar kaldı. Joesbury ve diğerleri beni arayacaklar. Scotland Yard'daki kontrol merkezi nerede olduğumu bulacak ve geri bildirim yapacak. Birileri mutlaka beni bulmaya gelecek.

Tek umudum, Joesbury'nin gösterişli cihazlarının sudan etkilenmemesi.

47

Gözlerimi bir hastane odasında açtım. Panjurlar kapalıydı ama ardındaki yumuşak ışığı görebiliyordum. Yaşayacak yeni bir günüm daha vardı. Dakikalarca kıpırdamadan yattım. Çok ateşim vardı. Ardından kollarımı ve bacaklarımı kımıldatma riskine girdim. Her yanım ağrıyordu fakat uzuvlarım komutlarıma uydu. Oturur pozisyona geldiğimde başka türlü bir acıyı tecrübe ettim. Kafam, gövdem, her yanım acı içindeydi.

Yatağımda bir süre oturur halde sadece nefes alıp vererek acılarımın dinmesini bekledim. Bir süre sonra yeniden canım yanmaya başlayınca tekrardan uzanmayı düşündüm. Fakat derhal işemem gerekiyordu.

Zemine doğru eğilip ayaklarımın üzerinde durmayı denedim. Bu halimi emekleme çağında bir çocuk görse gülerdi ama en azından ayakta kalmayı becermiştim. Odanın diğer ucunda, birkaç metre uzağımda özel bir tuvalete çıkmasını umduğum bir kapı vardı. Koridora çıkmamasını diliyordum.

Acıyla devam ettim. Kahretsin! Canım çok yanıyordu. Nehirde işesem ne olurdu ki sanki? Kapıya vardığımda başım dönüyordu. Tanrıya şükür, engelli demirleri olan bir tuvalete açılmıştı kapı. Düşmeden tuvalete girebilme şansım vardı.

Tuvalete oturabilmem de sıkıntılı oldu, kalkışım ise ayrı bir hikâye. Neredeydim? Büyük ihtimalle Güney Londra'daki hastanelerden birindeydim. Üzerimde ışıldayan parlak ışıkları hatırladım. Bir erkek eli bana uzanıyordu. Halatı bırakamadığım için uzattığı eli tutamıyordum. Bu yüzden beni bir kemerle yakalamış ve çekmişlerdi. Londra Deniz Polisi'nden kızıl saçlı bir kadın beni sedyeye bağlarken üzerime sıvı ve soğuk sızdırmayan gümüş bir battaniye örtmüştü. Beni yerleştirdiklerinden emin olduktan sonra sahil güvenlik botunun motorlarını çalıştırmış ve beni ambulansın beklediği yere taşımışlardı.

Geceyi tuvalette geçiremeyeceğimi anlayınca ayağa kalkmayı denedim. İlk denememdeki kadar olmasa da yine de canım yandı. Ayrıca neden bilmiyorum ama nefes almak zor geliyordu. Sanki ağır bir soğuk algınlığı geçiriyordum. Sifonu çektikten sonra banyodan çıktım. Odamın kapısında koridora bakan küçük bir pencere vardı ve hemen kapının karşısındaki plastik sandalyede bir adam oturuyordu. Gözleri kapalıydı ve bir kolu askıdaydı. Kapıyı açmamla beraber gözlerini açmış ve hemen ayağa kalkmıştı Joesbury.

"Kendini nasıl hissediyorsun?" diye sordu. İkimiz de odamdaydık artık ve kapı arkamızdan yavaşça kapandı.

"Thames'e düşmüş gibiyim."

Joesbury yorgun görünüyordu. Kim bilir kaç saattir dışarıda oturuyordu.

"Ayağa kalkmamalısın," dedi. "İki saat önce ağrı kesici ve yatıştırıcı verdiler sana."

Kafamdaki bulanıklığın sebebi yatıştırıcılar olmalıydı. "Bana ne oldu?" diye sordum.

"Ağırlıklı olarak kaburgalarda çatlak ve zorlanma var. Bir de çok sayıda şişlik."

O kadar da kötü değilmişim demek ki. Askıdaki omzunu işaret ettim. "Benim yüzümden mi?"

Sağlam omzunu silkti. "En azından henüz kesmek zorunda kalmadılar," diyerek hafifçe gülümsedi. "Spor ayakkabının teki arabamda," diye ekledi.

Başımı eğip ayaklarıma baktım. "Sanırım diğer teki de kayıp," dedim.

Gülümsemesi biraz daha yayılır gibi olmuştu yüzüne. "O halde bendeki teki hediye olarak düşünebilirim."

"Cooper'a ne oldu peki?" diye sordum. Nehirde sürüklenirken aklıma bile gelmemişti. Tek derdim hayatta kalabilmekti. Şimdiyse hayattaydım ve neler olduğunu merak ediyordum doğrusu.

Joesbury başını iki yana salladı. "Henüz haber yok," dedi. "Fakat bulabileceğimizi zannetmiyoruz. Onun yerine seni takip etmeyi..."

Devam etmesine fırsat vermedim. "Biliyorum," dedim. "Teşekkür ederim."

"O öldü Flint. İkinizi birden çıkarma şansımız sıfırdı."

"Biliyorum," dedim yeniden. Belki de Cooper'ın hayatta kalmayı başaramaması daha iyi olmuştu. Fakat... "Atlamadan önce söylediği şey, düzmece olduğuyla ilgili..."

"Hep böyle söylerler," dedi yatağı işaret eden Joesbury. "Şimdi uyusan iyi edersin," diye devam etti. "Tully sabah ilk iş buraya damlar. Neler olup bittiğini bilmek isteyecektir."

"Ellerimi yıkamam lazım," dedim. Odanın bir köşesinde lavabo vardı.

Joesbury arkamdan geldi. "Lacey, bir saniye."

Lavaboya ulaşmıştım. Otomatik olarak başımı kaldırıp aynaya baktım. Aynadan bana bakan yüzü tanıyamıyordum. Sanki geri çekilmem görüntüyü yok edecekmiş gibi bir iki adım arkaya doğru çekildim. Yok olmamıştı işte. Karşımdaki korkunç sureti görmemek için yüzümü ellerimle kapadım. Bir kolun beni sardığını hissettim ve siyah, gri bir svetşörte yüzümü bastırıp ağlamaya başladım.

"Yüzde doksanı yüzeysel şeyler," diye fısıldadı kulağıma Joesbury. "Doktorlardan biriyle konuştum. Çoğu şişlik ve morluk sadece. Birkaç hafta içinde hepsi yok olacaklar."

Ağlamamı durduramıyordum.

"Sanırım yüzüne bir şey çarpmış," diye devam etti Joesbury. "Tanrıya şükür bisiklet kaskın hâlâ kafandaymış."

"Peki ya bandaj ne için?" demeyi başarabildim en sonunda. Burnumun üzeri bandajla kaplıydı.

"Burun köprüsünün hemen üzerinde bir kırık varmış."

Artık ağlamıyor, âdeta uluyordum.

"Kes artık, sus. Hepsi iyileşecek. Eskisi gibi olması için Londra Polisi hiçbir masraftan kaçınmayacak."

Ağlamamı kesmeye çalışıyordum çünkü nefes almamı zorlaştırmaktan başka bir işe yaramıyordu.

"Başka?" diye kekeledim.

Joesbury iç çekti. "Sağ şakağında küçük bir kesik var. Dudaklarının iç kısmını dikmek zorunda kalmışlar. Ağzının içinde yara olabilirmiş."

Derin bir nefes aldım. Joesbury'nin svetşörtünde kan vardı; benim kanım.

"Hepsi bu, gerçekten de. Birkaç hafta içinde eskisi kadar mükemmel olacaksın."

Elimi yüzümde gezdirdim. Tanrım, fena halde acıyordu. Parmağımla yaraya dokundum. Bir süre Joesbury'yle birbirimize baktık. "Üzgünüm," dedi.

"Köprüde bileğim yerine ayakkabımı yakaladığın için mi?" diye mırıldandım Vauxhall Köprüsü'nde olanlardan bahsetmediğini bildiğim halde.

"Birkaç haftadır sana zor zamanlar yaşattığım için," dedi.

Artık ona bakamıyordum. "Tam bir pislik gibi davrandın," dedim.

"Tam bir pislik gibi davrandın bayım," diye düzeltti ve beni kendine doğru çekti. "Biliyorum."

"Neden?" diye sordum gözlerimi kaldırmaya cesaret edemeden.

Sol kolunu askısı içinde oynattı, beni sarmalamak ister gibi bir hali vardı. İç çekerek konuştu. "Dana senden hoşlandığımı ve arzumu anlamsız bir öfke aracılığıyla belli etmeye çalıştığımı düşünüyor," dedi.

Demek ki Dana ve o... Ah, sırıtmamak için kendimi zor tuttum.

"Haklı mı?" diye mırıldandım.

"Büyük ihtimalle," dedi. Acaba bu halde öpüşsem ne kadar canım acırdı? "Gerçi ilk karşılaşmamızda henüz soğumamış bir cesedin başında, kanlar içinde bir şüpheliyle karşı karşıya olduğumu düşünmüştüm."

Gülümsemem kayboldu. Başımı geriye doğru atıp gözlerine baktım. "Geraldine Jones'u öldürdüğümü mü düşünmüştün?"

"Olaya bir de benim açımdan bakmayı dene Flint," dedi. "Jones senin bir süredir düzenli olarak cuma akşamları uğradığın siteye biriyle buluşmaya gitmişti. Amanda Weston kaybolduğu sırada ya da öldürüldüğünde görevde değildin. Emma Boston'ın evine girildiği gün işe geç gelmiştin. Ayrıca biliyorum, geçmişte kaldı ama eskiden uyuşturucu alışkanlığın vardı ve tuhaf saatlerde Camden'da dolaşma huyunu da unutmayalım."

Joesbury, Geraldine Jones'u öldürdüğümü mü düşünmüştü? Bütün bu zaman boyunca geçmişimden şüphelendiğini düşünürken beni potansiyel bir katil olarak mı görmüştü? Böyle düşünen başkaları da var mıydı? Ne öğrenmişlerdi?

"Dedektif Tulloch'a söyledin mi?" diye sordum sesimin çatallaştığını fark ederek. Beni ne kadar korkuttuğunu görmesine izin veremezdim.

"Evet," dedi beni bırakmaya niyetli gözükmeyen Joesbury. "Bana deli olduğumu söyledi fakat Cooper en çok aranan adamımız olduktan sonra geçmişinde Jones ya da Weston ailesiyle herhangi bir ilişkin olduğunu bulabilseydim beni ciddiye almak zorunda kalacaktı."

"Bulabildin mi?" diye sordum. Nefesimin ne zaman kesileceğini merak ediyordum?

"Sıfır," dedi Joesbury ve eliyle belimi sıkıca kavradı. "Lacey Flint'in her iki aileyle anneler ölene kadar bir ilgisi olmadığı ve ayrıca bu akşama kadar Samuel Cooper'la hiç karşılaşmadığı tespit edilmiştir."

Diğer eliyle çenemin altına dokundu. Yüzümü kendine doğru yavaşça çekiyordu. "Yani temiziz," dedi bir kez daha gözlerimin içine bakarken. "Fakat Camden odaklı sosyal yaşamın bundan sonra benim için bir problem olacak."

Odanın kapısı açıldı. Joesbury kafasını kaldırdı fakat onun haricinde yerinden kıpırdamadı. Dönüp baktım. Yeşil üniformasının içinde şişmanca bir siyahi hemşire içeri dalmıştı. Hemen arkasında üniformalı bir devriye polisi vardı.

"Ayağa kalkmaman lazım," dedi hemşire içeri girerken. "Haydi ama..."

Joesbury beni bıraktı ve hemşire yatağa yaklaşıp çarşafları düzeltti.

"İyi geceler dileyebilirsin dostum," dedi Joesbury'ye.

Joesbury saatine baktı. "Günaydın güzelim," dedi hemşireye ve onun dışarıyı işaret eden parmağını takip edip odadan ayrıldı.

48

19 Eylül Çarşamba

GUY'S Hastanesi'ne kaldırılmamdan iki gün sonra, Samuel Cooper'ın bedeni Deniz Polisi tarafından bulundu. Cesedi Blackwall Tüneli'nin hemen arkasında bir iskelenin altına sıkışmıştı. Horseferry Yolu'ndaki morga gitmemiştim ama birkaç gün sonra bir fotoğrafını gördüm.

Nehrin, içine düşenlere nazik davrandığı pek görülmüş şey değildi ve Cooper için de kolay olmamıştı. Bedeni ezilmiş, kırılmış ve neredeyse insan formunu yitirecek şekilde parçalanmıştı. Vauxhall Köprüsü'nden atlarken mücadele ettiğim, neredeyse ikimizi birden öldürecek olan korkmuş, uyuşturucu etkisindeki genç adamı tanıyamamıştım.

Annesi Stacey onu kürek kemikleri arasındaki küçük bir ok ucu dövmesinden tanıdı. Parmak izleri de onun Samuel Cooper olduğunu onaylıyordu ve ayrıca yapılan DNA testinin sonucunda Amanda Weston'ın genital bölgesinde bulunan meninin de ona ait olduğuna şüphe kalmamıştı.

Bütün bu bilgileri ziyaretçilerimden aldım. Tulloch ve Stenning birkaç kez uğradılar. Birimden birkaç kız da ziyaretime geldi. Emma Boston ilk günden yanıma uğradı hatta Tulloch'un izniyle benimle kısa bir röportaj bile yaptı.

Scotland Yard'dan bir görevli bana başka bir cep telefonu sağladı. Diğeri Thames Nehri'nde darmadağın olmuştu fakat önceki telefonumdaki bilgiler buna da aktarılmıştı. Gayle Mizon bana üzüm getirmişti fakat bir tanesini bile yemeye takatim yoktu. Hastanede beni Anderson bile bir kere ziyaret etti.

Verdiğim tüyolar sayesinde Samuel Cooper'ın yaşadığı, Acton'da bir DVD dükkânının üstündeki daireyi keşfetmiş, uyuşturucu kalıntıları ve sefilliğin ortasında Amanda Weston'ın el çantasını bulmuşlardı.

Bu haberi alır almaz Cooper'ın beraber yaşadığını duyduğum kadını sordum. Orada bana söylendiği üzere, başka birinin daha yaşadığına dair bir işaret yoktu. Cooper yalnız yaşıyordu.

İki hava tabancası daha bulmuşlardı. Cooper'ın o gün benimle beraber nehri boylarken çıkardığı tabanca bulunamamıştı fakat o gün tabancanın sahte olduğu konusunda haklı çıkmıştım.

"Nasıl anladın?" diye sordu Tulloch. "O kadar gerçekçiler ki..."

"Southwark'ta bir bayide yaklaşık altı ay önce bir soygun olayı gerçekleşmişti," dedim. "Bütün işleri ben hallettim. Tabanca Jericho 941'di. En popüler havalı tabancalardan biridir."

"Yine de Amanda Weston'ı parka nasıl götürdüğünü açıklamıyor," dedi Tulloch. Yatağımın kenarında oturmuştu. "Grove Yolu'nda beraber yürürlerken çekilmiş video kayıtlarını hatırlıyor musun?"

Başımı aşağı yukarı sallayarak onayladım. O video kaydında canımı sıkan bir şeyler vardı.

"Adamın yanında sanki isteyerek yürüyor gibi bir hali vardı," dedim. "Ya tabancası olduğunu düşündüyse?"

Tulloch haklıydı. Tabancayla tehdit edilen birçok kadın isteneni yapardı.

"Büyük ihtimalle Geraldine Jones bile," dedi Tulloch. "Yani ona da 'yüzünü arabaya dön ve kıpırdama' dese saldırıya uğradığını düşünüp söyleneni yapardı. Ben de aynısını yapardım, biliyorum."

Bir süre sessiz kaldım. Tulloch bana bir saksının içinde beyaz bir orkide getirmişti. Yoksa Joesbury ona çiçek merakımdan mı bahsetmişti? Joesbury o sabahtan beri uğramamıştı fakat etiketinde Steiff yazan bir Alman şirketinden bilinmeyen bir paket aldım. İçinden kahverengi, yumuşacık, aşırı sevimli bir oyuncak ayı çıktı.

Gözlerimi ayakucuma yerleştirdiğim oyuncak ayıdan kaydırıp yeniden Tulloch'a döndüm.

"Tuzağa düştüğünü söyledi," dedim. "Köprüdeyken, tuzağa düşürüldüğünü söyledi Cooper."

"Hep böyle söylerler Lacey," diye yanıtladı Tulloch.

Sanırım bu konuda da haklıydı. "Neden böyle yaptı?" diye sordum.

"Bunu asla bilemeyeceğiz," dedi başını iki yana sallayarak. "Uzun zamandır uyuşturucu bağımlısıymış. Okuduğu okullardaki öğretmenleri Cooper'ın başını hep derde soktuğunu söylediler. Belli ki yardıma ihtiyaç duyan ama kimsenin yardım elini uzatmadığı biriydi."

"Fakat neden bu iki kadın ve neden bütün bu Karındeşen oyunları?"

"Dairesinde Karındeşen Jack'le ilgili yazılmış bir sürü kitap bulduk," dedi Tulloch. "Hatta Karındeşen Jack turu için bilet bile vardı. Kadınlara gelince, onları muhtemelen tanıyordu. Okulun etrafında çokça vakit geçirirmiş. Belki de ondan daha şanslı ve iyi imkânlara sahip kişilerden nefret ediyordu."

Başımı aşağı yukarı salladım. Söyledikleri anlamlı gelmişti.

Tulloch cebinden şeffaf bir kanıt poşeti çıkardı. İçinde bir şey vardı.

"Lacey, orada ayrıca senin bir fotoğrafını bulduk," dedi elindeki poşeti bana göstererek. "Şipşak çekilmiş. Ne zaman ve nerede çekilmiş olabileceğine dair bir fikrin var mı?"

Fotoğrafa baktım. Londra'da bir caddedeydim ve arabamın kilidini açıyordum. Dikkatimi çeken bir şeyler olmuştu ve başımı kaldırıp gözümü dikmiştim. Üzerimde iki yıl önce aldığım bir ceket ve blucin vardı. Fotoğrafımın çekildiğinin farkında bile değildim. Başımı olumsuz anlamda iki yana salladım.

"Bunun üzerinde çalışıyoruz, dedi Tulloch. "Nerede çekildiğini bulursak, ışık ve gölge koşullarını göz önünde bulundurarak hangi yıl çekildiğini tahmin edebiliriz belki. Hatta fotoğrafın çekildiği anda civarda çalışan güvenlik kamerası varsa kayıtları hâlâ mevcut olabilir. Ne zamandan beri sana odaklandığını öğrenmemiz gerekiyor."

İç çekerek sırtımı yastıklara yasladım. "O halde her şey bitti," dedim. "Karındeşen Jack'i yakaladık."

Tulloch ayağa kalktı ve gülümsedi. "Ah, aslında o kendi kendini yakalatmaya karar verdi."

Dana Tulloch takip eden günlerde ünlü biri haline geldi. Kendisi istememesine rağmen amirlerinin zoruyla, gelen röportaj tekliflerinin çoğunu kabul etti. Gençti, kadındı ve melezdi. Röportajlara beni de katmayı teklif ettiler. Hasta yatağımdan, kısa vadede kazanacağım şöhretin uzun vadede bana zarar vereceğini düşünerek katılmayı reddettim.

Resmî olarak iyileşme dönemimdeydim ama bir şeyler almak için ofise uğradığımda soruşturma ekibi tarafından alkış yağmuruna tutuldum. Yeniden ağlamaya başladım ve herkes beni o kadar coşkuyla karşıladı ki sarılırken birkaç kaburgam daha çatlayabilirdi.

Hâlâ bir otobüsün arka koltuğu gibi görünsem de bu artık çoğu zaman umurunda değildi. Aldığım ağrı kesiciler sayesinde son yıllarda hiç olmadığı kadar iyi uyuyordum. Uyandığımdaysa kahverengi oyuncak ayım hep yanı başımdaydı.

Hastaneden taburcu olduğum cumartesi sabahı, South Bank'e doğru yavaş ve ağrılı bir otobüs yolculuğu yaptım. Nehre fazla uzak olmayan kafelerden birinde soluk tenli, siyaha boyanmış saçlarıyla ince yapılı, içeride oturmasına rağmen güneş gözlüklerini çıkarmayan bir kız gözüme çarptı. Masasına yaklaştığımda kafasını kaldırmadı fakat yakınlardaki ergenlik çağındaki bir grup genç kız onu fark etmişlerdi bile. Aralarında fısıldaşıyorlardı. Son zamanlarda yanlış ve saçma nedenlerden ötürü insanların gözünü size dikmesinin ne demek olduğunu anlamıştım.

"Selam," dedim yeterince yaklaşınca. Emma Boston başını kaldırıp güneş gözlüklerini kafasının üzerine kaydırdı.

“Kahretsin, çok fena görünüyorsun,” dedi ve ani gülümsemesiyle bir sigara tiryakisine göre oldukça beyaz sayılabilecek dişlerini sergiledi.

“Otursana,” dedi. “Ucube şova sen de katıl.”

Oturdum. Onu daha önce gülümserken hiç görmemiştim.

“İyi misin?” diye sordu bana.

Başımı aşağı yukarı salladım.

Yaklaşan garsona kahve ve peynirli tost sipariş ettim. Emma ise kahvesinin tazelenmesini istedi.

“Yazdığın makaleyi sevdim,” dedim yeniden baş başa kaldığımızda. Yalakalık yapmıyordum. Benimle hastanede yaptığı röportaja Tulloch’la yaptığı kısa söyleşiyi de eklemişti ve yazısı Thames’te olanlardan iki gün sonra büyük gazetelerden birinde yayınlanmıştı. Röportajda erkekleri şiddete ve öldürmeye iten sebepleri sorması gibi farklı tekniklerle, klasik kalıpların dışına çıkıyordu.

“Ben iyi bir gazeteciyim,” dedi neredeyse meydan okuyan bir ifadeyle.

“Biliyorum,” dedim. “İsmimi saklı tuttuğun için teşekkür ederim.”

Hafifçe başını salladı. “Ee, yeni bir şeyler var mı?” diye sordu. “En iyi arkadaşın olmam için beni buraya davet etmediğini biliyorum. Cooper’ın beraber yaşadığı iddia edilen şu kadınla ilgili bir gelişme var mı? Annesi onunla hiç tanışmadığını söyledi bana. Bu arada bir süredir Sam’i görmediğini de hatırlatırım.”

“Aslında mesele Karındeşen olayıyla ilgili değil,” dedim saatimi kontrol ederken. “Elimde senin için bir hikâye olabilir, tabii tartışmalı bir şeyler duymak istersen.”

Hafifçe gülümsedi. O sırada açılan kapıya doğru döndüm. Üç siyahi genç kız masamıza bakıyordu. Ayağa kalkıp yanlarına gittim.

“Sana ne oldu böyle?” diye sordu Rona.

“Nehirdeki dubalardan biriyle kavga ettim,” dedim. “Geldiğin için teşekkür ederim. Merhaba Tia.”

Rona'nın on iki yaşındaki kız kardeşi onun daha zayıf, kısa ve hatta daha sevimli bir versiyonu gibiydi. Yüzünde utangaç bir ifadeyle bana gülümsedi.

Yanlarındaki diğer kızı işaret ederek, "Bu Rebecca," dedi Rona. "Bir arkadaşım. O da gelmek istedi."

"Hepinizin burada olmasına sevindim," dedim. "Haydi, gelin, sizi birisiyle tanıştırmak istiyorum."

Emma'nın Rona ve arkadaşlarıyla ilgili yazdığı, Güney Londra'daki tecavüz sorununa değinen makale sekiz gün sonra yayımlandı. *Sunday Times* gazetesinin kapağındaki inceleme bölümünde, siyahi bir genç kızın üzgün gözlerle Thames'e bakarken çekilmiş bir fotoğrafı vardı. Arşivden alınmış bir fotoğraftı çünkü röportaj veren kızların kimlikleri gizli tutuluyordu. Fakat yine de yaşlarının küçüklüğü, siyahi oluşları ve Londra'dan korktukları özellikle vurgulanmıştı.

Eşlik eden hikâye bir pazar sabahı makalesi olarak büyük bir etki yaratmamıştı. Hatta Safir Ekipleri'nin şefleriyle yapılmış röportajlardan yorumlar konduysa bile bunlar Londra Polisi'nin konuyla ilgili tutumunu sorgulamaktan uzaktı. Fakat yine de makale, otoritelerin, toplumun belli bir kesimini rahatsız etme ihtimali bulunan bir meseleye karşı umarsız yaklaşımını sorgulayacak şekilde, ciddi ve önemli sorular soruyordu.

Makale yayımlandıktan kısa bir süre sonra beni arayan Emma Boston, *Sunday Times*'ın yazı dizisine devam etmesini ve bu defa toplum önderleri ve okullarla konuşmasını istediğini söyledi. Hatta yazı dizisinin bir ödül için aday gösterilme ihtimali bile varmış.

Eylülün son birkaç gününde sosyal hayatımdaki hareketlilik artış gösterdi. Amanda Weston'ın ölümüyle ilgili resmî soruşturmanın başladığı günün ertesinde, ekibim onlarla birlikte bovling oynamam için ısrar etti ve ne hikmetse onlara karşı çıkmadım. Kaburgalarımdaki iyileşme aktif bir katılım için yeterli olmasa da bir kenarda oturup eğlenmeme ve gülmeme engel değildi.

Birkaç gün sonrasında Brick Lane'de biranı kendin almak zorunda kaldığın küçük bir kafeye köri yemeye gittik. Bu defa kolu hâlâ askıda olan Joesbury de bize katılmıştı. Gece boyunca benimle pek konuşmasa da birkaç kez bakışlarını yakaladım.

Fakat tarihler Elizabeth Stride'ın Berner Caddesi'nde yüz yıl önce öldürüldüğü günün yıl dönümünü gösterdiğinde, yeni ve mutlu halim beklenmedik bir şekilde son buldu.

49

1 Ekim Pazartesi

Charlotte Benn ebeveyn odasındaki büyük boy yatağında, ters bir şekilde uzanıyor. Çalan kapıya yanıt verdiğinde hâlâ ayakkabılarının içinde olan ayakları yastığının üzerinde duruyor. Kocasının yastığı hem de. Eve döndüğünde yastığın üzerindeki çukurdan hoşlanmayacak. Charlotte çoktan ipek çarşafları düzeltip yastıkları havalandırmış, yatağı düzeltmişti. Oysa şimdi her şey bittikten sonra yeniden yapmak zorunda kalacak.

"Oturabilir miyim?" diye soruyor.

"Hayır," diye karşılık veriyor ses.

"Sanırım kusacağım," diyor.

Cevap yok.

"Pisletirsem yıkayamam," diyor Charlotte. "Kuru temizlemeye vermek zorunda kalacağım."

"Güzel oda," diyor ses. "Kendi başına mı dekore ettin?"

"Evet," diyor Charlotte aslında öyle olmamasına rağmen. Bir arkadaşının tavsiye ettiği bir dekorasyon uzmanından yardım almıştı. "Her şeyi ben seçtim," diyor. "Haftalarımı aldı."

"Doğal ve güzel renkler," diyor ses kulağına. "Sevdiğin renkler mi? Doğal renkleri sever misin demek istiyorum?"

"Evde para var," diyor Charlotte. "Alt kattaki kasada birkaç yüz sterlin var sanırım. Şifreyi söyleyebilirim. Altı, yedi, üç..." Hemen arkasında bir hışırtı duyuyor. "Ne yapıyorsun?" diye soruyor.

"Sana ahlakla ilgili bir şeyler sormak istiyorum," diyor ses. "Katı bir şey midir yoksa değişebilir mi? Kıpırdama yoksa beynini dağıtırım."

Charlotte kendini kıpırdamadan durmaya zorluyor. "Ne demek istediğini anlamıyorum," diyor. "Sanırım beni bir başkasıyla karıştırıyorsun." Ağlamaya başlıyor ve bir yandan maskarasının akıp akmadığını merak ediyor. Maskara lekesi çıkar mı?

"Çok sevdiğin birisi korkunç bir suç işlese mesela," diyor ses. "Ne yapardın? Sonu ne olursa olsun arkasında durur muydun?"

"Benden ne istiyorsun?" Gözyaşları şakaklarına ve oradan kulaklarına doğru akıyor. Silmek istiyor ama kıpırdayacak cesareti bulamıyor kendisinde.

"Burası gerçekten de güzel bir oda," diyor ses. "Gerçi doğal renkleri sevmem ama..."

Parmaklar Charlotte'ın saçları arasında gezinirken müzik çalıyor. Çalan müzik Charlotte'a tanıdık geliyor ama ne olduğunu çıkaramıyor. Tehdit altında olmasına rağmen kendisini yukarı çekmeye çalışıyor ve ardından duruyor. Boğazına bir şeyin değdiğini hissediyor. Yan tarafa göz atınca dirsekten bükülmüş beyaz kolu görüyor.

"Bir saate bir yerde olmam gerekiyor," diye inliyor Charlotte ve boğazındaki bıçak titriyor.

"Evet, ben de öyle," diyor ses. "Derler ki eğlenirken zamanın nasıl akıp gittiğini anlamayız."

Bıçağın baskısı artıyor. Charlotte'ın nefesi hızlanıyor. Aniden aldığı nefes yetmez oluyor.

Julie Andrews yağmur damlalarıyla ilgili şarkısına başlarken, "Kırmızı her zaman en sevdiğim renk olmuştur," diyor ses. "Bence bu odaya biraz kırmızı tonları lazım."

50

Telefon geldiği sırada iş yerindeydim. Öğle yemeğinden hemen sonra bir şeyi kontrol etmek için Mizon'ın yanına, toplantı odasına gitmiştim. Masasına yaklaştığım sırada telefon çalmış ve Mizon sandviçini bırakıp telefonu yanıtlamıştı. Ekibin yarısı başka görevlere dağıtıldığı için odası boş sayılırdı; sadece ikimiz vardık. Telefonu bıraktığı sırada alnında derin bir çizgi belirdi.

"Westminister Suç Araştırma Departmanı'ndan aradılar," dedi. "Buckingham Palace Yolu'ndaki Victoria Kütüphanesi'nden bir telefon gelmiş. Birileri içinde insan organı olan bir plastik poşet bırakmış."

Sözcükleri duymuştum fakat kafamda mantıklı bir sıraya sokmakta zorlanıyordum.

"Dedektif Tulloch biliyor mu?" diye sordu. Cevabımı beklemeden yeniden telefona uzandı. Ne dediğini duymamıştım.

Arkamdaki kapı açıldı ve Anderson içeri girdi.

"Ne var ne yok?" diye sordu ikimize bakarak. Mizon telefonu bırakıp aldığı haberi bildirdi. Bu defa Anderson kendi telefonunu çıkardı. Toplantı odası dakikalar içinde dolmuştu. Hepsi yüzlerinde açıklama bekler bir ifadeyle bana bakıyorlardı. Başımı iki yana salladım.

Tulloch odaya girer girmez en ön kısma geçti.

"Herkes sussun," dedi. Sesindeki gerginlikten işin ciddiyetini kavrayan odadakiler dediğini yaptı.

"Bizimle bir ilgisi olmayabilir," dedi Tulloch. "Aradığımız katil Cooper'dı ve öldü."

Haklıydı, haklı olmak zorundaydı.

"Sakin olalım ve sükûnetimizi koruyalım," diye devam etti. "Üç araba gidiyoruz. Ben, Anderson ve Stenning'in araçlarıyla gideceğiz. Diğerleri burada kalsın ve her an yardıma çağrılacakmış gibi hazır olsunlar."

Victoria Kütüphanesi miydi? Ah, hayır.

"Lacey."

Tulloch'a döndüm.

"Benimle gelsen iyi olur."

Önce Tulloch, ardından geri kalanımız odadan ayrıldık. Tulloch'un alçak tavanlı spor arabasına binmek benim için zor olacaktı ama şikâyet etmenin hiç de sırası değildi. Otoparktan ayrıldık ve sessizce Lewisham Caddesi'ne çıktık.

"Organ ha," dedim A2 otobanına döndüğümüz sırada. "Neymiş tam olarak?" diye sordum.

"Kalp," diye yanıtladı Tulloch gözünü yoldan ayırmadan. "Başka şeyler de varmış. Alt kata gelmeden önce Westminster'daki ekiple konuştum."

"Mary Kelly'nin kalbi çıkarılmıştı," dedim.

"Mary Kelly kasım ayına kadar ölmemişti," diye cevabı yapıştırdı Tulloch. "Ayrıca memelilerin kalp yapıları birbirine benzer. Bu konuda uzman sayılırım. Bir domuz ya da koyun kalbi de olabilir."

Yanıt vermedim.

"Böyle bir şey bekliyordum," dedi. "Teşkilatın geri kalanına çifte cinayet vakasının yıl dönümüyle ilgili bilgi verdim. Direnmesi zor bir şey olduğunu biliyordum. Dışarısı hastalıklı tiplerle dolu..."

Tulloch bir kez konuşmaya başladı mı susmak bilmiyordu. Aslında haklı olabilirdi. Domuz kalbi herhangi bir kasapta her an bulunabilir ve şaka malzemesi olarak kullanılabilirdi. Belki de medya olayı canlı tutmak istiyordu. Tulloch kütüphaneye ulaşana kadar konuştu. Bense kalbin bir hayvana ait olması için dua etmekle yetindim.

Tarçın rengi taşlarla örülmüş duvarları, uzun ve dikey dikdörtgen pencereleri ve kenarlarını süsleyen soluk taşlarıyla oldukça güzel bir binaydı Victoria Kütüphanesi. Tulloch arabayı otobüs durağına çektikten sonra yanına gittiği bir devriye polisine arabaya göz kulak olmasını söyledi ve kütüphanenin Viktoryen dönemle pek de uyuşmayan otomatik kapısına yöneldi. Onu takip ettim. Hızlı yolculuğumuz kaburgalarıma pek de iyi gelmemişti ve bacaklarımda da bir sorun vardı.

Westminister Suç Araştırma Departmanı'ndan kendisini Dedektif Allan Simmons olarak tanıtan uzun boylu, sarı saçlı bir adam bizi girişte karşıladı. Önce bana şaşkın gözlerle baktı ve ardından Tulloch'la konuşmaya başladı.

"Saat birden önce masalardan birinin üzerine bırakılmış," dedi. "Kimse dokunmamış. Fark edildiği sırada içeride üç kişi varmış. Burayı derhal boşalttım ve ifadeleri alındı. Kütüphanede kimse yok."

Polis kordonundan geçip koridor boyunca ilerlerken, "Ya video kayıtları?" diye sordu Tulloch. Girdiğimiz ilk bölüm kapısında "Ödünç Kitaplar" yazan bir odaydı ve üst kısımlarında galeriler olan üçgen bir yerdi. Üçgen şeklindeki büyük cam tavandan içeriye gün ışığı giriyordu. Simmons bizi üzerinde "Çocuk Kütüphanesi" yazan bir kemerin altından geçirdi.

"Kameralar her şeyi kaydetmiş," dedi. "Birisi buraya gelip raflardan birinden bir kitap alıyor ve yan odaya götürüyor."

Yeniden Ödünç Kitaplar Bölümü'ne döndük, solumuzda başka odalar vardı. Birçok kişinin çalıştığı, çift kapılı, geniş bir yere doğru devam ettik. Gül desenli, siyah, demir korkuluklar galeriye doğru kıvrılıyordu ve bir köşede demirden, spiral bir merdiven vardı. Odanın ortasında devasa, çelik bir saksının içinde bir palmiye duruyordu ve hemen arkasında bir polis, masanın yanında durmuş fotoğraf çekiyordu. Bizi görünce çekilip yol verdi.

Hepimiz uç kısmı bağlanmış, şeffaf bir plastik poşete bakıyorduk. İçindeki parçalardan bazısı sert, bazısı sulu, çoğunlukla kan kırmızısı renkteydi ve masa lambasının ışığı altında parıldıyordu.

Tulloch tereddüt etmeden dizlerinin üstüne çöktü ve poşetle aynı seviyeye inip incelemeye başladı.

Çocuk kütüphanesinden alındığı tahmin edilen bir kitabın üstünde duruyordu poşet. Biraz yaklaşıp Kelt alfabesiyle özenle yazılmış yazıya ve kapakta gümüşi renkte bir kaftan giymiş, uzun boylu bir adam resminin bulunduğu kitaba baktım. Eskiden defalarca okuduğum bir çocuk kitabı klasiğiydi; *The Weirdstone of Brisingamen.*

Oda inanılmaz derecede sıcaktı fakat sanki kimse farkında değildi. Ceketimi çıkardım. Bir yüzme havuzu, bir park, bir çiçek pazarı ve şimdiyse bir halk kütüphanesi... Ve Karındeşen Jack. Yüce Tanrım, bütün bunları kim yapıyordu?

Dedektif Simmons, Tulloch'un arkasına geçti ve sarı bir tükenmez kalem uzattı. "Bunu kullanabilirsin," dedi. Tulloch kalemi alıp ağır hareketlerle, nazikçe poşeti itmeye başladı. Görebildiğimiz şey ağırlıklı olarak kırmızı bir lapaydı ve lif gibi sarkan doku parçaları vardı. Tulloch bir süre sonra ayağa kalkıp bize döndü.

"Kamera kayıtta mıydı?" diye sordu Simmons'a.

Adam başını sallayarak onayladı. "Yönetim ofisine gitmemiz lazım. Şimdi gönderelim mi artık şu şeyi?"

"St Thomas'a gönderin," diye yanıtladı Tulloch. "Dr. Mike Kaytes onu bekliyor."

Ana girişe vardığımız sırada Anderson ve Stenning de gelmişti. Tulloch, Stenning'i görgü tanıklarının ifadesini almaya yolladı ve Anderson'ı da yanımıza alıp asansöre bindik. Bodrum katına indik. Simmons video kaydını bizden önce gördüğünden rahat izlememiz için geri çekildi.

Tulloch ve ben görüntüleri izlerken tek kelime etmedik. Görüntülerde yukarıdaki otomatik kapı açılıyor ve Samuel Cooper içeri giriyordu. Üzerinde blucini, geniş ve renkli sembollerle süslü siyah ceketi ve başında siyah beresiyle Ödünç Kitaplar Bölümü'nden geçip Çocuk Kütüphanesi'ne gidiyordu. Kısa bir an için görüntüden çıktıktan sonra elinde bir kitapla yeniden beliriyor ve bakışlarını yerden kaldırmadan ilerliyordu.

Simmons ikinci bir kaseti devreye soktu ve bu defa Cooper'ı okuma odasına geçerken gördük. Ceketinin iç cebinden plastik bir poşet çıkarıyor ve masanın üstüne koyduğu kitabın üzerine bırakıyordu. Arkasını dönüp yine başını kaldırmadan odadan çıkıyordu. Kameralara bir kez olsun yüzünü göstermemişti.

"Cooper'ın kıyafetleriyle ilgili hiçbir detay vermemiştik basına," dedi Tulloch. "Eğer ekipten biri bilgileri sızdırdıysa onu çok fena..." sözünü bitirmedi.

"Katilimiz Cooper, patron," dedi Anderson. "Evinde Weston'ın çantasını bulduk. Menisini kadının..."

Cooper köprüden atlamadan önce ne demişti? Ona tuzak kurulduğunu söylemişti.

"Odasını nasıl buldunuz?" diye sordum. Bütün bunlar yapıldığı sırada ben hastanedeydim. "Nehirden çıplak halde çıkarılmıştı. Nerede yaşadığını nereden biliyordunuz?"

"İhbar," dedi Anderson. "Kimliğini paylaşmayan birinin ihbarıyla öğrendik. Patron, o mesele kapandı. Üstelik Flint'i buraya çekmek için bir şey yapılmadı bu defa."

Ah, öyle mi dersin?

"Beni iyi dinle patron, görürsün bak, gün bitmeden Royal Albert Hall'da domuz ciğeri, Madame Tussauds'ta öküzdili de bulunacak."

Şu Dedektif Anderson'a hayrandım doğrusu.

"Madame Tussauds Viktoryen dönem eseri mi?" diye sordu Tulloch yumuşak bir sesle.

"İngiltere'dekinden bahsediyorsak, öyle. Güven bana, daha geçenlerde Abigail'i oraya götürdüm."

Tulloch'un telefonu bir kez daha çaldı. İzin isteyip yanımızdan ayrıldı ve koridora çıktı.

"Neden hep aynı kıyafetleri giyiyor?" diye sordum. "Kafasını eğiyor çünkü yüzünü görmemizi istemiyor fakat bir yandan da aynı kıyafetleri giyerek onu teşhis etmemizi istiyor. Sanırım onun Samuel Cooper olduğundan şüphe duymamamızı istiyor."

"Saygısızlık etmek istemem Flint ama," dedi Anderson. "Cooper'ın cesedi Horseferry Yolu'ndaki kahrolası morgda bir seksen üç boyuyla yatıyor."

"Bir daha söyle?"

"Neden? Hangi kısmını anlamadın..."

"Boyu bir seksen üç dedin," dedim. "Canımı sıkan buydu. Cooper en fazla bir seksen boyundaydı. Ayrıca Victoria Parkı'nda kaydedilmiş görüntülerde Amanda Weston'ın yanındaki adam o kadar da uzun görünmüyordu. Dedektif Joesbury'nin parkta kovaladığı adam belki o kadar uzundu fakat video kayıtlarındaki adam o kadar uzun değildi." Gözümü ekrandan ayırıp Anderson'a döndüm. "Yani belki kamera açısı ya da Weston'ın topuklu ayakkabıları beni yanıltıyor olabilir ama Amanda Weston'ı o akşam parka götüren kişi Cooper olmayabilir."

Anderson gözlerini kısarak bana baktığı sırada Tulloch geri döndü.

Belki de kadını öldüren kişi Samuel Cooper değildi.

"Lewisham'a geri dönmem gerekiyor," dedi Tulloch, Anderson'a. "St Thomas'a sen gidebilir misin? Flint'i de yanında götür. Oraya varınca haber verirsin."

Tuzak kurdular.

"Sorun değil patron. Takma kafaya, bence birileri oyun oynuyor bizimle."

Tulloch hafifçe gülümsedi ve bana bakarak başını aşağı yukarı salladıktan sonra yanımızdan ayrıldı.

51

"Dedektif Tulloch bu soruşturmadan çekilecek mi?" diye sordum Anderson'a. St Thomas'a varmıştık. Hastanenin ambulanslar için ayrılmış kısmına arabayı park ettik.

"Şansı varsa çekilmesine izin verirler," diye yanıtladı kapısını açıp arabadan çıkarken. "Onu işler çığırından çıkana kadar bu işte tutacaklardır. Birilerinin günah keçisi ilan edilmesi gerekir her zaman."

Anderson çok hızlı yürüyordu. Resepsiyondan geçip asansöre bindik ve morga indik. Onun hızına yetişebilmek için elimden geleni yapıyordum. Buraya son gelişimde bir rahim incelemesine katılmıştık. Şimdiyse Kaytes'ın ona bütün bir parça göndermediğimiz için şikâyet edip etmeyeceğini merak ediyordum doğrusu.

Bizi karşılayan asistanı önlük giymemize yardım etti. İçeri girdiğimizde Kaytes'ı eğilmiş bir form doldururken bulduk. Bizi görünce kalemini bıraktı.

"Kâğıt işleri hiç bitmiyor," dedi. "Paketiniz on dakika önce geldi. Sesi biraz açar mısın Troy?"

Troy gülümseyerek Kaytes'in iPod'unun sesini açtı.

Orta bölümdeki bir tezgâhın üstündeydi paket. Müzik başladığı sırada Kaytes eline eldivenlerini geçirdi.

"Dedektif Tulloch yok mu bugün?" dedi yeşil bir poşetin içindeki paketi çıkarırken. "Bakalım ne varmış elimizde."

Kaytes poşeti çözdü ve içindekileri geniş, çelik bir tepsinin içine boşalttı. Yumuşak, cıvık ses mide bulandırıcıydı. Çalan müziğe odaklanmaya çalıştım. Bu defa yalnızca piyano değil, bir orkestranın çaldığı bir parça yükseliyordu morgda. Kaytes tepsinin etrafında dolandı ve iç organ parçalarını daha iyi görebilmek için birbirinden ayırdı. "Her neyse, henüz tazeymiş," dedi.

"Bunu nasıl söyleyebiliyorsun?" diye sordu Anderson.

"Koklayın," dedi Kaytes. Anderson ve ben birbirimize baktık. İkimiz de tezgâha yaklaşmamıştık. "Evet," diye devam etti patolog. "Bir kalp..."

Müzik yükselmeye başladığı sırada kalp tepsinin diğer kısmına doğru kaymıştı. Yaklaşık bir yumruk büyüklüğünde, soluk pembe, kaslı bir et parçasıydı. Geniş kısmının ucunda kesilmiş iki geniş damar kanla kaplıydı.

"İnsan kalbi mi?" diye sordu Anderson. Yanında patron olmadığından daha aklı başında davranıyordu.

"Olabilir," dedi Kaytes. "Boyut olarak insan kalbiyle aynı fakat bazı testler yapmamız gerekiyor."

Kaytes elinde tuttuğu kıskaçlarla bir parçasını kaldırdı. Bir adım geri çekilmiştim. "Fakat bu..." dedi ışığa biraz daha yaklaştırarak. Yuvarlak, yarım bir greyfurt boyutunda bir şeydi.

"Düşündüğüm şey olmadığını söyle lütfen," dedi Anderson.

Kaytes hâlâ kıskaçlarla tuttuğu objeyi inceliyordu. "Bildiğim kadarıyla," dedi, "İnsanoğlu diğer memelilerin aksine ayırt edici göğüslere sahiptir ve meme ucu çevresinde yoğun bir şekilde kıl çıkmaz."

Anderson bana döndü. "O da böyle mi yapmıştı? Karındeşen? O da kesmiş miydi?"

"Evet," dedim güçlükle yutkunarak. "Mary Kelly'nin her iki göğsü de kesilmişti. Gerçi yanına almamıştı, olay yerinde bırakmıştı onları."

"Yüce Tanrım," diye mırıldandı Anderson.

"Başka bir şey daha var burada," dedi birkaç kanlı dokuyu daha kenara iten Kaytes. Tepsiden kaldırdığı parçayı gösterdi. "Bu organlara ait değil," dedi.

Anderson ve ben, Kaytes odanın bir köşesindeki lavaboya giderken bekledik. Oldukça kederli, hafif bir piyano melodisi çalmaya başlamıştı. Kaytes az sonra geri döndüğünde tezgâhın temiz kısmına bir şey bıraktı. Anderson'la ikimizin tezgâha yaklaşmaktan başka çaremiz kalmamıştı.

Parıldayan kanın altında, küçük bir parça mücevher ışıkta parlıyordu. Gümüş, çok da pahalı olmayan, basit bir kolyeydi. Büyük bir kısmı zincirden oluşan kolyenin ucunda dokuz harf yan yana diziliydi ve bir kadın ismi meydana getiriyorlardı.

Elizabeth.

"Kurbanların ismini verdiği bilgisini kamuoyuyla hiç paylaşmadık," dedi Anderson elini yüzünde sıkıntıyla gezdirirken. "Kıyafetler ve isimlerle ilgili hiç bilgi vermedik. Lanet olsun, hâlâ yaşıyor, değil mi?"

52

Toplantı odasına girdiğim sırada Tulloch, "Son kurbanımız iki saat önce kocası tarafından bulundu," diyordu. "Tanrı'ya şükür eve erken gelmişti de çocukları ondan önce eve gelip cesetle karşılaşmamıştı."

Dedektif Anderson haklıydı, o hâlâ yaşıyordu. Merkeze döndüğümüzde dördüncü cesedin bulunduğu haberini almıştık. Anderson doğruca olay yerine gitti. Ben arkada kalıp haberleri bekledim.

Saat neredeyse yediyi geçiyordu ve ekibin çoğu cinayetin gerçekleştiği Hammersmith'teki evden dönmüştü. Boş bir sandalye görüp oraya geçtim.

"Olay yerindeki doktor, kurbanın bu sabah erken saatlerde öldürüldüğünü düşündüğünü söyledi," dedi Tulloch. "Kapıda zorlama ya da kurbanla boğuşma izine rastlanmamış. Yatak odası dışında hiçbir yere dokunulmamış."

Tulloch yanındaki bilgisayarın bir düğmesine bastı ve olay yerinde çekilmiş bir fotoğraf ekrana yansıdı. Kısa, siyah saçlı bir kadın yatakta uzanıyordu. Kafası ayakların olması gereken yerdeyken, ayakları yastığın üstünde, ters şekilde yatıyordu.

Kapı açıldı ve Joesbury içeri girdi. Bu defa kolu askıda değildi.

"Katilin kurbanı ters şekilde yatırdığını düşünüyoruz," dedi Tulloch. "Büyük ihtimalle dostumuz Cooper gibi sahte ya da gerçek tabanca kullanarak bunu yapmış olabilir. Arkadan yaklaşıp saçından tutarak kadının kafasını geriye doğru çekmiş ve muhtemelen sağ elini kullanarak kadının boğazını soldan sağa kesmiş. Otopsi sonuçlarından sonra kesin sonuçlar alınacak fakat boğazda birkaç kesik olduğu düşünülüyor."

Fotoğrafta görünen oda sanki spreyle kan sıkılmış gibi görünüyordu.

"Kanın çoğu kesik boğazdan çıkmışa benziyor," diye devam etti Tulloch. "Katil muhtemelen kesme işlemlerine başlamak için kadının ölmesini beklemiş. Bu defa tecavüz ya da işkence izi görünmüyor."

"Farklı bir katil," diye mırıldandı Stenning.

"Muhtemelen öyle," diyerek onu onayladı Tulloch. "Ölümü Amanda Weston'ın ölümünden daha kolay ve acısız olmuş. Diğer taraftan ölüm sonrası kesilme işlemi bugüne kadar gördüklerimizin en kötüsü... Bacak ve karın bölgesindeki derinin neredeyse tamamı kesilmiş ve iç organlarının çoğu çıkarılıp yatağın etrafına bırakılmış. Göğüs kafesi çekiç benzeri bir şeyle vurularak açılmaya zorlanmış. Kalbi yerinden çıkarılmış ve her iki göğsü de kesilmiş. Göğüslerden biri olay yerinde, diğeri ise Victoria Kütüphanesi, Çocuk Bölümü'ndeki okuma odasında bulundu."

Odanın içinde mırıltılar yükselmeye başlamıştı.

"Pardon Dana, kadının ismi duyamadım," dedi hâlâ canını sıkan sol omzunu ovuşturan Joesbury.

Ben de duyamamıştım. Öğleden sonrasını ekipten farklı bir odada geçirmiştim.

"Benn," dedi notlarını karıştıran Tulloch. "Charlotte Benn. Mick isimli bir ceza avukatıyla evli."

Tulloch'un sesi zayıflamaya başlamıştı. "İki oğlu var," dediğini güçlükle duyabildim. "Felix, yirmi altı yaşında ve Harry, yirmi iki yaşında. Kızı Madeleine ise on yedi yaşında ve hâlâ... Lacey, ne oluyor? Tanrım, birileri onu tutsun."

Etrafım aniden kalabalıklaşmıştı. Stenning olduğunu düşündüğüm biri beni kaldırıyordu. Bir sandalyenin sürüklendiğini duydum ve beni üzerine oturttuklarını fark ettim. Başımdaki siyah bulutun yavaş yavaş dağıldığını hissediyordum.

Oturduğum yerin tam tersi köşesinde, kapıya yakın bir yerdeydim ve oraya nasıl getirildiğim hakkında bir fikrim yoktu. Hemen önümde duran Mizon elinde içi su dolu plastik bir bardak tutuyordu. Otomatik olarak suya uzandım. Tulloch yanıma gelip eğildi.

"Seni eve göndereceğim," dedi. "Yeniden çağırana kadar dinlen."

"Hayır," dedim. Sesim amaçladığımdan daha yüksek çıkmıştı. Derin bir nefes alıp sesimi alçaltarak konuşmaya devam ettim. "İyiyim. Beş dakika dinleneyim yeter. Sessiz bir yer bulurum dinlenmek için."

Tulloch bir an yanıt vermek için ağzını açtı ve saatine baktı. Bana dadılık yapacak vakti yoktu. "Git ve yan odada dinlen," dedi. "Pete, sen de onunla git."

Ayağa kalkamadığımı fark ettim. Gözlerimi kapıya diktim ve Stenning'in yardımıyla oraya kadar gitmeyi başardım.

"O halde Charlotte Benn'in çocuklarının da Chiswick'teki St Joesph Okulu'na gittiğine şaşırmazsınız sanırım." Joesbury hariç bütün bakışlar Tulloch'a çevrilmişti. Joesbury bana bakmayı sürdürüyordu.

"Bu aileler arasında bir bağ olmalı," diye devam etti Tulloch. "Çocuklarının aynı okula gitmelerinin ötesinde bir bağ olmalı. Ne olduğunu bulmak zorundayız. Gayle'den bu işin başına geçmesini istedim."

Kapı arkamızdan kapandı ve Stenning'le ben birkaç metre uzaklıktaki yan ofise yürüdük.

"Sana ne getirmemi istersin?" diye sordu Stenning. Kendi masama yerleşmiştim.

Kafamı iki yana salladım ve kapıyı işaret ettim. "Hiçbir şey getirmene gerek yok. İyiyim böyle. Senin gitmen gerek."

Stenning'in karşı çıkmaya pek de niyeti yok gibiydi. "Emin misin?" diye sorarken çoktan gitmek üzere ayaklanmıştı bile.

"Pete," dedim kapıyı kapatmak üzereyken. "İkinci kurban Amanda Weston, eskiden Londra'da yaşıyordu değil mi?"

Stenning sabırsızca başını aşağı yukarı salladı. "İlk kocasıyla evliyken yaşamış," dedi. "Sen iyi olacağından emin misin?"

Gülümsemeye zorladım kendimi. "İyiyim," dedim. "Git sen, detayları sonra anlatırsın bana."

Stenning odadan çıkar çıkmaz yüzümü avuçlarımın arasına aldım ve kendi kendime odaklanmam gerektiğini hatırlatıp bilgisayarımı açtım.

Suç araştırma sistemi HOLMES'ü açtım ve İngiltere Polisi tarafından soruşturulan ve devam eden ciddi suçların kayıtlarına baktım. Henüz bir üniformalı polis olarak çalışıyorken bilgi bulma ve takip etme becerim keşfedilmiş ve sisteme girişi öğrenmem için dört haftalık bir kursa yollanmıştım. Sistemi çok iyi biliyordum fakat en hafif suçlar için bile büyük bir soruşturmanın isteyeceği düzeyde bilgiler giriyordum. Okuyabileceğimden çok daha fazla şey vardı ekranda.

İlk açtığım dosya Jones ailesinin dosyası oldu. İlk kurban Geraldine Jones, Leadanhall Caddesi'nde fon operasyonu sorumlusu olarak çalışan David Jones'la evliydi. Yılda yarım milyon ve ikramiyeler kazanıyordu ve Chiswick'te nehir kenarında harika bir evde yaşıyorlardı. İki oğulları vardı. Asistan doktor olan Jacob yirmi altı yaşındaydı ve Joshua üniversite eğitimine devam ediyordu.

Jones. Oldukça yaygın bir isim.

Birileri son kurban Charlotte Benn ve ailesiyle ilgili bilgiler girmeye başlamıştı bile. Charlotte Benn kırk dokuz yaşındaydı ve ilk çocuğu doğduğundan beri hiçbir işte çalışmamıştı. O ve kocası Nick'in iki oğlu vardı. Büyük oğlu Felix yirmi altı, Harry ise yirmi iki yaşındaydı. Kızları Madeleine ise henüz on yedi yaşındaydı ve hâlâ St Joseph'te öğrenciydi.

Kendimi tutamayacağımı bildiğimden Weston ailesinin dosyasını da açtım. Stenning'in de söylediği üzere, Joesbury ve benim Victoria Parkı'ndaki kayıkhanede cesedini bulduğumuz Amanda Weston daha önce de evlenmişti. Daryl onun ikinci kocasıydı ve evlendikten sonra Hampshire'a yerleşmişlerdi. Öncesinde o ve çocukları Londra'da, Jones ailesine çok da uzak olmayan bir yerde yaşamışlardı. Oğlu Daniel yirmi beş, kızı Abigail on altı yaşındaydı ve Chiswick'teki St Joseph Okulu'nda okumuştu. O zamanlar Amanda'nın soyadı Briggs'di.

Geraldine Jones, Amanda Briggs, Charlotte Benn.

Yan odadakiler bu üç aile arasındaki bağa odaklanmış olmalıydı. Tulloch muhtemelen ailelerin maddi durumlarına eğilip kurbanların kocalarının sonunda eşlerini öldürtecek düzeyde kirli işlere, şüpheli yatırımlara bulaşıp bulaşmadığını öğrenmek isteyecekti. Bence bu bir zaman kaybı olurdu.

Artık her an, hatta yirmi dört saat içinde, ailelerin kendisi bile neler olduğunu öğrenecek ve Tulloch ile ekibine bu üç kadının neden öldürüldüğünü söyleyeceklerdi. Sırada kimin olduğunu, dördüncü ve beşinci potansiyel kurbanı bile bilebilirlerdi. Bu sayede Geraldine Jones, Amanda Weston ve Charlotte Benn'i kimin öldürdüğü gün gibi ortaya çıkacaktı. Meslektaşlarım, Joesbury'nin en başından beri haklı olduğunu, katilin ben olduğumu anlayacaklardı.

53

Yirmi dakika sonra merkezden ayrıldım. Gittiğimi kimse görmedi. Oradan sıvışmadan önce yapabileceklerimi düşündüm. Kendimi iyi hissetmediğimi bildiren bir not bırakıp ertesi gün izin kullanabilirdim. Bu bana biraz zaman kazandırırdı.

Elbise dolabımın üstündeki çantayı acil bir durumda evden ayrılmam gerekir diye hazır tutuyordum. İhtiyacım olan birkaç önemli evrak ve bir miktar para daima içinde olurdu. Özel bir güvenlik şirketinde bir kasam vardı. Çalıştığım şirketi her yıl değiştirirdim ama kasanın içindekiler hep aynı kalırdı; ortadan kaybolmaya yetecek kadar nakit...

Üzerime bir blucin geçirdim ve üstüne sıcak tutacak bir svetşört giydim. Ceketimi almadan önce spor ayakkabılarımı giydim. Yemek yemeyeli epeyce zaman olmuştu aslında fakat vaktim yoktu. Yolda bir şeyler atıştırırdım.

Işıkları söndürüp dairemden ayrıldım. Yağmur yağmaya başlamıştı ve bulutlara bakarak bir süre daha yağmaya devam edeceğini söyleyebilirdim. Bir an bisikletimi almayı düşündüm. Bisikletle ayrılırsam izimin sürülmesi daha zor olurdu fakat yeterince hızlı yol alamazdım. Birkaç saatte Portsmouth'a varmayı ve arabayı orada terk ettikten sonra ilk feribotla Fransa'ya gitmeyi düşünüyordum. Avrupa'ya varır varmaz ilk hızlı trenle güneye geçecektim ve birkaç güne arkamda hiç iz bırakmamış olacaktım. Lacey Flint tarihe karışacaktı.

Kapıyı kilitlerken gözlerimin dolduğunu hissettim. Bir gün bu anın geleceğini ve her şeyi arkamda bırakarak burayı terk edeceğimi biliyordum. Fakat bunun canımı ne kadar yakacağını hiç düşünmemiştim.

Ağır adımlarla merdivenleri çıktım ve arabamın kilidini açtım.

"Bir yere mi gidiyorsun Flint?"

Bu işin bu kadar kolay olmayacağını bilmeliydim.

Yavaşça döndüm. Düşmanım, parka yasak yere bırakmıştı arabasını. Sırtına ceketini geçirirken gözü sol omzuma asılı çantaya kaydı.

Sakin ol.

"Yakınlardaki sosyal tesise gidiyordum," dedim zorla gülümsemeye çalışarak. "Her yanım ağrıyor ve biraz saunada kalmak iyi olur diye düşündüm. Gelmek ister misin?"

Joesbury ikna olmuşa benzemiyordu. "Baştan çıkarıcı bir teklif," dedi. "Fakat başka planlarım var."

"O zaman sana iyi eğlenceler," dedim arabama doğru dönerken. Gözlerimle yolun iki ucunu taradım. Görünürde kimseler yoktu. Caddede yalnızca ikimiz varmışız gibi görünüyordu. "Bu arada," diye devam ettim. "Gizli bir operasyon yürütülüyormuş gibi etrafımda dolaşıyorsan bu işte berbatsın."

Şoför kapısına uzanırken arabaya bindiğimde ne yapacağımı pek de bilmiyordum. Joesbury aptal değildi. Onu görmeme izin verdiğine göre başkaları da olmalıydı. Tuzağa düşmüştüm. Yeniden caddeye baktım. Görünürde hâlâ yalnızca ikimiz vardık. Çantamda bir İsveç çakısı vardı. Belki onu öldürmezdi ama yavaşlatabilir ve kaçmam için bir fırsat sunabilirdi.

O anda omzumda bir el hissettim. Neredeyse çığlığı basacaktım.

"Aslında planlarımın içinde sen de vardın," dedi Joesbury. "Senin iyi hissettiğinden emin olmam konusunda emir aldım."

İnce yağmur damlaları kaşlarında birikmişti. Bir yağmur damlasının kaşlarından kirpiklerine kayışını ve gözünü kırptığında gözden yitişini seyrettim. "İyiyim ben," dedim. "Teşekkür ederim. Biraz yalnız kalmak iyi gelecek. Kendimi gerçekten de berbat hissediyorum."

"O halde biraz boyun masajı yapayım sana," dedi ve arabanın anahtarını elimden alıp yeniden kilitledi. "Haydi, gel." Beni kendi arabasına doğru götürüyordu. Arabaya binerken içimden kendime panik yapmamamı söyledim. Eğer Joesbury şüphelenir de çantamdakileri görmek isterse her şey biterdi.

Veyahut sonraya kalırdı. Her şey bittikten sonra bu defa bisikletimi alıp gece yola çıkardım ya da sabah olunca tren veya otobüsle Portsmouth'a giderdim. Hâlâ gidebilirdim fakat şimdilik sakin olmak zorundaydım.

Arabanın içi ıslak saç ve çamaşır kokuyordu. Wandsworth Yolu'ndaki kavşağa vardığımızda Joesbury müziği açtı ve kendimi kulüp müziğinin melodisine bırakmak üzere hazırladım. Fakat onun yerine yumuşak, tatlı bir erkek sesi uçmakla ilgili bir şarkı mırıldanmaya başlamıştı.

"Bu Westlife," diye mırıldandım birkaç saniye sonra.

Joesbury bana dönmeden cevap verdi.

"Dana'dan ödünç aldım," dedi.

Bütün bu olanlara rağmen gülmemek için kendimi zor tutuyordum.

"Ben yokken neler konuştunuz?" diye sordum araba güneye, South Bank'e doğru yönelirken.

"Ben ayrıldığım sırada St Joseph'in müdürü merkezdeydi," dedi Joesbury. "İsmi Edward Seaton. İşbirliği konusunda uyumluydu. O ve Gayle okulun telefon ağacını kontrol ediyorlardı. Şöyle bir liste..."

"Telefon ağacının ne olduğunu biliyorum," dedim. "Listenin başındaki ismi arıyorsun ve o sıradakini arıyor ve böylece devam ediyor."

"Doğru," dedi Joesbury. "On yıl öncesine kadar devam edip çocuklarını okula göndermiş olan her aileyi arıyorlar ve annelerin iyi olup olmadığını öğrendikten sonra önümüzdeki birkaç gün özellikle dikkatli olmaları konusunda uyarıyorlar."

"Peki bu paniğe sebep olmayacak mı?" diye sordum. Joesbury yasal hız limitinin üzerinde sürüyordu ve son birkaç dakikada iki kez saatini kontrol etmişti.

"Evet, bunu ben de düşündüm," dedi Joesbury trafik ışıklarına yaklaştığımız sırada. Işık kırmızıya döner dönmez agresif bir şekilde frene bastı. Hafifçe öne doğru fırladım ve bu, ağrıyan kaburgalarım için pek de keyifli bir tecrübe olmadı.

"Eee?" dedim.

"Ardından Tulloch o hızla ayağa kalktı ve odadakilere "çifte cinayet" sözünün ne demek olduğunu kendisi hariç birilerinin daha anlayıp anlamadığını sordu. O sırada çıkmaya karar verdim."

Bu adamın çelik gibi sinirlerine hayran olmamak elde değildi. "Bir şey demedi mi?"

Joesbury hızlıca bana dönüp sırıttı. "O da benim idare konusunda berbat olduğumu biliyor ve şu an yapabileceğim tek şey bu," dedi. "Ayrıca yarın sabah okulda, eski ve şu anki veliler, özellikle anneler için bir toplantı yapılacak."

"Ya basın duyarsa?" diye sordum.

"Tulloch basını da davet ediyor," dedi Joesbury. "Belli ki olan bitenin kilit noktası okulun kendisi gibi görünüyor. Bu yüzden bütün velilerin alarmda olmasını istiyor."

Bir an toplantıyla ilgili düşündüm. Aslında iyi bir fikirdi. Demek ki yarın oyunun ortaya çıkarılma ihtimali vardı. Bu gece şehri terk etmekten başka çarem kalmamıştı. Fakat önümde büyük bir problem duruyordu; şoför koltuğunda oturan adam.

Çantam kucağımdaydı. Müzikten faydalanıp belli etmeden çantamın fermuarını açtım ve içinden bıçağımı bulup ceketimin cebine attım. O sırada arabayı kenara çekip motoru durdurduktan sonra abartılı bir ifadeyle müzik çalara baktı. "Bunun için sonra teşekkür edersin," dedi. "Sana bir mont getirdim."

Daha nerede olduğumuzu ve neden ceketim varken bir diğer monta ihtiyaç duyacağımı sormama fırsat vermeden arabadan inmişti bile. Oyununa dâhil olmaktan başka bir çarem olmadığını bildiğim için çantamı koltuğun altına sıkıştırıp ben de arabadan indim.

Birkaç hafta önce çalıştığım Southwark'tan uzakta değildik. Sahil şeridindeydik. Uzaktan şehrin ışıkları ve meşhur binaları görünüyordu. Joesbury ince muşambadan geniş bir pardösü uzattı ve kendi başına bir beysbol şapkası geçirdikten sonra nehre doğru yürümeye başladı. Verdiği giysiyi üzerime geçirdikten sonra onu yavaş adımlarla takip ettim.

Nehir metrelerce ilerideydi ve önümüzde yalnızca iki yatay güvenlik bariyerinden başka bir şey yoktu. Joesbury taş merdivenlerden birinde beni bekliyordu. Nedense aşağıdaki plaja inme konusunda çekingendim ve içimde kötü bir his vardı. Yanına vardığımda cebinden bir el feneri çıkardı ve yolumuzu aydınlattı. Dördüncü basamakta ayağı kaymıştı.

"Bu basamağa dikkat et," dedi. "Harap durumda. İpe tutun."

Üzerini ot bürümüş bir halat, set duvarına takılı haldeydi. Samuel Cooper'ın öldüğü gece asılı kaldığım halata benziyordu. O yüzden halata dokunmak istemiyordum ve ayrıca o plaja inmeye hiç niyetim yoktu.

Henüz nehre bakmamıştım. Arabadan indiğim andan itibaren hatta yağmura rağmen sesini duymuştum. Ahşap iskele bariyerlerine yavaşça çarpan, ısrarcı, aceleci bir mırıltı gibiydi suyun sesi.

"Arabada bekleyeceğim," dedim ama yoğun rüzgâr yüzünden beni duyduğundan emin olamadım.

Son basamağı inerken dönüp bana baktı.

"Nehir yakınlarında kendimi rahat hissetmiyorum," dedim. Hâlâ ısrarla nehre bakmamıştım fakat gitgide yaklaştığımı hissediyordum. Metcezir başlamak üzereydi. Thames Nehri gibi gelgitli bir nehre yakın yaşadıysanız düşük seviye suyun çıkardığı sesi tanır hale geliyordunuz. Bir fısıltı *geri geliyorum* diyordu sanki. Yüce Tanrım, buna dayanamazdım, arabaya geri dönmemek için kendimi zor tutuyordum.

"Biliyorum," dedi bir adım geri çekilen Joesbury. "Yerinde kim olsa aynı şeyi hissederdi. Fakat hem Londra Polisi için çalışıp hem potamofobisi olan biri olamazsın. Haydi, gel."

Birkaç basamak çıkıp elimi yakaladı ve beni hafifçe aşağı doğru çekmeye başladı. İşte o an gelmişti. Bıçak cebimdeydi. Doğruca midesine bıçağı indirirdim ve birkaç saat içinde nehir onu içine çekerdi.

"Potamofobi ne?" dedim plajın kirli zeminine basarken. Ayakkabılarım ıslak kum olduğunu umduğum bir şeye saplanıyordu fakat öyle değildi.

"Nehir ya da deniz korkusu demek," dedi beni birkaç metre ilerideki karanlık şekillere doğru sürüklerken. Hemen üstümüzde Millennium Köprüsü'nün futuristik ayakları yükseliyordu. Köprü karanlıkta gümüş gibi parıldıyordu. Joesbury'nin el feneri yardımıyla bir sokak lambasına doğru yürüyorduk. "Bir saat önce şöyle bir bakmıştım," dedi Joesbury.

Yaklaştıkça karanlıktaki şekiller alçak bir iskeleye dönüşüyordu. Islak, yarısı çürümüş bir hali vardı ve dünyada hiçbir güç beni o iskeleye çıkaramazdı. Joesbury iskeleye sıçradı ve bana döndü. O sırada elimi geri çektim.

"Büyükbabam Sahil Güvenlik Ekibi'nde çalışmıştı," dedi. "Ellili yılların başlarında sağlık ve güvenlik şimdiki standartlarda değilmiş. Görevliler düzenli olarak dalarlarmış."

Kollarımı göğsümde birleştirerek dinlemeye devam ettim. Hikâyenin nereye gideceğini merak ediyordum.

"Ekiptekiler oldukça iyi yüzücü olmak zorundaydı," diye devam etti Joesbury. "Fakat buna rağmen ciddi bir kaza sonunda sudan çekildiklerinde hemen hepsi potamofobi yaşamış. Ardından daha çok küçük botlarla yeniden suya dönmüşler. Bu durum attan düşen birini yeniden ata bindirmeye benziyor."

Bütün bunlar bana yardım etmek için miydi? "Beni düşündüğün için teşekkür ederim," dedim. "Fakat bunu başka bir gün yapmayı tercih ederim doğrusu."

"Hep aynı şeyi söylerler," dedi. Yüzündeki tuhaf gülümseme kafamı karıştırmıştı.

"Arabaya geri dönebilir miyiz lütfen?" diyerek bir kez daha şansımı denedim.

Joesbury başını iki yana salladı. "Bu kadar kolay vazgeçecek birine benziyor muyum?"

En iyisi başa gelene katlanıp bir an önce elinden kurtulmaya bakmam olacaktı sanırım. İskelede ilerlerken mümkün mertebe ona yakın yürüyordum. Suyun öte tarafında, karanlığın içinde St Paul Katedrali'nin kubbeleri görünüyordu.

"Gelgit esnasında bu iskele tamamen gözden kaybolur," dedi Joesbury. Suya doğru yürüyorduk. "Sahil Güvenlik Birimi düşük seviyede suya ulaşmak için burayı kullanıyor."

Cevap vermedim. Nehrin karşı yakasında parlayan ışıklara mı yoksa üzerinde yürüdükçe gıcırdayan iskelenin tahtalarına mı odaklanayım, kararsız kalmıştım. En iyisi gözlerimi kapayıp Joesbury'ye tutunmaktı fakat böyle yaparak işini görebileceğimden şüphe duyuyordum.

İskelede birkaç metre ilerledikten sonra Joesbury durdu. Nehrin bu kısmında dalgalar hızla geliyordu ve rüzgâr da suyun yükselmesine yardım edecek sertlikte esiyordu. Her bir küçük dalgayı neredeyse ayaklarımda hissediyordum. Joesbury omuzlarımdan tutup beni rüzgârdan korumak için sol yanına geçirdi. Centilmence bir davranıştı sanırım fakat iskelenin sallantısı hiç hoşuma gitmemişti.

"Dana'ya yarın çocukları senin sorgulamanı önerdim," dedi.

Bulutlar gökyüzünde ilerlerken nehrin rengi siyahtan mora döndü ve parlak, yakut kırmızısı ışıklar su üstünde dans etmeye başladı. Kırmızı ışıklar St Paul'ün hemen yakınında bir vinçten yansıyordu.

"Efendim?" dedim. Son sözlerini duymamıştım.

Southwark Köprüsü'ne doğru giden akıntıya bakıyordu. "Ekipte en gencimiz sensin," dedi. "En az korkutucu da sen görüneceksindir doğal olarak."

"Aslında yarın gelmek istemiyordum," dedim. "Dedektif Tulloch'a not bıraktım."

Joesbury bana döndü ve bakışlarını indirdi. "Evet, notun cebimde," dedi. "Dana henüz notu görmedi."

Yeniden göz göze gelene dek ona baktım. Önce bana sonra yeniden Southwark Köprüsü yönüne çevirdi bakışlarını.

"Buluttan nem kapmanın anlamı yok Flint," dedi. "Ekibin sana ihtiyacı var."

Yalan söylüyordu. Katilin etrafta gezdiğini öğrenmesiyle birlikte benimle ilgili şüpheleri yeniden ortaya çıkmıştı. Notumu bulduğunda kaçmaya çalıştığımı düşünmüş olmalıydı. Deniz korkumu yenmem falan hikâyeydi. Artık beni sürekli gözetleyecekti.

Arkamı dönüp plaja baktım. Plaj çeşitli ebatlarda taşlarla doluydu. Tek yapmam gereken sağlam birini seçip hızla kafasına indirmekti. Onun arabasıyla gece yarısından önce Portsmouth'da olurdum.

"Bizimki geliyor işte," dedi.

54

Bir polis motoru bize doğru yaklaşıyor, arkasında bıraktığı dalgalar iskeleyi süpürüyordu. Orta yaşlı, üniformalı bir çavuş bize halat fırlattı.

"Akıntı hızlı," diye mırıldandı halatı paslanmış bir demir iskele babasına bağlayan Joesbury'ye bakarak. Ardından büyük ve buruşuk elini bana doğru uzattı. "Gel canım."

Karşı çıkmadan dediğini yaptım. Elimi uzatıp tanıdık görünen gözlerinin içine baktım ve iskeleye çıktım. Motora atladığımda komiserin yanı sıra iki polisin daha motorda olduğunu gördüm. İkisi de yüksek bir kokpite benzeyen yerdelerdi. Joesbury halatı yeniden çözdü ve bunu hep yapıyormuş gibi usta bir hareketle son anda motora atladı.

İskeleden ayrılmıştık ve nehrin ortasında, gürültülü motorun uğultuları ve üzerimize sıçrayan su damlaları arasında ilerliyorduk. Motorun burnuna çarpan bir dalganın taşıdığı sular yüzümü sırılsıklam yaparak kuyruğa ulaştı. Tuz ve acı yağ karışımı o tuhaf tadı hâlâ hissedebiliyordum.

"Dedektif Flint, seni Deniz Polisi'nden Çavuş Wilson'la tanıştırayım," dedi Joesbury ve adama döndü. "Fred Dayı, bu Lacey."

Motora binmeme yardım eden polis bana doğru bakarak başını aşağı yukarı salladı ve bir cankurtaran yeleği fırlattı. Joesbury yeleği başımdan geçirip bedenime göre ayarlamama yardım etti. Çavuş Wilson, kabine benzeyen camlı bölmeye girmemizi işaret etti.

Bölmenin kapısını kapattıktan sonra, "Mark bana nehre yeniden dönmeye ihtiyacın olduğunu söyledi," dedi. Motorun gürültüsü şimdi biraz azalmıştı.

"Hemen becerebileceğimden emin değilim," diye yanıtladım. Kabinin içi beklediğimden lükstü. Yumuşak koltuklar, bir panel ve küçük bir mutfak bile vardı. İçeride hafif bir dizel yakıt kokusu hissediliyordu.

Çavuş Wilson direkt olarak gözlerime uzun uzun baktıktan sonra konuştu. "Seni buldukları için çok şanslıymışsın," dedi. "Güzel bir yolculuk etmiş olmalısın," diye devam etti. "Bariyer boyunca devam edeceğiz ve birkaç durağa uğradıktan sonra on civarında sizi geri götüreceğiz. Yukarı çıkmamda bir sakınca var mı?"

Wilson kabinden ayrıldı ve merdivenleri tırmanıp üstümüzdeki kokpite çıkarak diğer iki polisin yanına gitti.

Neredeyse Southwark Köprüsü'ne varmıştık. Bu köprüyü daha önce nehirden hiç görmemiştim. Gizli ışıklar köprünün taş kemerlerini turkuaza boyamıştı. Kıyı boyunca sıralanmış, köprünün ardındaki eski ve yeni yapıların ışıklarının sarı ve bal rengi parıltıları altında, Londra bir elmas gibi parıldıyordu.

"Sen demin Fred Dayı mı dedin?" diye sordum.

"Evet, annemin küçük erkek kardeşidir," dedi Joesbury. "Babasının izini takip edip Londra Polis Teşkilatı'na katıldı. Llody binası hakkında ne düşünüyorsun? Hoşuna gidiyor mu yoksa nefret mi ediyorsun?"

Cam yüzeyin menekşe rengi ışıltılarıyla gökyüzünü deldiği bu fütüristik çelik yapıdan daha zorlama birkaç yer görmüştüm sadece. "Nefret ediyorum," diye yalan söyledim.

"Ben çocukken büyükbabam hâlâ teşkilattaydı," dedi Joesbury. "Hafta sonları beni ve kardeşimi devriyeye çıkarırdı beraberinde."

Nehrin ışıkları camlara düşen yağmur damlaları yüzünden bulanıklaşmıştı. Nat West Kulesi'nin gök mavisi parıltısı, üzerimize düşen yağmur taneleriyle aynı renkteymiş gibi görünüyordu. Kıyı boyunca dizili sokak lambaları uzun bir ateş zincirini andırıyordu.

"Nehirle ilgili hikâyeler anlatmaya bayılırdı," dedi Joesbury. "En iyi hikâyeleri o bilirdi. Emekli olduktan sonra turistik botlardan birinde rehber olarak çalışmaya başladı."

Tower Bridge üzerimize soğuk, gri bir kale gibi eğilirken, iki erkek çocuğunu nehir kenarında polisçilik oynarken hayal ettim. Belki de son yirmi dört saatte Joesbury'yle olduğum ve çocukluk hikâyelerini dinlediğim için böyle olmuştu. Yirmi dört saat içinde çok şey değişmişti.

"Sola bak," dedi Joesbury.

"Wapping," dedim. "Fred Dayı ve meslektaşlarının mekânı." Aynı zamanda Samuel Cooper'ın cesedinin nehirden çıkarıldıktan sonra götürüldüğü polis merkeziydi. Biraz daha şanssız olsaydım muhtemelen benim de cesedim orayı boylayacaktı.

"Evet," dedi Joesbury. "Aynı zamanda eskiden İdam İskelesi olarak kullanılırmış ve katiller, korsanlar ve suçlular orada idam edilirmiş. Korsanlar kısa iplerle asılıyormuş ve ağır bir şekilde nefessiz kalıp öldükten sonra bedenleri indirilip üç kere dalgaya çarptırılıp yukarı çekiliyormuş. Polisin işi eskiden çok farklıymış doğrusu."

Nehir değişiyordu. Tower Bridge'in ardında daha çok iş kuleleri vardı ve uzun, siyah yapılar gökyüzüne yükseliyordu. Sanki nehir giderek kararıyordu ve daha renksiz bir dünyaya doğru yol alıyorduk.

"Güzel hikâyeymiş," dedim.

Joesbury kısa bir kahkaha attı. "Büyükbabamın zamanında kirli para diye bir şey varmış."

Şimdi kıyı boyunca dizili ışıklar arkamızda bıraktığımız turistik ışıklara göre daha soğuk ve güçlüydü. Nehri iğne gibi deliyorlardı. "Hikâyenin gerisini duymak istesem de istemesem de anlatacaksın, değil mi?"

"Aslında nehirden ceset çıkaran adamın ekstra ödeme almasıyla ilgiliydi," dedi Joesbury. "Hele o zamanlar böyle ödemeler büyük fark yaratırmış ve sahile vuran birini bulmak büyük olay olurmuş."

Henüz bir hafta kadar önce ben de sahile vuran bir ceset olabilirdim.

"Tahmin edeceğin üzere biraz rekabet olurmuş bu yüzden," diye devam etti Joesbury. "Bir de ceset vardiya sonuna doğru bulunduğunda, alıp Wapping'e götürecek zamanları bile kalmayabiliyormuş."

"Devamını sormayacağım," dedim.

Sormama gerek kalmamıştı. Joesbury devam etti: "Sonraki vardiyadakiler ekstra ödeme almasın diye cesetleri bu durumlarda bir yerlere saklarlarmış. Bir yerlere bağlayıp ertesi gün gidip alırlarmış bıraktıkları yerden."

"Bundan daha iğrenç birkaç hikâye duymuştum," dedim.

"Sanırım bu hikâye, insanın zamanla her şeye alışabildiğini kanıtlıyor. Nasıl hissediyorsun kendini?"

"İyiyim," dedim ve gerçekten de öyle hissediyordum. Kesinlikle iyiydim. Her ne kadar şu bottan inip bir an önce İngiliz Kanalı'na doğru yol almam gerekse de nehir gezintisi beklediğimden iyi geçmişti.

Joesbury bir adım geri çekilip beni süzdü. "Gerçekten de iyi görünüyorsun," dedi. Yüzünde hafif bir gülümseme vardı.

Ne olduğunu anlamadan motor birden hızlandı ve ikimiz de bir an dengemizi kaybeder gibi olduk. Birbirimize baktık ve Joesbury bir yerlere tutunmamı söyledi. Biz daha kapıya ulaşmadan Fred kafasını içeri uzattı. "Royal Docks'a doğru ilerleyen küçük bir tekneyle ilgili arama geldi," dedi. "Hızımızı artırıp onları bulmaya çalışacağız. Bu koşullarda intihar sayılır. Şimdi ikinize de burada kalıp ayakaltında dolaşmamanızı söylememe gerek var mı?"

"Hayır efendim," dedi Joesbury. Bense başımı iki yana sallamakla yetindim.

Suyun üzerinde âdeta kayıyorduk ve motorun arama ışıkları son gücünde yanıyordu. Uzakta, güney kıyısındaki Greenwich'i görebiliyordum. Joesbury arkama geçip dolaplardan birini açtı ve içlerinden iki tane sarı renkli, uçları metal, sarmal kayış çıkardı; cankurtaran halatları.

"Çocukken uyumsuzun tekiydim," dedi ve bir tanesini çözüp ucunu can yeleğime bağladı. "Bana söyleneni asla yapmazdım." Halatı başımın üzerinden geçirip belimdeki ikinci bir mandala geçirdi.

Ardından aynı şeyi kendi yeleğine de yaptı ve uzanıp dolaptan bir çift dürbün çıkardı.

"Burada kalabilirsin," dedi güverteye açılan kapıya yönelirken. "Hatta burada kalmanı istiyorum."

"Ben de çocukken söz dinlemezin tekiydim," dedim onu takip ederken.

"Neden şaşırmadım acaba?" diye yanıtladı. "Dışarı çıkar çıkmaz sağlam bir şey bul ve kendini ona tuttur."

Sıcacık kabinden çıkar çıkmaz üzerimize soğuk bir rüzgâr bizi sertçe çarptı. Biz içerideyken hızlanan yağmur damlaları sudan kurşunlar gibi üstümüze yağıyordu. Akışın tersine hızlanmıştık ve yarattığımız sert dalgalar her yanımızı sarıyordu.

"Böyle bir gecede kim küçük bir botla yola çıkar ki?" diye bağırdım Joesbury'nin kulağına doğru.

Dürbününü kaldırmış nehrin aşağı kısmına doğru bakıyordu. "İyi niyetleri olan kimse böyle bir şey yapmaz," dedi. "Kaçakçılar olmalı büyük ihtimalle. Gerçi benim tahminim kaçak göçmenler oldukları yönünde. Kendini bir yere tutturdun mu?"

"Korkuluğa bağladım," dedim. "Göçmenler mi? Thames Nehri'nde mi?"

"Aslında pek rastlanan bir durum değil," diye yanıtladı Joesbury. "Yük gemileri onları genellikle Kuzey Denizi'ne bırakırlar ve Tillbury açıklarında daha küçük teknelere bindirilirler ki bu intihara eş değerdir. Fred haklı."

"Bu havada onları görmemiz bile şans o halde," dedim.

"İşte," dedi Joesbury. "Saat on yönünde, yaklaşık iki yüz metre ilerideler."

Dürbünü bana uzattı ve yeniden koordinatları tekrarladı. Birkaç saniye sonra ışıksız, motoru dışarıda, orta boy bir şişme bot görmüştüm. Üzerinde üç kişi vardı.

"Sahil Güvenlik Polisi konuşuyor, motorunuzu kapatın ve olduğunuz yerde kalın!" diye seslendi megafondan Komiser Wilson. Megafonun sesini duyduğumda korkudan sıçradım. Dürbünü

Joesbury'ye geri uzattım. Nedense içimde kötü bir his vardı ve birilerinin nehre düşüşünü görmeye hazır değildim. Ben ve Cooper suya düştüğümüzde hava güzeldi ve nehir sakindi fakat bu koşullarda düşeni kimse kurtaramazdı.

"Lanet olsun," diye mırıldandı Joesbury.

"Neler oluyor?" diye sordum.

"Kaçmaya çalışıyorlar."

Kovalamaca kuzey kıyısına doğru yöneldi. Nehrin üstünde âdeta uçuyorduk artık. Küçük botun hızımızla baş etmesi mümkün değildi. Yukarıdan telsiz sesleri geliyordu ve takviye güç isteniyordu. Lastik bot kıyıya yanaşmayı denese bile onları polis bekliyor olacaktı. Kaçmayı denemeleri aptallıktı. Fakat ümidini yitirmiş insanlar o panikle aptalca şeylere girişebilirdi. Bunu benden iyi kimse bilemezdi.

Hızımız biraz daha arttı ve bir an Joesbury'nin üzerine düşer gibi oldum. "Senden içeri gitmeni istiyorum ve bu defa sözümü dinlemeni bekliyorum," dedi Joesbury. "Bu adi herifler silahlı olabilir."

Giderek yaklaşıyorduk, teknemiz hız kesti. Joesbury dürbününü indirdi. Arama ışıklarının altında aydınlanan lastik bottakiler gözlerinde vahşi bir korkuyla bize bakıyorlardı.

Aramızda yalnızca kırk metrelik bir mesafe kalmıştı. Joesbury önüme geçince olan biteni omuzlarının üzerinden izlemeye başladım. Botun içindekilerden ikisi erkekti. Diğeri onlardan daha ufak tefek görünüyordu ve soluk yüzünün etrafı saçlarla kaplanmıştı.

Lastik bot sola doğru bir hamle yaptı ve birilerinin bağırdığını duydum. Mesafe otuz metreye inmişti. Yeniden ışığı üzerlerine doğrultmayı başardığımızda beyaz ellerin botun kenarındaki halatları sıkıca tuttuğunu gördüm.

Bot bir kez daha dönüp farklı bir manevra yaptığı sırada Fred uyarısını tekrar etti. Bu defa lastik bot sert, yüksek bir dalgaya çarptı. Bir an botun havalandığını ve bir saniye sonra suda alçaldığını gördüm.

Motor sesleri, başka bir sahil güvenlik teknesinin bize yaklaştığını haber veriyordu. Bir an gözlerimi lastik bottan ayırıp bir diğer polis teknesinin ışıklarına baktım. Bota otuz metre mesafeye yaklaştığında motorunu durdurmuştu. Akıntıya karşı gidiyorduk. Gerçekten de vaz mı geçiyorlardı?

Bottaki üç kişinin üzerinde can yelekleri yoktu ve artık onları açıkça görebiliyordum. Hepsi sırılsıklamdı. Adamlar siyah saçlı ve kalın kaşlıydı. Kız ise on sekizden fazla göstermiyordu.

O sırada adamlardan biri ayağa kalkıp ellerini başının üzerine koydu. Bot iki taraftan gelen kuvvetli dalgalardan darbe yedi. Dalgalar çarpar çarpmaz ters döndü ve teknemiz hafifçe geri çekilip düşenleri tespit etmek için pozisyon aldı.

"Bir şey görüyor musun?" diye seslendi Joesbury. Teknemizin arama ışıkları ve kocaman fenerler suda dört dönüyordu.

Göremiyordum. Su çok karanlık ve dalgalıydı. O sırada dalgaların arasında kaybolmuş olan lastik bot ters dönmüş halde yüzeyde belirdi. İki büyük el botun kenarındaki halata sıkıca tutunmuştu. Diğer polis teknesi onlara doğru yaklaştı.

"İşte, diğeri şurada," dedi Joesbury ve arama ışığı altında kıyıya doğru yüzmeye çalışan diğer adamı işaret etti. Adam bir süre ilerler gibi olduysa da şiddetli dalgalar onu yine nehrin ortasına doğru sürüklemişti. Takip etmeye başladık.

Ona yetişmemiz birkaç saniyemizi aldı, adam gerçekten de yorgun görünüyordu. Bu sırada diğer polis teknesi ters dönmüş botun yanındaydı. Bota tutunan adam güvende demekti bu.

Fred ve yanındaki devriye polislerinden biri teknenin sancak tarafından adama ulaşmaya çalışıyorlardı. Joesbury kemerini çözüp ön tarafa, onların yanına gitti. Fred ve meslektaşlarının adama, ellerini tutmasını söylediğini duyabiliyordum. Başımı çevirip nehri taramaya devam ettim. Kızdan hâlâ bir iz yoktu ve bu hiç de iyi bir haber değildi onun için.

Derken bottan yaklaşık on beş metre uzaklıkta beyaz bir elin hızla bize doğru sürüklendiğini gördüm. Dalgaya yakalanmıştı ve akıntı yüzünden az sonra yanımızdan geçip gidebilirdi.

"Kız burada!" diye bağırdım. Başı bir an yüzeyde görünüp yeniden kayboldu. "Onu görebiliyorum."

Teknenin diğer tarafında birinin küfrettiğini duydum. Joesbury'nin sesiydi. Tekne ters dönüp yan tarafa doğru kaydı ve kızdan uzaklaştı.

"Komiser Wilson! Kızı görebiliyorum!"

Kokpitteki polis beni duyuyordu fakat kurtarmak üzere oldukları adama odaklanmak zorundaydı.

Kız yine yüzeyde belirdi. Yüzmeye çalışıyordu fakat bitkin düştüğü belliydi. Suya düşmeden öncede muhtemelen üşümüş ve ıslanmıştı. Kolları ve bacaklarına yeterince kan gitmiyor olmalıydı ve hareket olanağı giderek kısıtlanıyordu. Her an vazgeçip kendini bırakabilirdi.

Kızın bulunduğu yeri kaybetmemekten ve bir ya da iki dakika daha yüzeyde kalabilmesini ummaktan başka yapabileceğim bir şey yoktu. Yeniden suyun altında kayboldu.

Minyon yapılı, zayıf bir kızdı. Muhtemelen uzun süredir bir şey yememiş ve zayıf düşmüştü. Panik yüzünden hızla nefes almaya çabalıyor olmalıydı ve başı suyun üstündeyken bile aynı şeyi tekrarlıyordu. Büyük bir dalga her an kızı yutabilirdi.

Yapabileceğim hiçbir şey yoktu. Kendimi nehre atsam bile büyük ihtimalle bu koşullarda ona ulaşamazdım.

Bulunduğum yerin hemen sağında metal bir kablo vardı ve sanırım nehirden ağır objeleri ya da diğer botları çekmek için kullanılıyordu. Ucunda büyükçe bir çelik mandal vardı. Fazla düşünmeden bağlı olduğum kemeri çözdüm ve can yeleğimi metal kabloya mandalladım. Ardından kabloyu yaklaşık üç metre uzunluğunda açtım ve gerisinin kendiliğinden çözüleceğini düşündüm.

Hâlâ herhangi bir plan yapmamıştım. Önce bir bacağımı ardından diğerini korkulukların diğer tarafına geçirdim. Teknenin etrafında tam da ayaklarımın sığacağı genişlikte kalın ahşaptan kenarlıkları vardı. Ayakta kalmama yardım edebilirdi.

Kızla artık neredeyse aynı seviyedeydim. Tıpkı nehir gibi kapkara görünen gözlerine baktım. Hemen suya daldım demek isterdim fakat işin açıkçası tekne bir dönüş yaptı ve mecburen suya düştüm.

Yakaladım seni, der gibi fısıldadı sanki nehir kulaklarıma. İçimde büyüyen paniğe teslim olduğumu düşündüğüm sırada su yüzeyine çıktım.

En iyisi nehri değil kızı düşünmekti. Neredeydi?

Önüne doğru düşmüştüm. Şimdiye kadar bana çarpması gerekiyordu. Ama hiç iz yoktu. Arkamda hafif bir bağırış duydum. İşte, dalga tarafından sürüklenen kız çoktan teknenin ön kısmına ulaşmıştı bile. Kablonun beni tekneye çekmesinden önce birkaç saniyem vardı önümde. Derin bir nefes alıp yüzmeye başladım.

Çatlamış kaburgalarla yüzmek mi? Hissettiğim acıya aldırmadan fırladım. İyi bir yüzücüydüm. İki kulaç sonra oradaydım, kızı yakalamak üzereydim. Bir an kolumu tuttu kız fakat eli kaydı. Son bir çabayla bana doğru atıldı ve yakalamayı başardı. Her iki eliyle gövdeme asılmıştı ve hafif olduğunu düşünmeme rağmen beni aşağıya çekiyordu. Can yeleğimi suya atlar atlamaz şişirmiştim fakat ikimizi birden taşıyabileceğinden emin değildim. Özellikle de hayat mücadelesi verirken çılgın bir güce kavuşan iki insanı taşıyacağından şüpheliydim.

Bir süre kızla birlikte yüzeyde kalabilmek için çabaladık. Birkaç sefer suyun altına çekilir gibi oldum. Her yüzeye çıkışımda biraz daha üşümüş ve bitkin hissediyordum. Fakat kızın hâlâ bağırabilecek kadar enerjisi vardı. Her yüzeye çıkışımda kulaklarımı tırmalayacak vahşi çığlıklar atıyordu.

"Lacey!"

Farklı bir ses geldi yukarıdan. Bir an kendimi kaybeder gibi oldum ve az sonra gözümü açtığımda havadaydım. Bizi çelik kabloyla yukarı çekmişlerdi. Kız da yukarıdaki adamları görmüştü ve bu defa panik dolu bakışlarını onlara dikmişti. Ayağıyla beni sertçe tekmelediğini hissettim ve kız yükselip gözden kayboldu.

"Elini uzat Lacey." Başımı kaldırdığımda elime ulaşmaya çalışan Komiser Wilson'ı gördüm ve her nasılsa uzanıp eli yakalamayı başardım. Birkaç saniye içinde yukarı çekildim ve kendimi, üzerime gümüş rengi, su tutmaz bir battaniyeye sarılmış halde kabinde buldum. Deli gibi titriyordum ve ağzımda sanki motor yağı yutmuşum gibi berbat bir tat vardı.

İki göçmen karşımdaki sırada oturuyordu. Yakalanıp kelepçelenmelerine herhangi bir tepki vermiyor gibilerdi. Her şey bittiğinde üçümüz de fırına atılmaya hazır, folyoya sarılmış hindilere benziyorduk ve bu halimize gülmemek için kendimi zor tuttum. Kabinin kapısı açıldı ve Joesbury içeri girdi. Diğerlerini yok sayıp doğruca bana baktı. Gülümsemeyi başardığımı hissediyordum.

"Artık saunaya gidebilir miyiz?" dedim.

55

"En kötüsü ne olabilirdi Karen?"

Karen gözlerini sıkıca kapatıp düşünüyor. Bu yaşadığı başına gelmiş en kötü şey olabilir.

"İnsanların çoğu bu soruyu aynı şekilde cevaplıyor fark ettin mi?" diye soruyor ses boynunu gıdıklayarak. "İnsanların çoğu başlarına gelebilecek en kötü şeyin sevdikleri birini kaybetmek olduğunu söylüyor. Sen de böyle mi düşünüyorsun?"

Karen yanıt vermiyor. Çocukken korktuğu zamanlarda çarşafların altına girip gözlerini sımsıkı kapardı ve görmediği bir şeyin ona zarar veremeyeceğini düşünerek kendini rahatlatırdı. Şimdi de aynı şeyi yapıyor. Gözleri kapalı.

"Sen de böyle mi düşünüyorsun?" diye tekrarlıyor ses bu defa sabırsız bir tonda.

"Evet," demeyi başarıyor sonunda Karen. Aslında başına gelebilecek en kötü şeyin şu an boğazında hissettiği keskin bıçak olduğunu düşünüyor ama söyleyemiyor.

"Biri seninle konuşurken nezaket gereği ona bakmak gerekir," diyor ses. "Tüm dikkatini bana verseydin kendimi çok daha iyi hissederdim doğrusu."

Karen gözlerini açmaya zorluyor kendisini. Yüzünün üstünde, oldukça yakınlaşmış parlak siyah saçlar ve soluk bir ten görüyor. Fakat bu yüze bakmak yerine tavanda bir nokta seçip gözlerini oraya dikiyor. Evini tamir etmeyi planlayan bir kadının başına kötü şeyler gelmez.

"En çok kimi seversin şu hayatta Karen?" diye soruyor ses. Tavan arasının nemi küçük su buharları oluşturmuş ve muhtemelen kırık bir kiremitten içeri sızıyor. Tavanın yeniden sıvanması gerekebilir. Birilerini tamir etmesi için ayarlaması gerekecek.

"Sana bir soru sordum Karen."

"Oğlum," diyor Karen bıçağın baskısını boğazında biraz daha hissederken. Tavanın gerçekten de tamir edilmesi gerek. Masraflı bir iş olacak.

"Ah evet, Thomas. Peki, o seni sever mi? Ya seni kaybetmek onun başına gelecek en kötü şey olur muydu?"

İşin açıkçası muhtemelen olmazdı. Karen, oğlu Thomas'ı artık nadiren görüyor. Oğlunun da her gün onu düşündüğünü zannetmiyor doğrusu. Bıçağın ucu tenine değiyor ve derisinin yarıldığını hisseder gibi oluyor.

"Sanırım öyledir," diyor saçlar yüzüne değerken. Tutsağı olduğu kişi ona doğru eğilip kulağına bir şeyler fısıldamaya hazırlanıyor.

"Sevdiğim birini kaybettim," diyor ses. "Bunu biliyor muydun?"

"Nereden bilebilirdim?" diye fısıldıyor Karen. "Senin kim olduğunu bile bilmiyorum."

Karen arkasından birinin derin bir nefes aldığını duyuyor. "Hayatım boyunca sadece bir kişiyi sevdim ve onu kaybettim," diyor ses. "Hayvanat bahçelerini sever misin Karen?"

Bu kadarı da saçmalık artık. Kafayı sıyırdığını düşündüğü kişi için neredeyse üzülecek gibi oluyor.

"Hayvanat bahçelerini severim," diyor ses ve Karen'in dışarıdan geldiğini düşündüğü yumuşak bir müzik çalmaya başlıyor. "Yakında gideceğim," diye devam ediyor ses. "Sanırım yanımda birini ya da bir şeyi desem daha doğru olur, götüreceğim.

Karen Curtis, Julie Andrews'un sesi eşliğinde hayata gözlerini yumacağını asla düşünmezdi...

56

Saunaya gitmedik. Onun yerine üç kaçak göçmeni, önümüzdeki birkaç gün boyunca tutulup İngiliz yasalarının öğretileceği Wapping'e, deniz karakoluna götürdük. Duş alıp üzerimi değiştirdim ve işçi tulumu giydim. Bardak bardak sıcak çay içtikten sonra ifade verdim. Tabii ki bu arada Fred Dayı'dan sorumsuzca davrandığım ve onun kontrolündeki bir teknede böyle bir tehlike yaşattığım için paparayı da yedim. Ona haklı olduğunu söyledim ki sahiden de öyle düşünüyordum. Üzgün olduğumu da ekledim. Azarlaması bittiğinde Fred Dayı'dan hoşlandığımı düşünmeye bile başlamıştım.

Bütün bunlar olurken Jeosbury gidip Southwark'taki arabasını almıştı ve beni eve bırakmak için dışarıda bekliyordu. Hâlâ benimle konuşmamıştı ve aklından geçenler hakkında hiçbir fikrim yoktu. Yolculuğumuz oldukça sessiz geçti ve evime vardığımızda saat gece yarısını geçmişti.

"Dana'ya yarın geleceğini söyleyeyim mi?" diye sordu arabayı evimin önünde durdurduğunda. Motor hâlâ çalışıyordu.

"Tabii ki," dedim gözlerinin içine bakarak. Çantamı alırken ben Wapping'deyken çantamın son birkaç saattir Joesbury'nin yanında durduğu aklıma geldi. İçinde neler olduğunu biliyor olabilirdi. Arabadan inmeden önce gözüm torpidodaki saate takıldı. Portsmouth'a en erken tren üç saat içinde kalkacaktı.

İyi geceler diledim ve basamaklardan aşağı inerken arabanın uzaklaştığını duydum. Daireme girer girmez ısıtıcıyı en üst seviyeye aldım ve duş almayı düşündüm fakat vazgeçtim. Vücudum yeterince sıcaktı. Asıl üşüyen kafamın içiydi. Ayrıca banyo yaparsam mayışabilirdim ve uykum gelebilirdi. Oysa ayakta kalmam lazımdı.

Kaçış rotamı çoktan hazırlamıştım. Ön kapıdan çıkamazdım, birileri beni izliyor olabilirdi. Fakat arka bahçedeki kapıdan sıvışıp duvarın dibine saklanarak buradan ayrılabilirdim. Böylece Joesbury'nin kameralarına yakalanmamış olurdum. Duvarı tırmanıp parka geçebilir ve oradan anayola çıkabilirdim. Metro istasyonlarından uzaklaşsam da Waterloo Tren İstasyonu'na fazla uzak değildim. Oraya yürüyebilirdim. Hepsi zamanlama meselesiydi. Çabuk gidersem bir kameraya yakalanma riskim artmış olurdu. Öte yandan geç gittiğim takdirde feribotu zamanında yakalamak için bir tren bulamayabilirdim.

Daha sıcak tutacak kıyafetler giydim, alabileceğim kadar yiyecek aldım ve bahçeye çıktım. Gecenin soğuğu beni uyanık tutardı. İzleniyorsam bile akşam başıma gelenlerden sonra uyku tutmadığını zannedebilirlerdi. Saatime baktım. Ayrılmama elli dakika vardı. Ayakta kalıp sinirlerime hâkim olmalıydım.

Arkamdaki seranın kapısını açtığım sırada müzik çalmaya başladı. Yakında bir yerlerden, muhtemelen bahçenin içinden geliyordu ses. Olduğum yerde durup tertemiz keman sololarını dinlerken, Julie Andrews'un şarkının ilk mısralarını söylemesini bekledim.

Fakat söylemedi. Bir düğmeye basıldığını duydum ve müzik kesildi. Etrafı kaplayan yoğun sessizlikte birilerinin beni dinlediğini biliyordum. O sırada benim duyabileceğim yükseklikte bir sesle birileri adımı söyledi.

57

Zamanı gelmiş miydi? Her şey şu anda ve burada mı sona erecekti? O sesi duymamın üzerinden yıllar geçmişti. Hiç değişmemişti.

Arkadaki dar sokağın duvarına bir şeyler sürtünüyordu. O kadar yumuşak bir sesti ki bir kedi ya da bir sıçan olabilirdi. Fakat ikisi de olmadığını biliyordum. Ağzımı açıp ismi dillendirmeye çalıştım ama hiçbir ses çıkaramadım.

Anayolda polis sirenleri duydum ve arkadaki dar sokakta adım sesleri yükseldi.

"Hayır, bekle. Ben değildim. Kimseyi aramadım."

Beni duyduklarından bile emin değildim. Ayak sesleri kesildi. Saniyeler içinde kapıyı açıp dar sokağa çıkmıştım. Dışarıda kimseler yoktu. İçimden bir ses caddeye doğru devam etmememi söyledi ve öyle yapıp ters yönde ilerledim. Otuz metre sonra parkı çevreleyen yaya yolundaydım. Hâlâ görünürde kimse yoktu.

Eğitimler sırasında insanların içgüdüsel olarak sola dönme eğilimine sahip olduğu öğretilmişti. Neden böyle yaptıkları bilinmiyordu fakat öyleydi. Ben de öyle yapmıştım. Park kapısı açıktı ve nefesimi düzenlemek için durdum. Yeniden müziği duyabiliyordum. Hafifçe çınlayan müzik parkın içinden geliyordu.

Şimdi dikkatli olmam lazımdı. Çevredeki çalılar uzun ve sıktı. Saklanacak birçok yer vardı. Diğer yandansa alanın birçok bölümü farklı amaçlarla bölünmüştü ve futbol sahaları birleştirilerek kriket sahasına çevrilmişti. Her bir adımım beni insanlardan uzaklaştırıyordu. Yanıma ne telsiz ne telefon ne silah ne de başka bir gereç almıştım. Evden kaçarken fazla düşünmeye zamanım olmamıştı. Bahçeden çıkarken görülmüş olmalıydım fakat destek gelmesi biraz zaman alır diye düşündüm. Bu arada polis oluşumun korunmama bir faydası olmayacaktı. Şu an gecenin bir yarısında dışarıda gezen yalnız bir kadındım sadece.

Park uzun ve dardı. Süs ağaçları ve çalılıklar uzak mesafeden görülmemi engelleyecekti. Sağ tarafımda çocuklar için ayrılmış bir bölüm vardı. Kaydıraklar, salıncaklar ve taş basamaklarla çıkılan bir ağaç ev vardı içinde. Doğu kısmı ise ergenlik çağında çocuklar için ayrılmıştı ve kaykay alanlarıyla bisiklet rampaları içeriyordu.

Önümde çember şeklinde bir alan vardı ve etrafı banklarla çevriliydi. En karanlık köşede bir gölgenin kıpırdar gibi olduğunu görmüştüm sanki.

Akşam yağan yoğun yağmurdan sonra gökyüzü sakindi ve görünürde ne bir yıldız ne de ay vardı. Yalnızca göğü kaplayan kalın bulutları görebiliyordum. Rüzgâr da yoktu. Dökülmüş yapraklar oldukları yerde kıpırdamadan duruyorlardı. Fakat ben titriyordum. O kadar çok titriyordum ki canım yanmaya başlamıştı.

Bir anda her şey sustu. Uzaktaki trafiğin sesi bile sanki bir şeyler olacakmış gibi kesilmişti sanki. Birilerinin yaklaştığını hisseder gibi olmuştum. Nefes almayı bile kestim ve ne kadar zaman aldığını anlayamasam da arkamı dönüp kontrol etmeyi düşündüm.

Yerimden kıpırdamadım.

"Bekliyorum," dedim ve her an bir elin omzuma dokunacağını düşündüm.

O anda sessizlik birden kırıldı ve sanki birileri sihirli değneğiyle dokunmuş gibi her şey normale döndü. Wandsworth Yolu'nun trafiğini, uzaklarda bir yerde kapanan bir araba kapısının sesini duyabiliyordum.

Bir başka polis sireni daha duydum, içgüdüsel olarak bu yöne doğru geldiğini biliyordum. Zamanımız azalıyordu.

Parktan çıktım ve daireme geri döndüm. Dar sokaktan çıkarken ayak seslerinin ön merdivenlere yaklaştığını ve birilerinin kapıyı çaldığını duydum. Yatak odama geçip çantamı dolabıma geri koydum. Bu gece hiçbir yere gitmiyordum.

Yapmam gereken şeyler vardı.

58

2 Ekim Salı

Ertesi sabah özenli bir şekilde giyindim. Normalde etek giymezdim fakat iş icabı gerekir diye birkaç takımım vardı. Koyu mavi takımımı pahalı bir mağazadan almıştım. Sade bir etek giymiştim fakat üstümde son derece resmî duruyordu. Üzerine krem rengi bir bluz geçirdim ve saçlarımı tepeden topladım. Bu halimle polisten çok stajyer bir avukata benziyordum. Elbette ki bedenim ve kıyafetimden bahsediyordum.

Suratım hâlâ darmadağınıktı. Yüzümdeki şişlikler inmemişti ve kapanmak üzere olan yaralar o felaketin izlerini taşıyordu. Sol şakağımdaki dikişler görünür haldeydi ve dudaklarım normalden iki kat daha büyüktü. Yaralarımın yüzde doksanının geçeceğini söyleyen Joesbury yalan söylemişti. Çoktandır iyileşme sürecinde olmama rağmen hâlâ tanınmaz haldeydim.

Ofiste bir saatten fazla zaman geçirdim. Sert bir kahve içip kendimi girişeceğim işe hazırlamaya çalıştım. Polis, dairemden ayrıldığında saat neredeyse sabaha karşı iki olmuştu. Parkta ve arka sokakta arama yapmış fakat bir şey bulamamışlardı. İşleri bittiğinde boşa kürek salladıklarını söylediler. Onlara somut bir şey sunmadım. Yalnızca ayak sesleri ve duvara sürtünen bir şeylerden bahsettim. Müzikten hiç bahsetmemiştim bile. Bu yüzden cevap veremediğim birçok soruya maruz kaldım tabii. Üçüncü fincan kahvemi bitirip yan odadaki Mizon'ı aldıktan sonra merkezden ayrıldım.

Listedeki ilk çocuklar, bir önceki gece anneleri odasında ölü bulunan Benn ailesinin çocuklarıydı. Acılarına saygı duyuyorduk ve bu yüzden görüşmeyi, geceyi geçirecekleri evde yapacak şekilde ayarlamıştık kendimizi.

Felix Benn yirmi altı yaşındaydı. Yaklaşık bir doksan boyunda ve seksen kilo ağırlığında olduğunu söyleyebilirdim. Sporcu olduğu yürüyüşü, omuzları ve mavi polo yaka tişörtünden taşan kaslarından belliydi. Sarı saçlı, çilli ve ince yüzlü biriydi. Küçük kardeşi Harry'yle birbirlerine oldukça benziyorlardı. Yalnızca Harry biraz daha esmer ve kısaydı. Madeleine ise ince yapılı, uzun, sarı saçlı bir kızdı ve önümüzde bir tek o ağlamıştı. Kendimi ve Mizon'ı tanıtıp kayıpları için üzgün olduğumuzu söyledim. Hepsi de başlarını aşağı yukarı sallayıp teşekkür ettiler. İyi yetiştirilmiş çocuklara benziyorlardı.

"Annenizin neden öldürüldüğüne dair bir fikriniz var mı?" diye sordum ve en temel sorulardan başladım. "Neden Bayan Jones, Bayan Watson veya Briggs'i öldüren biri annenizi de öldürmüş olabilir?"

Felix başını iki yana salladı. "Annem kimseye zarar vermemiştir," dedi.

Harry ve Madeleine'e döndüm. "İkiniz hâlâ o evde yaşıyorsunuz bildiğim kadarıyla," dedim. "Dün sabah anneniz gözünüze nasıl göründü?"

İkisi önce birbirlerine sonra bana baktılar. "Sabahları her zaman biraz hareketli geçer," dedi Harry. "Fakat o sabah iyi görünüyordu."

"Şu gazeteciden nefret ediyordu," dedi Madeleine hafif bir sesle. "Sürekli arıyordu onu."

"Anneni mi arıyordu?" diye sordum.

Madeleine başıyla onayladı. "Bir muhabir. Geraldine ve Amanda'yla ilgili arayıp duruyordu. Ona aynı okulda çocukları bulunan birkaç veliyi daha aradığını ve diğer annelerin ne düşündüğünü, korkup korkmadıklarını öğrenmeye çalıştığını söylüyordu."

"Ne zaman aradı?" diye sordu Mizon.

"Birkaç gün önce aramaya başlamıştı," dedi Madeleine. "Hatta annem, bizden en sonunda o ararsa evde olmadığını söylememizi istemişti."

"Annen herhangi bir isim verdi mi?"

Madeleine başını aşağı yukarı sallayarak onayladı. "Bir yere yazmıştım. Koridordaki çantamın içinde, hemen getireyim."

Mizon, ben ve Benn'in oğulları Madeleine'in dönüşünü bekledik. Bize bir not defteri uzattı ve Charlotte Benn'i durmadan arayan gazetecinin ismini okuduk.

Emma Boston.

Mizon'la merkeze dönerken merkezi arayıp Emma Boston'ın Charlotte Benn'le temasa geçmiş olduğu haberini verdim ve birilerini gönderip onu almalarını söyledim. Geri döndüğümüzde Tulloch, Anderson ve ekibin birçoğunun hâlâ okuldaki toplantıda olduğunu ve toplantının sabah haberlerinde ve bazı Londra merkezli radyolarda verildiğini öğrendik. Bu arada Emma Boston'ın yaşadığı apartmandaki komşuları onun birkaç günlüğüne bir yerlere gittiğini söylemişti.

Bütün bu olayların başladığı gece kollarımda ölen sarışın kadın Geraldine Jones'un çocukları bizi bekliyordu.

Yirmi altı yaşındaki Jacob'un saçları erkenden kırlaşmaya başlamıştı ve mavi gözlüydü; tıpkı annesi gibi. Uzun boylu ve yakışıklıydı, üstelik bunun farkındaydı. Sheffield'da stajyer doktor olarak çalışıyordu. On dokuz yaşındaki Joshua ise ağabeyinden biraz daha uzun boyluydu. Onlarla yirmi dakika kadar konuştuk ve aynı şeyleri duyduk. Annelerinin herhangi bir düşmanı yoktu, o gece Brendon Sitesi'nde ne işi olduğunu bilmiyorlardı ve ona zarar verme ihtimali olan herhangi birini tanımıyorlardı. Annelerinin Charlotte Benn'le yıllar içinde temasa geçip geçmediği konusunda bilgileri yoktu. Amanda Weston ya da eski soyadıyla Briggs'i ise güç bela hatırladılar.

Weston ya da Briggs ailesinin çocukları da tıpkı Jones ailesinin çocukları gibi üzgün, korkmuş ve öfkelilerdi ve tıpkı onlar gibi bize söyleyebilecekleri dişe dokunur bir şey yoktu. Mizon ve ben onlarla görüşmemizi bitirdiğimizde Tulloch ve diğerleri dönmüştü. Görüşüne bakılırsa toplantı felaket geçmişti ve korkuya kapılmış aileler somut yanıtlar istemiş, şu anda cevaplanamayacak sorular sormuşlardı. Özellikle annelere önümüzdeki birkaç hafta boyunca çok dikkatli olmaları uyarısı yapılmış ve herhangi bir şeyden şüphe duydukları takdirde onları ve okuldan diğer anneleri uyarmaları söylenmişti.

Charlotte Benn'in ön otopsi sonuçları tamamlandı ve bize gönderildi. Ölüm sebebi olarak aşırı kan kaybı ve her iki şah damarının kesilmesi gösteriliyordu. 1 Ekim sabahı saat sekiz ile dokuz arası ölmüş olma ihtimalinden bahsediliyordu raporda. Yani katil, Karındeşen Jack'in çifte cinayetinin yıldönümünü biraz kaçırmıştı çünkü sanırım katilimiz onun evde yalnız kalmasını beklemişti.

İşten sonra eve gittim fakat içeri girmekten vazgeçip South Bank'e yürüdüm. Bir hamburger alıp tahta bir banka oturarak beni artık korkutamayacağını bildiğim nehri izlemeye başladım. Gölgeler uzamaya başlayıp o ses kulağıma fısıldayana kadar orada kaldım. Manzaramı değiştirmek için Wauxhall Köprüsü'nden geçip Westminister'a yöneldim. Kenarlarda fazla durmadan, ışığın altında, her an birlerinin saldırısına açık halde fakat tedbirli bir şekilde yürümeye devam ettim. Parlamento binasının yanından geçtiğim sırada aniden kafamı çevirdim ve yan yolda gözden kaybolan karanlık bir şekil gördüm. Beni kimin izlediğini söylemem zordu.

Fakat hiçbir şey olmadı. Kimse bana yaklaşmamıştı bile. Saat neredeyse on olmuştu ve hem üşümüştüm hem de yorgundum. Eve ve yatağıma döndüm. Birkaç saat uyuyabilmeyi başarabildim.

Ertesi sabah işe vardığımda ön kapıda sigarasını bitirmek üzere olan Mizon'la karşılaştım.

“Herkes yukarıda,” dedi Mizon. “Beş dakika kadar önce bir kadın geldi ve kendisinin sıradaki kurban olduğunu iddia edip Dedektif Tulloch’la konuşmak istediğini söyledi.”

59

3 Ekim Çarşamba

Jacqui Groves zayıf yapılı bir kadındı ve katlar halinde kesilmiş soluk kestane rengi saçları çene hizasındaydı. Gayet şık giyimliydi ve kaliteli mücevherler takmıştı. Makyajı ise kırklı yaşların sonunda bir kadına göre abartılıydı. Anderson ve Tulloch'un katıldığı görüşmeyi kapalı devre kamera sistemi sayesinde başka bir odadaki ekrandan izledim. Ekibin kalan üyeleri de ekranın başına üşüşmüştü.

"İki çocuğu var," dedi arkamdan birileri. "İkizler. Bir kız ve bir oğlan; isimleri Toby ile Joanna. İkisi de St Joseph'te okumuş. Şimdi yirmi altı yaşındalar."

Ekrandan takip ettiğimiz Groves çantasından beyaz bir zarf çıkarıp Tulloch'a uzattı. "Bu sabah posta kutumdaydı," dedi.

Tulloch zarfı almaya yeltenmedi. "Ne olduğunu söyleyebilir misiniz?" diye sordu.

"Gazetelerden kesilmiş küpürler," diye yanıtladı Groves. "İki tane. Biri Geraldine'in diğeriyse Mandy'nin öldürülmesiyle ilgili."

"Kimin gönderdiğini biliyor musunuz?" diye sordu Tulloch.

Groves başını iki yana salladı. "Ayrıca içinde bir not var," dedi.

Tulloch başını salladı. "Lütfen devam edin."

"Notta, SIRA DÖRT NUMARADA yazıyor," dedi Groves. "Sanırım beni kastediyor. Dört numara benim."

Tulloch, Anderson'a bakıp başını salladı ve Anderson yerinden kalkıp yakındaki bir çekmeceden eldiven çıkardı ve ellerine geçirdi. Kamera açısı zarfı tam olarak görebilmemize olanak tanımıyordu fakat zarfın içindekiler Groves'un tarif ettiği gibi görünüyordu. Yalnız gazete kupürleri gazetenin kendisinden alınmamış, internetten indirilmişti ve standart A4 kâğıdına basılıp kesilmişti.

"Postaya bakılınca pazartesi akşamı yollandığı görülüyor," dedi Tulloch. "Londra merkezden gönderilmiş. Bunu kimin göndermiş olabileceğine dair fikriniz var mı?"

Groves başını iki yana salladı.

"Yalan söylüyor," diye mırıldandı arkamda birileri.

"Emin değilim," dedi sandalyeme yaklaşan Joesbury. "Bana korkmuş gibi göründü."

O sırada odanın kapısı açıldı ve görüş açımızda olmayan birileri kapı aralığından seslendi. Tulloch görüşmeyi kesti ve Anderson'la birlikte odadan ayrıldılar.

Tulloch ve Anderson'ın yanımıza gelmelerini bekliyorduk fakat gelmediler. Diğerleri ekranın etrafında dolaşmaya başlamıştı. Birileri kahve isteyen olup olmadığını sordu. Kimse yeniden işe dönmeye hazır değil gibiydi. Direnmekten vazgeçip işe döneceğimiz sırada kapı açıldı.

Tulloch'un sessiz olmamızı söylemesine gerek kalmamıştı. Hepimiz susmuştuk ve neredeyse nefes alış verişlerimizi bile duyabiliyordum.

"Jacqui Groves'un kocası aşağıda ve gönüllü olarak ifade vermek istiyor," dedi. "Geraldine Jones'un kocası David; Amanda Weston'ın ilk eşi Jonathan Briggs ve pazartesi günü cesedi bulunan Charlotte Benn'in kocası Nick Benn de aynı şekilde bekliyorlar. Ayrıca üç avukat var yanlarında."

Odadaki sessizlik devam ediyordu.

"Baş Dedektif de bulunmak istiyor," diye devam etti Tulloch. "Beş dakikaya başlıyoruz. Sanırım hepsi bu millet."

"Onlarla birebir konuşalım," dedi Joesbury. "Birlikte olurlarsa hikâyeyi sıkıştırabilirler."

Tulloch ve Joesbury bir süre birbirlerine baktılar. "Biliyorum," dedi Tulloch. "Fakat bu defa yanlarında çok güçlü yasal dayanakları ve yardımcıları var. Sanırım yalnızca söyleyeceklerini dinlemek zorundayız bu kez."

Tulloch odadan ayrılır ayrılmaz televizyon ekranına döndük ve ana sorgu odasını gösteren kanalı açtık. İçeride yalnzıca Anderson görünüyordu ve kayıt aletlerini kontrol ediyordu. Derken kapı açıldı ve uzun boylu, pahalı takım elbiseler giyinmiş adamlar içeri girdi. Adamlardan biri Felix Benn'e benziyordu ve bir diğeri ise Joshua Jones'un kopyasıydı. İki avukatı seçmem zor olmadı. Korkuyor gibi bir halleri yoktu. Başkomiser üçüncü avukatla beraber içeri girdi ve hepsi geniş, cam masanın etrafına oturdular. Arkalarındaki geniş pencereden, bulutsuz bir sonbahar gününü yaşayan Lewisham'ı görebiliyorduk.

Anderson da bir sandalyeye yerleşti. Hepsi Tulloch'u bekliyordu. Dakikalar geçmesine rağmen Tulloch görünmemişti.

"Onları bekletiyor," diye mırıldandı hemen arkamdaki Mizon. Bundan emin değildim. Kadınlar tuvaletinde olmalıydı. Yan tarafımdaki Joesbury saatini kontrol etti. Kızgınlığının arttığını hissediyordum.

Bir süre daha geçti ve avukatlardan biri başını çevirip duvar saatine baktığı sırada kapı açıldı.

"Günaydın," dedi kapıyı arkasından hafifçe kapatan Tulloch. Adamlar onun girişiyle ayağa kalkmıştı. Bir an kararsız kalan Anderson ve Baş Dedektif de aynı şeyi yaptı ve hepsi ona doğru eğilip selam verdiler. Tulloch en yakınındaki boş sandalyeye yerleşti.

Adamlar da onu takip edip sandalyelerine yerleştiler. En genç görünen avukat notlarını karıştırmaya başlamıştı bile. Gözümü hafifçe çevirdiğimde Joesbury'nin başparmağını ısırdığını gördüm. Hepimiz Tulloch'un konuşmaya başlamasını bekliyorduk fakat sırtı kameraya dönük olduğu için yüzünü göremiyorduk.

"Anladığım kadarıyla bir ifadede bulunacaksınız," diye başladı Tulloch.

"Bir dakika lütfen," diye araya girdi uzun boylu, kızıl saçlı bir adam. "Başlamadan önce birkaç kural belirleyebilir miyiz?"

Tulloch başını salladı.

"Bu baylar mümkün olabildiğince yardımcı olmak amacıyla buradalar. Söylemek istedikleri şeylerin soruşturmayla ilgili olmadığını kesin bir dille..."

"Çok iyi anlıyorum," diyerek sözünü kesti Tulloch. "Önce kim başlayacak?"

"Bayan Tulloch," diye başladı kızıl saçlı avukat.

"Baş Dedektif Tulloch," dedi Tulloch. "Yanlış anlamayın ama başlangıcı siz yaptığınız için bırakın sözü başka birisi alsın şimdi."

Avukatın konuşmasına fırsat vermeden son kurbanın kocasına dönmüştü bile Tulloch. "Bay Benn, neden siz başlamıyorsunuz?"

Benn başını eğdi. "Aslında söyleyecek pek bir şeyim yok," dedi. "Uzun zaman önceydi ve sebebini bilmiyordum." Elini yüzünde gezdirdi. "Sanırım başka biri devam etse daha iyi olur."

Masadaki diğer acılı kocalar birbirlerine baktılar. Genç avukat notlar almaya devam ediyordu.

"Bir olay olmuştu," dedi Geraldine Jones'un kocası David Jones. "Yıllar önceydi. Bir ilgisi olabilir mi bilmiyorum ama..."

"Adamlarınız bizimle konuştuğunda," diye başladı söze Amanda Weston'ın eski kocası Jonathan Briggs. "Aileler arasında bir bağ olup olmadığını anlamaya çalışıyorlardı. Başta Graldine ile Amanda arasında bir ilişki aradılar ve cevabın okul olduğunu düşündük. Fakat Charlotte da öldürülünce düşünmeye başladım. Dave'i aradım ve Nick'le iletişime geçtik. Aramızda anlaşıp sizinle konuşmaya karar verdik."

"Yanınızda üç avukatla," diye mırıldandı Joesbury. "Derdiniz sıradan bir sohbetten fazlasına benziyor."

"Bir olaydan bahsetmiştiniz," dedi Tulloch. "Ne olduğunu söyleyebilir misiniz?"

Yeniden sessizlik.

"Cardiff'teydi," diye başladı söze Jones bir süre sonra. "On bir yıl önce, yaz mevsimindeydi ve oğullarımızı da içeren bir olaydı."

"Oğullarınız mı?" diye sordu Tulloch.

Jones başını aşağı yukarı salladı. "Bir kürek takımında dörtlülerdi."

"Affedersiniz. Dörtlü terimiyle ne demek istiyorsunuz?"

"Botta kürek çeken dört kişi için kullanılır," dedi Jones. "İkili ya da tekli olduğunda farklı terimler kullanırlar. Takımın beşinci bir üyesi, genç bir adam daha vardı."

"Anlıyorum," dedi Tulloch. "Lütfen devam edin."

"Çocuklar Güney Galler'deki yarışlara katılacaklardı. Llandaff'ta başlayan yarış Cardiff'deki Bute Park'ta sonlanacaktı. Güzel bir performans sergileyip bir yarış kazandılar ve bir başka yarışa daha girdiler."

"Devam et," diye mırıldandı yakınımda birileri. Odadaki başka birisi onu susturdu.

"Cumartesi gecesi takımın dışarı çıkmasına izin verilmişti," dedi Philip Groves. "Bence o yaştaki çocukların cumartesi gecesi Cardiff merkezine gitmelerine izin vermek aptalca bir fikirdi. Derken sabaha karşı saat birde bir telefon aldım ve çocukların beşinin tutuklandığını söylediler."

"Evlerimize telefon geldi," dedi David Jones. "Hemen yola çıkmış ve saat sabah altıya doğru Cardiff'e varmıştım. Vardığımda Nick çoktan oradaydı ve ardından Jon geldi ve diğer çocuğun babası onu takip etti."

"Çocuğun babası kimdi?" diye sordu Tulloch.

"Robert Curtis," dedi Groves. "Şimdi yurtdışında yaşıyor. Onunla bağlantı kuramadık."

"Çocuklar neden tutuklanmışlardı?" diye sordu Tulloch.

"Üzerlerine bir suç atılmıştı," dedi Jones. "Tamamen uydurma bir suçtu fakat polis araştırmak zorunda olduğunu söylemişti."

"Ne çeşit bir suç?"

"Merkezdeki barlardan birinde içiyorlarmş," dedi Benn. "Hâlâ dün gibi hatırlıyorum. Oysa hiçbiri on beşinden büyük değildi. Onlara içki servisi yapmamaları gerekirdi."

"Uzun boylu ve yapılı çocuklardı," dedi Groves.

"Yasal yaş sınırının altında içki içtikleri için mi tutuklandılar?" diye sordu Tulloch.

"Hayır," diye yanıtladı Jones. "Keşke öyle olsaydı. Oranın yerel halkından iki kızla tanışmışlar. Cardiff polisi iki kızı da iyi tanıyormuş. Özellikle de büyük kız tam bir baş belasıymış."

"Devam edin lütfen," dedi parmaklarıyla masayı tıkırdatan Tulloch.

"Saat on biri biraz geçe bardan ayrılmışlar," dedi Jones. "Kızlar da onlarla beraber çıkmış bardan. Parka gitmişler. Cardiff'in orta yerindeki büyük parka gitmişler."

"Bute Park," diye araya girdi Benn.

"Gençlerdi, içki içmişlerdi ve yanlarında iki güzel kız vardı," dedi Briggs. "Gerisini hayal edebilirsiniz."

"Aslına bakarsanız edemem," dedi Tulloch buz gibi bir sesle. "Lütfen gözümde canlandırmama yardımcı olun."

"Beraber güzel vakit geçirmişler," dedi Jones. "Kızlara taksi parası verip iyi geceler dilemişler. Hepsi bu kadar olmalıydı."

"Tabii ki hepsi bu kadar değildi, yanılıyor muyum?" diye sordu Tulloch.

"Tek bildikleri şey, kızların onların yanından ayrıldıktan sonra Cardiff Polisi'ne gidip tecavüze uğradıklarını iddia etmeleriydi. Polisin ise kızları kontrole gönderip olay yerine gidip çocukları tutuklamaktan başka çaresi kalmamıştı tabii ki. Çocuklar reşit olmadığı için aileleriyle iletişime geçildi."

"Toparlamama izin verin," dedi Tulloch. "Oğullarınız ve şu diğer çocuk iki kıza toplu tecavüz iddiasıyla tutuklanmışlardı, öyle mi?"

Jones elini sertçe masaya indirdi. "Hayır Bayan Tulloch. Hiçbiri ceza almadı."

Joesbury yanımdan ayrılıp odanın uzak köşesindeki masanın yanına gitti.

"Onları tutuklayacak hiçbir kanıt yoktu," diye devam etti Jones. "Kızların vücudunda herhangi bir zorlama izi yoktu. Hatta seks yapıldığına dair iz bile yoktu olay yerinde. Tanrı'ya şükür hepsi kondom kullanmıştı; kızların verdikleri kondomları."

Joesbury masadaki telefona uzandı ve arkasını bize döndü.

"Çocukların hiçbiri seks yaptıklarını inkâr etmediler," dedi Benn. "Fakat hepsi bunun kızların fikri olduğu konusunda birleşiyorlardı. Parka gitmek isteyen de kızlar olmuştu. Tanrı korusun, demek ki hepimiz histerik kadınların tecavüz iddilalarına karşı bu kadar savunmasızız işte."

"Kızlar kaç yaşındaydı?" diye sordu Tulloch.

"Büyük olanı on yedi yaşındaydı," dedi Briggs. "Yerel polis kızı iyi tanıyordu. Çetelerden birine üyeymiş. Eskiden araba çalıp iskele etrafında sürdükten sonra yakarlarmış."

Joesbury telefonda birileriyle konuşuyordu. Ekrana odaklanmaya çalıştım. O sırada odanın başka bir köşesinde çalan telefona Barrett yanıt verdi.

"Ya küçük olan kız kaş yaşındaydı?" diye sordu Tulloch.

Kimse cevap vermedi.

"Küçük kız kaç yaşındaydı dedim," diye tekrarladı Tulloch.

Hâlâ cevap yoktu.

"Müvekkillerimizin çocukları reşit değildi," dedi kızıl saçlı avukat. "Hepsi çocuktu. Polis o zaman her şeyi kitabına göre uyguladı ve çocuklardan hiçbiri ceza almadı."

Barrett telefon konuşmasını bitirdikten sonra bana baktı.

"Bu sözler, işçi sınıfına mensup, kötü bir şöhrete sahip kızlara karşı, beş özel okul çocuğunun zengin ve nüfuz sahibi babasından geliyor," dedi Tulloch.

"Kesinlikle öyle değil," dedi kızıl saçlı avukat. "Polis kondom paketlerini bulduğunda üzerlerinde kızların parmak izleri vardı. Kondomları kızlar getirmediyse üzerlerinde parmak izlerinin ne işi vardı öyleyse? Bu kızlar büyük ihtimalle Bute Park'a seks yapmak için gittiler fakat çocuklar istedikleri parayı vermeyince çılgına döndüler. Sanırım müvekkillerimiz yeterince iş birliğinde bulundular ve herhangi bir şekilde stresli bir durumla karşı karşıya kalmamak..."

Tulloch ayağa kalkı. "Kızların isimleri neydi?" diye sordu.

Odanın içindeki herkes birbirine bakıyordu. Adamların çoğu omuz silkti. Ya kızların isimleri hatırlamayacakları kadar önemsizdi ya da yeterince yardımcı olduklarını düşünüyorlardı.

"Bize zaman ayırdığınız için teşekkür ederim baylar," dedi Tulloch ve odayı terk etti. Anderson arkasından onu takip etti. Başkomiser ayağa kalkıp kayıt cihazlarını kapadı.

"Hey Flint," diye seslendi Barrett. "Arkadaşın Emma Boston gelmiş. Onunla konuşmak istiyor musun?"

İstiyordum. Beni bu odadan çıkaracak her şeye razıydım.

60

"Neler oluyor?" diye sordu Emma kapıya yaklaştığım sırada. "Yazmam gereken kahrolası bir haber var, bütün gün konuşmanı bekleyemem." Tom Barrett, Emma Boston'ın onunla acilen konuşmamız gerektiğini bildiren mesajımızı aldığı ve eve döndüğü bilgisini verdikten sonra üst kata çıktı. Herhangi bir gelişmeyi kaçırmak istemeyen Boston haberi alır almaz soluğu burada almıştı. Güneş gözlüklerini masanın üzerine bırakmıştı ve bir kez daha ne kadar güzel gözleri olduğunu düşünüyordum. Bu kadar güzel gözleri neden sakladığını bir gün sorabilecek miydim acaba?

"Pazartesi sabah sekiz ile öğlen on iki arasında nerede olduğunu söyle bana Emma," dedim. Monitörün ışığı açık değildi. Kimsenin bizi izlediğini zannetmiyordum fakat yine de Emma Boston'la yakın arkadaşmışız gibi bir izlenim de bırakmak istemiyordum. Özellikle de Joesbury'nin gözü üzerimdeyken.

Emma Boston omuz silkmekle yetindi. "Evdeydim."

"Bunu onaylayabilecek birileri var mı?"

"Bir ara kahve içmeye çıkmış olabilirim. Neden? Ne oldu?"

"İstersen bırak da soruları sırayla soralım Emma," dedim. "İlk ben soruyorum. Sorularım bitince sen sorarsın. Şimdi kahve içmeye nereye gittiğini, saat kaçta gittiğini, kimin servis yaptığını ve orada seni kimin gördüğünü söyle bana."

O konuşurken notlar aldım. Emma iyi bir gazeteciydi ve Nero'ya kahve içmeye gittiği o sabahın detaylarını ayrıntılı bir şekilde verdi.

O sabah Charlotte Benn öldürüldüğü sırada oraya yakın bir yerde olmadığını ispatlamakta zorlanacağını zannetmiyordum.

"Son zamanlarda neden Charlotte Benn'i arıyordun?"

Gözlerini kıstı. "Öldürülen kadını mı söylüyorsun? Aramadım."

"Kızı bize söyledi," dedim. "Annesini defalarca arayıp Jones ve Weston cinayetleriyle ilgili röportaj yapmak istemişsin. Görünüşe bakılırsa okuldan diğer anneleri de arayıp cinayetlerle ilgili ne düşündüklerini de soruyormuşsun."

Emma'nın yüzü değişti. "Saçmalık!" dedi. "Birileri Charlotte Benn'i arayıp ben aramışım gibi mi yapıyormuş?"

Emma'nın doğruyu söylediğini biliyordum.

"Yani Charlotte Benn'i senin aramadığını mı söylemeye çalışıyorsun?"

Başını iki yana salladı. "Kesinlikle. Eğer aklıma gelseydi yapabilirdim ama aramadım. Şimdi bana neler olduğunu anlat."

Bir süre konuşmak oldukça zor geldi. "Sorularım bitmedi," dedim kendimi toparlamaya çalışırken. "Cep telefonuna ihityacım olacak. Eğer varsa ev telefonunu da almalıyım. Bu telefonlardan Charlotte Benn'in aranmadığından emin olmamız lazım."

Emma sandalyesine yaslandı. "Şaka mı yapıyorsun? Yine mi? Ne yapmamı bekliyorsunuz ki?"

"Yerinde olsaydım," dedim. "Zararlı bir şeyler yapma ihtimalinden olabildiğince uzak dururdum. Şimdi telefonunu alabilir miyim lütfen?"

Emma'nın telefonunu kanıt poşetine koyduktan sonra ayağa kalktım. "Emma," dedim kapıya doğru dönerken. Bana döndü. "Lütfen dikkatli ol," diye ekledim ve odadan ayrıldım.

61

Üst kata geri döndüğümde toplantı odası daha sessizdi. Ekibin çoğu ayrılmıştı ve Tulloch, Anderson ve Stenning'den iz yoktu. Joesbury hâlâ telefondaydı.

"Patron beş delikanlının buraya getirilmesini istedi," dedi bana Mizon. "Hepsi Londra'da yaşamıyor o yüzden bu iş biraz zaman alacak. Bu arada kürek takımının beşinci üyesi Thomas'ın annesinin izini sürdük. Ealing'de yaşıyor. Stenning yanında bir çaylakla yola düştü bile."

"Patron nerede?" diye sordum.

"O ve dedektif hâlâ baş dedektif Weaver'la beraberler."

"Hâlâ anlayamıyorum," dedi kıdemli dedektiflerden biri. Sesini kısmayı bir türlü beceremez, sanki konuşmasının bütün odada yankılanmasını ister gibi daima yüksek sesle konuşurdu. "İki genç Galli kız pazarlığı beğenmeyip on yıl sonra çocukların annelerini mi doğramaya başladı? Tesadüf olmalı."

Kimse cevap vermedi. Üç kadının ölmüş olması insanlara hâlâ tesadüf gibi geliyordu. Joesbury yeniden telefonla konuşmaya başladı fakat benden çok uzakta olduğu için ne konuştuğunu duyamıyordum.

"Şu adamlar kendilerinden utanıyor olmalılar," dedi Mizon. "Hiçbiri bu mesele hakkında konuşmak istemedi. Fazla savunmacı bir tavır gösterdiler. Sanırım Cardiff polisi üzerinde sağlam bir etki bırakmışlardı zamanında."

Koridorda ayak sesleri yankılanıyordu. Kapı açıldı ve Tulloch ile Anderson içeri girdi.

"Birinin Cardiff'e gitmesi lazım," dedi. "Bir de hikâyeyi karşı taraftan dinleyelim. Kızların kim olduğunu öğrenmemiz lazım."

"Soyadları Llewellyn," dedi Joesbury. Hepimiz ona dönmüştük. "Kardeşlermiş," diye devam etti. "Büyük olanı o zaman on altı yaşına girmiş. Küçüğü ise on dört yaşındaymış. Cardiff Polis Merkezi'ndeki kayıt memuruyla konuştum. Fazla bilgi veremedi. Yalnızca suçlamayı ve soruşturmayı söyledi. Zaten kızlar iki gün sonra şikâyetlerini geri çekmişler.

"Eğer baştaki suçlamaları sahteyse bunu yapmaları normal," dedi Anderson.

"Ya da suçlanan kişiler tarafından tehdit edilmiş olabilirler," dedi Mizon.

"Katilimiz kadın olamaz," diye ısrar etti Anderson. "Kadınlar diğer kadınlara tecavüz edip parçalara ayırmazlar."

Odanın diğer köşesinde bir çift mavi göz üzerime dikilmişti.

"Bilmeniz gereken birkaç şey daha var," dedi Joesbury. "İddia edilen tecavüz olayı 31 Ağustos Cumartesi günü meydana gelmiş; yani Karındeşen Jack'in ilk cinayetinin tarihi ki Geraldine Jones'un öldürüldüğü tarih de aynı."

"Başka?" diye sordu Tulloch.

"Küçük kızın adı Cathy, büyüğün adı ise Victoria'ymış."

Bize düşünmemiz için süre verdi ve bekledi.

Tulloch dudaklarını ıslattı ve derin bir nefes aldıktan sonra konuştu. "Viktoryen mekânlar," dedi. "Victoria Parkı, Victoria House ve şu Viktoryen yüzme havuzu..."

"Yine de bu iş tam bir Karındeşen tarzı," diye sesini yükseltti Anderson. "Tabii baştan beri yanlış izin peşinde olduğumuzu söylersek o ayrı."

Joesbury yine beni izlemeye başlamıştı. "Aslında bundan da fazlası," dedi. "Sen ne düşünüyorsun Flint?"

"Ne demek istiyorsun?" diye sordu Tulloch ve odadaki gözler benim ile Joesbury arasında gidip gelmeye başladı.

"Orijinal cinayetlere geri dönelim," dedi sanki odada yalnızca ikimiz varmışız gibi. "Whitechapel gibi kalabalık bir yerde nasıl olmuş da üzeri kanla kaplı birini kimse görmemiş? Üstelik bu bir kere de olmamıştı."

Odadaki birisi, "Karanlık yüzünden," diye görüş bildirdi.

Joesbury sese dönmedi bile. "Biraz daha detay verecek olursak, nasıl olmuştu da şu sokak fahişeleri Karındeşen'in elinde bıçakla kendilerine bu kadar yaklaşmasına izin vermişlerdi?"

"Risk almak zorundalardı," dedi Mizon. "Aksi takdirde aç kalırlardı."

"Polly Nichols'ın ölümünden çok da uzun olmayan bir süre önce iki vahşi cinayet işlenmişti Whitechapel'da," dedi Joesbury. "Jack'le ilgisi olmamasına rağmen o dönem genç kızların bu olaylardan sonra tetikte olduklarını düşünüyorum. Fakat Polly ya da Annie'nin ölümüden sonra herkes diken üstündeydi. Yine de Karındeşen Jack üç kişi daha öldürmeyi başardı. Sessizce ve kimseye yakalanmadan hem de. Bizim Karındeşen uzmanımız sensin Flint. Söyler misin bunu nasıl başardı?"

"Bunun Lacey'yle ne ilgisi var?" diye sordu bana bir adım yaklaşan Tulloch. Kızgın bakışlarını Joesbury'ye dikmişti.

"Güzel soru," diye yanıtladı Joesbury.

Tulloch yeniden bana döndü ve yüzümdeki ifadeyi görünce istem dışı bir adım geri çekildi.

Joesbury beni kasten olayın içine tamamen sokmuştu. Artık konuşmaktan başka bir seçeneğim yoktu. Karındeşen Jack'le ilgili teorim yıllar önce okulda arkadaşlarıma açıkladığım teoriyle aynıydı. Favori kahramanım? Tabii ki Karındeşen Jack'ti çünkü sırrını sonsuza dek saklamayı başarmıştı.

"Dedektif Joesbury'nin söylemeye çalıştığı şey," dedim kendimi bile şaşırtacak bir sakinlikle. "Karındeşen Jack'in kadın olduğudur."

62

4 Eylül, on yıl önce

Hammond yukarıdan aşağıya geliyor ve bütün bunlar olurken iskelede durup sokak lambalarının nehrin üstünde sıçrayan ışıklarını izliyor. Her nasılsa ışıklar onu yatıştırmayı her zaman başarıyor ve gerçek hayatın hayal kırıklıklarından koparıp rahatlatıcı bir keyfe sürüklüyor.

Yüzen evin basamaklarını tırmanırken birilerinin ona seslendiğini zannediyor. Kokpite ulaştığında tekne demir aldığı yerde sallanıyor. Güvertede yalnız değil.

"Ne haber?" diye soruyor sarı saçlı bir kız. Arkası dönük ve korkuluğa tutunuyor. Kafasını göz göze gelemeyecekleri bir hızla geri çeviriyor.

"Halat kesilmiş," diyor kız. "Bu da gevşek. Tutamıyorum."

Kelimeleri anlaması birkaç saniye alıyor ve Tye, bot halatının bağlı olduğu yerden çözüldüğünü görüyor. Yalnızca botun kıç tarafındaki halat onları kıyıya bağlı tutuyor. Ayakta kalmaya gayret ederek Cathy'nin yanına gidiyor ve botun bağlı olduğu demire ulaşıyor.

Tye, Cathy'den daha uzun. Korkuluklardan sarkarak uzanıyor. Bot sürüklenmeden hemen önce parmakları çeliğin soğuğunu hissediyor. Halat hâlâ kıyıdaki iskele babasına dolanmış halde ama bağlı değil. Islak halatın sürtünmesi yüzünden bot kıyıdan ayrılamıyor. Kıyıya atlamak zorunda. Cathy ona halatı fırlatabilir ve o da botun hızı iyice artmadan halatı yakalayabilir. Cathy bacaklarından tuttuğu sırada korkuluklardan sarkıyor.

"Çok uzak," diyor Cathy.

Haklı. Şimdiden iki hatta üç metre uzaktalar. Fakat başarmak zorundalar. Botta motor yok ve bu yüzden manevra yapamıyorlar. Nehrin içinde gecenin bir yarısı böyle gevşek halde, botun kontrolünü sağlayamadan kalamazlar.

"Atlamak zorundayız," diyor kızı kollarına alırken. "Yüzebilecek kadar yakınız hâlâ."

Cathy'nin kocaman açılmış gözleri korkuyla doluyor. "Ya diğerleri?" diyor kabine doğru bakarken. "Jen ve Al uyuyorlar. Aşağıda dört kişi var."

"Onları ben alırım," diyor. "Sen atla."

Tye arkasını dönüp bölmeye yöneliyor. Dört kişi. Beş olduğunu düşünmüştü. Jen ve Al, Rob ve Kit ve bir ya da iki gün önce ortaya çıkan şu yeni kız... Fakat Cathy dört kişi olduğunu düşünüyor ve o asla yanılmaz. Cathy'nin arkasından bağırdığını duyuyor. "Yangın var," diye bağırıyor. "Bot yanıyor!"

Patlama onu havaya fırlatıyor ve derisini yakıp bedenindeki bütün havayı emiyor. Nehre düştüğünde bir an rahatladığını hissediyor.

Dördüncü Bölüm
Catherine

"East End gizeminin en acı veren tarafı ise polis teşkilatının enerji ve zekâsını felce uğratmasıdır."

Daily News, 1 Ekim 1888

63

3 Ekim Çarşamba

Çılgınca bir teori gibi gelebilir fakat kesinlikle yeni değil," dedim. "Katilin erkek olmayabileceğini ilk kez ortaya atan kişi, orijnal Karındeşen Jack soruşturmasını yürüten Dedektif Frederick Abbeline'dı."

"Neye dayanarak?" diye sordu Tulloch.

Josebury'ye kaçamak bir bakış fırlattım ve konuşmaya devam ettim. "Demin duydunuz. Bütün Londra alarma geçmiş halde erkek bir katil ararken, Abbeline kanlar içinde bir adamın nasıl fark edilmeyeceğini merak etti."

Etrafımdaki yüzlerde şüphe ve merak vardı. Oturabilirdim. Ne de olsa acil olarak bir yere gitmem gerekmiyordu.

"Abbeline bu fikri meslektaşlarıyla konuştu," diye devam ettim masanın kenarına yaslanırken. "Tartışmalar sonucunda daha sonraları Karındeşen Jill diye anılacak çılgın bir ebe teorisini ortaya attılar."

Hafif kıkırtılar duydum.

"Devam et," dedi Tulloch. Bütün gözler hâlâ üzerimdeydi. İnansınlar ya da inanmasınlar, herkes söyleyeceklerimi duymak istiyordu.

"Kendilerine gecenin bir yarısında kimin dikkat çekmeden evinden çıkabileceğini ve o saatlerde dikkat çekmeden caddelerde dolaşabileceğini sordular."

Kimisi başını aşağı yukarı sallıyordu. Odanın uzak köşesinde telefon çaldı.

"Kan banyosunun içinde kim sakin düşünmeyi başarabilirdi?" dedim. "Cevabı ebe olarak bulmuşlardı. Ya da kürtaj yapan biri. İki işi birden yapan bir sürü kadın varmış."

"Bir ebe, kadın anatomisi ve rahim ya da böbreğin yerini bulma konusunda en azından bir kasaptan daha bilgilidir," dedi Mizon.

Göz ucuyla Joesbury'yi gözetledim. "Masadan ayrılıp televizyon ekranına yaklaşmıştı. Telefon hâlâ çalıyordu. Tulloch birilerine telefona bakmalarını işaret etti.

"Bu da ayrıca bir tartışma konusuydu," dedim Mizon'a. "Diğer yandan katil bir ebe, özellikle de kürtaj yapan biri olması durumunda, kadınlara yaklaştığında onları korkutmamış olabilirdi. Neden kimsenin bir çığlık duymadığının ya da bir mücadele izi görmediğinin açıklaması bu olabilirdi. Kadınlar her şey bitene dek katillerinden şüphelenmemiş ya da korkmamış olabilirlerdi."

"Ve o zamanlar ebelerin hastalarının basınç noktalarına vurarak onları bilinçsiz hale getirdikten sonra operasyon yaptıkları da bilinirdi," dedi televizyon ekranını açıp bilgilere bakan Joesbury. "Bunu becerebilen bir ebenin sarhoş, halsiz ve aç bir kadını etkisiz hale getirmesi zor olmamalı," dedi. "Peki, Elizabeth Stride'ı nasıl avladığını bana açıklayabilir misin?"

Joesbury'nin Karındeşen efsanesiyle ilgili bu kadar okuma yapmış olmasına şaşırmıştım. Televizyonu bırakıp yeniden bana döndü. "Bence kadınlar tanımadıkları bir erkek onlara yaklaştığında tedirgin olurlar," dedi. "Fakat yaklaşan kadınsa iş tamamen değişiyor. Kadın kadından korkmazmış gibi bir kural."

"Geraldine Jones öldürüldüğünde ne kaçmıştı ne de çığlık atmıştı," dedi Barrett. "Öyle olsaydı Lacey duyardı."

"Flint, geçenlerde boyla ilgili bir uyuşmazlıktan bahsetmiştin," dedi Joesbury. "Amanda Weston'la Victoria Parkı'nda yürüyen adamın, peşinden koştuğumuz adamla aynı boyda olmadığını söylemiştin."

Başımı sallayarak onayladım.

"İşte," dedi. "Amanda Weston'ın 8 Eylül Cumartesi günü öldürüldüğü gün yanındaki adamla birlikte Grove Yolu'nda kameraya yakalanmış görüntüsü."

Joesbury bir düğmeye bastı ve hepimiz bir cumartesi öğleden sonrası, kalabalık bir Londra caddesini gösteren görüntüleri izlemeye başladık. Görüntülerde iki kişi Victoria Parkı'na dönmeden önceki kaldırımda yürüyordu. Kadının üzerinde benekli kahverengi bir mont vardı. Montu bulamamıştık fakat Daryl Watson karısının böyle bir montu olduğunu onaylamıştı. Kadının yanındaki adam siyah bir mont giymişti ve kadından biraz uzundu, çok az.

"Amanda Weston'ın boyu kaçtı?" diye sordu Tulloch.

"1.65," diye yanıtladı notlarını karıştıran Mizon.

"Bu video görüntüsünü kütüphanede kaydedilen görüntüyle karşılaştırmamız lazım," dedi Joesbury. "Boyları karşılaştırma şansımız olabilir."

Joesbury, gözünü ekranda dondurulmuş Amanda Weston ve katilinin görüntüsünden ayırmadı. "Bununla birlikte," dedi. "Katilimizin kadın olamayacağını gösterecek herhangi bir sebep bulamıyorum."

"Kadın," dedim. "Aradığımız katil bir kadın."

Herkes yeniden bana döndü. "Devam et," dedi Tulloch.

"Charlotte Benn öldürüldüğü güne dek Emma Boston olduğu iddia edilen biri tarafından sürekli telefonda taciz edilmiş," dedim. "Emma Boston aksini ispatlayabilirse..."

"Bence bunu şüphe bırakmayacak şekilde ispat etmemiz gerekir," dedi Tulloch. "Emma Boston bu soruşturmaya benim istediğimden daha yakın oldu en başından beri."

"Muhtemelen aksini kanıtlayacaktır," dedim. "Demin onunla konuştum. Ne kadını aramış ne de o sabah Charlotte Benn'in evinin yakınlarındaymış. Katil bir kez daha onu kullandı. Haklı olduğumu biliyorum. Katil bir kadın."

"Arayan Stenning'di," dedi birisi odanın uzak köşesinden. "Trafikte kalmış."

"Bir dakika," dedi Anderson. "Amanda Weston'ın tecavüze uğradığını biliyoruz. Cooper'a ait meni bulduk üzerinde."

"Cooper bir kadınla yaşıyordu," dedi Tulloch. "En azından Lacey'nin konuştuğu şu evsiz adam öyle söylemişti ve bu kadının izini hâlâ bulamadık. Eğer kadınla seviştilerse kadının kondom bulundurmasını bekleyebilirdik. Fakat patolog sperm öldürücü izleri bulmuştu, hatırladınız mı?"

Odadakilerin birçoğu başlarını sallayarak onu onayladı. Bir kez daha telefon çaldı.

"Amanda Weston'ın tecavüze uğradığından emin değiliz," dedi Mizon. "En azından bilinen anlamda demek istiyorum. Tek bildiğimiz birilerinin kadının içine bir odun parçası tıktığı ve bunu bir kadın da yapmış olabilir."

"Peki, neden anneleri hedef alıyor?" dedi Anderson. "Bu bana pek anlamlı gelmiyor."

"Ah, öyle mi?" dedim ona dönerek. "Bana oldukça anlamlı geliyor oysa. Eğer beni gerçekten de kızdırsaydın ve biraz psikopat biri olsaydım doğrudan sana gelmezdim. Bu büyük bir incelik olurdu. Senin yerine seni acılar içinde bırakacak bir hedef seçerdim. Mesela üç yaşındaki kızın gibi."

"Ağır gel Flint," dedi Anderson. Etrafımızdakiler endişeli görünüyordu.

"Eğer küçük bir kızın yoksa bir adamın en çok koruyucu davrandığı ikinci kişiye yönelirdim."

"Anneler," dedi Tulloch.

"Kesinlikle. Aslında bir adamdan intikam almak için annelerini bıçaklamaktan daha yaratıcı şeyler yapılabilir."

"Tamam, yeter bu kadar," dedi iki elini birden kaldıran Anderson. "Demek istediğim şu ki bana biraz olağandışı geliyor, o kadar."

"Tecavüz, kadınları değiştirir," dedim ve söyleyeceklerimi dinlemek isteyen var mı diye etrafıma baktım. Kimse başını çevirmemişti. "Tecavüze uğrayan kadınlar kendilerini tecavüz öncesi ve sonrası olmak üzere iki farklı kişi olarak tanımlarlar."

"Bu insanların yaşadıkları travmadan etkilendiklerini biliyoruz," dedi Anderson. "Fakat ya..."

"Burada regl dönemi acısı ya da dönemsel bir depresyondan bahsetmiyorum," dedim. "Tecavüz kurbanları kullandıkları dilde çok seçicidirler. Tecavüzün oldukları kişiyi öldürdüğünü ve dönüştükleri yeni kişiye alışmaya çalıştıklarını söylerler."

"Evet ama..."

Tulloch onu durdurdu. "Devam et Lacey."

"Birçoğu için tecavüz sonrası yaşamlarını kontrol eden tek unsur korkudur," dedim. "Karanlıktan, yalnız kalmaktan, geceleri çıkan seslerden, yabancılarla tanışmaktan, hatta kalabalıktan bile korkarlar."

"Kısacası her şeyden korkarlar," dedi Mizon.

"Evet," dedim. "Bir kadın bir kez şiddet yoluyla tecavüze uğradığında yaşamının sonraki yıllarında içindeki en baskın his korku olur." Birden sustum. Bütün bu konuşmaların nereye gittiği hakkında bir fikrim yoktu. "Kusura bakmayın," diye devam ettim. "Sanırım söylediklerim anlamsız."

"Hayır, gayet anlaşılır," dedi Joesbury. "Fakat aradaki bağı kuramıyorsun."

Yüzüne baktığımda bağlantıyı gördüm. "Diyelim ki," diye başladım. "Ya Llewellyn kardeşlerden birinin hayatındaki baskın his korku değilse? Ya onu harekete geçiren içgüdü öfkeyse?"

Bir süre kimse konuşmadı.

"Patron," diye seslendi odanın uzak köşesindeki Barrett.

"Pete ve Joe, Karen Curtis'in evindeler," diye devam etti. "Bölge polisi onları beklemiş. Cevap veren yokmuş ve kapının arkasında postaya benzeyen bir şey görünüyormuş."

Tulloch ve Joesbury göz göze geldiler. Joesbury başını aşağı yukarı salladı.

"İçeri girmelerini söyle," dedi.

64

Barrett emri iletirken odadaki herkesin nefesini tuttuğunu hissedebiliyordum. Beklemeye başladık. Güçlü bir polisin bile kapıyı kırması birkaç dakika alabilirdi.

"İçerideler," dedi Barrett.

"Eğer aramızda inançlı kişiler varsa dua etmelerinin tam sırası şimdi," dedi Tulloch alçak sesle.

"Giriş katında bir şey yok," dedi Barrett. "Yukarı çıkıyorlar."

İnançlı biri değildim ama yine de çocukluğumdan hatırladığım bir duayı içimden tekrarlıyordum.

Saniyeler geçiyor ve Barrett yine sessizce telefonda konuşuyordu. Başını kaldırıp bize baktı.

"Bir şey yok," dedi. "Olağandışı bir duruma dair işaret yokmuş."

Sanki odadaki herkes tuttuğu nefesini bırakmıştı. "Tanrı'ya şükür," diyen Tulloch kendini bir sandalyeye bıraktı.

"Bir saniye patron," dedi Barrett. "Bir şey bulmuşlar."

Herkes yine Barrett'a döndü.

"Kapının arkasındaki zarf," dedi Barrett. "Açmamışlar fakat dışarıdan görünen kısmı Jacqui Groves'a gelen zarfa benziyormuş. Ne yapmalarını istersin şimdi?"

"Zarfı açsınlar," dedi Tulloch.

Beklemeye başladık.

"Bir başka uyarı notu patron," dedi Barrett birkaç saniye sonra. "Jones ve Weston cinayetleriyle ilgili haberler ve SIRA DÖRT NUMARADA yazılı bir not."

Tulloch yeniden ayağa kalktı. "Acilen Karen Curtis'i bulmamız lazım," dedi. "Notu görmemiş. Bu yüzden yeterince dikkatli olmayabilir. Tom, sen ilgilenir misin?"

Barrett başını olur anlamında salladı.

"Yanına komşularıyla konuşmaları için bir ekip al," diye devam etti Tulloch. "Nerede çalıştığını, arkadaşlarını, en son kiminle beraber göründüğünü öğren."

"Bu notları kim gönderiyor?" diye sordu Joesbury. "Jones, Weston ve Benn uyarılmamışlardı."

"Biz öyle biliyoruz," dedi Tulloch. "Onlar da benzer notlar almış fakat onları saklamamış olabilirler veya katil notları da almıştır giderken."

"Bana anlamlı gelmiyor," dedi Joesbury. "Birilerini şaşırtmak istiyorsan önceden uyarmazsın. Ayrıca neden iki tane dört numara? Eminim katil sırada kimi olduğunu biliyordur."

"Gayle, üç aileyle yeniden temas kur," dedi Tulloch. "Kadınların öldürülmeden önce tuhaf notlar alıp almadıklarını sor. Eğer notlar varsa ne zaman postalandıklarını öğren ve adli tıpa götür. Belki bir iz bulurlar."

"Hemen gidiyorum."

"Pekâlâ," dedi Tulloch, Mizon odadan çıkarken. "Karen Curtis'i bulduktan sonra arananlar listesinin başına Llewellyn kardeşleri koyacağız. Mark, Cardiff'le bağlantın var mı?"

Joesbury kafasını olumlu anlamda salladı. "Bir pedofili vakasında onlarla çalışmıştım."

"Kızlarla ilgili bulabileceğin kadar çok bilgi topla lütfen," dedi Tulloch.

"Hemen efendim," dedi Joesbury ve sandalyeye çöküp telefonu eline aldı.

"Ayrıca birilerinin Galler Sosyal Hizmetler'le temasa geçip ellerinde kızlar adına bir kayıt var mı yok mu öğrenmesini istiyorum," dedi Tulloch. "Aile geçmişleri, okulları ve buna benzer geçmiş bilgileri toplamamız gerek."

Birileri bu işe gönüllü olmuştu.

"Neil ve Lacey, siz ikiniz diğer birimlerle temasa geçebilir misiniz? Sosyal Güvenlik Departmanı'yla başlayabilirsiniz mesela."

Anderson ve ben başımızı salladık. Birilerini araştırırken izlenen standart yöntemin parçasıydı yapacaklarımız. Sosyal Güvenlik Departmanı'yla başlayacaktık. Eğer kızlar bugüne kadar herhangi bir zaman diliminde sosyal yardıma başvurmuşlarsa sistemde görünürlerdi. Bulamadığımız takdirde diğer yolları denerdik. Vergi ödedilerse bulunabilirlerdi veya araba aldılarsa Sürücü ve Araç Belgelendirme Departmanı'nda kayıtları bulunurdu. Galler ve Londra'daki kamu kurumlarının hepsinde şansımızı denerdik. Aradığımız kişi herhangi bir gaz, elektrik ya da su faturasını bile ödediyse hakkındaki bilgilere bir yerlerden ulaşabilirdik.

"Bir saat sonra yeniden toplanacağız," diye seslendi Tulloch odadan çıkarken.

Elli dakika sonra toplantı odasına geri döndü. "Jacqui Groves önümüzdeki birkaç gün kız kardeşi ve ailesiyle beraber kalacak," dedi. "Tabii ki polis eskortuyla. Mektuplarla ilgili bir gelişme var mı Gayle?"

"Ailelerden hiçbiri kadınların uyarı notuna benzer bir mektup aldıklarını hatırlamıyormuş," dedi Mizon. "Her ihtimale karşı üniformalılar Benn ailesinin çöp kovasını inceledi. Notlar ve gazete kupürleri sıradan A4 kâğıdıyla, standart bir yazıcıda basılmıştı. Bizde de ona benzer sayısız yazıcı var. Henüz iz bulunmamış üzerlerinde."

"Teşekkür ederim Gayle," dedi Tulloch ve Joesbury'ye döndü. "Mark?"

Joesbury notlarına bakıyordu. "Kutuda her ikisini de aradım," dedi Joesbury. "Fakat küçük kız kardeş Catherine'le ilgili hiçbir şey bulamadım."

Kutu dediği Ulusal Polis Bilgisayar Ağı'ydı. Herhangi bir suça bulaşmış ya da suç şüphesi görülen herkes sistemde kayıtlı olurdu.

"Fakat büyük kardeş Victoria ise başka bir hikâye," diye devam etti Joesbury. "Araba hırsızlarıyla beraber takıldığı için iki kez kınama cezası almış. O geceki olaydan kısa bir süre önce çalıntı bir arabanın yolcu koltuğunda yakalandığı ve agresif, antisosyal tavırlar sergilediği için son kez uyarılmış."

"Yani elimizde parmak izleri var, öyle mi?" diye sordu Tulloch.

Joesbury kafasını iki yana salladı. "Bütün bu uyarı ve kınamaları sokakta almış," dedi. "Parmak izi yok."

"Parmak izleri alınmış olmalı," dedi Tulloch. "Bize kızların parmak izlerinin kondom paketinde bulunduğunu söylemediler mi?"

"Evet, kızların o gece parmak izleri alınmış," dedi Joesbury. "Fakat birkaç hafta sonra yanlarında sosyal görevliyle gidip izlerin yok edilişine bizzat tanık olmuşlar."

Tulloch kendi kendine bir şeyler mırıldanıyordu.

"Victoria, kaybolduğu gece şehir merkezinde bir arabayı çalmaya çalışırken kameraya yakalanmıştı," dedi Joesbury. "Kız zaten şüpheli listesindeymiş fakat o geceden sonra ne arabayı ne de kızı bir daha gören olmamış. Teknik olarak hâlâ Cardiff'te arananlar listesinde."

"O halde sıraya girebilirler," dedi Tulloch.

"Cardiff'teki bütün tanıdıklarımla konuştum," dedi Joesbury "Fakat hiçbiri on bir yıl önce orada değilmiş. Komiser Ron Williams'la konuşmamı tavsiye ettiler ama yarına kadar izinliymiş."

"Cardiff Sosyal Hizmetler Bürosu'yla konuştum," dedi Barrett. "Kızların annesi Tina Llewellyn uyuşturucu ve alkol bağımlısıymış. Kızları küçük yaştayken hapse düşmüş."

"Neden?" diye sordu Tulloch.

"Satış yapmaktan," dedi Barrett. "Küçük işler. Büyük bir satıcı değilmiş ve zaten bu onun ilk suçu da değil. Kızlar altı ve sekiz yaşlarındayken şehirdeki çocuk bakım evine gönderilmişler. Orada bakımları üstlenilmiş."

"Devam et," dedi Tulloch.

"Çocuk bakım evi büyük kız ikinci sınıfa giderken yıkılmış," dedi Barrett. "Kızın suç dosyasında okuldan kaçmak, öğretmenlere kaba davranmak, ispatlanamamış hırsızlık şüphesi gibi suçlamalar mevcut. Yeniden çocuk evine gönderilmişler."

"İkisi de mi?"

"Evet. Daha sonra bakımlarını üstlenen aileler küçük kızdan memnunlarmış fakat küçük olanı ablasından ayrılmak istememiş. Yıllar içinde başka aileler de küçük kızın bakımını üstlenmişler. Görünüşe bakılırsa küçük kardeş şirinliği ve sessiz karakteriyle hep ilgi çekmeyi başarmış."

"Bu yerleştirmelerden hiçbiri devam etmemiş mi?"

Barrett kafasını iki yana salladı. "Hep aynı şey olmuş. Victoria başını belaya sokana dek aileler kızlara bakmış fakat ne zaman Victoria bir suç işlese aileler zavallı Cathy'den de vazgeçmek zorunda kalmışlar. Bütün bunlara rağmen Victoria'nın dersleri iyiymiş ve üniversite öğrencisi potansiyeli taşıyormuş. Tecavüz olayına kadar tabii ki..."

"Sonra ne olmuş?"

Barrett notlarını inceledi. "Aslında ironik bir şekilde Victoria bir süre kendine çekidüzen vermiş. Çetelerden uzaklaşıp düzelmeye çabalamış, hatta okula geri dönmeyi bile denemiş. Fakat okul müdürü kızın içinde büyük bir öfkenin kabardığını söyledi. Birçok öğretmeni ondan adamakıllı korkuyormuş. Her şey Cathy için de kötü gitmeye başlamış. Okulu asmaya başlamış ve uyuşturucu aldığından şüphelenilmiş. Derken bir gün Cathy ortadan kaybolmuş."

"Nereye gitmiş?"

Barrett omuz silkti. "Kimse bilmiyor. O dönem sayıları artık çok da fazla olmayan arkadaşlarına hiçbir şey söylememiş. Londra'ya geldiğine dair genel bir görüş var. Ondan birkaç hafta sonra Victoria da çalıntı bir arabayla orayı terk etmiş. Haklarında bütün bilinenler bundan ibaret."

"Kayıp listesinde isimleri var mı?" diye sordu Tulloch.

"Henüz kontrol etmedim," diye yanıtladı Barrett. "Fakat dosyada bir fotoğraf var ve tecavüz olayından iki yıl önce çekilmiş ama pek de anlaşılır bir fotoğraf değil."

Elindeki A4 kâğıdını uzattı. Joesbury uzun bir süre fotoğrafı inceledi. Sonunda fotoğrafa bakma sırası bana geldi. Fotoğraflar seyyar bir kabinde çekilmişti ve kızlar eğleniyordu. Yalnızca profilden görebildiğim büyük kız tam bir barbardı. Uzun, kömür karası saçları alnını kapatıp kaşlarına kadar iniyordu. Dudakları kopkoyu bir rujla boyalıydı ve sanki az önce kameraya tükürmüş gibi büzülmüştü. Yaşına göre büyük sayılabilecek göğüslerini cömertçe sergilediği yırtık bir siyah tişört giymişti ve deri ceketinin üstü bir sürü metalle kaplıydı.

On iki yaşındaki Cathy oldukça tombuldu ve dişlerini sergileyecek şekilde sırıtıyordu. Sarı saçları çok güzeldi ve gözleri karamel gibiydi. Çok tatlı bir kızdı ve gözlerindeki ışıltıdan bunun farkında olduğunu söyleyebilirdiniz.

"Hepsi bu kadar mı?" diye sordu Tulloch. "Başka bir şey yok mu?"

Anderson ellerini kaldırıp omuz silkti. Ben de başımı iki yana salladım. Hiçbir şey bulamamıştık. Victoria ve Cathy son on bir yılda ne sosyal yardıma başvurmuşlar ne vergi ya da fatura ödemişler ne de yasal yollarla araba kullanmışlardı.

"Kızların annesi Tina Llewellyn on bir yıl önce kanserden ölmüş," dedi Barrett. "Ömrü boyunca hep sigara içmiş ve ciğerlerinde çıkan tumör çok çabuk vücudunu sarmış. Mid Glamorgan'da bir düşkünler evinde ölmüş. Kızların babası bile aynı kişi değilmiş."

"Aslında Victoria on iki ay önce kısa bir süreliğine ortaya çıkmış," dedi Anderson. "Kızların anne tarafından dedesi, Rhonda Valley'de yaşıyor. Kızlar küçükken bile fazla görüşmezlermiş. Öldüğü zaman bir vasiyet bırakmadığı için evi kızlara kalmış. Yaklaşık yüz bin sterline giden evin parasını Victoria almış."

"Hepsini mi?" diye sordu Joesbury.

"Bana söylenene bakılırsa öyle," dedi Anderson. "Çatlağın teki de olsa kafayı parayla bozmuş demek ki."

"Hepsi bu kadar mı?" diye sordu Tulloch.

Kimse bir şey söylemedi. Demek ki hepsi buydu.

"Pekâlâ, aramaya devam ediyoruz o halde. Lacey, yeniden yanına bir ekip alıp sokaklara dönmeni ve fotoğrafı evsizlere gösterip araştırmanı istiyorum."

"Hemen gidebilirim istersen," dedim.

"Aslında sen ve Gayle'dan, önce başka bir şey yapmanızı isteyecektim," dedi Tulloch. "Karen Curtis iki gündür işe gitmiyormuş ve komşularından birisi, yaşlı annesinin Fulham'da, nehre yakın bir yerde yaşadığını söylemiş. Eskiden onu haftada birkaç kez ziyaret edermiş. Belki de oradadır."

"Gidip kontrol etmemizi mi istiyorsun?" diye sordu Mizon.

"Kadın zayıf ve yaşlı biriymiş anlaşılan," dedi Tulloch. "Onu korkutmadan bir yardımı olur mu diye kontrol edin."

65

Karen Curtis'in annesi Evadne Richardson'ın yaşadığı ev, cadde boyu dizili evlerin en az bir milyon sterline satıldığı bir yerdeydi. Nehre dik olarak inen sokaktaki evlerin önleri pahalı arabalarla doluydu. 35 numaralı ev diğerlerinden biraz daha eski moda ve yıpranmış görünüyordu.

"Elli yıl önce burayı birkaç bine aldığına iddiaya girerim," dedi Mizon ön kapıya yaklaştığımız sırada. "Sence zil çalışıyor mudur?"

Kapı tokmağını çaldım ve beklemeye başladık. Mizon bir adım çekilip üst kata baktı. "İçimde kötü bir his var," dedi.

"Öyle söyleme," dedim çünkü ben de benzer hisler içerisindeydim. "Birisi geliyor," dedim.

Ayak seslerinin kapıya yaklaştığını duyabiliyordum. Bir anahtar çevrildi içeriden ve kapı birkaç santim aralandı. Kalın bir zincir, kapıyı aralık tutuyordu. Küçük, buruşuk bir yüz çıktı karşıma. Kalın çerçevelerin ardında açık kahverengi gözler vardı ve dudaklar neredeyse görünmezdi.

"Bayan Richardson?" diye sordum.

"Evet, benim," dedi kadın ve endişeli bir ifadeyle başını aşağı yukarı salladı. Muhtemelen yüzümdeki şişlikler onun yaşında bir kadını korkutmuş olmalıydı. Bir adım geri çekildim ve yanıma dönen Mizon polis kimliğini gösterdi. Bayan Richardson kapı aralığından kimliğe baktı.

"Bayan Richarson, kızınız Karen'ı arıyoruz," dedi. "Size birkaç soru sormak istiyoruz."

Kapı aralığından çıkan bir mavi sinek alnıma çarptıktan sonra dışarı çıktı.

"Burada değil," dedi yaşlı kadın.

"Biraz konuşabilir miyiz? Fazla vaktinizi almayacağız."

"Pazartesi, çarşamba ve cuma günleri saat beşte gelir buraya."

Gülümsemeye çalıştım. "Bayan Richardson, size birkaç soru sormamız gerekiyor," diye şansımı denedim. "İçeri girebilmemiz mümkün mü acaba?"

Kadın bir an ortadan kayboldu fakat birkaç saniye sonra kapı açıldı.

"Kapıyı arkanızdan kapayın," dedi yaşlı kadın koridora yönelirken. "Lütfen kilitlemeyi de unutmayın."

Koridor zemini en az ev kadar eski siyah beyaz fayanslarla döşeliydi. Duvarlar fotoğraf, dekoratif tabaklar ve aynalarla kaplıydı. Ahşap merdivenler üst kata uzanıyordu.

Evin içinde hiç de güzel olmayan, güçlü olmasa da etkili bir koku hâkimdi. Uzun süre çöp kutusunda kalmış atık gibi kokuyordu. Sanki birileri ölmüştü. Mizon, kadını takip ederken parmaklarıyla burnunu sıktı. Kadın bir kapıyı açınca etrafta sinekler uçuştu.

Geniş bir oturma odasına geçtik fakat içerisi tıka basa eşya doluydu. Şöminenin üzerine, köşedeki piyanonun üstüne ve uygun her bir köşeye aile fotoğraflarını sergileyen çerçeveler yerleştirilmişti. Bayan Richardson'ın gümüş grisi saçında ölü bir sinek vardı ve geniş pencerenin etrafında uçuşan diğer birçok sineği görebiliyordum.

Hepimiz koltuklara yerleştik ve yaşlı kadın çay isteyip istemediğimizi sordu.

Yanımdaki Mizon başını iki yana salladı. "Hayır, teşekkür ederim," dedim ben de. "Fazla vaktinizi almayalım. Karen'ı en son ne zaman gördüğünüzü sorabilir miyim?"

"Pazartesi akşamı," diye yanıtladı yaşlı kadın. "Saat beşte gelip yemek yaptı ve banyo yapmama yardım etti. Yedi buçuk gibi buradan ayrıldı. Televizyonda *Coronation Street* dizisi başladığı sırada gitti."

"O halde bu akşam yine gelecek, öyle mi?" diye sordum çünkü günlerden çarşambaydı.

Bayan Richardson bana bakarak kafasını aşağı yukarı salladı. "Saat beşte burada olur," dedi. "İşten çıkınca doğrudan buraya gelir."

Saatimi konttol ettim. Beş olmasına çok kalmamıştı fakat Karen Curtis iki gündür işe gitmemişti.

"Bayan Richardson, son gördüğünüzde kızınız nasıl göründü gözünüze?" dedi Mizon. "Her zamanki gibi miydi?"

Evadne Richardson başıyla onayladı. "Aynen öyleydi," dedi. "Thomas'tan telefon gelmemiş. Thomas'ın yeni bir kız arkadaşı olduğunu söyledi bana."

Oturduğu yerden kalkıp şömineye doğru yürüdü. Şöminenin üstündeki çerçeveleri saymaya başladı ve beşincide durdu. "Bu benim torunum," dedi ve mezuniyet kıyafetiyle poz vermiş torununun fotoğrafını gösterdi. "Thomas." Fotoğrafı uzattı. Fotoğrafa hızlıca baktıktan sonra Mizon'a verdim. Siyah saçlı çocuk diğer kürekçi çocuklara göre daha kısa ve zayıf görünüyordu.

"Bir yerlere gideceğinden bahsetmiş miydi size?" diye sordum.

Evadne şaşırmış gözüküyordu. Başını iki yana salladı. "Bir yere gitmez," dedi. "Bana bakacak birilerini ayarlamadan gitmez. Her gün sağlık kontrolüne gelirler buraya," dedi. "On dakika uğrayıp giderler. Doğru hapları aldığımdan emin olmak için uğrarlar fakat ne yemek yaparlar ne de temizlik."

"O gün endişeli bir hali var mıydı?" diye sordu Mizon.

"Hayır. Neden endişeli olsun ki?"

"Umarım bir sebebi yoktur," dedi Mizon. "Bayan Richardson, sizi endişelendirmek istemiyorum ama kızınız bugün işe gitmemiş. Nerede olduğu hakkında bir fikriniz var mı acaba?"

Yaşlı kadın bir kez daha oturduğu yerden kalktı. "Ona telefon etsem iyi olur," dedi.

Mizon'la beraber yaşlı kadının telefona gidip kızının numarasını çevirişini ve kızı yerine telesekretere bağlanışını izledik. Evadne telefonu kapadı.

"Bayan Richardson, bize söyleyebileceğiniz herhangi bir şey..."

"Üst kata çıkmıştı," dedi Evadne.

"Üst kata mı?" diye tekrarladı Mizon.

Yaşlı kadın başını aşağı yukarı sallayarak onayladı. "Onu duydum," dedi. "*Coronation Street*'in başlangıç müziği bittiği sırada yukarı çıktığını duydum."

"Yukarı çıkmasında tuhaf bir şey mi var?" diye sordum.

"Üst kattaki odaları kullanmayız," dedi kadın. "Artık merdivenleri çıkamıyorum. Eskiden salon olarak kullandığımız odayı yatak odasına çevirdik. Kileri birkaç sene önce banyoya dönüştürdük. Üst kata çıkmayalı yıllar oldu."

"Fakat kızınız yukarı çıktı öyle mi?" diye sordum.

"Aşağı indi mi tekrar peki?" diye sordu Mizon.

Kadın endişeli görünüyordu. Sanırım onu korkutmaya başlamıştık. "Evet," dedi. "On beş dakika kadar sonra indi aşağı. O sırada reklamlar başlamıştı, oradan hatırlıyorum. Aşağı inip kapıya gittiğini duydum."

"Sizinle tekrar konuştu mu?" diye sordum. "Veda etti mi ya da başka bir şey söyledi mi?"

Yaşlı kadın başını iki yana salladı. "Hayır," dedi. "Çoktan hoşçakal demişti zaten."

Mizon'la birbirimize bakmamıza gerek yoktu.

"Bayan Richardson, son zamanlarda evinize bir yabancı girdi mi?" diye sordum. "Daha önce görmediğiniz birisi?"

"Hayır canım. Buna asla izin vermem."

Yeniden nefes almaya başladım.

"Sadece hemşire geldi," dedi yaşlı kadın.

Bir saniye kadar bekledim. "Hangi hemşireydi bu?" diye sordum.

"Yeni hemşire," dedi Evadne. "Pazartesi öğleden sonra gelen hemşire. Kartı, üniforması ve her şeyi vardı. Eve girmesine izin vermemeli miydim?"

"Her şeyin yolunda olduğundan eminim," dedim. "Size haplarınızı vermek için mi geldi?"

Evadne başını iki yana salladı. "Hayır canım, çoktan almıştım haplarımı zaten," dedi. "Genel bir sağlık kontrolü için gelmişti. Gerçi buna ihtiyacım var mıydı emin değildim. Benimle bir süre konuştu ve Karen'ın ne zaman geleceğini sorduktan sonra gitti."

"Dışarı çıktığını gördünüz mü?"

"Bana ayağa kalkmamamı söylemişti. Gerçi kapı sesini duydum."

Mizon'a döndüm. Yüzü bembeyaz olmuştu. Ayağa kalktım.

Bayan Richardson," dedim. "Etrafa bakmamızda bir sakınca var mıdır acaba?"

66

Giriş katında, beklediğimiz gibi sıradışı bir şeyle karşılaşmadık. Neredeyse boş bir çöp kutusu ve taze yiyeceklerle dolu bir buzdolabı bulduğuma bile şaşırmamıştım. Kötü koku için başka bir açıklama kalmamıştı geriye. İki dakikalık kısa araştırmanın sonunda Gayle'la kendimizi merdivenlerin dibinde bulduk.

"Destek istemeliyiz," dedi Mizon.

"Ya yanılıyorsak?" diye yanıtladım.

"Yanımızda eldiven yok."

"Sadece bakacağız."

Hâlâ yerimizden kıpırdamamıştık.

"Bakmak zorundayız," dedim ve fikrimi değiştirmeden önce ilk basamağa çıktım. Cesaretimi yitirmemek için aynı hızla yukarı tırmandım. Mizon hemen arkamdaydı. Üst katta beş kapalı kapı vardı.

"Bu taraftan başlayalım," dedi Mizon en yakındaki kapıyı işaret ederek.

"Bundan emin değilim," dedim. Mizon bakışlarımı takip edip koridorun en ucundaki sineklerin uçuştuğu kapıyı gördü.

"Yardım çağırıyorum," dedi ve çantasından telsizini çıkardı.

"Bir saniye bekle."

Koridor iki kişinin sığacağı kadar geniş olmadığı için önden yürüdüm. Kapıya vardığımızda kıyafetimin kolunu parmak izi bırakmamak için elime doğru indirdim.

Arkamdaki Mizon tuhaf bir şekilde yutkunup bir adım geri çekildi. Telsizden yardım istediğini duyabiliyordum. Odaya doğru bir adım daha attım. Davetsiz misafiri hisseden sinekler huzursuz bir şekilde vızıldamaya başladılar.

Karen Curtis'in bedeni geniş, çift kişilik bir yatakta uzanıyordu. Yatak örtüsü eski usül fitilli tarzdaydı ve uzun, dar oluklar kumaş boyunca uzanıyordu. Karen'ın korkunç yarasından akan kan, motiflerin oluşturduğu desenlerden sızıp halıya akmıştı. Mavi pantolon ve üzerine iş kıyafeti giymiş Karen Curtis aşırı kiloluydu. Oldukça pahalı görünen ayakkabıları yastığın yanındaydı ve kalın kehribar kolyesi ayaklarının ucunda duruyordu.

Mizon'ın odaya girdiğini duydum.

Gördüğüm kadarıyla Karen'a işkence edilmemişti. Büyük ihtimalle hızlıca öldürülmüştü. Emin olmak kolay değildi. Mizon ve ben alt katta Karen'ın fotoğrafını görmüştük ve neye benzediğini biliyorduk. Fakat bunun bize bir faydası olmayacaktı çünkü kadının kafası görünürde yoktu.

67

"Zannetmiyorum canım," dedi zavallı yaşlı kadın. "Saç rengi aynı ama..."

Evadne Richardson, Lewsiham'da bir sorgu odasındaydı. Karen Curtis'in ölümüyle ilgili anonsu geçtikten sonra kadını evden çıkarıp merkeze götürmüştük. Evin üst katında bulduğumuz kadını resmî olarak teşhis edemediğimizi biliyordu fakat Karen'ı son gördüğü zamanki kıyafetlerini söylediğinde pek şüphemiz kalmamıştı. Defalarca kızını görmek istediğini ve neden izin vermediğimizi anlamadığını tekrarlayıp durmuştu.

Beklediğimden daha cesur çıkmıştı. Aynı durumda nasıl bir tavır göstereceğimden emin değildim.

"Acele etme," dedim. "Emin olman bizim için çok önemli."

Gözlüklerini takıp fotoğrafı gözlerine iyice yaklaştırmadan önce Victoria ve Cathy Llewellyn'in fotoğrafına baktı. Acele etmemesini söyledim. Üst katta, toplantı odasından bizi izliyor olabilirlerdi. Yeniden başını iki yana salladığında tek gözünün kenarında birikmiş gözyaşını fark ettim.

"Bu fotoğraflar uzun zaman önce çekilmişler," dedim. "Kızlar şimdi yirmili yaşlarda olmalı. Peki, ya bu kızı tanıyor musun?" dedim büyük kız kardeşi işaret ederek.

"Bilmiyorum, belki onu görmüş olabilirim," dedi Evadne. "Tatlı, güzel bir kızdı, tıpkı senin gibi."

Yüzüm hâlâ şiş içinde ve solgundu. Halim şirin olmaktan oldukça uzaktı. Evadne Richardson'ın tanıklığından şüphe edilebilirdi.

"O kızın yüzüne dikkatle bakabildiniz mi?" diye sordum. "Yani suratında herhangi bir yara izi var mıydı mesela?" Tulloch, hemşirenin Emma Boston'a benzeyip benzemediğini öğrenmemi istemişti. Emma'yla ilgili ifadeler şu ana dek lehineydi ancak Tulloch'un onun yakasını kolayca bırakmaya niyeti yoktu.

Bayan Richardson bir süre düşündükten sonra başını iki yana salladı. "Hayır. Yüzünde bir yara izi görmedim. Sence o hemşire, Karen'ıma zarar vermiş olabilir mi?"

"Onun gerçek bir hemşire olmadığını düşünüyorum," dedim.

Yukarı çıktığımda Evadne Richardson'ın evinden dönmüş olan Tulloch'la karşılaştım. Karen Curtis'in kesik başı (en azından aksi kanıtlanana dek öldürülen kadının Karen Curtis olduğunu düşünmek zorundaydık) evde bulunamamıştı.

"Bayan Richardson'ın evindeki kurban otuz altı ya da kırk sekiz saat önce öldürülmüş," dedi Tulloch. "Adli tıp doktorunun fikri bu yönde. Karen Curtis'in pazartesi akşamı saat 19.30'da hayatta olduğunu biliyoruz çünkü yaşlı kadın onu en son o saatte görmüş. Kısa bir süre sonrasında öldürüldüğünü düşünüyoruz."

"Şu hemşire tarafından," diye ekledi Anderson.

"Büyük ihtimalle," dedi Tulloch. "Bayan Curtis'in her pazartesi annesini ziyaret ettiğini bilen katil, öğleden sonra bölge sağlık kuruluşuna bağlı bir hemşire kılığında eve gelmiş. Bayan Richardson hemşire ziyaretlerine alışık olduğu ve hemşire kimliği olduğu için kadının zararlı biri olacağını düşünmemiş. Kadını içeri almaması için bir sebep yokmuş."

Boş bir sandalye bulup oturdum.

"Bayan Richardson hemşirenin evden çıktığını görmemiş," diye devam etti Tulloch. "Yalnızca ön kapının kapandığını duymuş. Görünüşe bakılırsa katil evden çıkmış numarası yapıp sessizce üst kata çıkmış."

"Karen Curtis'in gelişini beklemek için," dedi Anderson.

Tulloch başını sallayarak onayladı. “Birkaç saat sonra Bayan Richardson kızına veda etmiş fakat kızının üst kata çıktığını duymuş ki bu olağan bir durum değilmiş. Kısa bir süre sonra birilerinin yeniden aşağı indiğini duymuş ve kızı Karen’ın evi terk ettiğini düşünmüş.”

“Bunu yapan her kimse aileyi iyi tanıyor olmalı,” dedi Anderson. “Geraldine Jones’u Brendon Sitesi’ne bir cuma akşamı gitmeye ikna etmişti. Amanda Weston’ın nerede yaşadığını ve evde tek olduğu zamanı, hatta Amanda’nın birkaç gün iş dolayısıyla eve dönmeyeceğini öğrenmiş olabilir. Ardından Charlotte Benn’i yalnızken aramış. Şimdiyse katilin, Karen Curtis’in annesinin nerede yaşadığını ve kızının onu ziyaret alışkanlığını bildiğini öğreniyoruz.”

“Dersine iyi çalışmış,” dedi Tulloch. “Yerinde olsam ben de aynı şeyi yapardım.”

Kapı açıldı ve Joesbury içeri girdi. Tulloch ona hafifçe gülümserken karşımdaki masaya yerleşti.

“Panik yapmamamız lazım,” diye devam etti Tulloch. “Sıradaki kurbanının kim olduğunu biliyoruz ve güvende. Gerekirse Jacqui’yi silahlı polis nezaretinde koruyacağız. Henüz zamanımız var. Karındeşenimiz 10 Kasım’a kadar harekete geçmeyecek. Bu da yaklaşık altı hafta ediyor.”

“Bu kadar beklemeyecektir,” dedim. “Mesele artık Karındeşen’le ilgili değil.”

Bütün yüzler bana döndü. “Ne demek istiyorsun?” diye sordu Tulloch.

“Eğer olaylar Karındeşen benzeri bir şekilde ilerlemeseydi,” diye devam ettim. “Tarih eşleşmeleri, mektuplar, Londra’nın çeşitli yerlerine bırakılmış uzuvlar, belki o zaman neler döndüğünü daha erken fark edebilirdik. Birileri Amanda Weston’ın ölümünden sonra aradaki ilişkiyi anlayabilirdi. Fakat bütün Londra’nın Karındeşen Jack taklidi bir seri katile karşı alarma geçmesi tam da istediği şeydi. Charlotte ve Karen’ı öldürmek için ihtiyacı olan zamanı vermişti ona. Gerisi bir aldatmacaydı.”

Kimse cevap vermedi. Suratlarındaki ifadelerden hiçbirinin karşı çıkmadığını düşündüm.

"Artık olanı biteni anladığımızı bilecek," dedim. "Ve planlarını ona göre yapacak. Beklemediğimiz bir şekilde Jacqui Groves'a ulaşmayı başaracak."

"Kim o Flint?" diye sordu Joesbury. "Kim hakkında konuşuyorsun?"

Dönüp ona bakmaktan başka çarem yoktu. "Llewellyn kardeşlerden biri," dedim. "Onlardan biri olmalı."

Joesbury yüzünde hafif bir gülümsemeyle ayağa kalktı. "Tekrarlar mısın lütfen?" dedi.

"Neyi?"

"Kızların soy ismini."

"Llewellyn," diye tekrar ettim. Etrafımdaki suratların değiştiğini fark etmiştim.

"Çok ilginç," dedi. "Odadaki herkes o ismi fonetik olarak farklı bir şekilde telaffuz ediyor."

"Yani?" dedim kalp atışlarım hızlanmaya başlarken.

"Sen ise telaffuz ederken gırtlaktan gelen farklı bir ses çıkarıyorsun," dedi. "Tıpkı bir Galli gibi bazı harflerin üstüne basarak söylüyorsun."

Gözlerimi ona diktim. Herkesin beni izlediğini biliyordum artık. "Shropshire'lıyım," dedim. "Hatırladığım kadarıyla Galler sınırında bir yerdi, değil mi?"

"Evet, her neyse. Her iki kız kardeşi de bulmak zorundayız," dedi Tulloch. "Lacey, evsizlerle konuşmanı istiyorum. Kız kardeşler Londra'ya parasız geldilerse bir süre sokaklarda yaşamış olmalılar. Flint, beni dinliyor musun?"

Joesbury ve ben hâlâ birbirimize bakıyorduk. Dönüp dikkatimi yeniden Tulloch'a verdim.

"Yanında bir ekiple çalışabilirsin," diye devam etti Tulloch. "Ayrıca birilerini Cardiff'e yollamamız gerekiyor."

"Onlara para miras kalmıştı," dedi Stenning. "Belki de sokaklarda yaşamadılar ve bu işte birlikte çalıştılar. Bir yerine iki kadını arıyor olabiliriz."

"Hiçbir ihtimali göz ardı edemeyiz," dedi Tulloch. "İkisini de bulmalıyız."

"Bu öğleden sonra Cathy'yi buldum," dedi Joesbury.

Ani bir sessizlik çöktü odaya.

"Pardon?" dedi Tulloch.

"Bir saat önce," dedi Joesbury. "Öğle yemeğinden hemen sonra."

Tulloch'un yüzü tokat yemişe döndü. "Tanrı aşkına, neden bir şey söylemedin? Onu hemen buraya istiyorum."

"Korkarım ki bu mümkün değil."

"Neden?"

Joesbury yeniden bana döndü. "Yaklaşık on yıl önce ölmüş."

68

Tulloch uzun adımlarla pencereye doğru yürüyüp ellerini pencere pervazına dayadı ve derin bir nefes aldı.

"Lütfen devam et," dedi.

"Neil, Victoria'nın dedesinden kalan mirası aldığını söylediğinde şüphelenmiştim," dedi Joesbury. "Normalde mirasın otomatik olarak iki kardeş arasında eşit bir şekilde bölüştürülmesi gerekiyordu. Yarısı Victoria'ya verilirken diğer yarısı Cathy ortaya çıkana kadar saklanırdı."

"Mirası Victoria'nın almış olması, hayatta olan tek mirasçı olduğu anlamına geliyordu," dedi Tulloch. "Kahretsin! Bunu düşünmem gerekirdi."

"Cathy Llewellyn on yıl önce bir kazada ölmüş," dedi Joesbury. "Tecavüz olayından yaklaşık altı ay sonra evi terk etmiş. Londra'ya gittiğini tahmin ediyorum çünkü takip eden yaz Deptford Deresi yakınlarında terk edilmiş bir botta yaşamış. Bir grup çocukla beraber yaşamışlar."

"Sonra?" Tulloch devam etmesini istiyordu.

"Bir gece bot demirlendiği yerden ayrılmış ve aynı anda yanmaya başlamış. Botta kaç çocuk olduğu bilinmiyormuş ama nehirde beş ceset bulunmuş. Hayatta kalan Tye Hammond isimli bir erkek çocuğu, kendisi hariç beş kişi daha olduğunu hatırladığını söylemiş."

"Bütün bunları nereden öğrendin?" diye sordu Tulloch.

"Ölüm kayıtlarını inceledim," dedi Joesbury. "Cathy'nin ölüm tarihini öğrendim ve sorgu yargıcının raporuyla gazete arşivlerine baktım."

"Cathy olduğuna hiç şüphe yok muymuş?" diye sordu Tulloch. "Diş kayıtlarını incelemişler mi?"

"Kayıtları yokmuş ellerinde," dedi Joesbury. "Fakat ihtiyaç kalmamış. Vücudu teşhis edebilmişler. Görünüşe göre o kadar da kötü yanmamış. Boğularak ölmüş."

"Kim teşhis etmiş cesedi?"

"Ablası Victoria. Sorgu yargıcının işi bittikten sonra cesedi teşhis etmiş ve krematoryumu ayarlamış."

Tulloch gözlerini kapamıştı. Birkaç saniye boyunca nefes alışını izledik. Sonunda gözlerini açtı.

"Ya Victoria?" diye sordu.

"Hâlâ bir iz yok," dedi Joesbury. "Büyükbabasından kalan parayı aldığından beri resmî anlamda ortaya çıkmamış."

Tulloch başını kaldırdı. Yüz ifadesi gergindi. "Bu durum işleri biraz daha basitleştiyor," dedi. "Artık sadece Victoria'yı arıyoruz."

69

4 Ekim Perşembe

Geraldine Jones'un cenazesi harika bir sonbahar gününde kaldırılmıştı. Açık ve parlak gökyüzü ve henüz çok az dökülmeye başlamış yapraklar, yaz günlerini hatırlatır gibiydi. Cinayet Araştırma Ekibi'nin çoğu cenazedeydi. Cenaze sonrası Tulloch ve Anderson, New Scotland Yard'da basın toplantısına gitti ve ekibin geri kalanı Lewisham'a geri döndü.

Öğleden sonrasını masamda çalışıyormuş gibi yaparak harcadım. Joesbury'nin Llewellyn kardeşlerden hayatta olanın peşinde olduğu bildirilmişti bize fakat kendisinden doğrudan haber alamamıştık.

Zaman daralıyordu. Odadaki bütün saatler sanki her geçen saniye biraz daha hızlanıyordu. Seçeneklerim sıcak bir yüzeyde eriyen buzlar gibi giderek azalıyordu ve bundan sonra ne yapacağım hakkında hiçbir fikrim yoktu.

Karen Curtis'in öldürülmesinin üzerinden henüz yirmi dört saat geçmesine rağmen basın şimdiden yeni hikâyenin tadını çıkarmaya başlamıştı. Yeni Karındeşen dördüncü kurbanını belirlemiş ve bir "çifte olay" vakası gerçekleştirmeyi başarmıştı. Bütün ülke sinsice bir neşeyle polislere öfkesini kusuyordu.

Katilden hâlâ erkek olarak söz ediliyordu.

Şu ana kadar işlenen cinayetlerin, Cardiff'teki parkta yaşananlar yüzünden işlendiği ihtimalinden kamuoyuna henüz bahsedilmemişti. Llewellyn kardeşlerin fotoğrafları bütün polis merkezlerine gönderilmiş ve Victoria bir anda geçici olarak Birleşik Krallık'ta en çok aranan kişi olmuştu. Nedeni ise bildirilmemişti.

Ayrıca Karen Curtis'in kesilen kafasının bulunamadığı haberi de paylaşılmamıştı fakat bu bilginin ortaya çıkması an meselesiydi. Londra'daki bütün meslektaşlarımızı ünlü bir Viktoryen mekânda kesik bir baş bulunabileceği yönünde uyarmıştık. Yani haberin basına sızması an meselesiydi.

Saat altıda vardiya bitmişti ve insanlar yavaş yavaş dağılmak üzereydi. Kısa süre içinde odada sadece ben, Mizon ve Stenning kalmıştık. O ve Tulloch'tan umudumuzu kestiğimiz sırada Anderson saat altı buçuk civarında odaya girdi.

"Nasıl geçti komiserim?" diye sordu Stenning.

"Kan gövdeyi götürdü," dedi Anderson. "Diğerleri gitti mi?"

"Bir şeye ihtiyacınız var mı komiserim?" diye sordu Mizon. "Ya da biz de çıkalım mı?"

"Patron hepimizi akşam yemeğine istiyor," dedi Anderson rahatsız olmuş bir tavırla. "Tabii başka işiniz yoksa; bu bir emir değil."

Stenning ve ben birbirimize baktık. "Akşam yemeği mi?" diye sordu Stenning. "Onun evinde mi?"

Anderson omuz silkti. "Cinsiyetle ilgili olmalı," dedi. "Erkek bir dedektif sizi bara davet eder ama kadınsa neden akşam yemeğine eve çağırmasın?"

"Çiçek de götürmemiz gerekir mi?" diye sordu Stenning.

Tulloch, Clapham'da mütevazi görünüşlü bir teras katında yaşıyordu fakat kapıyı açtığında karşımıza çıkan manzara mütevazı olmaktan uzaktı. Duvarlar krem rengiydi ve yerler ceviz ağacından parkeyle kaplıydı. Duvarlara asılı tablolar sınırlı edisyondu, hatta bazıları orijinaldi.

Oturma odasındaki soluk yeşil koltuklar, odanın ortasında serili yeşil, pas rengi ve yulaf rengi motiflerle süslü halıya uyum sağlıyordu. Şöminede gerçek ateş yanıyordu. Dana montlarımızı alırken mutfaktan gelen sesleri duyduk ve kalbim hızla atmaya başladı. Birkaç saniye sonraysa hayal kırıklığına uğradım. Fakat Anderson ve Stenning için aynı şeyi söylemek zordu doğrusu.

Sarışın, uzun boylu ve atletik yapılı, oldukça güzel, oval bir yüze sahip, kahverengi gözlü bir kadın çıktı ortaya. Dana'dan daha büyük olduğu söylenebilirdi. Muhtemelen kırklı yaşlarındaydı fakat elli yaşına gelince de farklı görünmeyeceğini düşünmek mümkündü.

"Ben Helen," dedi kadın. "Dana'nın partneriyim."

Dana'nın partneri mi? Nereye düşmüştüm ben böyle?

Altımız birlikte Dana'nın yemek odasındaki masaya oturduk. Kendimi bir çocuk gibi utangaç hissediyordum. Helen'in hemen yanında oturuyordum ve kendisinin İskoçya, Tayside'dan Baş Dedektif Helen Rowley olduğunu öğrendim. Neyse ki diğerleri benim kadar sessiz değillerdi ve halimi pek de fark etmemişlerdi. Dana hariç hepimizin tabakları hemen hemen boşaldığı sırada Helen bardağını biraz sertçe masaya indirdi. Hepimiz ona doğru baktık.

"Pekâlâ," dedi. "Herkes konuşma için hazır mı?"

Tulloch iç çekerek omuz silkti.

Helen gülümsemesini bozmamıştı. "Yoksa arkadaşlığımızın tadını çıkarmak için mi buradayız?" diye sordu.

"Her zaman," diye yanıtladı Tulloch.

Helen hafifçe güldü. "Evet, üzerinize alınmayın ama Dundee'den buraya onca yolu kız arkadaşımın yeni ekibiyle eğlenmek için gelmedim." Bana doğru döndü. "Dana senin olan bitenle ilgili kuvvetli hislere sahip olduğunu söyledi. Katilin Victoria Llewellyn olduğunu mu düşünüyorsun?"

Şaşırmış bir halde başımı aşağı yukarı salladım. "Öyle olması gerektiğini düşünüyorum," dedim. "Şu anda olanlar tecavüz olayıyla ilişkilendirilebilir. Kız kardeşi ve annesi hayatta değil. Bildiğimiz başka bir akrabası da yok. Geriye kalan tek kişi o."

"Yani annelerine saldırarak o çocuklardan intikam alıyor, öyle mi? Bunun en iyi yol olduğunu mu düşünüyor?" diye sordu Helen.

"Anneler aynı zamanda kolay hedefler," dedim. "Bu çocukların hepsi artık iri yapılı ve herhangi bir saldırıyla başa çıkabilirler. Anneler ise tamamen farklı bir hikâye."

Anderson ve Stenning kendi kendilerine kafalarını sallıyordu. Mizon ise bütün dikkatini bana vermişti. Dana'nın gözleri ben ve Helen arasında gidip geliyordu.

"Evet, aradığı şey mümkün olan en büyük intikamı almak ise kendince doğru bir yolda," diye devam ettim. "Bu çocuklar annelerinin korkunç ölümlerinin sebebinin on bir yıl önce yaptıkları şey olduğunu öğrenince kendilerini yiyip bitireceklerdir."

"Yani Karındeşen meselesi ortalığı bulandırmak içindi, öyle mi?" diye sordu Helen.

Bu noktada dikkatli olmak zorundaydım. "Öyle zannediyorum," dedim. "Bence başından beri bizim Karındeşen üzerine düşünmemizi istedi. Fakat esaslı bir taklidi olsaydı, tarihsel sırayı takip ederdi."

Helen gözlerini benden ayırmıyordu.

"Şu gazeteciye *Sayın Yetkili* tarzında bir mektup göndererek Londra'da yeni bir Karındeşen Jack dalgası yarattı," dedim. "Herkes artık sıradaki cinayeti bekliyordu."

"Aynen öyle oldu. 8 Eylül günü Whitechapel tıpkı Harrods alışveriş merkezi gibi tıklım tıklımdı," dedi Anderson.

"Bizimle oyun oynuyordu," dedim. "8 Eylül günü boyunca akşama kadar hiçbir şey olmadı ve akşam saatinde sahte bir telefonla bütün ekibi Southwark'a çektikten sonra Emma Boston'ın telefonunu kullanarak bana numara yaptı ve o yüzme havuzuna gitmemi sağladı."

"Rahmi bulman için," dedi Helen. "Ardından ertesi gün seni Victoria Parkı'na gönderip Amanda Weston'dan geriye kalanı bulmanı sağladı. Senle ilgili biraz takıntılıymış sanki, değil mi?"

"İkinci kurbanını büyük bir dikkatle seçti," dedi Tulloch. "Londra dışına taşınmış ve başkentle bir ilgisi kalmamış bir annenin peşine düşerek, olaylar arasındaki bağlantıyı bulmamızı yavaşlattı. Bu olay okulun ana faktör olduğunu keşfetmemizden günler önce olmuştu."

"Polisin nasıl hareket edeceğini bilen biriymiş gibi davranıyor," dedi Helen.

Diğerleri susmuştu. Gözlerimi yere indirdim.

"Amanda Weston'ı Londra'ya getirmeye nasıl ikna etmiş olabilir?" diye sordu Helen. Hâlâ benimle konuşuyordu.

"Bunu bir gün bilecek miyiz emin değilim," dedim başımı kaldırdıktan sonra. "Fakat suç ortağı Sam Cooper havalı tabanca kullanmıştı. Bu tabancalar oldukça ikna edici olabiliyor, özellikle de tabancalara dair bilginiz yoksa."

"İkinci ceset bulunduktan sonra Karındeşen Jack av sezonu başlamıştı artık," dedi Helen.

"Bundan emindi artık," dedim. "Yüz yıl önce basın, polisin önünde ciddi bir engel olmuştu. Muhabirler, şahitlere polisten önce ulaşıp onlara rüşvet vermiş ve anlattıklarını gazetelerde yayınlamışlardı. Karındeşen Jack efsanesi soruşturmayla birlikte, basının da spakülasyonları doğrultusunda ilerledi ki bence katilin istediği de buydu."

"Fakat bu durum onun aleyhine de işlemeye başladı," dedi Mizon. "Okuldaki bütün annelerin alarm durumuna geçmesini sağladı."

"Doğru ama bunun için de bir planı vardı," dedim. "Soruşturma okula odaklanmadan önce bize Cooper yemini verdi. Onu Victoria Parkı'nda görmüştük ve Amanda Weston'ın bedeninde bulunan meni Cooper'a aitti. Tam anlamıyla bir şüpheliydi ve katil, bizim Cooper'ın peşine düşmemizi istemişti."

"Sence Cooper asıl cinayetlere karışmış mıdır?" diye sordu Helen.

Başımı iki yana salladım. "Beni köprüden aşağı çekmeden önce ona tuzak kurulduğunu söylemişti ve bunun farkındaydı."

"Hepimiz bu vaka kapandı zannetmiştik Cooper ölünce," dedi Anderson ve sandalyesine iyice yaslandı.

"Hâlâ ortalarda olduğunu bildiğimiz halde iki kişi daha öldürdü," dedim. "Fakat artık durumu anlayacağımızı ve kurbanlardan en az birinin kocasının konuşacağını biliyordu."

"O halde katliamlarına neden hâlâ devam ediyor?" diye sordu Mizon. "Bunu bir türlü anlayamıyorum. Neden iç organları kesiyor, kalp ve kafaları alıyor? Her şeyi bildiğimizin farkındaysa neden hâlâ bunlarla uğraşıyor?"

Dışarıda bir arabanın durduğunu duydum.

"Üzerimizdeki baskıyı artırıyor," dedi Tulloch. "Dikkatimizi kafanın nerede ortaya çıkacağına çekmek istiyor." Stenning'e döndü. "Aranızda bahse girdiğinizi bilmediğimi mi zannediyorsunuz?" dedi.

Stenning utançtan kıpkırmızı olmuştu. "Sadece biraz eğlenelim demiştik patron," diye mırıldandı. "Tansiyonu düşürmek içindi."

"Ne bahsi?" diye sordu Helen.

"Benim genç dedektiflerim, kesik kafanın nerede çıkacağına dair bahse girmişler," diye yanıtladı Tulloch. "Seçenekleri, Londra'daki Viktoryen eserlerin bulunduğu, oldukça popüler yirmi mekâna indirmişler."

Helen gülümsedi. "Albert Memorial'da çıkarsa ne kazanacağım?" diye sordu Stenning'e.

"Hiç komik değil," dedi Tulloch. "Şimdiyse hedefinde Jacqui Groves var."

Kapı çaldı. Helen sandalyesinden kalkıp odadan çıktı.

"Ona ulaşamaz," dedi Anderson. "Jacqui Groves'un kaldığı yer korumalarla çevrili ve kimse nerede olduğunu bilmiyor."

"Selam güzellik." Tanıdık bir ses koridorda yankılandı.

Oturduğum yerde hemen toparlanmaya çalıştım fakat ne yaptığımı fark edince durdum. Başımı kaldırdığımda bana gülümseyerek bakan Tulloch'la göz göze geldim.

"Geciktin," diye yanıtladı Helen.

"Bana yemek ayırdınız mı?" Joesbury içeri girdi ve masayı baştan sona inceledi. "İyi akşamlar," dedikten sonra odadan ayrılan Helen'in boşalttığı sandalyeye, yanıma oturdu. Omzunu bana değdirerek masadaki sürahiye uzandı.

"Bira ister misin?" diye sordu Tulloch.

Joesbury başını iki yana salladı. "Bir dakikaya gideceğim," dedi. "Aranızda hâlâ ayık olan var mı?"

"Neden?" diye sordu Tulloch. "Ne buldun?"

"Birazdan söyleyeceğim," dedi. Helen o sırada risotto dolu koca bir tabakla masaya geri dönmüştü. Tabağı Joesbury'nin önüne bıraktıktan sonra gidip Tulloch'un sandalyesinin sırtına dayandı. Joesbury hızla yemeğinden birkaç çatal aldı.

"Biraz tavukla harika olur," dedi çatalını bırakıp bardağını ikinci kez suyla doldururken.

"Söyleyeceğin önemli bir şey yoksa yemeğini yiyip yaylanabilirsin," dedi Helen. "Şiir kulübü toplantımız başlamak üzere."

"Tye Hammond'ı bulmuş olabilirim," dedi Joesbury.

Helen, Mizon ve ben şaşırmıştık. "Cathy Llewellyn'in öldüğü gün botta hayatta kalan tek kişi," diye mırıldandı Stenning.

"Nerede?" diye sordu Tulloch.

"Woolwich'in doğusunda bir depoda yaşıyor," dedi Joesbury. "Depo, iflas bayrağını çeken imarcılara satılmış. Avukatlar mekân üzerinde savaş verirken öylece boş bekliyor. Böyle olunca birkaç asalak evsiz, lütfen kusura bakma Flint, oraya yerleşmiş. Söylenene göre eğer bir saate orada olursak onu evde bulabiliriz. Belki bize Cathy'yle ilgili bilmediğimiz şeyler anlatabilir. Hatta Victoria'yı bile hatırlıyor olabilir."

"Nereden biliyorsun?"

"Kontaklarım var," dedi Joesbury gizemli bir ifadeyle ve yemeye devam etti.

Tulloch, Helen'a döndü. Helen omuz silkmekle yetindi. "Sanırım tatlıyı sonra yesek de olur," dedi.

"Devriyeleri arayalım mı?" diye sordu Anderson.

Tulloch, Joesbury'ye bakıyordu.

"Sen karar ver," dedi Joesbury. "Fakat bana kalırsa fazla yaygara çıkarmamak faydalı olabilir. O aptalları gönderirsen yarın bütün gazeteler Karındeşen Jack şüphelisi diye Londralı bir evsizi tutukladığımızı yazar."

Tulloch ayağa kalktı. "O halde sadece ikimiz gidelim," dedi Joesbury'ye. "Helen diğerleriyle kalır."

"Hayır," dedi Anderson ve ayağa kalktı. "Saygısızlık etmek istemem patron ama gecenin bir yarısında, terk edilmiş bir yere, tek kolu sakat bir adamla gönderemem sizi. Pete ve ben de geliyoruz."

Joesbury bakışlarını yaralı koluna ve parmaklarına dikti. Parmaklarının çalışıp çalışmadığını kontrol eder gibi dizlerinin üstünde ritim tutuyordu. Başını kaldırıp Mizon'a göz kırptı. Mizon da gülümsedi ve bakışlarını bana çevirdi.

"Partide daha fazla kadın olursa daha az tehditkâr görünürsünüz," dedim Tulloch'a. "Dedektif Joesbury'nin asalak dediği bu insanlar çok kolay ürkerler."

"Ben de gelmek istiyorum," dedi sandalyesini itip ayaklanan Mizon.

Herkes susmuştu. Helen ve Joesbury dışında masadaki herkes ayaklandı.

"Bütün bulaşıkları bana bırakacağınızı zannetmiyorsunuz sanırım," dedi Helen.

70

Tye Hammond'ı gece boyu açık olan kafelerden birine götürdük ve yemek sipariş ettik fakat yine de ilgisini çekememiştik doğrusu. Joesbury'nin tahmin ettiği üzere onu Woolwich sahiline yakın, Viktoryen döneme ait başka bir binanın deposunda bulmuştuk ve Joesbury onu kısa bir konuşma için ikna etmeyi başarmıştı. Tulloch ve ben de onlarla aynı masaya oturduk. Adamı ürkütmemek için diğerleri uzakta başka bir masaya yerleşmişti.

"Tutuklandım mı?" diye sordu fincanına şeker atarken. Tulloch sorusunu cevaplamam için başıyla işaret verdi.

"Hayır," dedim. "Birkaç yıl önce gerçekleşen bir olayla ilgili sorularımız olacak. Deptford Deresi'ndeki bot yangınını hatırlıyor musun?"

Çayını karıştırmaya başlamıştı. "Neden?" diye sordu gözünü fincanından ayırmadan.

"Birileri ölmüştü," dedim. "Ya dumanda ya da suda boğularak hayatlarını kaybetmişlerdi. Aralarından bir tek sen kurtulmayı başardın."

Omuz silkti. "Şanslıymışım, değil mi?"

"Nasıl?" dedim. "Nasıl bu kadar şanslı olabildin?"

Cevap vermek yerine her iki eliyle sıcak fincanı kavradı. Gözü hâlâ yarıya indirdiği şeker kâsesindeydi. Benimle göz göze gelmekten ısrarla kaçınıyordu.

"Tye," dedim. "Buradaki kimse seninle resmî yollar aracılığıyla konuşma niyetinde değil. Fakat bize cevap vermezsen resmî yollara başvurmak zorunda kalırız. Neden cevap vermi..."

Son dediklerimden sonra başını kaldırdı." Beni bununla korkutabileceğinizi mi zannediyorsunuz?" dedi. "Tutuklanırsam beni beslemek zorunda kalırlar. Hem karakol sıcak olur. Hatta orada bok yolu bile vardır."

"Sana kaba davranmıyoruz," dedim. "Yoksa kabalaşmamızı mı istiyorsun? İstersen aradığımız cevapları bulana kadar bekleyelim. Zaten uykusuz bırakılınca kendinden dökülürsün. Pek eğlenceli olacağını sanmam."

Tye bakışlarını yeniden fincanına çevirdi. Çatalıyla tabağındaki fasulyelerle oynamaya başladı.

"Peki, haydi gidelim öyleyse," dedi Tulloch ve sandalyesini itti.

"Bir dakika," dedi elini kaldıran Tye. "Ne diyordunuz siz... Bir sorgulama yapılmıştı."

"Soruşturma," diye düzelttim.

Başını sallayarak onayladı. "Mahkemede onlara bildiğim her şeyi anlattım zaten. Orada söylediklerimin dışında anlatacak bir şeyim yok."

"Bize nasıl olduğunu anlat," dedim. "Bot nasıl bağlı olduğu demirden kurtuldu?"

"Halat kesildi," dedi. "Bu yüzden güvertedeydim. Şu kız, Cathy bana haber verdi. Birileri ipi kesmişti ve sürükleniyorduk."

Tulloch ve Mizon'un birbirlerine baktığını hissedebiliyordum. Gözümü Tye'dan ayırmadım.

"Cathy mi?" dedim. "Cathy ne?"

Başını iki yana salladı. "Sadece Cathy. Soyadlarımızı kullanmayız. Çoğumuz gerçek adını bile kullanmazdı."

"Sonra?"

"O sırada kıyıdan oldukça uzaklaşmıştık. Durum ciddiydi. Nehirde sürüklenmek, özellikle de geceyse boktan işti. Başımızın belada olduğunu biliyorduk. Cathy yangın çıktığını söyledi."

"Botta mı?"

Başını aşağı yukarı salladı. "Yangını göremiyordum ama Cathy ön tarafa koşmuştu. Birkaç saniye içinde büyük bir parıltı çıktı ve hemen ardından kendimi suda buldum. Suya düşmüş olmalıydım."

"Seni birileri mi kurtardı?"

Başını iki yana salladı. "Hayır, iskeleye yüzmeyi başardım. Ahşap ayaklarından birine tutundum ve oradan kıyıya ulaştım."

Görüş açımdaki Tulloch'un diğer masaya kaş göz işareti yaptığını görebiliyordum.

"Çok şanslıymışsın," dedim. "Tye, o gece seninle beraber botta kaç kişi vardı?"

Tye bir an emin olmayan bir ifadeyle bana baktı. Kaşlarını kaldırmış, dudaklarını sıkmıştı. Bir şeyler hatırlamaya çalışır bir hali vardı. "Altı kişiydik," dedi. "Beşi öldü. Sadece ben kurtuldum."

"Evet, soruşturma raporu da öyle söylüyor," diye yanıtladım. "Senle beraber üç adam ve Catherine Llewellyn'in de dâhil olduğu üç kadın varmış. Doğru mu?"

Omuz silkti. Sanırım aynı fikirdeydi. Tulloch ona uzatılan fotoğrafı masanın üzerine koydu. Llewellyn kardeşlerin fotoğrafıydı.

"Bu kızlardan herhangi birini tanıyor musun?" diye sordu Tulloch.

Küçük kız kardeşi işaret etti. "Bu o," dedi. "Cathy."

Gözlerinde bir parıltı sezmiştim. "Senin kız arkadaşın mıydı?" diye sordum. O sırada diğer masadan birinin yaklaştığını hissediyordum.

Tye başını iki yana salladı.

"Ama olsun isterdin değil mi?" diye sordum. Joesbury masamıza yaklaşıyordu. Masamıza eğildi. Başı bizimle aynı seviyedeydi.

"Diğer kızı tanıyor musun?" diye sordu. "Cathy'yi onun yanında hiç gördün mü?"

Tye yeniden fotoğrafa baktı. Başını kaldırıp önce bana, sonra yeniden fotoğrafa baktı ve başını iki yana salladı.

"Cathy hayattayken birilerinin onu aradığına dair bir hisse kapılmış mıydın hiç?" diye sordu Joesbury.

"Hepimizi birileri arıyordu," diye yanıtladı Tye. "Aşağılık Sosyal Hizmetler, bizden haber alamayan ailelerimiz..." diye devam etti. "Bize kimse huzur vermezdi."

"Ya Cathy? Onu birileri özellikle arıyor muydu?"

Tye başını eğdi ve aşağı yukarı salladı.

"Kimin aradığını söylemiş miydi sana?" diye sordu Tulloch.

Tye bu defa başını olumsuz anlamda salladı.

Joesbury cebinden yirmi sterlinlik bir banknot çıkardı ve masanın üstüne koydu. "Boktan bilgiler için para vermem Tye," dedi. "Şimdi zamanımızı boşa harcamayı bırak ve işimize yarayacak bir şeyler söyle. Biz de senin yakanı rahat bırakıp gidelim artık."

Tye'ın gözleri paraya kaymıştı. Para eline geçince yapacağı ilk şeyin markete gidip salata ve yoğurt almak olmayacağını tahmin edebiliyordum.

"Korkuyor muydu?" diye sordu Joesbury.

Tye hafifçe başını salladı ve omuz silkti. "Birilerinin onu bulmasını istemediğini biliyordum," dedi. "Nehrin kuzeyine asla geçmezdi. Sanırım şu herif, herif mi emin değildim ama en azından öyle tahmin ediyordum, nehrin kuzeyinde yaşıyordu. Bence bu yüzden nehrin güney yakasında yaşamak istiyordu."

Üç meslektaşım birbirlerine baktılar. Gözlerimi Tye'dan ayırmadım. Doğrudan gözlerinin içine bakıyordum.

"Hiç kız kardeşinden bahsetti mi Tye?" diye sordum. Bir süre boş gözlerle baktıktan sonra başını iki yana salladı. "Sence peşindeki adam onu bulmuş muydu?" diye sordu bana ve başını çevirip diğerlerine baktı. "Sence botun ipini kesen kişi peşindeki adam mıydı? Aynı zamanda botu ateşe veren? Yoksa bunları yapan kişi Cathy'nin onu bulmasından korktuğu kişi miydi?" diye bu defa diğerlerine sordu.

Joesbury bana bakıyordu. "Her şey mümkün," dedi ve eğildiği yerden doğruldu.

71

5 Ekim Cuma

Ertesi sabah toplantı odasına girdiğim sırada Tulloch diğerlerine "Cardiff'e bir ekip yolluyorum," diyordu. "Kimleri göndereceğime henüz karar vermedim. Fakat Victoria'ya ait başka fotoğraflar da bulmalıyız ve onu tanıyan kişilerle konuşup nerede kaldığına dair bilgiler edinmeliyiz."

Kapı arkamdan yeniden açıldı ve Joesbury'nin kapıyı Mizon için tuttuğunu gördüm. Mizon elinde iki Starbucks kahve bardağı tutuyordu. İçeri girdikten sonra birini Joesbury'ye uzattı ve bardağı alan Joesbury gülümsedi. Kahve kokusu burnuma kadar geliyordu. Joesbury'nin saçları hâlâ ıslaktı. Odanın içinde bir telefon çaldı. Telefona Barrett cevap verdi.

"Cooper'ın evini bir kez daha incelememiz gerekiyor," dedi Tulloch. "Belki gözümüzden kaçmış bir şeyler olabilir. Boya parçası, kıl ya da başka bir şey..."

"Patron," diye seslendi Barrett.

"Kıyafet parçası, siyah montuna ait bir şey..."

"Patron!" bu defa daha yüksek sesle bağırmıştı Barrett. Hepimiz ona döndük. "Bu haberi duymalısın," dedi. "Kesik kafa bulunmuş."

Tulloch donup kalmıştı. "Nerede?" diye sordu.

"Hayvanat bahçesinde," diye yanıtladı Barrett. "Londra Hayvanat Bahçesi'ndeymiş."

Hayvanat Bahçesi'nin turnikelerinden geçtiğimiz sırada, "Hasta karı," diye söyleniyordu Anderson. Birkaç üniformalı bizden önce olay yerine gelmişti bile. Birikmiş ve henüz içeri alınmayan kalabalığın arasından sabırla durumu açıklayarak geçtik. Anderson'ın hikâyenin tamamını anlatmadığını umuyordum.

Önümüzde iki takım elbiseli adam ve siyah pantolon ile üzerine yeşil svetşört giyinmiş bir kadın vardı. Bize yaklaştılar.

"Uzun boylu adam yerel birimden," diye mırıldandı Anderson. "Onunla Islington'dayken beraber çalışmıştık." Hediyelik eşya dükkânın önünde birikmiş anaokulu çocuklarını işaret etti. "Baksana," dedi. "Burası hafta içleri okul partileriyle dolup taşıyor. Hem burası Viktoryen döneme ait bir mekân mı?"

"Son dönemlerine rastlıyor," dedim. "Halka açıldığı sırada Kraliçe hâlâ tahttaydı." Merkezden ayrılmadan önce hızlı bir araştırma yapmıştım.

"Kızım da buraya gelir zaman zaman," diye mırıldandı Anderson.

"Sakin ol dostum," dedi Joesbury.

Uzun boylu dedektif kendini ve yanındaki Sheep isimli hayvanat bahçesi müdürünü tanıttı. Yanlarındaki hâlâ titreyen kadın baş bakıcıydı.

"Ne zaman bulundu?" diye sordu Tulloch.

Sheep saatine baktı. "Saat 09.50 civarında," dedi. "Henüz açmıştık bahçeyi. Şansımıza kimseler yoktu. Birkaç erkenci ve az önce gördüğünüz öğrenci grubu dışında kimse yoktu."

"Onları konuşabileceğimiz bir mekâna geçirebilir miyiz?" diye sordu Tulloch.

"Oasis işe yarayabilir," dedi müdür Sheep. "Ana bölümdeki restoran. Buradan uzak değil ve yeterince geniştir."

"Teşekkür ederim," dedi Tulloch. "Gayle, bu işi organize edebilir misin? Kafes bakıcıları ve ikincil görevlerde çalışan personeli de istiyorum."

"Şu an en meşgul saatlerimiz," dedi yeşil svetşörtlü kadın. "Bütün girişler hazırlanmalı ve hayvanların beslenmesi gerekiyor."

"Anlıyorum," dedi Tulloch. "Mümkün olduğunca kısa tutmaya çalışacağız. Güvenlik kamerası kayıtlarını nerede görebiliriz?"

"Benim ofisim bu iş için en uygun yer sanırım," dedi Sheep. "Sizi oraya götüreyim."

"Dedektif Stenning sizinle gelsin o halde," dedi Tulloch. "Pete, son yirmi dört saate ait tüm kayıtları al lütfen."

Stenning ve Sheep hayvanat bahçesindeki ofislerin bulunduğu ana binaya yöneldiler.

"Pekâlâ, hem yürüyelim, hem konuşalım o halde," dedi Tulloch. "Gideceğimiz yer ne kadar uzakta?"

John Hallister isimli uzun boylu dedektifin öncülüğünde hayvanat bahçesinin ana meydanına çıkan küçük tepeyi tırmanmaya başlamıştık. Sağımızda orijinal akvaryumun olduğu bina vardı. Patika yolun her iki tarafındaki kafeler açılmaya başlamıştı. Kafeterya çalışanları meraklı gözlerle bizi izliyorlardı.

"Yerel ofisimize saat ona on kala telefon geldi," dedi Hallister. "Telefondan yaklaşık on beş dakika sonra buradaydık. Vardığımız sırada devriyeler çoktan olay yerine şerit çekmiş ve yeni ziyaretçi girişlerini durdurmuşlardı. Kafes bakıcıları hayvanları uyudukları barınaklara geri götürdü. Bu pek de kolay olmadı. Hayvanlar yeniden içeri girmek istemiyordu."

"Goril Krallığı," diye mırıldandı Tulloch polisin çektiği güvenlik şeridine vardığımızda. "Goriller aşırı hassas hayvanlardır," dedi bakıcı kadın titreyen sesiyle. Üzerindeki kimlik kartında isminin Anna olduğu yazıyordu. "Kan kokusuna karşı iyi tepki vermezler."

"Ben de öyle," dedi Tulloch kısık sesle.

"Burası en yeni bölümlerden biri," dedim. "Ve büyük ihtimalle en popüleridir de. Şaşırtmak ve maksimum tepkiyi almak için akıllıca bir seçim."

"Yani kafayı gorillerin bulduğunu mu söylemeye çalışıyorsun?" diye sordu Tulloch, Anna'ya.

"Tuhaf bir şeyler olduğunu anlamıştık," diye yanıtladı Anna. "Onları dışarı çıkarır çıkarmaz çığlıklar atmaya başladılar. Fazla yaklaşamadılar tabii ki."

"O halde kafaya dokunmadılar, değil mi?" diye sordu Tulloch. "Hâlâ bulunduğu yerde duruyor olmalı."

"Colobus maymunlarıyla ilgili kesin konuşamam. Onları bir araya getirmek gerçekten zor iş ve çok da meraklılardır. Goriller ise başka bir hikâye. Çok stresliler. Esas dişimiz hamile."

Tebrik etmek için pek de uygun bir zaman değildi doğrusu. Plastik perdelerin arasından geçerken kendimizi yarı tropik bir ortamda bulmuştuk. Yemyeşil bitkiler, akarsular, dekoratif bambu yapılar ve rengârenk tropikal kuşlar vardı etrafımızda. Az sonra ilgili bölüme girdik.

Oldukça geniş bir alandı. Heykele benzeyen ölü bir ağaç ekim ayının soluk göğüne doğru uzanıyordu. Başımı kaldırdım. Çatıya benzer bir şey yoktu.

Goriller hâlâ gergindi. Uzak mesafedeki iç barınaklarından huzursuz sesler yükseliyordu.

"İşte şurada," dedi Hallister. "Kayanın yanında."

Tulloch'un öncülüğünde izleme noktasına yaklaştık. Gorillerin barınağıyla aramızda bir metrelik bir çit ve su dolu bir hendek vardı.

"Buradan fırlatmış olmalı," dedi Joesbury. "Sağlam bir fırlatışla kolayca yapılabilir."

"Kimse yaklaştı mı?" diye sordu Tulloch.

Hallister başını iki yana salladı. "Hayır. Hayvanları içeri alıp güvenliği sağladıktan sonra sizi bekledik. Olayın sizinle ilgisi olduğunu biliyorduk."

Tulloch başını aşağı yukarı sallayıp Anderson'a döndü. "Olay yeri incelemenin ne zaman geleceğini biliyor musun?" diye sordu.

Anderson bir adım geri çekilip öğrenmek için cep telefonuyla birilerini aradı.

"Hayvanlar geceleri iç kısımlarda mı tutuluyor?" diye sordu Joesbury.

"Evet," dedi Anna. "Böylesi daha güvenli. Üstelik senenin bu zamanında iç barınaklar daha sıcak oluyor."

"Kimse kafayı bırakan kişiyi görmediğine göre o halde gecenin köründe birileri gelmiş olmalı, değil mi?" diye sordu Joesbury.

"Hayvanat bahçesi geceleri kapalı olur," dedi Anna. "Kimsenin içeride kalmasına izin verilmez. Geceleri nöbetçiler kalır."

Joesbury etrafa bakınıyordu. "Biraz yürüyebilir miyim Tully?" diye sordu.

Onay alınca bulunduğumuz bölümden ayrıldı. Yanımızdan ayrıldığı sırada olay yeri inceleme ekipleri gelmişti.

On dakika sonra hepimiz baştan ayağa olay yeri inceleme kıyafeti giymiş halde iç kısıma geçtik. Açık alanın yarısını geçtikten sonra o sabah nöbetçi olan patolog Mike Kytes'ın kesik başı incelediğini gördük. İşini bitirene kadar bekledik.

"Sinek yok," dedim.

"Efendim?" dedi Tulloch.

"Bak," diyerek işaret ettim. "Hemen şurada, gübre değil mi? Yanılıyor muyum?"

"Henüz temizliğe fırsat bulamadık," dedi şef bakıcı Anna.

"Üzerinde sinekler var," dedim. "Buradan bile görebiliyorum."

"Evet."

"Fakat kafanın etrafında sinek yok," diye devam ettim.

Tulloch bir süre gözlerini gübreye dikti. "Haklısın," dedi. "Belki de sinekleri uzak tutmak için koruyucu bir madde sürülmüştür kafaya."

Kaytes yanımıza geldi. Hepimize başıyla selam verdikten sonra onun öncülüğünde kafaya yaklaştık. Kesik kafanın etrafında çember oluşturacak şekilde dizdi bizi. Ardından kafaya doğru eğildi. Eğildiğini görüyorduk fakat dokunduğunu göremiyorduk. Diz üstü çöküp kafaya dikkatle baktıktan sonra yeniden ayağa kalktı.

Yanımıza doğru geri çekilirken yüzündeki ifadeden bir anlam çıkaramamıştım.

"Bu sabah Madame Tussauds müzesinden bir haber geldi mi size?" diye sordu Kaytes uzun boylu dedektife.

"Bizim bölgemiz değil," diye yanıtladı Hallister. "Neden?"

"Sanırım birazdan duyarsın," dedi Kaytes. "Gidip bir bak"

Kesik kafaya doğru ilerlerken hemen arkamızdan bizi takip etti. Bir çember oluşturup masanın üzerine eğildik. Burnumdan nefes almaktan zorluk çekiyordum. Aynı kokuyu duyuyordum. Toprak kokusu, yakınlardaki kafelerden gelen kahve kokusu ve sıcakkanlı hayvanların deri döküntülerinin kokusundan başka bir şey almıyordum.

Tulloch diz üstü çöktü. Hepimiz onu takip edip aynı şeyi yaptık. Uzaktan gören biri tuhaf bir ayinin ortasında olduğumuzu düşünebilirdi.

"İnsan değil," dedi Kaytes boş yere. Bu yakınlıktan bakınca aşikârdı. "Bu kafa balmumundan yapılmış."

72

"Aldatmacaymış," dedi Hallister.

"Pek de öyle sayılmaz," dedi Kaytes. "Kütüğün üstüne sürülmüş şey boya değildi. Kandı."

Tulloch, patolog, ben ve Hallister, böcek evinin yanındaki küçük bir kafede oturuyorduk. Hava giderek soğuyordu fakat kimse içeri geçmek istiyor gibi görünmüyordu. Anderson olay yerinde kalmıştı. Mizon ziyaretçilerle konuşuyor, Stenning hâlâ video kayıtlarını inceliyordu. Joesbury'nin ne yaptığını ise bilmiyordum.

"İnsan kanı mı?" diye sordu Tulloch.

"Testler yapılmadan bir şey söylemek imkânsız," diye yanıtladı patolog. "Bugün akşama doğru öğrenmiş oluruz."

"Aldatmaca değildi." Başımızı sese doğru çevirdiğimizde Stenning ve Joesbury'nin geldiğini gördük. "Güvenlik kayıtlarını gördüm," diye devam etti Stenning. "Dün gece yine bildiğimiz, aynı kıyafetlerle hayvanat bahçesine girmiş. Sabaha karşı 3.24'te komado ejderlerinin olduğu bölümdeki kameraya yakalanmış. Elinde bir çuval taşıyor."

"İçeriye nasıl girmiş?" diye sordu Tulloch etrafa bakarak.

"Tel örgülerin üzerinden," diye yanıtladı Joesbury. "Biraz kayar mısın Flint?" deyip Tulloch ve benim aramdaki sandalyeye sıkıştı. Eğilip hayvanat bahçesine ait bir haritayı masanın üzerine serdi. "İşte," dedi. "Develerin olduğu bölümün diğer tarafı. Park ve hayvanat bahçesi arasında demir bir tel örgü var. Ancak bir buçuk metre yüksekliğinde. O noktayı tam olarak bulduğumu düşünüyorum."

"Nasıl?" diye sordu Tulloch.

"Çimenlerde dört girinti var," dedi Joesbury. "Dört köşeye yerleşmiş halde bir dikdörtgen meydana getiriyorlar. Birileri fotoğrafını çekmeye gitti. Tam şuradalar," diyerek haritanın üzerinde bir noktayı gösterdi. Hepimiz eğilip gösterdiği yere baktık.

Hayvanat bahçesinin çevre uzunluğu, Prens Albert Yolu ve Regent's Parkı'nın içinden geçen ana caddenin etrafını dolaşan iki eşit kenarla birlikte dik açılı bir üçgen oluşturuyordu. Üçgenin hipotenüsü güneyden kuzeybatıya doğru çaprazlamasına uzanıyordu. Joesbury'nin işaret parmağının ucu, develer, pigme hipopotamlar, sakallı yaban domuzları ve yeni Komodo ejderi bölmelerinin arasında duruyordu.

"Benzer işaretleri tel örgünün diğer kısmında da gördüm," dedi. "Bu bölüm kameralar tarafından doğrudan görüntülenemiyor. Sanırım park tarafındaki tel örgüyü aşmak için merdiven kullandı. Ardından korkuluğa tutunup merdiveni hayvanat bahçesi tarafına çekerek kendine hızlı bir çıkış yolu hazırlamış olmalı."

"Buraya girmek bu kadar kolay mı?" diye sordu Tulloch.

"Öyle ya da böyle gece buraya giren birisi, bir şekilde ya kameraya yakalanacak ya alarmları devreye sokacak ya da güvenlik elemanlarıyla karşılaşacaktı elbette. On dakikada işini halledip çıktığına bahse girerim."

"Neden peki?" diye sordu Tulloch. "Bu defa ne oynamak istiyor?"

"Yaptığı şey de bu aslında," dedim. "Oyun oynuyor."

Joesbury yüzünde o tuhaf gülümsemeyle sırıtarak sandalyesine yaslandı. "Sanırım artık eğlenmeye başlamıştır," dedi.

Günün sonunda balmumundan yapılmış kafanın goriller tepki versin diye insan kanıyla sıvandığını öğrendik. Karen'ın kanı olup olmadığını yakında kesin olarak öğrenecektik fakat aslında hiçbirimizin bundan şüphesi yoktu. Tulloch kafanın nereden geldiğini öğrenmeleri için iki dedektif görevlendirdi. Herhangi bir kayıp eser ya da koleksiyon parçası olup olmadığını öğrenmek için Madame

Tussauds'tan başladılar. Müze çalışanları diğer tedarikçileri içeren bir liste verdiler memnuniyetle. eBay ve diğer internet siteleri üzerinde yapılan araştırmalar da şaşırtıcı şekilde verimli oluyordu. Kopmuş insan kafası kopyalarını bulmak o kadar da zor değildi.

"Dünya giderek daha çılgın bir yere dönüşüyor," dedi hayvanat bahçesinden dönen Anderson. Toplantı odasına girdiğinde eşi benzeri görülmemiş bir ilgiyle karşılandı. Ardı ardına gelen sorulara cevap verip gorillerin iyi olduğunu ama sabah biraz gergin olduklarını söyledi. Bakıcıların özellikle hamile dişiyi dikkatle takip ettiklerini ve durumunun o kadar da kötü olmadığını da ekledikten sonra odadakilerin devam eden soruşturmayla ilgilenmek isteyip istemeyeceğini sordu.

Kızgınlığı geçtikten sonra hayvanat bahçesinin yeniden ziyarete açıldığını fakat gorillerin olduğu bölüme geçişe izin verilmediğini söyledi. Mizon'ın konuştuğu sabah ziyaretçilerinden kimse olağandışı bir durumla karşılaşmamıştı. Zaten beklediğimiz de buydu.

Siyah montlu figür ay ışığında gelip gitmişti. Anayolda birkaç saniyede gidip gelişini gösteren videoyu defalarca seyrettim.

"Boyu muhtemelen 1.72 ya da 1.75," dedi Stenning. Arkamda olduğunu bilmiyordum. "Ayrıca kıyafetler üzerine bol gibi duruyor. Oldukça zayıf olmalı."

"Karen Curtis'in annesi hemşirenin ufak tefek bir şey olduğunu söylemişti," dedim. "1.75 o kadar da ufak sayılmaz."

"Belki de zayıflığını kastetmiştir," dedi Mizon. Onun da geldiğini duymamıştım. "Hem siyah saçlı olduğunu da söylemişti. Fotoğraftaki Victoria da siyah saçlı. Gerçi beresinden saçları görünmüyor."

"Bazı kadınlar benim çorap değiştirmemden bile daha sık saç rengini değiştirirler," dedi Joesbury. Nasıl olduysa onun da geldiğini fark etmemiştim! "Hem kıyafetler vücut şeklini kolayca değiştirir. Sen ne düşünüyorsun Flint?"

"Neyle ilgili?" diye sordum gözümü ekrandan ayırmadan. "Stilist olarak yeni bir kariyerde başarı şansınla mı ilgili?"

Sandalyemin arkasına yaslandı. Bileklerini omuzlarımda hissedebiliyordum. “Sence topuklu ayakkabı giyiyor olabilir mi?” dedi. “Biraz geri sar lütfen.”

Mizon görüntü kaydını başa sardı.

“Yürüyüş şekline baksana,” dedi Joesbury.

Anayoldan geçip gorillerin olduğu kısımda görüntüden çıkan kadını takip ettik.

“Gayle, topuklu ayakkabı mı giydin?” diye sordu Joesbury. Mizon ayağını kaldırıp bir polis memurunun giyebileceği maksimum yükseklikte, alçak topuklu ayakkabısının tabanını gösterdi.

“Şu duvara kadar yürür müsün?” diye sordu Joesbury. “Islık çalan ya da uluyan olursa pataklarım ona göre.”

Mizon yüzünde yapmacık bir gülümsemeyle yürümeye başladı.

“Flint, yine Doc Martens botlarını mı giydin?” diye sordu Joesbury. “Neden sen de aynı şekilde yürümüyorsun?”

Bir polis şefine karşı çıkmanın düşük profilli bir kız imajını zedeleyeceğini kendime hatırlatarak ayağa kalktım ve yürüdüm. Doc Martens de nereden çıkmıştı. Benim öyle bir ayakkabım yoktu bile. Mizon'ın yanına geldiğimde durup döndüm. Joesbury tam bir pislikti.

“Pekâlâ, şimdi her ikiniz de yavaşça yürüyün.”

Söylediği gibi yaptık. Sadece birimiz gülümsüyorduk.

“Umarım bunun bir açıklaması vardır,” dedi Tulloch kapı eşiğinden bakarken.

“Görüntülerdeki kadının kendisini olduğundan daha uzun göstermeye çalıştığını düşünüyorum,” dedi Joesbury. “Bol kıyafetler ve topuklu ayakkabılar giyiyor.” Ekranı işaret etti. “Baksana,” dedi. “Gayle gibi yürüyor. Topuklar kalçaları yukarı kaldırır. Ayrıca düşmemek için çaba sarfediyormuş gibi yürüyor. Topuksuz ayakkabı giyen Flint ise erkek gibi ağır adımlarla yürüyor.”

Odadakilerden bazıları kıkırdadı.

“Bence Bayan Richardson haklıydı,” dedi Joesbury. “Ufak tefek bir kadındı. Boyun kaç Flint?”

"1.67," dedim dişlerimi gıcırdatarak.

"Gerçekten mi?" Uzanıp sandalyemin arkasına astığım ceketimi aldı. "Fakat bu kırk beden. Üzerinden sarkıyor. Aslında 36 ya da en fazla 38 bedensin değil mi?"

"Teşekkürler Mark, ne demek istediğini anladık," dedi Tulloch. "Ufak tefek bir kadın olduğunu gizleyecek kıyafetler seçiyor katilimiz. Bu arada unutmadan sorayım. Haftasonu Cardiff'e gitmek için müsait misin? Arkanı toplaması için Gayle'ı da al yanına."

İzin isteyip odadan ayrıldım. Elime geçen ilk şeyi parçalamak istiyordum.

73

6 Ekim Cumartesi

Vals yapıyordum. Hemen rüya gördüğümü anlamıştım. Hayatımda hiç vals yapmamıştım. Fakat rüyamda Viyana tarzı dans ediyor, müzik yükseldikçe dönmeye devam ediyordum. Tavanda asılı kırmızı balonlar ve konfetiler yeni açmış çiçekleri andırıyordu.

Hızlandıkça zihnimdeki müzik canımı yakmaya başladı. Balonlar ve süsler tuhaf şekillere, kâğıt şeritlerse sönerek bağırsaklara dönüşüyordu. Çiçek gibi açan konfetiler kan damlalarına, kırmızı balonlar ise insan kafalarına dönmüşü. Başımı çevirdiğim her yerde yalnızca akı görünen gözler bana bakıyordu.

Çığlık atar gibi bir ses çıkararak uyandım. Yataktan çıkmıştım, ayakta dururken titriyordum. Oda karanlıktı ve Joesbury'nin kurdurduğu alarm sisteminin kırmızı ışıklarından başka bir şey göremiyordum.

Gecenin bir yarısında nasıl olur da odanın ortasında, ayakta durur halde uyandığım hakkında hiçbir fikrim yoktu. Kendimi savunmasız hissediyordum. Sendeleyerek yürüdüm ve ışığı açtım.

Işığı açar açmaz yaptığım ilk şey vücudumu kontrol etmek oldu. Rüyam o kadar gerçekçiydi ki bir an her tarafımın kanla sıvandığını sanmıştım. Üzerimde hiçbir şey yoktu. Yapış yapış hissetmemin sebebi ise terlemiş olmamdı. Fakat müziği açıklayamıyordum.

Müzik rüyamın bir parçası değildi. Hâlâ çalmaya devam ediyordu. İlk önce odadan geldiğini düşündüm fakat kapıları ve alarmı yatmadan önce kontrol etmiştim. Müzik sesi dışarıdan geliyordu. Üzerimde koşu atleti ve bol bir şort vardı. Pijama ya da gecelik giymezdim. Sandalyenin üzerindeki svetşörtü alıp üzerime geçirdim.

Dışarıdaki müziğin sesi yükseldi. Müziğin üst kattakileri uyandırmamasına şaşırmıştım doğrusu. Sözleri beynime ve kalbime kazınmış *My Favorite Things*'in enstrümantal versiyonu çalıyordu.

Sundurmanın camından bir ışığın mum alevi gibi titrediğini görüyordum. Ayrıca kapı adamakıllı kapanmışa benzemiyordu. Çıplak ayaklarla bahçenin ortasına kadar çıktım. Sundurmanın kapısı kilitli değildi ve hafifçe aralıktı.

Benim de favori şeylerim Maria'nınkilerle neredeyse aynıydı. Fakat benim listemde durgun havuza ilk dalan kişi olup o tatlı durgunluğu kırmak da vardı. Ayrıca kış sabahlarında midillilerin bedeninden çıkan buharı ve yumuşak, kadifemsi burunlarını da severdim. Midillilere tapardım.

Eve döndükten sonra sundurmaya uğradım. Kum torbası olarak kullandığım kuklayı Joesbury olarak hayal edip bir saat adamakıllı patakladıktan sonra bitkin bir halde eve döndüm.

Çocukken kitapları da çok severdim. Kendi kendime okumayı öğrenmiştim ve daha ilk dönem bitmeden sınıf kitaplığındaki bütün kitapları okumuş olurdum. Kitap alacak parayı asla bulamadığım için kütüphaneden ödünç alabilme seçeneği can simidi gibi gelirdi. Her cumartesi sabahı soluğu kütüphanede alırdım. En sevdiğim kitap *The Weirdstone of Brisingamen*'di.

Müzik sundurmadan geliyordu.

Şehir parklarını ben de severdim. Çimenlikler ve ağaçlar etrafınızı sarar ve sizi şehrin gürültüsünden, berbat kokusundan uzaklaştırırdı. Tabii ki hayvanat bahçesi... Küçükken hayvanat bahçesine gitmeye bayılırdım. Havuzlar, midilliler, kitaplarla dolu halk kütüphaneleri, parklar ve hayvanat bahçeleri en sevdiğim şeylerdi.

Sundurmadaydım. Küçücük bahçeyi aşmak asırlar sürmüş gibi geldi sanki. Elimi uzatıp kapıyı yavaşça ittim.

Başından beri bütün bunların benimle ilgili olduğunu biliyordum. Hep öyle hissetmiştim.

Kapı eşiğinde sallanıp duran kuklayı görüyordum. İçeri girmeye gerek yoktu. Eve geldiğimde Joesbury olduğunu hayal ederek yumrukladığım kuklanın kafası yerinde yoktu. Onun yerine başka bir şey yerleştirilmişti.

Lambayı yakmama gerek yoktu. Kum torbası kuklanın etrafını çevrelemiş halde yanan beş mum ışığı, ihtiyacım olan aydınlığı sağlamıştı. Açık kapıdan giren rüzgârla titreşen mumların yumuşak, altın rengi alevleri Karen Curtis'in kesik başını canlıymış gibi gösteriyordu.

74

"Bu gece bizde kalsan iyi olur," dedi Helen. "Dana her ihtimale karşı yedek odayı hazır tutar." Başımı kaldırıp gülümsemeye çalıştım. Helen sarı saçlarını örgü şeklinde toplamıştı ki bu onu daha genç gösteriyordu.

"Onunla kalacağım," dedi Joesbury. Helen'la konuşuyordu ama gözlerini bana çevirmişti. "Tabii burada kalmak istersen Lacey."

Helen'in kaşlarını kaldırdığını hissedebiliyordum. Başımı aşağı yukarı salladım. "Teşekkür ederim," dedim ortaya.

"Dışarıda işler nasıl gidiyor?" diye sordu Helen.

"Şimdilik işlerini bitirdiler," dedi Joesbury. "Sundurma ve bahçeyi kapatacaklar. Her ihtimale karşı gün ışığında bir kez daha kontrol edecekler. Dua edelim de yağmur yağmasın."

"O şeyi aldılar mı?"

"Evet," dedi Joesbury.

"Çok cesur davrandın," dedi omzuma dokunan Helen.

Üçümüz oturma odamda oturuyorduk. Fırının saati neredeyse sabaha karşı dördü gösteriyordu. Ben koltukta oturuyordum. Helen ise koltuğun kenarına tünemişti. Dana ve ekibin geri kalanı artık olay yerine dönüşen bahçe ve sundurmayı inceliyordu. Helen içeri girip beni koltuğa oturtarak omuzlarımı battaniyeyle sardığından beri hiç kıpırdamamıştım. Çay yapmıştı ama ellerimin titremesinden içemiyordum. Şokta olduğumu tahmin ettiğini söylemişti.

"Kameralar bir görüntü alabilmiş mi?" diye sordu Joesbury.

"Hiçbir şey yok. Kahrolası sundurma hariç her taraf kameralarla dolu oysa."

"İyi de oraya nasıl girebildi?"

"Anahtarı bulması zor olmamıştır," dedi Joesbury. "Tully sadece bahçeye değil daireye de güvenlik şeridi çekmemi istedi."

"Dışarıda nöbetçi bırakacak mı?" diye sordu Helen.

Joesbury başını aşağı yukarı salladı.

"Güzel. Yanlış anlama, sana güvenmediğim için söylemiyorum tabii ki," dedi Helen omzumu hafifçe sıkarak. "Lacey, çok dikkatli olman gerekiyor. Şu ana kadar sana zarar vermemiş olması bundan sonra da vermeyeceği anlamına gelmiyor. Seni son kurban olarak düşünüyor olmalı."

"Kızın moralini bozma, bırak da biraz neşelensin," dedi Joesbury ve ceketini çıkarıp sandalyenin sırtına astı.

"Seni bilmem ama ben onun canlı ve tetikte olmasını tercih ederim," dedi Helen.

On dakika sonra Dana ve Helen iyi geceler dileyip ayrıldılar. Ben hâlâ yerimden kıpırdamamıştım. Fırındaki dijital saat sessiz olmasına rağmen sanki saniyelerin sesini duyuyordum. Joesbury limonluğun kapısını kapatıp kilitledi. Alarm yeniden devreye girmişti. Odaya geri döndüğünde bana bakmadan yanımdan geçti. Aynı işlemleri ön kapıya da yaptı. Artık dünyadan tecrit edilmiştik.

"Bir şey istiyor musun? Getireyim," diye seslendi ön kapıdan.

Başımı iki yana sallarken yaklaştığını hissettim.

"Haydi ama," dedi. Önümde durmuş elini uzatıyordu. Uzattığı eli tutup ayağa kalktım.

Zaman daralıyordu. Daha ne kadar katlanabileceğimden emin değildim. Ne zaman bitecekti bilmiyordum. Her ne kadar öyle değilmiş gibi davransam da Mark Joesbury'yi istiyordum ve bu gece son şansım olabilirdi.

Beraber yatak odasına yürüdük.

Sanırım ışıkları kapatmıştı. Üstümdeki kıyafetleri çıkarmadan yatağa girdim. Kıyafetlerimi çıkarırken ellerinin bedenimde gezinmesin istiyordum. Yatağın köşesinde oturmuş, ayakkabılarını çıkarıyordu.

Evin arka tarafındaki odalar karanlıktı. Yalnızca bir gölge görüyordum karanlıkta fakat gözlerindeki ışığı seçebiliyordum. Yorgan ve çarşafların hışırtısını duydum. Yorganı açıp içeri davet ettim. Yatağa girip yüzünü bana döndüğünü biliyordum. Nefesimi tutmuştum ve ağırlığını üzerimde hissetmeyi bekliyordum artık.

Fakat onun yerine yorganı sıkıca üzerime örttü ve kalkacakmış gibi geri çekildi.

O kadar da kolay vazgeçmeye niyetim yoktu. Yatakta doğrulup onu kolundan yakaladım. Burnumun ucu yüzüne değiyordu. İçgüdüsel olarak dudaklarını buldum. Alt dudağını dudaklarımın arasına alıp hafifçe çektim. Ardından aynı şeyi dilinin ucuna da yaptım. Dilimi nazikçe dudaklarında gezdirdim. Yerinden kıpırdamadı.

Yüzünü kavramak için elimi kaldırdım fakat o benden önce davranıp elimi yakaladı.

"Hayır," diye fısıldadı ve ayağa kalktı.

Israrcı olabilirdim. Yumuşak öpücükleri doğru yerlere dokundurarak durdurabilirdim onu. Ne de olsa karşımdaki sadece bir erkekti ve ikna etmem zor olmazdı. Fakat o gece bir şey öğrendim. Her şey elinden kayıp gittiğinde geri kalan tek şey gururun olurdu. Zorlamadım. Onun yerine yatağa geri uzanıp sabahı bekledim.

Uyumayı beklemiyordum fakat uyumuştum. Uyandığımda onun nefesini duyuyordum. Sessizce döndüm ve yatağın ucundaki sandalyede oturan Joesbury'ye baktım. O da bana bakıyordu. Yerinden kıpırdamamıştı.

Artık şüphelendiğim şeyden emindim. Mark Joesbury beni korumak için burada değildi. İnsanları benden korumak için buradaydı.

Benim Victoria Llewellyn olduğumu düşünüyordu.

75

13 Eylül, on yıl öncesi

Victoria Llewellyn nefes almakta zorlanıyor ve normalden daha hızlı soluk alıp veriyor. Beynine yeterince oksijen gitmiyor ve giderek gerçekten uzaklaştığını hissediyor. Kederli olduğunda herkes böyle olur, bunu çok iyi biliyor; o aniden nefessiz kalma hissi... Fakat bu defa dünya ayaklarının altından kayıyormuş gibi geliyor ve buna dayanamıyor.

Oturup başını dizlerine değidirecek kadar eğiliyor. Çekme yolunda ne zaman tahta bir bank bulduğunu hatırlamıyor. Hatırladığı son şey bir zamanlar Cathy'nin yaşadığına benzer bir bot oluyor. Altındaki sert, katı tahtada otururken güvende hissediyor çünkü düşmeyecek.

Özellikle hatırlama zorluğu çektiğinde, hayatı sınıf tahtasına yazılı bilgiler gibi silindiğinde giderek benzerlikleri artıyor.

Nehrin üzerinde kâğıt bir bardak yüzüyor ve Cathy ile diğer çocukların sürüklemip derinliklere batışlarını düşünmemeye çalışıyor. Birkaç gün önce teşhiş ettiği beyaz tenli, sarı saçlı kızı düşünmemeye çabalıyor.

Cathy öldü.

Birilerinin geçmişinde hızla yürüdüğünü düşünüyor. Başını tam zamanında kaldırıp ona bakan şüpheci bakışı yakalıyor ve hızlı adımlarla uzaklaşan bakışı izlerken bıçağın hâlâ elinde olduğunu fark ediyor. Parmak boğumları beyaz ve parmakları acımaya başlıyor. Farkında olmadan oturduğu tahta banktan kayıyor. Defalarca indirdiği bıçak, tahta bankın üzerinde izler bırakıyor. Bir ara bıçağı neredeyse düşürür gibi oluyor fakat zor da olsa yakalayıp kapamayı ve cebine koymayı başarıyor.

Cathy öldü. Hiçbir güç onu geri getiremeyecek artık.

Ayağa kalkıp eve gidiyor.

Beşinci Bölüm
Mary

"... darbeyi indirmek için kurnaz ve acımasız bir soğukkanlılıkla bekliyor..."

Star, 10 Kasım 1888

76

6 Ekim Cumartesi

Yeniden uyandığımda Joesbury'yi hâlâ sandalyesinde otururken buldum. Ayağa kalktığım sırada derin bir nefes alıp yavaşça verdi. Bir an nefessiz kaldığını sandım. Göğüs kafesi şişti ve indi. Sabahın erken saatlerinde korumamın birkaç kez nöbet başında uyuyakaldığını biliyordum.

Ayağa kalkıp kıyafetlerimi buldum. Sıcak bir banyo yorgunluğumu almıştı. Kurulanıp dişlerimi fırçaladım ve giyindim. Banyodan çıktığım sırada mutfaktan gelen ayak seslerini duydum.

"Günaydın," dedi önceki günün *Evening Standard* gazetesine göz atan Joesbury. Çay kaynamak üzereydi.

"İyi uyudun mu?" diye sordum ve sırıttım. Kalbimi kırmış olabilirdi fakat böyle bir saçmalıkla zaman kaybetmek için artık çok geçti. Joesbury'nin bu sırrı sonsuza dek tutacağından emindim.

"Yolculuk için hazır mısın?" diye sordu bir fincan sade kahve uzatırken.

"Nereye?" diye sordum.

"Cardiff'e."

Yanımdan geçip banyoya girdi ve kapıyı arkasından kilitledi. Saat sabahın altısı bile olmamıştı ve ikimiz de dört saatten az bir uykuyla duruyorduk ki onun uykusunun ikinci yarısı sandalyede geçmişti. Ve şimdi Cardiff'e mi gideceğimizi düşünüyordu?

"Darılma ama randevu defterim ağzına kadar dolu," dedim Joesbury buharlar arasında on dakika sonra belirdiğinde. "Gayle Mizon en güzel iç çamaşırlarını bu seyahat için hazırlamaya başladı bile."

"Hazırlanman için on beş dakikan var. Kahvaltıyı yolda ederiz."

"Cardiff'e gelmiyorum. Üstelik kaliteli iç çamaşırım yok."

Esneyip gerilirken konuştu: "Flint, ister iç çamaşırın olsun ister olmasın, on beş dakikaya arabama biniyoruz ve gidiyoruz."

"Önce Dedektif Tulloch'la konuşmak istiyorum," dedim.

Joesbury mutfak tezgâhına yaslanmış, yolumu kapatıyordu. "Birincisi, Tully sabahları korkunç sinirli olur," dedi. "İkincisi, Helen bugün Dundee'ye geri dönüyor ve bu onu daha da gergin yapacaktır. Üçüncüsü ise birkaç saat önce, senin bir süre Londra dışına çıkmanın iyi olacağına kadar verdik. Özellikle de gece olanlardan sonra..."

Londra'dan ayrılamazdım. Hele Cardiff'e hiç gidemezdim.

"Burada olmam gerekiyor," dedim. "Llewellyn dördüncü kurbanını da halletti. Beşinci için hazır olacak. Yakında harekete geçecektir ve onu yakalamak için tek şans benim. Sen ve Mizon'ın bana ihtiyacınız yok."

"Gayle gelmiyor," dedi Joesbury. "Sadece sen ve ben gidiyoruz."

"Bunun durumu değiştireceğini mi düşünüyorsun?"

Joesbury kahvesini bitirip fincanını lavaboda çalkaladı. "Bana küsüp sessiz kalacaksan sorun yok," dedi. "Bu arada hazırlanmak için on dakikan kaldı."

Sekiz dakika sonra, her zamanki gibi caz ritimleriyle, Joesbury'nin arabasıyla nehir yönünde ilerliyorduk. Vauxhall Köprüsü'ne geldiğimizde başımı eğip gözlerimi kapadım ve uyuyor numarası yaptım. Joesbury'nin Pimlico'daki evinin önünde beş dakika kadar bekledik. Chiswick'e vardığımızda gözümü açıp yolcu kapısındaki aynaya baktım ve güneşin arkamızdan yükselmeye başladığını gördüm.

M4 otoyoluna girdiğimiz sırada Joesbury hem hızını hem de müziğin sesini arttırdı. Fazla hızlı gidiyorduk. Önceki gece olanlardan ve o kadar uykusuzluktan sonra direksiyon başında uyuyakalıp ikimizi de öldürebilirdi.

Gözlerimi kapatıp her geçen saniye olmam gereken yerden uzaklaştığım gerçeğini aklımdan silmeye çalıştım. Bir süre sonra kendimi ikna etmeyi başarıp uykuya dalacak kadar sakinleşebilmiştim. Gözümü açtığımda Joesbury'nin aracı bir mola yerinde durdurduğunu fark ettim.

"Neredeyiz?" diye sordum arabayı park edip motoru durdurduğu sırada. Müzik kesilmişti.

"Membury'deyiz," diye yanıtladı. "Aç mısın?"

Aslında acıkmıştım. İkimiz de İngiliz kahvaltısı sipariş ettik ve cam kenarında bir masaya oturduk. Midem yeniden düğümlenmeden önce tabağımdakilerin yarısını bitirmeyi başardım. Joesbury'den kurtulsam Londra'ya dönebilme şansım olur muydu?

"Neden Cardiff'e gittiğimizi sormayacak mısın?" diye sordu Joesbury. Koyu çayıma odaklanmıştım.

Cardiff'e neden gittiğimizi çok iyi biliyordum. Joesbury beni Victoria Llewellyn'i tanıyan kişilerin önüne çıkarmak ve teşhis ettirmek istiyordu.

"Neden gidiyoruz?" diye sordum.

"İlk iş Komiser Ron Williams'la konuşacağız," diye yanıtladı. "Tecavüz olayının olduğu gece o görevdeydi. Şu Llewellyn kardeşlerin geçmişiyle ilgili bize yararlı bilgiler sunabilir. Ya da en azından olanlarla ilgili daha gerçekçi, net bilgiler edinebiliriz. Tabağını bitirmeyecek misin?"

Tabağımı önüne uzattım. "Yiyebilirsin."

"Ondan sonra Muffin Thomas isimli bir kadını göreceğiz," dedi Joesbury lokmasını bitirmeyi beklemeden. "Tecavüz olayının birkaç yıl öncesine kadar kızların yan komşusuymuş. Splatt ya da Splott diye bir yerde yaşıyormuş şimdi."

"Muffin çok yaygın bir Galli ismidir," dedim.

Joesbury cebinden bir not defteri çıkardı ve okuduğu ismi Gal aksanında tekrarladı.

"Gal dilini konuşabiliyor musun?"

"Hayır. Neden?"

"Sadece merak ettim."

Joesbury'nin arabası benim Golf'üme göre çok daha hızlı ve kontrolü kolaydı. Vitesin yanında küçük bir cepte bir Black Eyed Peas albümü buldum ve müzikçalara yerleştirdim. Farklı koşullarda olsaydı bu yolculuk keyifli bile gelebilirdi bana.

Güney Galller'e yaklaşırken sonbahar sisi otoyolun üzerine çökmüştü. Uyuyan güzel, Newport'a varmamızdan önce uyanmış ve yaklaşık yirmi dakika boyunca telefonda Tulloch'la konuşmuştu.

"Kesinlikle Karen Curtis'in kafası, herhangi bir adli tıp kanıtına ihtiyaç yok, ayrıca Jacqui Groves koruma altında ve güvende," dedi telefonu kapattıktan sonra. "Tully bize iyi yolculuklar diledi ve fazla yaramazlık yapmamamı istedi."

"Seninle gurur duyuyor olmalı," dedim gözlerimi yoldan ayırmadan.

Gözümün ucuyla Joesbury'nin gülümsediğini görebiliyordum.

Saat öğlene doğru geliyordu ve Cardiff şehir merkezinde trafik yoğunlaşmaya başlamıştı. Arabayı Sophia Gardens'ın otoparkına park ettim. Joesbury arabadan inip otopark fişi almak için makineye gitti. Hava kapalıydı ve hafifçe çiselemeye başlamıştı. Yoğun sis Taff Nehri'nden geliyordu.

"Polis merkezine mi gidiyoruz?" diye sordum Joesbury döndüğünde.

Başını iki yana sallayıp ceketinin yakalarını kaldırdı. "Hayır," dedi ve üst geçidi işaret etti. "Şöyle bir dolaşacağız."

Şehir merkezinden kırsala doğru uzanan Bute Park uzun ve dar bir parktı. Üst geçitten indikten sonra doğrudan parka gittik. Birkaç dakika yürüdükten sonra yakınlardaki anayolun kıvrıldığını gördük. Küçük bir derecik parkın en uzak sınırını işaret ediyordu. Oraya ulaştığımızda Joesbury sağa, yeniden şehir merkezine döndü. Neden buraya geldiğimizi açıklamamıştı ve sormaya da niyetim yoktu.

"Ne görüyorsun Flint? Gözüne bir polis çarpıyor mu?"

Gözümü yürüdüğümüz yoldan ayırdığımda derenin üstündeki küçük, kırmızı köprüden geçen uzun boylu, altmışlı yaşlarında gösteren bir adam gördüm. Yaklaştıkça kısa kesilmiş saçları, yüzündeki inatçı ifade ve tavırlarından bizden biri olduğunu anladım.

Komiser Ron Williams önce Joesbury'yi selamladı. Üzerimde en iyi kıyafetlerim vardı; beyaz bir bluz ve tayt. Saçlarımı topuz yapmıştım ve gözlüklerim gözümdeydi. Makyaj yapmamıştım.

Ron Williams bir süre sonra bana döndü. Joesbury'nin bizi dikkatle izlediğini biliyordum.

Yüzümü incelediğini fark edince, "Asıl karşı tarafın halini görecektin," dedim gülümsemeye çalışarak ve elimi uzattım. "Dedektif Lacey Flint."

"Memnun oldum Dedektif Flint," diye yanıtladı Williams tokalaşırken. Aksanından tam bir Galli olduğu anlaşılıyordu. "Eski bir meseleyi deşiyorsunuz. Çok uzun zaman oldu. Nerede olduğuyla başlayalım isterseniz."

Joesbury ve ben adamı takip etmeye başladık. Uzaktan büyüleyici Cardiff Kalesi'nin gotik burçları görünüyordu. Az sonra Williams yürüyüş yolundan ayrıldı ve çimlerin olduğu bölüme girdi. Önce Joesbury, ardından ben onu takip ettik.

"Burası manolya çimliği, bahar geldiğinde harika bir yere dönüşüyor."

Biraz ilerledikten sonra uzun taşlar görünmeye başladı.

"Demek Londra'da olanların Llewellyn kardeşlerle ilgisi olduğunu düşünüyorsunuz, öyle mi?" diye sordu Williams ve cebinden çıkardığı mendili burnuna götürdü. Kızarmış gözlerinden ve burnundan soğuk algınlığına kapıldığı anlaşılıyordu.

"Sadece olayı tüm açılarıyla görmeye çalışıyoruz," dedi Joesbury.

"Anlamıyorum," dedi Williams. "Oldukça tatlı ve uslu kızlardı."

Joesbury şaşırmıştı. "Kürekçi gençler ve aileleri öyle söylemiyorlar ama..." dedi.

Williams taş çemberine yakın bir yerde durdu. "Yani melek olduklarını söylemiyorum elbette," diye yanıtladı. "Büyük olanı biraz yaramazdı. Fakat küçük kardeşi pırlanta gibiydi. Başına gelenleri hak etmedi. Öldüğünü duydum."

Önümüzde kabaca kesilmiş on bir kaya parçası yaklaşık otuz metre çapında bir çember oluşturuyordu. En büyük iki parça doğal bir giriş meydana getiriyordu. Williams ve Joesbury önden yürüdü. Onları izledim.

"İddia edilen tecavüz gecesi görevliydin, değil mi?" diye sordu Joesbury.

"Evet. Sonradan büyük kardeşle beraber buraya geldim." Çemberin ortasına gelince durdu.

Joesbury ortada bir sunak gibi duran, üst kısmı düz taşın etrafında dönmeye başladı. "Bu antik bir anıt değil mi?"

Williams burnunu çekti ve başını iki yana salladı. "Hayır," dedi. "Yetmişli yılların sonunda buraya yerleştirildi. Gerçi ortadakinin Neolitik Çağ'dan kalma olduğu söyleniyor. Parkta bulunmuş. Anlatmaya devam edeyim mi?"

"Lütfen," diye yanıtladı Joesbury.

"Victoria ve Cathy çocuklarla St John Caddesi'ndeki Owain Glyndwr'da tanışmış," dedi Williams. "Kızlar 11.20'de oradan ayrılıp otobüs durağına gitmişler ve parkın hemen dışındaki anayola geldiklerinde, çocukların peşlerinden koştuklarını görmüşler."

"Yani çocuklar onları bardan sonra takip etmişler," dedi Joesbury.

"Muhtemelen ama kızlar yerel bir çetenin barda bela çıkarması üzerine çıktıklarını söylemişlerdi."

"Buraya mı gelmişler?"

Williams başını aşağı yukarı salladı. "Victoria en başta gençlerden yana bir endişe duymadıklarını söylemişti. Barda oldukça naziklermiş. Kızlar parka geldiklerinde yaya köprüsünden geçip dereyi aştıktan sonra Sophia Gardens'taki otoparka ulaşabileceklerini düşünmüşler. Çocuklar şu duvardaki kapıyı tırmanmalarına yardım etmiş."

Joesbury ve ben dönüp Williams'ın işaret ettiği yere baktık.

"Sonrasında olanlar olmuş," dedi Joesbury.

"Victoria bana Cathy'yle beraber parka doğru gittiklerini ve çocukların onları takip ettiğini söylemişti. Fakat onun da öncesinde bir şeylerin yolunda gitmediğini biliyormuş. Çocukları arkalarında bırakmışlar fakat göremediklerinde bile fısıltılarını duyabiliyorlarmış. Victoria büyük bir hata yaptığını o sırada anlamış ve Cathy'yi kaptığı gibi tüymüşler."

"Yani çocuklardan kaçmaya mı çalışmışlar?" dedi Joesbury etrafı gözleriyle tararken.

"Zaten kaçabilme umutları yokmuş," dedi Williams. "Topuklu ayakkabılarıyla ve ucuz içki yüzünden yarı sarhoş halde şansları yokmuş."

"Burada mı olmuş?" diye sordu çemberin ortasındaki düz kayayı işaret eden Joesbury.

"Kızları kayanın üstüne çıkarmışlar," dedi Williams. "Her ikisini de yüz yüze gelecek şekilde tutmuşlar."

Kayaya birkaç adım daha yaklaştı Williams. Her iki taraftaki küçük taşlar basamak görevi görüyor gibiydi. "Vicky'i bu taraftan boğazına bıçak dayayıp çıkarmışlar ve tecavüz etmişler," dedi Williams. "On iki defa tekrarlandığını söyledi bana. Her seferinde saymış. Üstelik aynı anda küçük kız kardeşinin de aynı şeye maruz kalmasını izlemek zorunda kalmış."

Arkamı onlara dönüp ağaçların tepelerine baktım.

"En kötüsü ise şehrin çok yakın görünmesiymiş," diye devam etti Williams. "Şehrin ışıklarını, trafik lambalarını hatta neredeyse insanları bile görebiliyormuş. Hiç bu kadar çaresiz hissetmediğini söylemişti."

"Çok sessizsin Lacey," dedi Joesbury.

"Eh, duyduğum öyküden hoşlandığımı söyleyemem," dedim ona dönmek için kendimi zorlayarak.

"Kim olsa hoşlanmazdı canım," dedi Williams burnunu silerken.

"Nasıl kurtulmuşlar?" diye sordu Joesbury. "Yani çocuklar yorulduktan sonra mı bırakmışlar?"

"Hayır, kızları nehre atmışlar," dedi Williams.

Joesbury şaşırıp kalmıştı. "Ne yapmışlar?"

"Kıyafetlerini çıkarıp çırılçıplak halde nehre atmışlar," dedi Williams, Taff Nehri'ne doğru bakıp başını aşağı yukarı sallarken. "Kanıtlardan kurtulmak için bunu yaptılar bana sorarsan. Çok dikkatlilerdi ve hepsi kondom kullanmıştı. Vicky'yi nehre atmadan önce kondom paketine zorla dokunmasını sağlamışlar. Böylece kondomları onun getirdiğini iddia edebileceklerdi."

"Kızlar nehirden çıktıktan sonra ne olmuş?" diye sordu Joesbury.

"Kıyafetlerini bulduktan sonra polis merkezine, benim yanıma geldiler. Bu arada bir çay içelim mi? Biraz üşümeye başladım."

77

Cardiff Polis Merkezi'nin kafeteryası öğle yemeği saati nedeniyle oldukça kalabalıktı fakat Williams bizim için bir masa bulmayı başardı.

"Kızlar buraya geldikten sonra ne oldu?" diye sordu Joesbury.

"Her şeyi kitabına göre uyguladım," dedi Williams. "İşlerin çığırından çıkacağını hissetmiştim. Kızları ayırıp her birinin yanına birer kadın polis memuru bırakarak doktora ulaştım. Şimdi tecavüz vakaları için uzmanlaşmış bir ekibimiz var fakat o zamanlar öyle olanaklarımız yoktu."

"Peki ya oğlanlar?"

"Kızlar onların nerede kaldıklarını biliyordu. Hemen birkaç araç gönderip onları aldırdım. Yarım saat sonra merkeze getirildiklerinde tutukladım. Her şey asıl bundan sonra şekil almaya başladı."

"Nasıl?" diye sordu sandalyesine iyice yaslanan Joesbury.

"Kürek hocaları da onlarla beraber gelmişti," diye yanıtladı Williams. "Hemen ağırlığını koymaya çalıştı. Çocukların hiçbirinin avukatları olmadan konuşmayacakları konusunda ısrar edip durdu. Gecenin o vakti beş avukat bulmanın nasıl bir hengâme olduğunu tahmin ediyorsunuzdur."

"Anlıyorum tabii," diye yanıtladı Joesbury.

"Kızların koruyucu anneleri geldi ve histerik davranışlarda bulundu. Daha sonra Sosyal Hizmetler'i devreye soktuk."

"Kızlar durumla baş edebiliyorlar mıydı?" diye sordum.

Williams bana döndü. "Victoria sağlam duruyordu," dedi. "Fakat Cathy darmadağın olmuştu. Ağlıyor, bağırıyor ve eve gitmek için yalvarıyordu."

Titremeye başlayan ellerimi fincanın etrafına sarıp titremelerini gerçirmeye çalıştım.

"Doktor, Cathy'yi muayene etmeyi reddetti. Yaşı çok küçük olduğu için önce bir çocuk doktorunun görmesi gerektiğini söyledi."

Joesbury anlayış dolu bir ifadeyle gülümsedi.

"Gecenin bir yarısında çocuk doktoru bulma imkânımız yoktu tabii." Williams dışarıdaki haline göre daha iyi görünüyordu.

"Yani Cathy muayene edilmeden eve gitmelerine izin mi verdiniz?" diye sordum.

Williams tek elini kaldırdı. "Doğru olmadığını biliyordum canım," dedi. "Fakat yanımda iki sosyal hizmet görevlisi ile koruyucu annesi vardı ve kızın kendisi de dâhil olmak üzere herkes eve gitmesini istiyordu. O sırada çocukların ebeveynleri gelmeye başlamıştı. Her yana tam bir kargaşa hâkimdi. Ayrıca kızların gitmelerine ben değil başka biri karar verdi."

"Peki. Fakat Victoria adamakıllı muayene edilmişti, değil mi?" diye sordu Joesbury.

"Evet," diye yanıtladı Williams. "Fakat muayene pek de sonuca yönelik değildi. Herhangi bir meni izine rastlanmamıştı."

"Çocuklar kondom kullanmıştı," dedim. "Tabii ki olmayacaktı."

Williams başını aşağı yukarı salladı. "Doğru, kullanmışlardı," dedi. "Hatta kızları nehre atmalarının sebebi herhangi bir olası bulaşmayı engellemek için olabilirdi. Muayene sonunda ufak tefek çizik ve şişliklere rastlandı fakat olayla ilişkilendirilecek biçimde değillerdi."

"Görünüşe bakılırsa oğlanların aleyhinde ifade vermişler," dedi Joesbury.

"Sabah olur olmaz parkta araştırma yaptık," dedi Williams. "Üzerinde Victoria'nın parmak izlerinin bulunduğu kondom paketini bulduk. Üzerindeki etiket numarasından, paketin o gece kızların o çocuklarla içki içtikleri barın tuvaletindeki otomattan alındığı ortaya çıktı."

"Çocukları ne zaman serbest bıraktınız?" diye sordu Joesbury.

"Yirmi dört saatlik gözaltı süresinin sonuna geliyorduk," dedi Williams. "Aileler oldukça nüfuzlu avukatlardan yardım almıştı. Ya tutuklayacaktık ya da serbest bırakacaktık."

"Kızlar ne yapmak istiyordu?" diye sordum.

"Cathy darmadağın olmuştu," diye yanıtladı Williams. "Sosyal hizmet görevlisi, istemediği takdirde bizimle konuşmamasını tavsiye etmişti. Victoria ise derhal cezai yaptırım uygulanmasını istiyordu ve doğrusu onu suçlayamazdım. Üstelik şu çocuklar da tam bir baş belasıydı. Zengin çocukları adam bile öldürseler ellerini kollarını sallayarak kurtulacaklarını zannederler."

"Fakat Victoria fikrini değiştirdi, değil mi?" diye sordum.

"Evet canım," dedi Williams. "Eh, bu kararından dolayı biraz hayal kırıklığına uğramıştım. Çocukların avukatları derhal onunla bir toplantı yapmak istediler ve Victoria buna razı oldu. Ben de onunla beraber gittim toplantıya. Bizim sağladığımız avukat da bizimleydi."

"Sonra?"

"Çok kısa sürdü. Avukatlar, o gece yasal seks yaşını geçmiş olan tek kişinin Victoria olduğunu işaret edince fazla ısrar etmedi. Aksi takdirde karşı dava açacaklardı. Victoria şikâyetini çekmeye razı oldu."

"Yani Victoria'yı tecavüz suçlamasıyla mı tehdit ettiler?" diye sordu Joesbury şaşkın gözlerle.

Williams başını olumlu anlamda salladı.

"Bu savla davayı kazanabilirler miydi?"

Williams omuz silkti. "Büyük ihtimalle. Kondom paketinin üzerinde Victoria'nın parmak izleri vardı ve kanunlar onlardan yanaydı. Victoria ceza bile alabilirdi. Üstelik geçmişi de yakasını bırakmıyordu. Dediğim gibi iyilik meleği değildi ve yaşı henüz on altı olmasına rağmen dosyası vardı."

"Bir çocuk tecavüzü vakasını cezalandırmadın mı?" diye sordu Joesbury.

"Bu noktada toplantıyı sonlandırmak zorunda kaldık," dedi Williams. "Fakat olan olmuştu. Victoria kaybetmeye mahkûm olduğunu biliyordu ve kardeşinin mahkemeye çıkmasını istemiyordu."

Williams bize dışarıya kadar eşlik etti. Cardiff Merkez Polis Teşkilatı'nın ön merdivenlerinde duruyorduk. Yardımları için teşekkür ettik.

"Victoria'yı en son ne zaman gördün?" diye sordu Joesbury.

"O gün," dedi Williams. "O günden sonra Cathy'yi birkaç kez gördüm ve hali pek de iyi değildi. Fakat Victoria'yı bir daha hiç görmedim. Ortalıktan kaybolduktan sonra bir süre peşine düştük. Araba çalma olaylarını biliyorsun. Giderken bir araba çalmıştı."

Etrafımı saran, beyaz renge boyanmış, zarif yapıyı izliyordum.

"Siz ne düşünüyorsunuz Komiser Williams?" diye sordum ona dönerek. "Sizce kızlar doğruyu söylüyor muydu?"

Gözlerini bir noktaya sabitlemişti. "Bundan bir an bile şüphe duymadım canım."

78

Alice, yirmi yılda otuz iki çocuğa koruyuculuk yapmıştı. İnsanlarla konuşmaktan hiç bıkmazdı. Llewellyn kardeşlere koruyucu ailelik yapan ailenin eski yan komşusu Myfanwy Thomas ellili yaşlarını geçmesine rağmen yaşına göre oldukça cesur kıyafetler giymekten çekinmemişti. Oraya varır varmaz beni şöyle bir inceledi. "Aman Tanrım, savaşta mıydın sen tatlım?" diye şaşkınlığını belirttikten sonra dikkatini Joesbury'ye yöneltti.

"Llewellyn kardeşleri hatırlıyor musun?" diye sordu Joesbury.

Joesbury'yi yanıtlamadan önce bir kez daha bana döndü. "Bisküvi ister misin hayatım?"

Joesbury kadınla hemen samimi olmuştu. Sırıtarak kadına baktı. Kadın da ona yapmacık bir şekilde gülümsedi.

"Yoksa başlarını belaya mı soktular?" diye sordu kadın. "Vicky beni hiç şaşırtmadı. Kızlar Alice'e sorundan başka bir şey vermediler."

"Yani Vicky ele avuca sığmaz biriydi öyle mi?" diye sordu Joesbury.

"Bu daha hiçbir şey. Bir gün okula gitse üç gün gitmezdi. Eve geldiğindeyse karnını bir güzel doyurduktan sonra yeniden sokaklara dönerdi ve eve nadiren uğrardı."

"Bana tipik bir ergen gibi geldi ama..." dedim gözlerimi bahçeye çevirirken.

"O kızda tuhaf bir şeyler vardı," dedi Myfanwy ateş püsküren gözlerini bana çevirerek. "Yatak odası tuhaf kitaplarla doluydu.

Alice onun kitaplarından nefret ederdi. Stephen King, Jame Herbert tarzında yazarlar okurdu."

"Çok kitap okur muydu?" diye sordum.

Kadın başını iki yana salladı. "İyi şeyler okumazdı," dedi. "Gerçek olaylardan ilham alınmış suç kitapları alırdı kütüphaneden. Seri katiller, katiller vs. O kız normal değildi."

Joesbury'nin dikkatini iyice yoğunlaştırdığının farkındaydım.

"Ya saç boyası..." Myfanwy artık coşmuştu. "İs gibi simsiyahtı saçları. Alice'in banyosunu berbat ederdi."

"Yaramaz bir tipe benziyormuş," diye mırıldandım sandalyeme yaslanıp pek de temiz olmayan mutfağı incelerken.

"Buraya geldikten kısa bir süre sonra bir erkek arkadaşı oldu," dedi Myfanwy. "O da kendisi gibi işe yaramazın tekiydi. Araba çalıp iskelede yarışırlarmış."

"Victoria'nın fotoğraflarını bulmakta güçlük çekiyoruz," dedi Joesbury. "Bana onu biraz tarif edebilir misiniz? İyi bir robot çizimi elde etmeye çalışıyoruz. İki yıl komşuluk yaptınız birbirinize. Sizin tarifiniz bize oldukça yardımcı olacaktır."

"Kız kardeşi gibi güzel bir kız değildi," dedi Myfanwy. "Zavallı kardeşinin suratını da eskiden boya küpüne döndürürdü. Kızcağızı cadıya çevirirdi. O halde okula nasıl gidebildiğine şaşırırdım."

"Aslında saçı ve makyajı hakkında fikrimiz var," dedi Joesbury. "Sizden yüz hatlarına biraz daha yoğunlaşmanızı istiyorum. Bilirsiniz, bu tarz bilgiler iyi referans noktaları oluşturabilir. İsterseniz meslektaşıma bakarak Victoria'da nelerin farklı olduğunu söyleyebilirsiniz."

Bu çok kurnazcaydı Dedektif Joesbury.

"Otur lütfen Flint," dedi Joesbury. Halbuki zaten oturuyordum. "Gözleri karşılaştırır mısın Myfanwy?" diye sordu.

"Victoria'nın gözleri kocamandı," dedi kadın bir süre düşündükten sonra. "Bu hanımın gözleri çok daha küçük. Ayrıca Victoria gözlük takmazdı."

"Dedektif Flint de takmaz," dedi Joesbury. "Gözlüğünü çıkarır mısın Flint?"

Gözlerimi Myfanwy Thomas'tan ayırmadan gözlüğümü çıkardım ve önümdeki masanın üzerine bıraktım.

"Ya ağzım?" diye sordum.

Başını iki yana salladı. "Dudakları daha kalın ve sarkıktı. Üstelik senin kadar zayıf bir kız değildi."

"Ya burnu?" diye sordum.

"Üzerine alınma tatlım ama seninki yaralı olduğu için bir şey söylemem zor. Üstelik gözleri mor halde hiç görmemiştim onu. Çok kavgalara karışırdı fakat kendini savunmasını bilirdi. Morluklar genelde diğer kızlarda olurdu."

"Sanırım bu hiç değişmedi," diye söylendi Joesbury.

79

"Beklettiğim için özür dilerim," dedi Sosyal Hizmetler'deki kadın kapı aralığından. "Normalde mahkeme kararı olmadan bilgileri paylaşmayız." Bayan Rita Jenkins, Cardiff Belediyesi'ndeki küçük görüşme odalarından birinde sandalyesine yerleşti. Normalde cumartesi günleri çalışmazdı fakat o gün bizim için işe gelmişti. Joesbury dikildiği pencere kenarından ayrılıp yanıma oturdu.

"Fakat söz konusu şahıslar öldüğü zaman, bilgileri paylaşmanızda bir sakınca kalmıyor değil mi?" diye sordu Joesbury.

"Şey, bu doğru," dedi Bayan Jenkins. "Dosyada Catherine'in ölümüyle ilgili bir not var," diye devam etti. "On yıl önce ölmüştü, değil mi?"

Başımı sallayarak onayladım.

"Victoria'nın şahsi haklarını gözetmek şartıyla size elimden geldiğince yardımcı olmam söylendi."

"Kızları tanıyan birilerini bulmayı ümit ediyoruz," dedi Joesbury.

"On bir yıl uzun bir zaman," dedi Jenkins. "Sosyal Hizmetler kadrosu sürekli değişir. Ayrıca o zamanlar evlatlık ve koruyucu aile işlerini Güney Glarmorgan Bölge Belediyesi yapardı. Fakat son birkaç yıldır o bölüm artık Cardiff Belediyesi altında çalışıyor. Değişim sırasında başka yerlere transfer olan birçok insan oldu. Geçmişi sizin için takip edebilirim. Fakat biraz zaman alacak."

"Minnettar kalırım," dedi Joesbury.

Jenkins dosyaların arasına gömülmüştü. "Genelde bu kadar dramatik şekilde sonlanmaz," dedi. "Genç bir kızın ölümü ve üstelik on dört yaşında hamileyken..."

Yanımdaki adam yeniden dikkat kesildi.

"Pardon, anlayamadım," dedi. "Cathy hamile miydi?"

Jenkins üzgün bir tavırla başını iki yana salladı. "Evet, Bute Parkı'ndaki olaydan birkaç hafta sonra hamile olduğu teşhis edildi."

Joesbury bana döndü. "Bir dakika," dedi. "Çocuklar kondom kullanmışlardı."

"Kondomlar kurşungeçirmez yelek değildir," dedim. "Sanırım yüzde üç kaza payı vardı, değil mi?"

Joesbury her iki elini de teslim olmuş gibi kaldırdı. "Flint, bu konulardaki engin bilgine..."

"Sakın devamını getirme," dedim derhal.

Joesbury yeniden Jenkins'e döndü. "Sonra ne oldu?" diye sordu. "Bebeğini doğurdu mu?"

Jenkins başını iki yana salladı. "Hayır," dedi. "Hamileliği on birinci haftada sonlandı. Fakat sorunlar bununla sınırlı kalmamıştı."

"Nasıl oldu?" diye sordu Joesbury.

"Genelde bebek düşüren genç kadınlarda meydana gelen türde bir depresyona girdi," dedi Jenkins. "Antidepresan ilaçlar kullanmasına izin verildi ve bir süre sonra onlara bağımlı hale geldi. Üstelik geçirdiği operasyon yüzünden enfeksiyon da kapmıştı. İşler bu noktadan sonra daha da kötüye gitti. Okulda derslerinden çaktı, davranışları değişti ve ona görmesini tavsiye ettiğimiz danışmanıyla görüşmedi. Söz dinlemez, kötü bir kıza dönüştü."

"Ardından ortadan kayboldu, öyle mi?" diye sordu Joesbury.

"Evet," diyerek onu onayladı Jenkins. "Onu kaybettik."

80

Saat altı sıralarında Joesbury de ben de artık bitkin düşmüştük. Victoria ve Cathy'nin çocukluklarında aralıklarla yaşadıkları çocuk bakım evini ziyaret ettik fakat çalışanların anlattıklarında yeni bir şey yoktu. Cathy'nin yumuşak huylu, uslu bir kız olduğunu fakat Victoria'nın problemli bir çocuk olduğunu tekrarladılar.

Joesbury, Victoria'nın İngilizce öğretmeninin izini bulduğumuzda heyecanlanmıştı. Fakat evine gittimizde bize kapıyı açan kadını gördüğünde yüzündeki heyecan silindi. Karşımızdaki kadın önünü bile zor görüyordu.

Bayan Munnery'nin gözleri iyi görmüyor olabilirdi fakat beyni hâlâ saat gibi işliyordu. Her iki kardeşi de hatırladı; özellikle de Victoria'yı. "Gittiği zamanı hatırlıyorum," dedi biz artık ayrılmaya hazırlanırken. "Üzgündüm ama kararına şaşırmamıştım. Kız kardeşiyle o parkta başına gelenlerden sonra içinde bir şeyler ölmüştü. Nasıl söylesem, giderek daha soğuk birine dönüşmüştü. Gözleri özellikle... Gözlerinde garip bir ifade vardı."

"Mutsuzluk mu?" diye doğru sözcüğü bulmasına yardım etmeye çalıştım.

"Hayır, tatlım," diye yanıtladı yaşlı kadın. "Daha çok bir köpek balığının gözlerine benziyordu. Karanlık ve ölümcüldü."

Polis teşkilatının sağladığı bütçe lüks otellere yetmiyordu fakat Cardiff gibi iş odaklı bir şehirde hafta sonları otellerde boş oda bulabilmek mümkündü. Teşkilat bizim için nehir yakınlarında, fiyatına göre oldukça gösterişli bir otel ayarlamıştı. Oraya vardığımızda saat altıyı henüz geçmişti.

"Yemeği nerede yemek istersin?" diye sordu esneyen Joesbury. Asansörle yukarı çıkıyorduk.

"Aslında aç değilim," dedim gözlerimi diktiğim kat düğmelerinden ayırmadan. "Hemen uyumak istiyorum. Kahvaltıda görüşürüz."

Odamın olduğu kata geldiğinde arkama bakmadan asansörden indim. O güne kadar kaldığım en sessiz, kaliteli ve güzel otel odasıydı. Çift kişilik yatak kocamandı ve krem rengi dekor oldukça kaliteliydi. Duvarın birinin neredeyse tamamı camdı. Cama yaklaşıp örümcek ağına benzeyen perdeyi çektim.

Akşam olmuştu ve şehrin ışıkları nehrin yüzeyinde ışıldıyordu. Kıyıya demirlemiş bir yattan fazla uzak değildim. Tekne bir mücevher gibi parlıyordu ve iskelede dolanan insanları görebiliyordum. Herkes kaybolana dek etrafı izledim. Yalnızlığım kendini hissettirmeye başlamıştı.

Banyoya girip uzun bir süre sıcak su dolu küvetin tadını çıkardım ve bir ya da iki kat yukarıdaki Joesbury'yi, aramızda neler olabileceğini düşündüm. Ayrıca şu iki kız da aklımdaydı; her şeyin bir anda alt üst olduğu o akşam da. Orada uzanırken kendi hayatımı da düşündüm. Belki de artık hayatımı ellerime alacak gücü ve cesareti kendimde bulabilirdim.

Su soğumaya başlayınca ayağa kalkıp bir blucin ve kazak giydim. Spor ayakkabılarımı giyip ceketimi de kaptığım gibi otelden çıktım. Dışarı çıkınca ceketimin önünü ilikleyip yürümeye başladım. Birkaç metre sonra yürüdüğüm Arnavut kaldırımlı taş yol düzelmeye başladı. Giderek azalan ışıklar, yolun her iki yanındaki neredeyse benden daha uzun çalıları aydınlatıyor, iki yanda yükselen uzun çimenler âdeta bir tünel meydana getiriyordu.

Doğal sulak arazi olarak tutulan bir bölgeye doğru yürüyordum. Yol boyunca dizili tabelalar, suyun derinliğiyle ilgili uyarılar içeriyordu. Bu tabelaların şakası olmazdı. Muhtemelen benden önce de birilerinin yolu buralara düşmüştü.

Sağ tarafımda, çimlerin arasında, taş tuğladan inşa edilmiş bir sıra ev gördüm. Birçoğunun pencereleri ışıl ışıldı. Evin birinde, kucağında bir bebekle üst kat perdelerini çeken, benimle aynı yaşlarda bir kadın gözüme çarptı. Bir an durup benim bulunduğum yöne baktıktan sonra perdeyi çekip gözden kayboldu.

Normal bir yaşam bana daha önce hiç bu kadar uzak görünmemişti...

Şehrin ve sulak arazinin sesini dinleyerek yürümeye devam ettim ve sonunda suya doğru zikzaklar çizerek ilerleyen ahşap bir iskeleye vardım. Yoluma devam ederken, suyun üzerinde kanatlarını çırparak havayı hisseden bir kuğuya rastladım. Az sonra yakınlarda bir yere konup sazlıkların arasında gözden yitti.

Ahşap yapının sonuna vardığımda birkaç yüz metre arkamda birinin iskeleye çıktığını gördüm.

İskelenin ahşap korkuluklarına yaslandım. Sağ tarafımda, tekne halatlarının rüzgârda minik ziller gibi sallandığı ufak bir marina vardı. Sol tarafımda ise Tiger Kıyısı liman binası uzanıyordu.

İskeledeki ayak sesleri giderek yaklaşıyordu. Adımlar ağır ağır ilerliyordu ve bir adama ait olmalılardı. Nehrin üstünde su kuşları gibi kayan bir deniz taksisi gördüm.

"Sana aç olmadığımı söyledim," dedim önümdeki sazlıklara bakarak.

"Bana hemen uyuyacağını söylemiştin," diye yanıt geldi. "Ayrıca sana yemek getirdiğimi de nereden çıkardın?"

"Elinde patates kızartmasıyla beni takip eden bir adam görüyorum," dedim ona dönerken.

Joesbury'nin kollarının altında iki paket vardı ve patates kızartmasının kokusu onu ele vermişti. İskelenin gerisine doğru yürümeye başladık ve dalga ile yelkenli karışımı, taş bir heykelin yanında durduk ve oturduk. Joesbury üzerinde *Harry Ramsden* yazılı paketlerden birini uzattı.

"Sana kızgınlığım geçti," dedim paketi açmadan önce. Ne kadar acıktığımı fark etmemiştim.

"Bu da bir gelişme sayılır," dedi ve sesinin tonundan gülümsediğini anladım. İçecek kutusunun açıldığını duydum ve Joesbury bana bir kutu hafif bira uzattı. Biradan bir yudum alıp yanıma bıraktım. Önümüzdeki çimlerde bir şeyler hışırdıyordu. Yemeğimizi sessizce yedik.

"Tulloch'la tekrar konuşabildin mi?" diye sordum açlığımın etkisi geçmeye başlarken.

"İmaj geliştiriciler ona geri dönmüş," diye yanıtladı Joesbury.

Başımı aşağı yukarı salladım. Tulloch birkaç gün önce Victoria ve Cathy'nin fotoğrafını bir yere göndermiş ve bir bilgisayar programının, onların yirmili yaşların sonunda nasıl görüneceklerini gösterip gösteremeyeceğini görmek istemişti.

"Haberler iyi miymiş?" diye sordum. Açlığımdan eser kalmamıştı.

Joesbury lokmasını çiğnerken başını iki yana salladı. "Söylediğine bakılırsa sonuçlar pek iç açıcı değilmiş," dedi. "Victoria'dan pek sonuç alamamışlar profilden göründüğü için. Bu yüzden Catherine'in görüntüsüne yoğunlaşmışlar ve pek de işe yarar bir sonuç elde edememişler."

"Şansa bak," dedim çatalımı kenara indirirken.

Joesbury yan gözle bana baktı. "En iyisi ayırıcı yüz hatlarına odaklanmak olacak galiba," dedi. "Büyük burunlar, çıkık çene ve geniş alın. Llewellyn kardeşler gibi güzel kızların tipik özellikleri. Şimdi nasıl göründüklerini pek de tahmin etme şansımız yok."

"Yine de denemeye değerdi sanırım," dedim ve hâlâ yemek yiyor izlenimi uyandırmak için birkaç patates aldım.

Joesbury birinci birasını bitirip ikincisini açmıştı. "Departmanda şakacı bir tip Cathy'nin fotoğrafını yirmi yaş yaşlandırdı. Saç ve ten rengini koyulaştırınca tıpkı Tully'ye benzedi," dedi.

Gülümsemeye çalıştım. "Umarım iyi bir bahanesi vardır," dedim.

Yeniden sustuk. İştahım az da olsa yeniden açılmıştı.

"Dana iyi mi?" diye sordum.

Joesbury başını bana doğru çevirdi. "İyi," dedi. "Göründüğünden daha sağlam biridir."

Joesbury tam bir pislikti. "Tamam, anladım," dedim.

"Ne?" Sert adam ses tonuyla konuşuyordu. Amirlerimi kızdırmamam gerektiğini biliyordum.

"Bu olay yüzünden çektiği sıkıntıların farkındayım," dedim ona dönerek. Gözlerini iyice kısmış, kıymetlisi hakkında her an kötü bir şey söylememi bekler gibi meydan okuyan bir ifadeyle bana bakıyordu. "Bana kendisi söyledi," diye bitirdim cümlemi. Artık Joesbury'den korkmuyordum.

"Hepimiz çalıştığımız vakalarda sıkıntılar çekeriz," dedi son sözü söylemek ister gibi.

"Doğru ama hepimiz yeme bozukluğu yaşamayız," diye yanıtladım. "Ayrıca hepimiz intihar yaralarının izlerini taşımıyoruz."

Joesbury derin bir nefes alıp gürültüyle nefesini bıraktı. "Dana'nın bu soruşturmayı ele alış biçiminde hiçbir sıkıntı yok," dedi yaklaşarak.

Ben de ona doğru yaklaştım. Nefesindeki sirke kokusunu bile hissedecek kadar yakındım. "Olduğunu söylemedim zaten," diye cevap verdim. "Sadece iyi mi diye sordum. Onu seven ve endişelenen tek kişi sen değilsin, tamam mı?"

Joesbury cevap vermeden yemeğini bitirdi. Bir an somurttuğunu zannettim. Bir süre sonra konuştu. "O yaralar kendi kendine olmadı," dedi.

İşte bunu beklemiyordum. "Başka biri mi yaptı?"

Joesbury hızlıca başını aşağı yukarı salladı. "Bunun hakkında konuşmaktan hoşlanmaz," dedi ayağa kalkmadan önce. "Yemeğini bitirdin mi?"

Kese kâğıdımı katlayıp ayağa kalktım. Mesajı almıştım. Yürümeye başladık. Joesbury birkaç dakika hiç konuşmadı. Yüzündeki ifadeden kızgın olmasından çok düşünceli olduğu anlaşılıyordu.

"Bu soruşturmadan sonra ne yapacağını düşündün mü?" diye sordu elimizdeki çöpleri atmak için durduğumuz sırada.

Parmaklarıma sinmiş sirke ve yağ kokusunu hâlâ hissedebiliyordum. "Açıkçası bu soruşturmanın ötesini görebilecek bir halde değilim," dedim ki doğruyu söylüyordum. En azından yarı yarıya doğruydu. Benim için bu soruşturmanın ötesi yoktu.

Yeniden otele doğru yürümeye başladık. Bizi otele götüren yolda kayalar ve martılar şeklinde tasarlanmış bir heykel daha çıkmıştı karşımıza.

"Her şey bittikten sonra nereye gideceğini konuşmalıyız," dedi.

Biraz ilerimizde insanlar otelin etrafında geziniyordu. Bir çift, durdurdukları taksiye binerken iki orta yaşlı kadın sigara içiyor, cep telefonuyla Gal dilinde bağıra bağıra konuşan bir adam etrafta volta atıyordu.

"Yoksa bana kariyer tavsiyesinde mi bulunacaksın?" diye sordum.

"En azından birkaç fikir verebilirim diyelim," diye yanıtladı. "Dana da bu konuda konuşmak isteyecektir. Bu soruşturmadan alnının akıyla çıkarsa seninle ilgili planları olduğuna eminim."

Rüzgâr yüzünden üşümeye başlamıştım. Yüzümü kapatan saçlarımı gözlerimin önünden çekmek için yeltendim fakat Joesbury benden önce davranıp saçlarımı kulağımın arkasına gizledi. Geri çekilip yüzümü nehre doğru döndüm.

"Kötü bir şey mi dedim?" diye sordu.

"Hayır." Önümüzdeki martı heykellerinden birkaç tanesi kırılmış, geriye sadece ayakları kalmıştı.

"Neden moralin bozuldu öyleyse?"

Güçlükle yutkundum. O ve Tulloch benim polis teşkilatında bir geleceğim olacağını düşünüyorlardı. Ağlamamak için kendimi zor tuttum.

"Lacey Flint, çok tuhaf birisin," dedi yaklaşırken.

"Bilmediğim bir şey söyle," dedim.

"Hâlâ bir baş belası olduğunu düşünüyorum," dedi ve tek parmağının, ceketimin kolu üzerinde gezdiğini hissettim. Yüzümün yan kısmında nefesini hissedebiliyordum.

"Buna itiraz edemezdim doğrusu," diye mırıldandım.

Yavaşça saçlarımı okşuyordu. Beni yavaşça kendine doğru çekti. "O halde söyler misin bana..." soğuk parmaklarını ensemde hissediyordum. "Neden her sabah uyandığımda aklıma gelen ilk şey sen oluyorsun?"

81

13 Eylül, on yıl öncesi

Victoria Llewellyn döndüğü sırada her yer karanlık. Tel örgüyü tırmanıp terk edilmiş alana geçiyor. Demir kapının önünde el fenerini çıkarıp içeri giriyor. Tünel karanlık ve rutubetli. Ucuz ışıklar orayı aydınlatmaktan uzak. Her yana yüzüstü uzatılmış bedenler arasında ilerliyor. Hastane ekranı ve gaz sobasını görünce yavaşlıyor.

İki kızın paylaştığı yatakta uzanan kızı görüyor. Victoria el fenerini yavaşça kızın yüzüne doğru tutuyor. Kızı uyandırmak niyetinde değil.

Kız uyumuyor. Gözleri kocaman açılmış. Bir saniye sonra Victoria diz üstü çöküp nabzını ve nefesini kontrol ediyor. Arkadaşı henüz ölmemiş ama yakında ölecek.

"Ah Tanrım." Onu kaldırıp yardım bulabileceği bir yere götürmesi gerek. Diğer kızın koltuk altından tutup kaldırmaya çalışıyor. "Haydi, uyan. Bana yardım etmek zorundasın. Haydi ama Lacey. Seni de kaybedemem."

Lacey'nin gözleri bir saniyeliğine Victoria'nın gözlerine takılıyor ve ayağa kalkmakta zorlanıyor. İki kız yavaş hareketlerle gecenin karanlığına karışıyorlar.

82

Odamda uzun bir süre karanlıkta oturup nehri izledim. Karşı kıyıdaki ışıklar birer birer sönmeye başladı. Bu halde ne kadar kaldım bilmiyordum. Zamanla kıyıdaki bütün hareketlilik kesilmiş ve nehir gece için hazırlanmıştı sanki.

Saat sabaha karşı biri gösteriyordu ve artık bu bekleme oyununa katlanamayacağımın farkındaydım. Londra'ya dönmek zorundaydım. Daha da önemlisi Mark Joesbury'den kurtulmam gerekiyordu.

Yine de Cardiff'e gelmek ilginç bir şekilde faydalı olmuştu. İtildiğim tuzakları birer birer geçmiş ve Joesbury'nin güvenini yeniden kazanmaya başlamıştım. Yelkenleri hemen suya indirmemek lazımdı. Hâlâ yeterince güvenmiyordu bana. Artık büyük bir kumar oynamanın vakti gelmişti.

Ona gerçeği söyleyecektim.

Düşünüp vazgeçmemek için yalın ayak odadan fırladım ve asansöre gittim. Odasına geldiğimde kapıyı hafifçe tıklattım.

Kapıyı açtığında vücudunun üst kısmı çıplaktı ve gözlerindeki şaşkın bakışlardan onu derin bir uykudan uyandırdığımı anladım. Gelenin ben olduğumu idrak ettiğinde şaşkın, merak dolu ve bir o kadar da umutlu gözlerle bana baktı. Ağzını açmasına bile fırsat vermeden lafa girdim.

"Sana söylemem gereken bir şey var," dedim.

Gözlerini ovuşturup odaya geri döndü. Onu takip edip içeri girdim ve kapıyı arkamdan kapadım.

Joesbury'nin odası benimkinden daha büyüktü ve içeride iki adet çift kişilik yatak vardı. Masa lambasını açtığında bozulmuş yatağın orta kısmında bir yastık gördüm. Yastığa sarılarak uyumuş olmalıydı.

Diğer yatağın üzerinde Karındeşen'in gizemini anlatan, kuşe kâğıda basılmış bir kitap açık halde duruyordu. Kitabın bir kopyası bende de vardı. Bir referans kitabı olarak işe yaramazdı ama orijinal dökümanların kaliteli basımı ve kurbanların fotoğrafları iyi görünüyordu. Joesbury sanırım diğer herkes gibi olayları kronolojik bir sıraya dizmişti. Polly Nichols, Annie Chapman, Elizabeth Stride, Catharine Eddowes ve Mary Kelly'nin fotoğrafları yatağa sırayla dizilmişti.

Joesbury odanın uzak köşesine doğru yürüdü. Mary Kelly'nin kesilmiş haldeki fotoğrafını elime alıp geri bıraktım.

"Bir şeyler içmek ister misin?" diye sordu Joesbury. Başımı iki yana salladım.

Odanın camları açıktı ve içerisi soğuktu. Hafiften titremeye başlamıştım. Banyoya gidip dolaptan beyaz bir bornoz çıkarışını izledim. Bornozu üzerine geçirdikten sonra içeride sandalyenin üzerinde duran bir grup kıyafetin içinden çıkardığı svetşörtü bana fırlattı.

"Merkezî ısıtmalar geceleri başımı ağrıtıyor," dedi.

Svetşörtü üzerime geçirdim. Joesbury'nin gün boyu giyindiği svetşörttü. Soğuktu ama yine de kokusu yüzünden ısındığımı hissettim. Joesbury minibardan çıkardığı bir içeceği bardağa dolduruyordu. Biraz daha kendine gelmiş gibiydi artık. Pencerenin önündeki sandalyeye yerleştikten sonra bana baktı.

Derin bir nefes aldım. "Bunu daha önce söylemeliydim sana biliyorum," dedim. "Ama sanırım neden daha önce yapmadığımı anlayacaksın. En azından başka bir alternatifimin olmadığını düşünmüştüm."

Kehribar renginde, iki parmak sıvıyla dolu kadehini sol elinde tutuyordu. Kadehi dudaklarına götürdü.

"Bir süre sokaklarda yaşadığımı söylemiştim sana hatırlıyor musun?" diye sordum. Joesbury kadehi diktikten sonra masaya yumuşak bir şekilde indirdi. "Eskiden uyuşturucu problemim olduğunu da biliyorsun."

Kafasını aşağı yukarı salladı. Derin bir nefes alıp devam ettim.

"İşin aslı şu ki çok dağılmıştım," dedim. "Yaklaşık iki yıl boyunca eroin bağımlısı olarak yaşadım. Teşkilatın bildiğinin de ötesinde kötü bir haldeydim."

Joesbury tek kaşını merakla kaldırdı.

"Onlara bu sorunumun geçmişte kaldığını söyledim," diye devam ettim. "Bu yüzden okulu bitirememiştim fakat polis güçlerine katılmadan yıllar önce temizlenmiştim."

Bu defa rahatlamış gibi bir ifade vardı suratında. Gözlerime bakmaya devam etti.

"Bir sürü test yaptılar," dedim. "Sonunda temiz olduğum konusunda doğruyu söylediğime inanmışlardı. Şanslıydım ki o dönemde polisle ciddi bir sorun yüzünden karşı karşıya gelmemiştim. En küçük bir kaydım olduğunda bile daha ilk basamaktan kaybedeceğimi biliyordum. Fakat benim başvurduğum sırada başvuru ölçütlerini genişletmeye karar vermişlerdi ve benim gibi insanların geçmişlerinden dolayı, özellikle Londra sokaklarında yararlı olabileceklerini düşünüyorlardı."

Joesbury'nin yüz ifadesinden, teşkilatın önüne geleni işe aldığını düşündüğünü anlayabiliyordum.

"Eğitimim sırasında sürekli rutin testlere tabi tutuldum," dedim. "Aynı zamanda danışmanımı da görmek zorundaydım. Teşkilat, gereksiz bir riske girmek istemiyordu. Bütün bu testlerden geçtim ve sınavları yüksek derecelerle verdim."

"Ve seni kabul ettiler," diye tamamladı Joesbury.

"Evet, öyle oldu," diye onayladım. "Fakat gerçeği bilselerdi bunu asla yapmazlardı. Sana söylemek üzere olduğum şeyi rapor ettiğinde, biliyorum, yapmak zorundasın, teşkilatta işim bitecek."

Bir süre susup dinlendim.

"Ailem yok," diye devam ettim bir süre sonra. "Ve gördüğün üzere pek sosyal hayatım da yok. Hayatımda sahip olduğum tek şey kariyerimdi ve başka bir seçenek kalmayana dek onu bırakmaya niyetim yoktu. Anlıyor musun?"

"Anladığımı söyleyebilirim," dedi Joesbury. "Fakat bana henüz hiçbir şey söylemedin."

"Ev hayatım berbattı," dedim. "Detaylara gerek yok. Evden kaçıp büyükbabam ve büyükannemle yaşamayı denedim ama olmadı. Bu yüzden çocukluğumun büyük kısmını çocuk bakım evlerinde ve koruyucu ailelerin elinde geçirdim."

"Tanıdık bir hikâyeye benziyor," dedi Joesbury.

"On altı yaşıma geldiğimde esrar içiyor, bulabildiğim zamanlar kokain kullanıyordum. İçkinin her türlüsünü de denemekten geri durmuyordum tabii ki. Kokain ve matematik o zamanlar popülerdi. Bütün bunlara rağmen parlak bir öğrenciydim ve üniversiteye girebilecek kadar tek parça halinde kalmayı başarmıştım. Fakat kampüste bütün bunlara ulaşmak daha kolaydı. Öyle ki ilk yılımın sonunda artık günleri bile takip etmiyordum. Gidecek hiçbir yerim yoktu. Büyükbabam ve büyükannem ölmüştü. On sekiz yaşıma girdiğim için artık devlet korumasında değildim."

"Londra'ya mı gittin?" diye sordu Joesbury.

Başımı aşağı yukarı salladım.

"Gidebileceğim en iyi yer gibi gelmişti," dedim. "Kuzey Londra'da bir grup çocukla tanıştım. Yıkılana dek terk edilmiş evlerde kalıyorduk ve sahibi ortaya çıkınca yenisini buluyorduk."

"Uyuşturucular nereden geliyordu?" diye sordu Joesbury.

Bu kısmını açıklamak zor geliyordu. Gözlerimi yere indirdim.

"Sen de oyunun bir parçası mıydın?"

Gözlerimi kaldırmadan başımı sallayarak onayladım. "Rich diye biri vardı," dedim. "Jamaika'lıydı. Genç ama çılgın, güçlü biriydi. Benim... pezevengimdi... sanırım. Beraber çalıştığı birkaç kız daha vardı. Bizi barlara, gece kulüplerine, cadde köşelerine ya da terk edilmiş evlere götürürdü. Müşterileri bize gönderirdi."

Başımı kaldırıp Joesbury'ye baktım. Gözlerinde ışık kalmamıştı sanki.

"Hiç para alamazdım," dedim. "Diğer kızlar da aynı durumdaydı. Richard bizi alıp temizleyip yemek yiyeceğimiz yerlere götürürdü. Karnımız doyduktan ve temizlendikten sonra işe çıkarırdı. İş olmadığı zamanlar halimiz perişandı. Tek düşünebildiğimiz şey uyuşturucuydu ve her şeyi unutabilmeyi istiyorduk."

Joesbury'nin boş bakışları masaya takılı kalmıştı.

"Rich bazen uyuduğumuz yere arkadaşlarıyla gelirdi," dedim. "Onlardan para bile almazdı. Keyiflerince bizi kullanmalarına izin verirdi. İşte bu yüzden ahlak suçları biriminde çalışmayı istedim; başıma gelenler yüzünden."

Joesbury ayağa kalkıp kendine bir içki daha doldurdu.

"Hayatımın artık böyle gideceğine inanmaya başlamıştım," dedim. "Ta ki bir gün yanlış miktarda ya da yanlış şeyi alıp bir daha uyanmayışıma dek..."

"Sonra ne oldu?" diye sordu Joesbury yerine otururken.

"Bir kızla tanıştım," dedim.

Joesbury oturduğu yerde doğruldu.

"Aylardır sokaklarda geziyordum ve bir gün onunla karşılaşmıştım," dedim. "Yaklaşık olarak benim yaşlarımdaydı ya da belki bir yaş falan daha küçüktü. Sokakta yaşamayı bilmediği her halinden belliydi. Fakat onu farklı kılan bir şey vardı. Fazla odaklanmıştı."

Joesbury içkisini indirdi. "Neye odaklanmıştı?"

"Uyuşturucu kullanmıyordu," dedim. "Rich ve arkadaşlarıyla işi olmazdı. Nasıl söylesem; umutsuz değildi."

"Devam et," dedi Joesbury.

"Birini arıyordu," dedim. "Bir kızı... Elinde bir fotoğraf vardı. Günlerini bütün Londra'da evsizlerin toplandığı yerleri gezip fotoğrafı göstermekle harcıyordu."

"Sana kim olduğunu söyledi mi?"

Başımı iki yana salladım. "Asla söylemedi," dedim. "Kendi hakkında da doğru düzgün konuşmazdı. Benim gibi çocuk bakım evlerinde yetiştiğini biliyordum ve tıpkı benim gibi onun da gidecek bir yeri yoktu."

"Adı neydi?"

"Ona Tic diyordum."

Bana doğru eğildi. "Tic mi?"

"Evsizler gerçek isimlerini kullanmazlar," dedim. "Birçoğu bir şeylerden ya da birilerinden saklanıyordur genellikle. Bu yüzden takma ad kullanırlar. Benden ona Tic dememi istedi ve ben de öyle yaptım."

"Sence o Victoria Llewellyn miydi?" diye sordu Joesbury.

Başımı aşağı yukarı salladım. "Öyle olmalı," dedim. "Fakat bizdeki fotoğraftaki kızla hiçbir alakası yoktu. Saçları çok daha uzundu ve sarıydı. Sarışın değildi ama sarıya yakındı. Oldukça basit kıyafetler giyerdi ve hiç makyaj yapmazdı. Bilmiyorum ama onda şu aradığımız Galli, çılgın ergen kızdan eser yoktu."

"Gal aksanı var mıydı?"

"Sanırım." Kaşlarını kaldırıp güvensiz bakışlarla beni süzdü. "Bak, ben tam bir uyurgezerdim ve sana aksanımdan bahsedemezdim. Tek hatırladığım şey onun hafif, güzel sesi. Hepsi bu kadar."

"Tamam, sakin ol. Ona ne oldu?"

"Sanırım aradığı kızı buldu ve kız iyi değildi. Zaman konusunda emin değilim, geçmişi hatırlamakta biraz zorlanırım."

"Aradığı kız ölmüş müydü?" diye sordu Joesbury. "Eğer öyleyse hikâyemize uyuyor. Cathy'nin öldüğünü biliyoruz..."

Başımı iki yana salladım. "Zannetmiyorum," dedim. "Bir gün Tic'le karşılaştım ve gözlerindeki alevin söndüğünü gördüm fakat kederli bir hali yoktu. O zamandan sonra dışarı çıkmayı bıraktı, sıklıkla kara kara düşüncelere dalıyordu. Ne zaman onu neşelendirmeye çalışsam ya da başka yerlere de bakabileceğimizi söylesem bana bulunmak istemeyen birini aramanın anlamsız olduğunu söylerdi."

"Belki de aramaktan yorulmuştu."

"Belki," dedim. "Fakat böyle olsaydı ondaki değişim aşamalı olurdu. Bir anda değişmişti. Bence Cathy'yi bulmuştu fakat bu mutlu bir kavuşma olmadı."

Joesbury iç çekti. "Ne zaman olduğunu hatırlayabilseydin çok faydalı olurdu," dedi.

"On yıl önce, yaz sonuydu," dedim. "Ağutos ya da eylül olduğunu hatırlıyorum çünkü kaldığımız yer değişen havalara uygun değildi ve başka bir yere taşınmak zorundaydık."

"Cathy'nin öldüğü bot kazası 27 Ağustos'ta meydana gelmişti," dedi Joesbury. "Peki, şu Tic isimli kıza ne oldu daha sonra?"

"Bilmiyorum," dedim. "Fakat beni kurtardığını biliyorum."

"Nasıl?"

"Gitmekten bahsetmişti," dedim. "Sokaklarda yaşamanın artık bir anlamı olmadığını söylüyordu. O zamanlar ona çok bağlanmıştım. Yeniden kendi başıma kalmakla yüzleşebileceğimi zannetmiyordum."

"Sonra?"

Ellerimle yüzümü ovuşturdum. Üzerinden on yıl geçmesine rağmen hâlâ acı veren bir anıydı. "O gece çok fazla mal aldım," dedim. "Ertesi sabah kendime geldiğimde hastanedeydim."

"Seni o mu oraya götürmüş?" diye sordu Joesbury.

Başımı aşağı yukarı salladım. "Beni ana caddeye çıkarmayı başarmıştı. Gecenin bir yarısıydı ve ne herhangi bir ulaşım aracı ne de bir telefon vardı etrafta. Beni hastaneye götürmek için araba çalmıştı. Eğer çalmasaydı ölecektim."

"Sonra ne oldu?"

"İyileşmemden sonra beni özel bir kliniğe yatırdı ve orada bir ay kalmam için yetecek kadar para verdi. Parayı nereden bulduğu hakkında bir fikrim yoktu ama birdenbire binlerce sterlini olmuştu."

"Büyükbabasının evi..." dedi Joesbury.

Başımı aşağı yukarı salladım. "Bana bunun kurtulmam için tek şansım olduğunu ve mahvetmememi söyleyip gitti."

"Onu bir daha gördün mü?"

"Hiç görmedim. Klinikte kaldım. Cehennem gibi günlerdi fakat üstesinden gelmeyi başarmıştım. Sosyal hizmetler bana temiz kaldığım sürece yaşamam için bir hostel ayarladı. Birkaç ay sonra bir işe girdim. Ardından kendi evime taşındım. Kraliyet Hava Kuvvetleri yedek birimine katılmaya hak kazandım. Oradaki disiplini ve yoldaşlık hissini seviyordum. Birkaç yıl sonra Londra Polis Teşkilatı'na başvurmayı düşünmeye başladım. Biliyorum o bir canavar ama yine de beni kurtardı."

"Peki," dedi Joesbury ve dirseklerini dizlerine yasladı. "Sokaklarda yaşarken Llewellyn kardeşlerin büyüğüyle karşılaştığına ve bir süre beraber takıldığınıza inandım, hatta fotoğraftan tanıyamadığına da inandım. Fakat bu kadar zaman sonra neden sana takılıp kaldığını anlamıyorum. Neden intikam oyununa seni de dâhil ediyor? Sonuçta Cardiff'te olup bitenlerle bir ilgin yoktu."

"Doğru ama Londra'da başıma gelenleri biliyordu," dedim. "Bedenimi sattığım müşterilerden, Rich ve çete tecavüzlerinden haberdardı. Bana çok kızıyordu. Bütün bunlara bir son vermemi istiyordu. Ben de bir kurbandım, tıpkı onun gibi."

Joesbury yeniden sandalyesine yaslandı. Kaşları çatılmıştı.

"Onunla sadece birkaç ay geçirmiştim ama o, benim hayatımda bu kadar yakın olduğum ve umursadığım tek kişiydi," dedim. "Birkaç metrekare betonun etrafını kartonlarla sarıp kendimize ev yaptık. Şu oğlanların annelerini öldürerek giriştiği intikam oyununu nedense aynı zamanda benim için de yaptığını düşünüyorum."

Kalp atışımın yavaşlayacağını umarak derin bir nefes aldım.

"Bunları daha önce anlatmadığım için özür dilerim," dedim. "Fakat şimdi bile gerçekten o mudur diye emin olamıyorum."

Joesbury iç çekerek ayağa kalktı ve arkasını dönüp pencereyi açtı. Oda sıcak değildi ve pencereden giren soğuk hava sanki Kuzey Kutbu'ndan geliyordu. Dizlerimi üzerime bol gelen svetşörtün altına soktum ve balkona çıkıp korkuluklara yaslanan Joesbury'yi izledim. Karındeşen'in kurbanlarının fotoğrafları rüzgârda etrafa saçılmaya başlamıştı. Ayağa kalkıp açık pencereye doğru yürüdüm. Joesbury nehri izliyordu.

"Hepsi bu," dedim arkasından. "Her şeyi anlattım. Çok yorgunum. Yarın sabah tekrar konuşsak olur mu?"

Yüzünü dönmeden başını aşağı yukarı salladı. Bir saniye daha bekledikten sonra balkondan çıkıp odaya döndüm. Yatağın yanından geçerken gözüm Mary Kelly'nin parçalanmış halinin fotoğrafına takıldı. Tekrar edilmeyen tek cinayet o kalmıştı.

Koridordaki asansör on beş metre ilerideydi. Elimi kaldırıp asansörü çağırma düğmesine basacağım sırada yapbozun son parçasını buldum.

Ah, yüce Tanrım.

83

Yeniden Joesbury'nin kapısındaydım ve diğer odalarda kalanları uyandırıp uyandırmadığıma pek de dikkat etmeden kapıyı gürültüyle çalıyordum. "İçeri girmem lazım," dedim kilidin döndüğünü duyunca. Kapı açılır açılmaz itip içeri girdim.

"Ne oldu?" diye sordu merak içindeki Joesbury.

"Londra'ya geri dönmek zorundayız," dedim. "Hemen şimdi. Dana'yı ara. Ne aptalmışız ama..."

"Lacey, sakin ol. Neler oluyor sana böyle?"

Yanından hızla geçip yatağa yöneldim. Korkunç bir şekilde katledilmiş Mary Kelly'nin fotoğrafı yastığın üzerinde duruyordu. Uzanıp fotoğrafı aldım.

"Anlamalıydım," dedim. "Bir şekilde beşinciye ulaşacağını bilmeliydim. Hatta çoktan..."

İki sıcak el omuzlarımdan kavramıştı.

"Şimdi derin bir nefes al ve sakın konuşma."

"Bak şu anda..."

"Sana çeneni kapa dedim. Hemen." Bir eliyle ağzımı kapatmıştı. Haklıydı da. Sakinleşmem lazımdı. Tanrım, nasıl da anlayamamışım.

Sanki vahşi bir hayvanı kafesinden çıkarıyormuş gibi elini yavaşça ağzımdan çekti.

"Şimdi tane tane anlat," dedi.

"Charlotte ve Karen'ı; yani üç ve dört numaralı kurbanı öldürdükten sonra beşinciyi koruma altına alacağımızı biliyordu," dedim.

"Koruma altına aldık zaten," diye yanıtladı Joesbury. "Üç saat önce Jacqui Groves iyiydi ve yaşıyordu. Yoksa..."

"Jacqui Groves, onun aradığı kişi değildi. Aslında onun peşine düşmek değildi amacı."

Joesbury başını iki yana salladı. "İyi de beş anneden geriye kalan tek kişi o," dedi.

"Karındeşen Jack'in ilk dört kurbanı kırklı yaşlarındaki kadınlardı," dedim. "Tıpkı öldürülen anneler gibi. Ardından işler değişti ve Karındeşen Jack daha genç bir kadının peşine düştü. Oyunun seviyesini yükseltti."

"Hâlâ anlamıyorum..."

"Groves ailesinin kaç üyesi var?"

Joesbury omuz silkti. "Bilmiyorum; anne, baba, Toby isimli oğulları ve... Kahretsin!"

Şimdi anlamıştı. Hemen yanımdan ayrılıp telefonunu aramaya başladı.

"Toby Groves'un bir kız kardeşi var," dedim Jocsbury'nin son şüphesini de dağıtmak için. "İkiz kardeşi," diye devam ettim. Joesbury telefonunu bulup Dana'nın numarasını tuşlamaya başlamıştı. "Kız yirmi altı yaşında. Sanırım Llewellyn onu çoktan yakaladı."

84

7 Eylül Pazar

Karanlık olduğu yerde durmaz, hareket eder. Joanna Groves bunu öğrendi. Titrer, toplanır, sürüklenir ve tuhaf şekillere bürünür. Karanlık bazen o kadar ağırlaşır ki gözlerinin ardını boğazına doğru iter. Joanna buraya getirilmeden önce karanlık hakkında hiç düşünmemişti. Fakat şimdi onun dışında bir şey düşünmekte zorlanıyor.

Belki soğuğu da dâhil edebiliriz. Uyurken bile soğuğun acısını hissetmemek mümkün değil. Zaman kavramını yitirmiş durumda ve ne zamandır burada olduğunu bilmiyor. Titremeyi kesip uzuvlarını bile kıpırdatmak işkenceye dönüştüğünden beri aklındaki tek şey karanlık ve soğuk.

Ve yumuşak, hışırtılı sesler... Kazıma ve tırmalama sesleri, hafif ciyaklamalar. Her yanında hissettiği bir hareketlilik. Böyle soğuk, karanlık bir yerde hayat olduğuna inanamıyor. Sesler giderek yaklaşıyor. Belki de onun yerinden kıpırdayamadığına inandı artık.

Yutkunmayı deniyor ama başaramıyor. Nefes almak bile zor geliyor. Kendi başına kaldığı ilk anda kan tadı hissedene dek çığlık atmıştı. Çığlıklarını, ağzının bantla sarılması takip etti. Bant söküldüğünde saçından da iri bir tutam koparmıştı beraberinde. Yeniden çığlık atmıştı.

Karanlığın değiştiğini hissediyor aniden. Rastgele bir değişiklik değil, karanlığın bu defa bir amacı var ve giderek yaklaşıyor.

"Oradasın, değil mi?" diye fısıldıyor sesin geldiğini düşündüğü yöne doğru. "Geri geldin, biliyorum."

Bir kez daha duyuluyor ses. Artık ayak sesi olduğundan emin.

"Bunu neden yaptığını biliyorum," diyor Joanna ve her bir kelime canını yakıyor. "Ağabeyimin sana ve kız kardeşine ne yaptığını biliyorum."

Ses kesiliyor.

"Üzgünüm," diyor Joanna hızlıca. "Böyle söylemek istememiştim. Sadece çok korkuyorum. Ağabeyimin ve arkadaşlarının sana yaptıkları için üzgünüm."

Bir adım sesi daha duyuyor. Joanna hızlı konuşması gerektiğinin farkında. "Yaptığı şey korkunçtu, biliyorum," diyor. "Bu işten sıyrılmalarına izin verilmemeliydi."

Ses oldukça yakın, hemen önünden geliyor.

"Fakat yaptıklarının benimle bir ilgisi yok," diyor Joanna. "Neden bana bunu yapıyorsun?"

Soğuk bir şeyler yüzünde geziyor. Cıvık bir ses... Plastik kokusu alıyor. Başını geriye doğru yaslayıp suyun boğazına akmasına izin veriyor. İyi geliyor. Suya doyunca ağzıyla şişeyi itiyor. Gardiyanı çok yakınında. Elleri bağlı olmasa uzanıp yüzüne dokunabilir.

"Bir şey sorabilir miyim?" diyor Joanna.

Bir süre cevap gelsin diye bekliyor. Cevap gelmese de kızın orada olduğunu biliyor. Kız nefes alıyor ve konuşuyor: "Neden ağabeyin ve arkadaşlarını öldürmediğimi mi soracaksın?" diyor yumuşak bir ses. "Sormak istediğin şey bu mu?"

"Evet," diyor Joanna fakat bunu söylerken kendini suçlu hissediyor. Toby onun ikiz kardeşi. Onu anne ve babasından daha çok seviyor. Fakat burada olmasının sebebi de Toby.

"Kardeşin ne kadar uzun?" diye soruyor ses. "1.87? ya da 1.90? Doksan kilo mu? Beni gördün. Onun boy ve kilosunda birini öldürebilmemin tek yolu uzaktan bir kurşunla kafasından vurmak."

Konuşmasını kesiyor. Joanna devam etmesini bekliyor. Gardiyanının yaklaştığını hissediyor.

"İyi ama," diye fısıldıyor ses. "Eğlence bunun neresinde?"

85

Ertesi sabah oteli terk ettik. Ben hemen oradan ayrılmamız konusunda ısrar etmiştim ama Joesbury geceyi orada geçirmemizi istemişti. Londra'da Dana ve ekibinin biz olmadan başaramayacağı bir şey yoktu ve uykusuz bir gece daha geçirmemiz halinde perişan olacaktık. Severn Köprüsü'ne yaklaştığımız sırada telefonu çaldı ve bana yanıt vermemi işaret etti.

"Lacey, benim Dana."

"İki saat mesafedeyiz," dedim. "Tabii trafiğe bağlı. Herhangi bir gelişme var mı?"

"Haberler iyi değil," dedi Tulloch. "Ev arkadaşı Joanna Groves'u iki gündür görmemiş ve haftasonu için bir yere gittiğini düşünmüş. Fakat hiçbir yerde bulunamıyor."

Joesbury'ye dönüp başımı iki yana salladım. Joesbury anlamadığım bir küfür mırıldandı.

"Lacey, geçen gece Mark'a anlattıklarını biliyorum," dedi Tulloch. "Şimdi katili yakalamamız dışında hiçbir şeye kafanı takmamanı istiyorum senden. Soruşturma sona erdiğinde arkanda olacağımdan ve seni savunacağımdan emin olabilirsin. Mark da aynı şekilde davranacak."

"Teşekkür ederim."

"Şimdi tek şansımız sensin," dedi Tulloch. "Bu kadını sen tanıyorsun ve sıradaki adımına dair en iyi tahminde sen bulunabilirsin. Döndüğünüzde görüşürüz."

Telefonu kapattıktan sonra cep telefonu tutacağına yerleştirdim. Tulloch haklıydı; şimdi her şey bana bağlıydı. Geri çekilmeyecektim.

Saat on bir olmadan Londra'ya ulaştık. Earls Court'a varınca güney yolundan nehre doğru yöneldik. Vauxhall Köprüsü'ne vardığımızda kalbim küt küt atmaya başlamıştı. Artık dayanamayacaktım. Ya şimdi ya hiç.

"Durmalıyız," dedim. "Sanırım kusacağım. Yanılmıyorsam metroda umumi tuvaletler vardı."

Yan gözle bana baktı ve bir elimi karnımda ve diğerini ağzımda tuttuğumu gördü. Başını aşağı yukarı sallayıp köprüden çıkar çıkmaz kenara çekti. Teşekkür eder gibi mırıldandım ve çantamı alıp arabadan indim. Oyster seyahat kartımla turnikeleri geçtim ve köşeyi döndüğümde artık görüş açısında değildim.

Vauxhall Metro İstasyonu'nda umumi tuvalet yoktu. Güney yönündeki trenin bir an önce gelmesi için dua ederek platforma doğru hafif tempoyla koşmaya başladım. Bilgi ekranı bir sonraki trenin bir dakika sonra geleceğini işarer ediyordu.

Her geçen saniye saatler gibi geliyordu sanki. Neyse ki trenin sesini ve fren gıcırtılarını duymam fazla sürmedi. Tünelden gelen güçlü hava akımını yüzümde hissettim. Stockwell istasyonunda inip birkaç yüz metre koşarak daireme vardım. Arabadan inmemin üzerinden henüz on dakika geçmişti.

Dairemin kapısını açtığımda yüz saniyeden az sürede hemen çıkmayı planlıyordum. Hızla içeri dalıp giysi dolabının üzerindeki çantaya uzandım ve ihtiyacım olacak her şeyi içine tıktım. Kapının arkası her cumartesi sabahı olduğu gibi posta ve siparişlerle doluydu. Kahverengi kâğıda sarılı uzun, ince bir kutu gözüme çarptı postalar arasında. Açmaya zamanım olmadığı için hızlıca yırttım.

İçindekine bakmak bana birkaç saniyeye mal olmuştu. Dairemden çıkarken oraya bir kez daha dönmeyeceğimi biliyordum. Bisikletimin kilidini açar açmaz orayı terk ettim.

86

Bir saat sonra cep telefonumu yeniden açtım ve Joesbury'yi aradım. Telefon çalar çalmaz cevap verdi.

"Kahrolası bir açıklaman olsa iyi olur!"

"Kapa çeneni ve beni dinle," dedim. "Yoksa kapatırım."

Yanıt gelmedi.

"Waterloo İstasyonu'ndayım. Yirmi dakikaya telefonumu kapatıp bir trene atladığım gibi ortadan kaybolacağım. İzimi sürmenin bir anlamı yok."

Kısa bir sessizlikten sonra konuştu Joesbury. "Devam et," dedi.

"Kariyerim mahvoldu," dedim. Joesbury'nin beni oyalayıp en yakın devriyeyi olduğum yere yollamaya çalıştığını biliyordum. "En az zararla kurtulacağım saçmalığına hiç başlama."

"Yani?"

"Joanna Groves hâlâ hayatta," dedim trafikten uzaklaşırken.

"Nasıl..."

"Dinle! Onun ya da Llewellyn'in nerede olduğunu öğrenir öğrenmez seni arayacağım. Telefonunu yanında tut. Joanna için yapabileceğin en büyük iyilik, ona ulaşmamı engellememek olacak."

Joesbury'nin ağzından dökülen küfürlerin hepsini duyabiliyordum. "Flint, Londra'nın evsizlerini haftalarca araştırdık," dedi en sonunda öfkesini kontrol etmeyi başararak. "O artık sokaklarda yaşamıyor. Bulamazsın."

"Ben de öyle düşünüyorum," dedim. "Ama o beni bulacak."

Keskin bir tıslama sesi duydum ve onu, yere çarpan bir sandalye sesine benzer bir gürültü takip etti. "Lacey, kendini öldürteceksin."

"En az korktuğum şey," dedim. "Bir şey daha var."

"Dinliyorum."

"Daireme gittiğinde bu sabah postalanmış bir paket göreceksin. Dikdörtgen şeklinde bir paket ve içinde bir bıçak var. Bıçağın sapına Mary ismi kazınmış."

"Yüce İsa! Lanet olsun..."

"Sus. Bıçak tertemiz ve kullanılmamış. Joanna yaşıyor, biliyorum."

Ona düşünmesi için birkaç saniye izin verdim. Artık gerçekten de telefonu kapatmak zorundaydım. Caddeyi aşağı yukarı kolaçan ederken tedirgin olmaya başlamıştım.

"Anlamıyorum," dedi. "Neden sana kullanılmamış bir silah gönderdi ki?"

Neredeyse gülümser gibi olmuştum. "Neyse ki tatlı birisin Joesbury," dedim. "Yoksa bu kıt zekânla fazla yaşamazdın. Bıçak tertemiz çünkü onu benim kullanmam gerekli. Joanna'yı ben öldürmek zorundayım."

87

"Öldürdüğün kadınlar," diyor Joanna. "Annem de dâhil. Olanlar için onları suçluyor musun? Oğullarının sana yaptıkları onların hatası mı?"

Kız, onunla vakit geçirmeye başlıyor. O da bu yerde yalnızlık çekiyor olmalı. Ara sıra konuşuyor, bazen sessizce oturup birbirlerinin soluklarını dinliyorlar.

"Oğullarını canlarının istediklerini yapabileceklerine inandıracak şekilde yetiştirdiler," diye yanıtlıyor kız. "Sonunu düşünmeden, keyiflerince davranabilirlerdi."

"Bu yüzden mi öldürdün onları?" diye soruyor Joanna bir süre sonra.

"Ertesi gün polis merkezinde bir araya geldiğimizde," diyor kız. "Oğlanların babaları utanç içindelerdi ve bizim yüzümüze bile bakamamışlardı. Oğullarından utandıkları belliydi. Evlatlarının ceza almasını istemiyorlardı fakat bir yandan da olanların suçunun kısmen oğullarına da ait olduğunu bildiklerini kabul eder bir haldelerdi. Bizim de istediğimiz buydu zaten."

"Ya anneleri nasıl davrandı?" diye soruyor Joanna.

Kız keskin bir şekilde tıslıyor. "O kadınlar, biricik bebeklerinin kötü bir şey yapmış olabileceklerini bir an bile kabul etmediler," diyor. "Kötü olan yalnızca ben ve kardeşim olabilirdik onlara bakılırsa."

Joanna bir süre düşünüyor. Söylemek istediği bir şey var. Belki iğrenç bir ihanet gibi olacak ama burada söz konusu olan şey hayatı. "Anlıyorum," diyor. "İyi de seni ve kız kardeşini inciten gerçek kişiler yine bu işten sıyrılmış olmayacak mı?"

Joanna, kızın hafif kahkahasını duyuyor. "Hayır, Joanna," diye fısıldıyor kız kulağına. "Asıl onları hızlıca öldürseydim bu işten sıyrılmış olurlardı. Ölümün nerede geldiğini anlamayacaklardı bile. Oysa bu şekilde, hayatları boyunca acı çekecekler. Tıpkı benim gibi."

88

Joesbury'ye Waterloo İstasyonu'na yaklaştığımı söylediğimde doğruyu söylemiştim. Fakat tren konusunda söylediklerim yalandı. Londra Metrosu güvenlik kameralarıyla donatılmıştı ve beni bulmaları çok kolay olurdu. Onun yerine bisikletime atladığım gibi, anayoldan sakınarak A202 güzergâhına, doğuya yöneldim. Kapüşonumu kafama geçirip pedallarken daima başımı önüme eğiyordum.

Bir saat on dakika kadar sonra şehrin yüksek bir noktasına tırmanıp, pazar gününün keyfini çıkaran Güneydoğu Londra'yı izledim. Greenwich Parkı girişinde kahve ve sandviç aldım ve zayıf güneş ışığının nehir üzerindeki göz alıcı yansımasını izledim. Gökyüzünde giderek bulutlar toplanıyordu ve parkın kalabalık olduğu söylenemezdi. Birkaç kişi köpeklerini gezdiriyor, birileri uçurtma uçuruyor ve çocuk parkı civarında çocuklar, aileleriyle günün tadını çıkarıyordu. Bir gecede sıcaklık düşmüştü.

Greenwich başlangıç meridyenine bu kadar yakın oluşum muydu nedeni bilmiyorum ama içimden bir ses hızla uzaklaşmamı söylüyordu.

Terk ettiğim ekibin iki önceliği vardı. İlk olarak aynı yerde olduklarını düşündükleri Joanna Groves ve Victoria Llewellyn'i bulmak istiyorlardı. İkinci bulmak istedikleri kişi ise ben olmalıydım. Fotoğrafım çoktan bütün Londra polis teşkilatına gönderilmiş olmalıydı bile. Bütün güvenlik kamera operatörleri, üniformalı devriyeler, toplum polisleri, hatta trafik polisleri bile durumdan haberdar edilmişlerdi ve beni arıyorlardı muhtemelen. Öğle sonrası haberlerinde baş haber olmayı bile bekliyordum. Ondan sonra Londra'da bu durumu umursayan herkes beni arayacaktı.

Buna Llewellyn de dâhildi. Onda cep telefonu numaram vardı. Nereye gitmem gerektiğini çok yakında söylerdi. Tek yapmam gereken, telefon gelene kadar yakalanmamaktı.

Bir kenarda oturup soğuğu umursamamaya çalışarak bir saat daha bekledim. Saat 12.55'te Flamsteed House'un kırmızı zaman balonu, direğin yarısına kadar tırmanmıştı. Üç dakika kadar sonra zirveye ulaşan balon saat 13.00'da yeniden alçalmaya başladı. Yarım saat kadar daha bekledikten sonra cep telefonumu açtım. Yeni bir mesaj yoktu.

Telefonumu kapattıktan sonra bisikletime atladım. Joesbury ve elemanları benim Greenwich Parkı'nda olduğumu artık öğrenmişlerdi muhtemelen. Buradan gitme vakti gelmişti.

Parktan çıktım ve ucuz kıyafetler satan bir tezgâhın yanında durdum. Su geçirmez, mavi bir mont ve bir beysbol şapkası satın alıp ikisini de hemen giydim. Ardından Greenwich tüneline doğru yol aldım. İçerideki kameralara yakalanmamak için bisikletimle ilerlerken başımı iyice eğdim. Kuzey kıyısına geçtiğimde sahile yakın, boş bir bank buldum ve oturup Greenwich Hastanesi'nin eski, süslü binasını izleyerek bir saat daha oyalandım. Bu arada yağmur başlamak üzereydi. Yeniden açtım telefonumu. Yine mesaj yoktu.

Öğleden sonra artık adamakıllı üşüyordum. Isle of Dogs'a doğru pedalladım ve pazar günü de açık olan küçük bir internet kafeye girdim. Güvenlik kameralarına dikkat ederek boş bir bilgisayarın başına geçtim ve haber sitelerini incelemeye başladım.

Joanna Groves'un kaçırılışı hemen hemen her gazetede baş haberdi. Sarı saçlı, mavi gözlü, zayıf bir kızdı. Dünya güzeli olmasa da kendine özgü bir çekiciliği vardı. Wimbledon'da bir apartmanın giriş katında yaşıyor ve yine orada bir ilkokulda çalışıyordu. Cuma öğleden sonra üç buçuk civarında okuldan çıkmıştı ve onu bir daha gören olmamıştı. İnternet siteleri arasında dolanırken midemin düğümlendiğini hissetmeye başladım.

Benim hakkımda henüz hiçbir haber yoktu. Hatta polis teşkilatının sitesinde bile bir şey yazmıyordu.

Henüz bir saat dolmadan oradan ayrılmak zorunda hissettim kendimi. Tulloch'un bilgisayar konusundaki yeteneğini göz ardı edemezdim. Şu an bile Londra Polisi'nin internet sitesinde dolaştığımı görebilirdi ve kullandığım bilgisayarı takip edebilirdi. Aceleyle internet kafeden ayrıldım. Cinayet Araştırma Ekibi birimleri istediğimin tam tersini yapıyorlardı. Arandığımın kamuoyunda duyulmasını istiyordum. Aksi takdirde Llewellyn nasıl bilecekti kaçak durumunda olduğumu?

Pekâlâ, düşün, düşün, düşün... On beş dakika kadar bisiklet sürdükten sonra başka bir internet kafe buldum ve boş bir bilgisayar bulunca oturdum. Arama motoruna "Karındeşen" yazıp kelimeyi arattım.

Karındeşen Jack kelimeleri karşılığında milyonlarca sonuç çıkmıştı karşıma. Fakat onun günümüz taklidiyle ilgili o kadar da haber yoktu. Yalnızca kırk üç bin kadar ilgili sonuç çıkmıştı. Gerçi yalnızca birkaç haftadır aranan biri için fena sayılmayacak bir rakamdı. İlgili siteleri ve blogları dolaşmaya başladım ve her birine bir mesaj bıraktım.

Cardiff'li kız: Ara beni, L.

Riskli bir hareket yapmıştım. Bilişim bölümünden birçok polis ilgili internet sitelerini takip altına almıştı. Mesajımı görünce takip edebileceklerdi. Orayı terk edip küçük, yarı dolu bir Starbucks buldum. Kırk dakika sonra telefonumu açtım. Yine bir şey yoktu. Sanırım paranoyaklaşmaya başlıyordum. Benden kısa bir süre sonra kafeye bir kadın girdi. Kırk beş dakika olmuştu, hâlâ oradaydı. Belki de benimle hiçbir ilgisi yoktu ve yalnızca vakit geçirmek isteyen bir başka Londralıydı ama yine de bana bu kadar yakın olması hoşuma gitmemişti.

Oradan ayrılıp televizyonlu bir başka kafe buldum ve haber kanalını açmalarını rica ettim. Yirmi dakika boyunca izlediğim kanalda defalarca Joanna'dan bahsedilmişti. Hâlâ benden bahseden yoktu. Yeniden telefonumu açtım. Yine bir şey yoktu. Hareket vakti gelmişti.

Kahretsin, planladığım şey bu değildi. İçimdeki paniğin arttığını hissediyordum. Llewellyn benim dışarıda bir yerlerde olduğumu bilmiyordu. Benimle temasa geçemeyecekti.

Üstelik paranoyam giderek artıyordu. Gittiğim her yerde gözlerin üzerimde olduğunu hissediyordum. Öyle kolay yakalanamazdım oysa. Telefonumu kapalı tutuyor, sürekli mekân değiştiriyordum ve güvenlik kameralarına dikkat ediyordum. Şişlik ve yara izleriyle dolu yüzümü kameralara göstermeye niyetim yoktu. Fakat her geçen dakika izleniyormuşum hissi daha baskın gelmeye başlıyordu içimde.

Kaçabilirdim.

Fakat kaçarsam Joanna Groves ölebilirdi. Başka bir yol olmalıydı. Bu kadını tanıyordum. Aklından neler geçtiğini biliyordum. Joanna'yı nereye götürmüş olabilirdi?

Geraldine Jones'u Güney Londra'da bir sitede öldürmüştü. Amanda Weston'ı bir parkta parçalara ayırmıştı. Charlotte Benn'i kadının kendi evinde öldürmüştü. Karen Curtis'i ise annesinin evinde... Nerede olduğuna dair bir fikir edinmek zordu.

Kafeden ayrılıp cadde boyunca pedallamaya başladım. Sokak kameralarını bile unutmuştum. İlk kez, oradan sonra nereye gideceğime dair bir planım yoktu.

Llewellyn bana bir bıçak göndermişti. Joanna Groves'u benim öldürmemi istiyordu. Yani onu bulacağıma inanmak zorundaydı. Bir gazete bayisi, çocuk mağazası ve ikinci el müzik dükkânının yanından geçtim. Müzik dükkânının vitrininden yansımamı görebilmek için bisikletten inip yürümeye başladım. İnsanlar kaldırım boyunca yanımdan geçip gidiyorlardı fakat ben bir türlü gözlerimi vitrindeki plaklardan ayıramıyordum. *The Sound of Music* yoktu eski müzikal kayıtlarının arasında. Gerçi olmasa da olurdu çünkü bende vardı.

Elbette ki bir fikir edinebilirdim. Cinayetlerin hepsi benimle, ben ve en sevdiğim şeylerle ilgiliydi. Çünkü birkaç kez bu oyunu birileriyle oynamıştım. Başka bir kızla en sevdiğimiz şeylerin uzun bir listesini yapmıştık ve daha sonra listeyi beş maddeye indirmeye karar vermiştik. Benim listem; hayvanat bahçesi, parklar, havuzlar, halk kütüphaneleri ve midillilerden oluşuyordu.

Geraldine Jones, işin içine beni de katabileceği bir noktada, Amanda Weston gitmeyi sevdiğim bir parkta öldürülmüştü ve vücudunun bir parçası eski bir yüzme havuzuna bırakılmıştı. Charlotte Benn'in kalbi Viktoryen döneme ait bir halk kütüphanesinin çocuk bölümünde, en sevdiğim kitapların arasında bulunmuştu. Karen Curtis'in başını bulabilmek için Londra Hayvanat Bahçesi'nde çılgın bir ava çıkmıştık. Park, kütüphane, havuz ve hayvanat bahçesi... Listemdeki dört şey tamamdı. Geriye bir tek şey kalmıştı.

Midilliler.

Artık nerede olduklarını biliyordum. Zavallı, korku içindeki Joanna Groves ve Llewellyn, son kurbanın boğazına bıçağı dayamam için beni bekliyorlardı.

Joesbury'ye iki genç kızın kartondan bir evi paylaştığını anlatırken tam olarak neresi olduğunu söylememiş, terk edilmiş, buz gibi o yerden özellikle bahsetmemiştim. Bu yüzden Joesbury'nin yüzünde o zekice parıltıyla ve şüpheli bakışlarla karşılaşmamıştım. Benim Camden'la olan ilişkim, Mark Joesbury'nin kör noktasıydı.

Beni güzelce dinleyip anlayış göstermesini istemiştim fakat diğer sokak çocuklarıyla beraber yaşadığım yerin, hafta sonları eğlenmek için gittiğim yere yaklaşık bir kilometre uzakta olduğundan hiç söz etmemiştim.

Llewellyn'in Camden'ı seçmesi oldukça akla yatkın geliyordu bana. Orada aylarca yaşamıştım ve çok iyi biliyordum. Gerçi bölgenin büyük bir kısmı tamamen değişmişti fakat genel konsepti en sevdiğim şeylerden biri üzerine kuruluydu: Midilliler. Llewellyn, Joanna'yı Camden Ahır Pazarı yakınlarında bir yerde tutuyor olmalıydı; özellikle de Camden Yer altı Mezarlığı civarında...

89

"Beni görebiliyorsun, değil mi?" diyor Joanna. "Nasıl yapıyorsun bilmiyorum ama karanlıkta görebiliyorsun." Ara sıra şüpheleniyor. Kız, karanlıkta herhangi bir şeye takılmadan, sessizce yürüyor. Joanna onu el feneri kullanırken hiç görmedi.

"Evet, seni görüyorum," diye yanıtlıyor kız. "Gece görüş ekipmanım var. Bir süre sonra başımı ağrıtıyor ama yine de burası için oldukça uygun."

"Lütfen," diyor Joanna. "Biraz aydınlatamaz mısın burayı? Yalnızca bir el feneri bile yeterdi. Seni zaten gördüm ve neye benzediğini biliyorum. Karanlıkta olmamız hiçbir şeyi değiştirmeyecek."

"Korkarım bunu yapamam," diyor kız. "Birini bekliyoruz ve ne zaman geldiğini kesinlikle bilmem gerekiyor."

90

Saat neredeyse dokuz olmuştu. Bir nalbur dükkânından el feneri ve bir çift büyük pense aldıktan sonra Camden'a ulaşmam iki saat sürdü. Bisikletimi bağlayacağım bir yer bulup Regent's Kanalı'na doğru giden yan yolda hızla ilerlemeye başladım.

Camden Yer Altı Mezarlığı'ndan, daha önce bahsettiğim kişilerin, hatta Camden'ı çok iyi bilen kişilerin bile habersiz olduğunu biliyordum. Mezarlar oldukları gibi kalmışlardı. Metro şebekeleri ve tren yolları için neredeyse iki yüz yıl önce tüneller kazılmış olsa da onlara dokunan olmamıştı. Son yıllarda Ahır Pazarı'nı büyütmek için birçok eski tünel halka açılmıştı. Fakat hepsi değil.

Tren köprüsünün ayakları, kanalın ucundaydı ve duvarların birinde siyah, sağlam bir demir kapı vardı. Önünde durdum. Joesbury'yi arama vakti gelmişti. O ve Tulloch'un yardımıyla Joanna'yı sağ salim bulma şansımız artacaktı.

Diğer yandan yanılma ihtimalimi düşündüm. Beni tutuklayabilirlerdi de. O zaman Llewellyn, Joanna'yı öldürebilirdi. Benim de dâhil olmam, onun için pastanın şeker kaplaması anlamına gelebilirdi fakat insanlar acıktığında pastalarını şeker kaplaması olmadan da yiyebilirler.

Kapının üzerindeki asma kilit yeniydi. Hızlıca göz attıktan sonra penselerimi çıkardım ve birkaç hafta önce Joesbury'nin Victoria Parkı'nda yaptığı gibi kilidi alttan itip hızla çektim ve kilit yere düştü. Kapıyı açınca Sabit İhraç Makinesi Mahzeni olarak bilinen büyük bir yer altı yapısına giden eski bir tünelin içinde olacaktım.

Eski günlerde Euston ile Camden arasında çalışan trenlerin gürültüsü her yerden duyulur, dumanı da cabası olurdu. Gürültü ve hava kirliliğini önleyebilmek için bu noktada iki buharlı motor, yaklaşık altmış metre yüksekliğinde ve elli metre genişliğindeki yer altı mezarlığına çekilmişti. Makara ve halat sistemiyle trenleri çekmek için kullanılan bu yapı hâlâ ana tren yolunun altında bulunuyordu. On dokuzuncu yüzyılın sonuna kadar yapının bulunduğu yerin üzerinde iki uzun baca vardı fakat bugün bu devasa mağara yüzeyden görünmüyordu. Çok az insan varlığından haberdardı. On yıl önce ben ve birkaç kader arkadaşım orayı ev olarak kullanmıştık. Şu önümdeki koca külüstür, metal kapı ise ön kapımızdı.

Basit planın her zaman en iyi plan olduğunu söylerler. Yapmam gereken tek şey, Llewellyn beni görmeden Joanna'yı bulup güvenli bir şekilde mezarlıktan çıkardıktan sonra Londra'dan defolup gitmekti. Oldukça basitti.

Fakat kapıyı ittiğimde yerinden kıpırdamadığını gördüm. Ne bir kapı kolu ne de bir kilit vardı üzerinde. Parmaklarımı kapıyla çerçevesi arasına sokmaya çalıştıysam da nafileydi. İçeriden kilitli olmalıydı.

Şimdi ne halt edecektim? Kapıyı mı çalacaktım yani?

Yer altı mezarlarından haberdar olan herkes, lokomotif deposuna iki girişin daha olduğunu bilirdi. Yan yolu terk ettim ve tren yolu seviyesine tırmandım. Yukarı çıktığımda olduğum yere çakılıp kaldım. Az ileride, karanlığın içinde birini görmüştüm. Gölgelerin arasına saklanıp bekledim.

Beş dakika öylece durmama rağmen bir şey olmadı. Yaya yolunu kullanarak halkın girmesi yasak olan, batı at tüneli olarak bilinen tünelin ahşap kapılara ulaştım. Bitişikteki korkuluklar kapıyı aşmama yardımcı olacaktı.

Tünele geçişi engelleyen kapı asma kilit yardımıyla kilitlenmişti fakat kilidi kırmak da işe yaramadı. Kapı, ilk girişteki kapı kadar sert bir şekilde tutturulmuştu ve açmanın imkânı yoktu. Üçüncü girişi denemekten başka çarem kalmamıştı.

Bu defa anayola çıktım ve Gilbey's Yard isimli alanla demir yolu arasında bariyer görevi gören duvarı tırmandım. Duvar boyu devam eden grafitiler, son on yılda benim dışımda başkalarının da buradan geçtiğini ispatlar nitelikteydi. Yürümek pek de kolay değildi fakat neyse ki fazla uzakta sayılmayan Morrison's süpermarketinin ışıkları yolumu yeterince aydınlatıyordu. Üçüncü resmî giriş, yer altı mezarlığının kuzey doğu ucunda, spiral şeklinde dar bir merdivendi.

Önüm sıra bir parmaklık, merdivenin etrafını sarıyordu. Yaklaştığımda iki parçasının kırıldığını ve benim iriliğimde bir insanın girebileceği kadar bir boşluk oluşturduğunu gördüm. Boşluktan içeri girdim.

Bu yolu kullanmam gerekiyordu. Belli ki diğer iki giriş Llewellyn tarafından kapatılmıştı ve böylece başka şansım kalmıyordu. Beni burada bekliyor olmalıydı.

Fakat hesaba katmadığı bir şey vardı. Bir defasında yanlışlıkla ayağım takıldığı için dördüncü bir giriş daha keşfetmiştim fakat bundan kimselere söz etmemiştim. Kendime ait bir güvenli geçit yaratmak istediğimden değil de umurlarında olacağını düşünmediğimden diğerleriyle bu bilgiyi paylaşmamıştım. Girişin hâlâ yerinde olmasını umuyordum.

Yeniden yapıyı çevreleyen duvarın üstüne çıktım. Söylemesi kolaydı ama aslında o an adrenalinle dolup taşıyordum. On yıl önce de burayı fenersiz çıkmayı deneyişimi hatırlayarak yan yola geri yürüdüm. Yanlış bir dönüş yapınca kendimi tüneli kanala bağlayan bir bölüm yerine, umduğum gibi, oraya paralel bir noktada buldum. Yaklaşık yüz metre sonundaysa bir çıkmaza vardım.

Ertesi gün merak içinde, bu defa el feneriyle gidip tüneli kesen duvarın yıkılmış olan bölümünü bulmuş ve bir zamanlar büyük bir barakanın bodrumu olan başka bir büyük yer altı odasına tırmanmanın mümkün olduğunu keşfetmiştim. Barakanın kendisi uzun zaman önce yıkılmıştı. Onun yerine evler ve hatta Morrison's marketin bir kısmı inşa edilmişti fakat yer altındaki tuğla bodrum olduğu gibi kalmıştı.

Cesaretime kendim bile şaşırarak başka bir tünelin farklı bir bölümüne, sonra oradan ikinci bir bodruma geçtim. Bu defa Mal Aktarma Deposu denen, Viktoryen dönemden kalma bir yapının altındaydım. Trafik ve su seslerini duyabiliyordum. Kendimi sakınmadan kemerli yola ve sönük gün ışığına doğru yöneldim. Hâlâ bir tüneldeydim ama Regents Kanalı'nın yan kollarından biriydi.

Dört katlı, kemerli ve dökme demirden pencerelere sahip olan Mal Aktarma Deposu artık karşımdaydı. O gün bulduğum yan kol, aslında kargo botlarının depoya yük boşaltmak için kullandıkları özel bir liman işlevi gören, insan yapımı bir su yatağıydı. Günümüzde hâlâ dönüş yapması gereken dar botlar tarafından kullanılıyordu. Hatta gayriresmî moloz toplama görevinden gelen bir ismi bile vardı: Ölü Köpek Deliği.

Teorik olarak aynı yolu tersten alırsam yer altı mezarlığından geçip Llewellyn'in geçmemi beklemediği bir yönden Makine Mahzenleri'ne giriş yapabilirdim.

Bunun için Regent's Kanalı'na atlamam gerekiyordu.

Bu sırada yan yola varmıştım, yayaları Ölü Köpek Deliği'ne geçiren küçük köprünün ayağında duruyordum. Kıyıya küçük bir bot bağlanmıştı. Bir an bile düşünmeden bota atladım. Botun uç kısmına geçince etrafta beni gören kimse var mı diye kontrol ettim. Yalnızdım, yağmur damlaları düzenli bir şekilde dökülüyordu ve altımdaki karanlık sular parıldıyordu. Burnuma benzin ve çürümüş bitki örtüsü kokusu geliyordu.

Kanallar nehirden farklıdır. Kanallarda dalga ve gelgit olmaz. Regent's Kanalı'nın derinliğiyse ancak bir metre kadardır. Bu, teorik olarak ayakta ilerleyebileceğim anlamına geliyordu. Suyun içinde yürüyebilirdim. Yaya köprüsünün altından deliğe ulaşmam yalnızca birkaç saniyemi alırdı.

Düşünmeye gerek yoktu. Ceketimi ve svetşörtümü çıkarıp çantama tıktım. Kendimi suyun altına doğru bırakırken çantamı botta bıraktım.

Dört bir yandan sıkıştırıp ciğerlerimi işlevsiz hale getiren soğuğu tarif edecek kelimeleri bulmak imkânsızdı. Su seviyesi boynuma ulaşmıştı. Derinliğin bir metre olduğunu düşünmek berbat bir tahmin olmuştu. Bir elimle çantama, diğer elimle kıyıya tutunarak suyun içinde yürümeye başladım.

Her bir adım sonsuzluk kadar uzun sürüyordu ve kanal yatağı bir yandan macun gibi yumuşak, diğer yandan kaya gibi sertti sanki. Türlü ebatlarda çöp ve atıklarla doluydu ve kimisi o kadar büyüktü ki etraflarından dolaşmak zorunda kalıyordum. Kıyıdan uzaklaştığım her saniye sinirim bozuluyordu.

Tünel kemerini geçince ışık iyice sönükleşti fakat gözlerim birkaç saniye sonra karanlığa alıştı. Önümdeki taş basamakları seçmeye başladım. Çantamı kıyıya fırlatıp korkuluklar yardımıyla kıyıya çıktım.

Bir süre boyunca sadece titredim. Ardından sırılsıklam tişörtümü çıkarıp çantamdaki svetşört ve ceketimi aldım. Üzerimi değiştirmek iyi gelmişti. Ayakkabılarımı da çıkarıp içine dolan pislikleri boşalttım. Kendimi hazır hissettiğimde uzaktaki duvara doğru ilerlemeye başladım. Bir dizi alçak ve dar kemerin altından ilerliyordum.

Yer altı mezarlığı durgun su ve kemirgen cesedi karışımı tuhaf bir kokuyla kaplıydı. Hava ağırdı ve ilerledikçe sesler garipleşiyordu. Ne kadar pis bir yerde olduğum konusunda emin değildim ama burası çöplüğü andırıyordu. Market poşetleri, yemek artıkları, ölü bir kedi, yırtık pırtık kıyafetler hatta bir kamp sandalyesi bile çıkmıştı karşıma. Her bir adımda dışarının sesi ardımda kalıyordu ve yalnızca kendi ayak seslerimi duyabiliyordum.

Geniş, kemerli bir tünele varmıştım ve her an bir kemerin ardında biriyle karşılaşmayı bekleyerek ilerliyordum. Mümkün olduğunca sessiz olmaya çalışarak el fenerimi yaktım ve bana ait olmayan ses ve gölgeleri izlemeye başladım.

Birkaç dakika sonra kuzeybatı duvarı önümdeydi. At tünelinin girişi olan karanlık alana doğru ilerledim. Hafızam yardımcı olabilseydi kısa bir süre orayı takip edip eski barakayla buluştuğu noktayı izlerdim.

Tünelde yürümek, dev yer altı salonunda ilerlemekten daha kolaydı. Bir taraftan yoldan şüphem yoktu fakat diğer taraftan tavandaki vantilatör ızgaralarından az da olsa ışık sızıyordu. Birkaç saniye içinde eski deponun altına varmıştım bile.

Yarı yolu tamamlamıştım.

Balçık ve su birikintilerinin içinden, uzun, demir kolonlarla desteklenmiş kemerleri geçerek ilerledim. Kulağımda bir titreşim hissettiğim o an neredeyse çığlığı basacakken kendimi tutmayı başardım. Bir ses duyduğumu düşününce gücümü yitirmiş gibi hissettim; bir erkek sesiydi.

91

İçgüdüsel olarak el fenerimi söndürdüm. Sesi, kâğıt yırtılmasına benzer hışırtılar takip etti. Yoksa polis telsizi miydi duyduğum? İmkânsız. Burada olduğumu bilemezlerdi. Sokak seviyesinden gürültüler geliyordu ve ses de vantilatör ızgaralarının birinden gelmişti.

Tanrı aşkına, çok tedbirli davranmıştım. Polisin beni bulmasına imkân yoktu. Hatta beni aramıyorlardı bile. Joesbury'nin zamanında verdiği bütün izleme cihazları nehre düştüğümde gitmişti ve yerlerine yenilerini vermemişlerdi.

Telefon hariç...

Tehlikeli durumlarla karşı karşıya kalma potansiyeli olan ve izlenmesi gereken polislere verilen, özel bir cep telefonu vermişlerdi hastanedeyken. Kapalıyken izimi bulamayacaklarını düşünerek günün büyük kısmında kapalı tutmuştum telefonu. Peki ya Joesbury telefona kapalı olduğunda bile izlenme olanağı sağlayan bir çip yerleştirdiyse?

Cep telefonumu yavaşça cebimden çıkardım. O anda bütün şüphem dağıldı. Çok uzak sayılmayacak bir mesafeden, birilerinin suda yürüdüğünü duydum.

Bilişim Polisi benim peşime düşmek zorunda kalmamıştı çünkü bütün gün, hatta Joesbury'nin arabasından indiğimden beri nerede olduğumu, nerelere gittiğimi zaten biliyorlardı. Onları buraya getirmemi beklemişlerdi.

O anda her şeyden vazgeçip el fenerimi açacak ve onları olduğum yere çağıracaktım neredeyse. Fakat bir şey beni durdurdu. Henüz her şey bitmemişti.

Bodrumdaki deponun güney duvarını takip ediyordum. Elimi uzatsam dokunacak kadar yakındım duvara. Eğilip Joesbury'nin hain telefonunu sessizce duvarın dibine bıraktım. Ardından bir elim duvarda, parmaklarımın ucunda yürümeye devam ettim. Birkaç dakika sonra köşeyi döndüm. O kadar şanslıydım ki sol elim, beni batı kanadındaki at tüneline götürecek duvardaki deliği bulmuştu. Bir saniyeden kısa bir süreliğine feneri yakma riskini göze aldıktan sonra deliğin içinden yoluma devam ettim, artık çok yaklaştığımı biliyordum. Bir köşeyi daha dönüp birkaç metre daha ilerledikten sonra galeri seviyesindeki yer altı mezarlığına girebilecektim. Eğer tahminimde haklıysam, Llewellyn beni yapının uzak ucunda, merdivenleri izler halde bekliyor olacaktı.

Köşeyi dönmeden önce durup etrafı dinledim. Ardından neredeyse zifirî karanlıktaki mezarlara doğru yürümeye başladım. Suya yeniden yakınlaşmıştım. Yer altı mezarlığının zemini hep suyla kaplı olurdu; bu yüzden on yıl önce küçük evlerimizi üç taraftan uzanan galerilere yapmıştık.

Galeri zemininin hâlâ sağlam kalmış olması için dua ederek yavaşça ilerledim. Yapı yaklaşık elli metre uzunluğundaydı. Sanırım yavaşça atacağım yüz adım beni ana galeriye, doğudaki kazan dairesinin üst katına çıkarırdı. Kazan daireleri hava akımının daha az olduğu, daha küçük yerlerdi ve gözde mekânlarımızdan biriydi. Llewellyn, Joanna'yı onlardan birinde tutuyor olabilirdi.

Etraf, zemindeki suyu göremeyeceğim kadar karanlıktı fakat hafif dalga seslerini ve şırıltıları duyabiliyordum. Giderek derinleştiğini hayal edebiliyor hatta hatırlıyordum. Sanırım üç metreden fazla bir derinliği vardı ve galeriye doğru uzanıyordu. Öyle ki bulunduğum köşeden sarksam sanki elimle dokunabilecektim. Devasa bir yer altı havuzunun etrafında yürüyormuş gibi gergindim.

Parmaklarım galeri duvarının köşesini buldu ve birkaç adım yan yan yürüdüm. Askıdaki polietilen perdeye dokunduğumda kazan dairesinin girişinde olduğumu anladım. Perdeyi hafifçe kenara çekip iç kısma doğru sessizce bir adım attığım sırada kulağıma bir ses geldi.

Kazan dairesi zifirî karanlıktı. Burayı çok iyi hatırlıyordum ve karanlıkta bile yolumu bulabilirdim fakat şimdi anlıyordum ki zifirî karanlık ve karanlık arasında fark vardı. On yıl önce, etrafta her zaman ya bir mum ya da bir gaz lambası olurdu. Oysa şimdi birileri birkaç metre ötemde, doğrudan gözlerimin içine bakıyor olsa bile fark edemezdim. El fenerimi kullanmaktan ya da seslenmekten başka çarem yoktu.

"Joanna," diye oldukça kısık bir sesle fısıldadım.

Bir hareketlilik daha duydum fakat bu defa daha hızlıydı. Hırıltıya benzer bir kadın sesi işittim.

"Sus!" dedim. "Konuşma."

Birkaç kez daha inleyince nerede olduğunu anlayabildim. Yaklaşık üç metre uzağımda olmalıydı. Ayağım yumuşak bir şeye dokununcaya kadar küçük adımlarla ilerledim. Bir kez daha inledi.

Yere doğru eğildim.

El fenerimi kaybetme riskini göze alamadığımdan elimden bırakmadan eğilip kızın bacaklarına dokundum. Kızın üzerinde naylon çoraplar vardı ve bacakları buz gibiydi. Elimi aşağı indirdiğimde bileklerinin birbirine bantlanmış olduğunu gördüm. Çantamı açıp içindeki bıçağı bulmaya çalıştığım sırada dizlerini çenesine doğru çekip bana bir tekme attı.

Yere düşerken acıyla ciyaklamama engel olamadım. Hemen kendimi toparlayıp ayaklandığımda ne kızın ne el fenerimin ne de kendimin nerede durduğuna dair hiçbir fikrim yoktu. Ayakta, kıpırdamadan durup etrafı dinlemekten başka bir seçeneğim kalmamıştı.

Karanlık, dört yandan üzerime geliyordu. İki farklı ses duydum; ilki yerde sürünen birisinin çıkardığı sesti, ikincisiyse arkamdaki ayak sesleri. Dönmeye fırsat bulamadan güçlü bir ışık dalgası odayı aydınlattı. Bir anlığına yerde kıvranan kirli bir çocuğa benzeyen Joanna'yı gördüm. Hafifçe eğildiğim sırada birisi beni arkamdan tutup ayağa kaldırdı.

"Victoria Llewellyn," dedi bir ses kulağıma ve sağ kolumu arkadan büktü. "Seni Joanna Groves'u kaçırmak, Geraldine Jones, Amanda West, Charlotte Benn ve Karen Curtis'i öldürmek suçlarından tutukluyorum."

92

Joesbury yalnızca tek kolumu tutuyordu. Kolumu kurtarıp yüzümü ona dönmeyi başardım. Dudaklarımdan dökülecek kelimeler, içinde bulunduğum berbat durumu daha kötü hale getiremezdi.

"Mark, hayır..."

"Bir şey söylemek zorunda değilsin..." dedi. Bir elinde fener, uzun adımlarla bana doğru yaklaşırken sesi sanki çok uzaktan geliyordu.

"Mark, hemen buradan çık."

"Konuşacakların mahkemede aleyhinde..."

Kulağıma başka bir ses daha mı geliyordu yoksa? "Mark, beni dinle. Neler olduğunu bilmiyorsun."

"... delil olarak kullanılabilir..."

Hafifçe uzaklaşmaya başladım.

"Kes şunu!" dedim.

"Eğil."

Bir adım daha çekildim. "Mark, sana yalvarıyorum..."

"Çök, hemen!"

Korku içinde etrafa bakınıyordum. Joesbury'nin el feneri çok güçlüydü fakat yine de etrafta bir sürü gölge vardı.

"Bir daha tekrarlamayacağım!"

Dizlerimin üstüne çöktüm. "Mark, lütfen bir kez olsun..."

"Hiçbir şey duymak istemiyorum Flint," dedi ve arkama geçip beni yüzüstü yere yatırdı. Her iki elimi arkamda birleştirdi. Gerektiğinden daha sert davranıyordu. Tükürükler saçarak "Bütün gün peşindeydim seni kaltak," dedi kulağıma. "Bu sabah kaçtığından beri hangi cehennemde olduğunu biliyordum. Gerçekten de şüphelenmek istedim hatta saatlerce diğer kızın ortaya çıkmasını bekledim ama hepsi düzmeceydi, değil mi? Kız falan yoktu, sadece sen vardın."

Beni yüzüstü uzanır halde bıraktı. Bir süre yerimden kıpırdayamadım. Ardından dizlerimin üstünde doğrulmaya çalıştım. Bileklerimdeki kelepçe oldukça sıkıydı. Joesbury karanlık alanı geçip bantlanmış ağzından mırıltılar çıkan Joanna'nın yerde uzandığı noktaya doğru ilerledi. Bir eliyle feneri, diğeriyle telsizini tutuyordu. Merkezle iletişime geçmeye çalışıyordu. Destek istemesi için dua ediyordum çünkü ihtiyacımız vardı. Artık başıma gelenleri umursamıyordum. Lanet olsun, üçümüz arasında ölümüne saniyeler *kalmamış* olan tek kişi ben olmalıydım.

Joesbury telsize bir küfür savurup cebine yerleştirdi. Yerin çok altındaydık. Joanna'ya doğru eğilip yumuşak bir sesle konuştu.

"Merak etme, iyi olacaksın canım," dedi. "Şimdi seni şunlardan kurtaralım."

Joanna'nın iniltileri artmıştı. Ağzındaki bant söküldüğünde acıyla inledi. Joesbury benimkinden pek de farklı olmayan bir bıçakla kızın el ve ayak bileklerindeki bantı kesti. "Seni buradan çıkarmamız gerekiyor," dedi kıza." Yürüyebilir misin?"

Kızın ayağa kalkmasına yardım etti. Joanna bir süre Joesbury'ye tutundu ve ardından el fenerini bana doğru çevirmesini istedi.

"Beni buraya getiren kişi o değildi," dediğini duydum.

Joanna her iki eliyle Joesbury'ye tutunurken bakışları aramızda gidip geliyordu.

"Biri daha var," dedi. "Her an burada olur, fazla uzakta değildir."

Joesbury'ye tutunmasa yıkılacak gibi bir hali vardı sanki. Mark anlamamış gibi kızın yüzüne bakıyordu.

"Çıkar şu kelepçeyi," dedim bileklerimi uzatarak. El feneri yeniden bana doğru çevrilmişti.

"Ne?" Yüzünde şaşkın ve tam da olması gerektiği gibi çaresiz bir ifade vardı. "Sen de *kimsin*?"

Ona bir yanıt veremedim çünkü ben bile kendimi çok az tanıyordum. Bildiğim tek şey, bir an önce kontrolü ele almamız gerektiğiydi. "Şunları çıkar ve buradan çıkalım," dedim. "Lütfen tabancanın yanında olduğunu söyle."

"Öbür kız silahlı," dedi Joanna. "Beni silah zoruyla buraya getirdi."

Mark ve Joanna bana doğru ilerlediler. Yanıma geldiklerinde Joesbury nazikçe kızdan kurtuldu ve tutması için el fenerini verdi. Ardından cebindeki kelepçe anahtarını çıkardı. "En ufak bir numara yaparsan seni öldürürüm," diye mırıldandı kelepçeleri çözerken.

"Ana basamaklarda bekliyor," dedim ve o sırada yerde bulduğum kendi el fenerimi yaktım. "Eğer bir şey duymadıysa geldiğimiz yoldan geri gidebiliriz."

"Kim?" diye sordu Joesbury. "Kimden bahsediyorsun?"

Kolundan tutup bana bakmasını sağladım. "Eğer ortaya çıkarsa," dedim. "Seni hedef alacaktır. Beni ve Joanna'yı canlı istediğini biliyorum. Bir an önce senden kurtulmaya çalışacak."

"Anladım. Gidelim o zaman."

Kazan dairesini boydan boya geçtik. Joanna'nın önünden yürüyordum. Mark ise en arkadaydı. El fenerimin ışığıyla bakarken bu koca alanın katedrale benzer bir hali olduğunu artık görebiliyordum. Devasa kemerler, yapı boyunca boy gösteriyor, yansımaları suyun yüzeyinde parıldıyordu. Joesbury'ye döndüm.

"Burayı geçebilirsek şansımız artar," dedim. "Ortamızdan yürümelisin bence."

Başını iki yana salladı. "Devam et," dedi.

Dediğini yaptım. Yaklaşık otuz metre sonra at tüneline geri dönebilirdik. Belki oradan telsizle yardım çağırma şansımız da olurdu. Henüz birkaç metre ilerlemiştik ki müzik çalmaya başladı: *My Favorite Things*.

Önce Joanna, sonra Mark bana doğru yaklaştı.

"Nereden geliyor ses?" diye sordum. İkisi de bu şarkının benim için ne kadar önemli olduğundan habersizdi. Müzik çok hafifti fakat yine de duvar ve kolonlar arasında yankılanıyordu. Nereden geldiğini söylemek imkânsızdı. Bir ara neredeyse müziğin kafamda yankılandığına inanır gibi olmuştum. Mark el fenerini etrafa çevirdi fakat bulunduğumuz yer o kadar büyüktü ki her yeri aydınlatması mümkün değildi. "Sanırım arkamızdan geliyor," diye mırıldandı. Tam da o anda müzik durmuş ve şarkının yerini bir kadın sesi almıştı.

"Merhaba Lacey," dedi bir kadın sesi. "Uzun zaman olmuştu."

Zaman durmuştu sanki. Joesbury el feneriyle mağaranın içinde bir şeyler arıyordu. Bir süre sonra bakışları, yaklaşık yirmi metre ötemizdeki bir noktaya takılı kaldı.

"Buraya gelebileceğini düşünmemiştim," dedi aynı kadın sesi. Karşımızda yirmili yaşlarının ortasında, ince yapılı ve o güne dek gördüğüm en tatlı yüze sahip bir kadın duruyordu. Saçları çene hizasında kesilmişti ve açık sarı renkteydi. Muhtemelen olaylar sırasında peruk kullanmıştı. Bu suratı en az kendiminki kadar iyi tanıyordum.

Hemen yanımdaki Joesbury tıslar gibi konuştu: "Bu o mu?" diye sordu.

"Evet," dedim gözlerimi kadından ayırmadan. "Bu Llewellyn."

"Onunla tanışıyoruz," dedi Joesbury. "Geraldine Jones'un bakıcısı. Stenning onunla içki içmeye çıkmıştı."

Llewellyn yalnızca bana bakıyordu. *Raindrops and Roses,* dedi. "Hatırlıyor musun Lacey? Oynadığımız oyunu hatırlıyor musun?" Güzel yüzüne bir gülümseme yayılmıştı. Yüzünde sanki yıllar sonra bir partide karşılaşmışız gibi şaşkın hatta mutlu bir ifade vardı. Sol elinde siyah bir kafa bandına benzer bir şey tutuyordu. Sağ elindeyse küçük bir tabanca vardı.

"İkisinin gitmesine izin ver," diye seslendim. "Onlara ihtiyacımız yok artık. Mesele ikimizin arasında."

Bakışlarını üstümden çekip yanımdaki adama çevirdi. Şimdi ne söyleyeceğini düşünür gibi bir hali vardı. Hızlıca Joesbury'ye dönme riskini göze aldım.

"Mark, Joanna'yı da al ve çıkın buradan," dedim. "Yeniden Llewellyn'e döndüm. "Gitmelerine izin vereceksin, değil mi?" diye sordum. "Lütfen, gitmelerine izin ver."

"Ben hiçbir yere gitmiyorum," dedi Joesbury.

"İkiniz de galerinin ön kısmına doğru yürüyün ve el fenerlerinizi suya atın," dedi Llewellyn.

İkimizin de kıpırdamadığını gören Llewellyn'in yüzü hayal kırıklığına uğramış bir çocuk gibi değişmişti. "Erkek arkadaşını vurmadan önce fenerlerinizi atmanız için üç saniyeniz var," dedi bana.

"Dediğini yap," dedim ve öne doğru çıkıp kolumu kaldırdım.

Joesbury omzumdan yakaladı. "Sanırım sahte tabancalarınla yeterince oyun oynadın," diye seslendi Llewellyn'e. "Ayrıca buraya yalnız geldiğimi düşünmüyorsundur umarım. Bütün çıkışlar silahlı polislerce kuşatıldı ve harekete geçmek için işaretimi bekliyorlar."

"Mark," dedim. "Bunun iyi bir..."

"O halde zamanımız azalıyor," dedi Llewellyn. "Atın şu fenerleri, hemen!"

"Mark, lütfen ne diyorsa..."

"Fenerler olmazsa işimiz biter," diye fısıldadı kulağıma.

"Burayı ondan daha iyi biliyorum," diye yanıtladım hızlıca. "Bizi karanlıkta da buradan çıkarabilirim. El fenerini yaktığı an nerede olduğunu anlarız nasılsa. Şimdi fenerini at ve duvarın yanına dön."

Hafif mırıltılarını onay olarak algıladım ve önce benim sonra onun fenerini yere attık. Suya düşen fenerlerin sesi bir saniye sonra yankılandı. Yine dünyadaki her şeyi yutan karanlığın içinde kalmıştık. Joesbury'nin eli omzumdaydı. Galerinin ucundan çekilirken Joesbury'nin Joanna'yla konuştuğunu duydum. Birkaç adım daha geri çekilince duvarın yanına dönmüştük. Uzanıp Joanna'nın elini buldum.

"Yavaş hareket edin ve beraber kalın," dedim.

"Bekle," dedi Joanna. "Karanlıkta görebiliyor. Bir çeşit gece görüşü ekipmanı var. Bizi ışık olmadan da görebiliyor."

Ensemde bir el hissettim. Başımı aşağı doğru itiyordu. "Eğil ve hızlı hareket et." Joesbury'nin fısıltısı kulağımdaydı. "Şimdi!"

İkinci defa söylenmesine ihtiyacım yoktu. Neredeyse ikiye katlanmış bir halde, bir elimle soldaki duvara tutunup diğeriyle Joanna'yı sıkıca tutarak cesaret edebildiğim kadar hızlı bir şekilde hareket ettim. Llewellyn bulunduğu geçitten at tüneline geçemezdi. Geçit boyunca kuzeye doğru ilerlemesi ve Joanna'yı bulduğum kazan dairesine geçmesi gerekiyordu. Bizi takip edebilmesinin tek yolu buydu. Joanna, Llewellyn'in karanlıkta görebildiği konusunda haklıysa muhtemelen bizden hızlı hareket edebilecekti. Diğer yandan biz iyi bir başlangıç yapmıştık.

Bu hızla hareket ederken sessiz olmak neredeyse imkânsızdı ve bunu umursayacak durumda değildik. Ayak seslerinin kime ait olduğunu söylemek imkânsızdı. Birdenbire karanlıkta hareket etme yeteneğimi geri kazanmış gibi oldum. Galerinin diğer ucunda nefesimi toparlamak için durdum.

Joesbury'nin sesi karanlıkta yankılandı. "Koşmaya devam edin." Yolumuza devam ettik ve tünele girdik. Birkaç metre sonra bir seçim yapmam gerekiyordu. Ya sola dönüp yer altı mezarlığının eski deposuna gidecektim ya da düz gidip birkaç dakika içinde yan yola açılan metal kapıya varacaktım. Başaramadığımız takdirde boruların içinde sıkışmış sıçanlara dönme ihtimalimiz vardı.

Fazla riskliydi. Sola döndüm. Joesbury telsizi bir kez daha denedi fakat merkeze ulaşmayı başaramadı.

Deponun bodrumu yaklaşık yüz metre uzunluğundaydı ve oraya karanlıkta, güvenli bir şekilde ulaşmanın tek yolu güney duvarını takip etmekti.

Sonsuza dek sürmüş gibi gelse de yalnızca birkaç dakikada oraya varmıştık. Bir ara Joanna'nın ayağı takıldı ve berbat kokulu bir havuza düştü. Onu düştüğü yerden çıkardıktan sonra yeniden koşmaya ikna etmemiz kolay olmadı. Homurtuya benzer bir ses duyduk.

"Ben hallederim," dedi Joesbury ve Joanna'yı sırtına aldı. "Haydi, gidelim."

Bir elimle duvarı, diğeriyle Joesbury'nin kolunu tuttum. Bulunduğumuz zemin oldukça zorluydu. Taş parçaları, betonda delikler ve türlü yıkıntılar vardı. Her bir adımda dikkatli olmak gerekiyordu.

"Lacey, sıkı tutun," dedi Joesbury. O esnada tünelin uzantısına olan mesafemizi kestirmeye çalışıyordum. "Dinle."

Kısa süren sessizliği, suya hafifçe düşen bir şeyin sesi takip etti. "Harekete geçmeliyiz," dedim.

Kısa bir sessizlik daha oldu. Joanna'nın nefes ve sesi kesik ağlayışları andırıyordu. "O hâlde devam edin," dedi Joesbury. "Yavaş ve sessiz olun. Sanırım yalnız değiliz."

Tünelin diğer bölümüne varmıştık. Otuz metreden az bir uzunluktaydı. Sanırım o anda gerçekten de umutlanmaya başlamıştım. Mal Aktarma Deposu'nun ön avlusu altında kalan yer altı mezarları ancak benim bahçem büyüklüğündeydi. İçeride ışık olmalıydı. Üstelik kanala doğru yapacağımız atlayışın bu defa iyi hissettireceğini düşünüyordum.

Ambarın kemerlerine ulaştığımızda etrafımızı saran karanlık az da olsa zayıflamış, grimsi bir renge bürünmüştü. Sütunları, sudaki yansımalarını ve uzaktaki sarı, sıcak kanal lambasının ışığını görebiliyordum.

"Selam."

Olduğumuz yerde durduk. Yaklaşık beş metre ötemizdeki Llewellyn, kemerli ayaklardan birinin arkasından çıkmıştı. Gece görüş gözlüklerini başının üzerine kaydırmıştı, sol elinde açık bir fener taşıyordu. Sağ elinde ise tabancası vardı. Eğer silahı sahteyse şanslıydık. Joesbury'yle başa çıkamazdı. Fakat eğer öyle değilse...

Ona doğru yaklaşıp yüzüne baktım. Hemen arkamdaki Joanna'nın yere doğru eğildiğini biliyordum. Joesbury'nin ellerini omzumda hissettim.

"Aramızdan çekil Lacey," dedi Joesbury ve beni geri çekmeye çalıştı fakat yerimden kıpırdamadım.

"Beni vurmayacak," dedim gözlerimi Llewellyn'den ayırmadan. "Her şey bitti. Ne dediğini duydun. Bütün çıkışlar polis tarafından tutulmuş durumda." Nefes almak için sustum. "Seninle kalacağım," diye devam ettim. "Yalnızca Mark ve Joanna'nın..."

Lafımı bitirmeye fırsat bulamadan korku içindeki zavallı Joanna Groves koşmaya başladı. Bir an bile düşünmeden peşine düştüm ve o anda Llewellyn'in kolunu kaldırdığını gördüm. Kaldırdığı kolu takiben sanki tavan başımıza çökmüş gibi bir patlama sesi yankılandı. Mark'ın, üzerine kaynar su dökülmüş gibi aniden ileri doğru fırladığını gördüm.

Bir saniye sonra yanındaydım. Bir sütuna yaslanmış, yerde oturuyordu. Llewellyn'in el feneri Joesbury'yi aydınlatıyordu ve svetşörtünün sağ kısmında bir kan lekesi anbean büyümeye devam ediyordu. Gözleri hâlâ açıktı. Arkamızdan sürünme sesini andıran bir ses geliyordu. Yerdeki Joanna ileri doğru atıldı.

"Kızı kelepçele," dedi Llewellyn. "Çabuk ol. Fazla zamanımız yok."

Mark'ın fazla zamanı kalmamıştı. Bedeni titriyordu ve aldığı her nefes sanki tıkanmış bir borudan çıkıyormuş gibi inilti halinde duyuluyordu.

"Üzgünüm," dedim uzanıp ceketinin sol cebindeki kelepçeyi alırken. Göğsündeki kan lekesi büyümeye devam ediyordu. Ceketimi çıkarıp kanın aktığı noktaya doğru bastırdım. Ardından Joesbury'nin her iki elini de kaldırıp ceketi ellerine tutuşturdum ve yarasına bastırmasını sağladım.

Bütün bunları yaparken Llewellyn gözünü bizden ayırmamıştı. Elindeki tabancanın namlusu Mark'ı işaret ediyordu. Arka tarafındaki Joanna korku içinde titrerken başka bir sütuna yaslanmış halde ağlıyordu. Hızlıca yanına gidip artık direnci kalmamış bileklerine kelepçeyi geçirdim. Ardından hemen Joesbury'nin yanına dönüp yüzüne dokundum. Şimdiden soğumaya başlamıştı. Başımı çevirip elinde tabanca tutan kıza döndüm.

"Lütfen, ölmesine izin verme," diye yalvardım.

"Sanırım bu sana bağlı," dedi. "Yedek bir tane getirmiştim," diyerek elindeki bıçağı bana doğru uzattı. Postayla gönderdiği bıçağın aynısıydı.

Mark'ın eli avuçlarımdaydı fakat artık bırakmam gerekiyordu. Bu işten sıyrılmanın daha kolay bir yolu yoktu.

"Yapabilirsin sanmıştım," dedim ayağa kalkarken. Çıkışlar, Mark'ın iddia ettiği gibi silahlı polislerce tutulmuş değildi muhtemelen. Buraya tıpkı benim gibi izinsiz olarak gelmişti. Tek başımızaydık. Bana inanmak istediği için aptalca bir riske girmişti ve şimdi bu risk yüzünden ölecekti.

"Kanalın yanına park edilmiş bir arabam var," dedi Llewellyn. "Hâlâ başarabiliriz." Bıçağı bana doğru uzattı. Tabancasını yere indirmemişti.

"Hemen gidelim," dedim. Böylece biz onu terk eder etmez Mark yardım çağırabilecekti. Bulunduğumuz yer, yüzeyden çok da derinde değildi. Telsizi de telefonu da çalışabilirdi.

"Ama önce iş," dedi Joanne Groves'u süzen Llewellyn. Llewellyn bıçağı ortaya çıkardığından beri başka bir şeye bakamayan Groves, silahı aldığımı görünce ağlamaya başladı. Diğer yanımdaki Mark'ın nefes alış verişi eski bir körük gibi ses çıkarıyordu. Acıdan giderek kararmış turkuaz gözlerine bakarken oldukça basit bir seçeneğimin olduğunu biliyordum.

Joanna'yı öldürüp Llewellyn'le kaçarsam polis belki zamanında yetişip Joesbury'yi kurtarabilirdi. Karşı çıkmam halindeyse hepimiz burada rehin kalırdık ve Joesbury ölürdü.

"Lacey, ne yapıyorsun?" diye fısıldadı Joesbury.

Ona dönüp bakmadım bile. Kararımı vermiştim. Sadece eyleme geçmek kalmıştı geriye. Joanna'nın yanına gidip dizlerimin üstüne çöktüm ve saçlarını kavradım. Zavallı kızın çığlık atmaya bile mecali kalmamıştı.

"Lacey, sakın yapma."

Bu defa dönüp bakmaktan kendimi alamadım. Joesbury sürünerek önüme kadar geldi. Teni yüzünden çekilmiş gibi görünüyordu, bedeni büzüşmüştü.

"Yapmazsan yaşayamam."

Ağzımdan herhangi bir sözcük çıkmış mıydı bilmiyorum ama söylemeye çalıştığım şey buydu. Şiddetli bir şekilde ağlıyor olmalıydım. Yapmam lazımdı. Eğilip tek kolumla kızın kafasını kavradım ve bıçağı sıkıca tutup boğazına doğru yaklaştırdım. Bıçak ete değer değmez gözlerimi kapayıp dişlerimi sıktım ve bütün gücümle yüklendim.

Mezarlığın içinde üç çığlık yankılandı. Hiçbiri bana ait değildi. Ne nefes alabiliyordum ne de enerjim vardı. Beynimde çınlayan acı o kadar yoğundu ki birkaç saniye boyunca bu acıyla yüzleşmekten başka bir şey yapamadım. Joanna'nın saçlarını bıraktım. Yüzü kan içinde kalmıştı. Benim kanımla... Arkamdaki hareketliliği duyunca bıçağı sol elime geçirdim ve sönük ışıkta parlayan kırmızı ucunu sağ bileğimin üzerine yerleştirdim.

"Keserim," dedim ve Llewellyn'i durdurdum. Bana doğru yürürken donup kalmıştı. Şaşkınlıkla açılmış gözlerini devirip sol bileğimden fışkıran kana baktı. Kararlı bir şekilde intihar edenlerin yaptığı gibi ana damarımı dikey bir şekilde kesmiştim. Henüz birkaç saniyedir kan akmasına rağmen şimdiden titremeye başlamıştım bile.

"Kan kaybından ölmem ne kadar sürer sence?" diye sordum. "On dakika mı? Yoksa yirmi mi?"

Gözlerini yüzüme çevirdi.

"Tik tak," dedim.

Bir an için sinirlenmiş gibi göründü. Ardından titremeye başladı. Sonunda gülümsediğinde o güne kadar gördüğüm en sevimli yüzle karşılaştım. Eğilip yeniden ayağa kalktığında elinde tabanca yerine havluya benzer bir şey tutuyordu. Bana doğru yaklaşıp eğildi ve kanayan bileğimi sıkıca sardı. Acım az da olsa diner gibi oldu. Hâlâ yerimden kıpırdayacak cesareti bulamıyordum kendimde. Uzanıp Joesbury'nin cebinden telsizi alışını ve bana uzatışını izledim. Mark'ın gözleri hâlâ açık ve bana odaklanmış haldeydi. Sol yanağının üstünde elmasa benzeyen bir parıltı vardı; bir gözyaşı damlası.

Dayan Mark, dayan.

Llewellyn'in kaçmaya başlayacağını bekliyordum. Vazgeçeceğine bir saniye bile ihtimal vermemiştim. Fakat onun yerine gidip Joesbury'nin yanına çöktü.

Telsizi açtım.

"Seni seviyorum," dedim Llewellyn'e ve yardım çağırdım.

93

9 Kasım Cuma

Mary Kelly'nin Dorset Caddesi'ndeki kiralık bir odada küçük parçalara ayrıldığı tarihten yaklaşık 110 yıl sonra, 9 Kasım günü sarıya boyalı bir koridorda, önümdeki insanları izliyordum. Hepimiz başka bir yerlerden yol katedip gelmiş, saatler gibi gelen bir bekleyişe başlamıştık. Etrafımdaki insanlar buna alışık gibi görünüyorlardı fakat ben değildim.

İlk kez bir hapishaneyi ziyaret ediyordum.

Yer altı mezarlığından çıkarıldığım beş hafta içerisinde, Joanna Groves'u kaçıran genç kadın yaptıklarını itiraf etmişti. O gece Lewisham Polis Merkezi'nde, Dana Tulloch ve Neil Anderson'a nasıl alkol ve uyuşturucu etkisindeki bir grup ergen tarafından bıçak tehditiyle tecavüze uğradığını anlattı. Her bir tehditi, küfürü ve küçük kız kardeşinin çığlıklarını detaylarıyla hatırlıyordu. Hatta bir an ölüp cehenneme gitmiş olduğuna ve bunun hiç son bulmayacağına inanmaya başladığını söyledi. Zaman zaman hâlâ aynı hissi yaşadığı oluyordu.

Diğerlerinden duyduğum kadarıyla, Dedektif Anderson yüzünde alışılmadık bir solgunlukla sorgu odasından çıkmış ve birkaç saat boyunca kimseyle konuşmamıştı.

Ancak bir katilin bilebileceği detaylarla Geraldine Jones, Amanda Weston, Charlotte Benn ve Karen Curtis'i öldürdüğünü kabul etmiş ve itiraf metnini Victoria Llewellyn olarak imzalamıştı.

Koridorun sonundaki kapı geniş, yüksek bir odaya çıkıyordu. Pencereler başımızın epeyce üzerindeydi ve hepsinin önünde demir parmaklıklar vardı. Yaklaşık yirmi adet küçük masa, odanın içine düzgünce yerleştirilmişti. Önümdeki insanlardan bazıları çoktan boş buldukları yerlere yerleşmeye başlamışlardı bile.

Llewellyn sorgu esnasında Tulloch ve Anderson'a kız kardeşinin ölümünden sonra yurtdışına gittiğini ve orada bıçak ve silahla nasıl dövüşeceğini öğrendikten yıllar sonra ülkeye geri döndüğünü anlattı. Geri döndüğünde yanında kim olduğunu ve nerede doğduğunu gösterecek ne bir kimlik kartı ne de pasaport vardı. Aslında bunun oldukça yaygın bir şey olduğunu sonradan öğrenmiştim. Birleşik Krallık'a gelen insanlar üstlerinde kim olduklarını ya da nereden geldiklerini belirten bir belge olmadığı takdirde geri gönderilemiyordu.

Zorlu geçen birkaç aydan sonra oturum ve çalışma izni almayı başarmış ve Batı Londra'da bakıcı, hizmetçi, köpek gezdiricisi gibi türlü işler yapmış, çalıştığı işlerde çalışkanlığı ve güvenilirliğiyle göz doldurmuştu. Çalıştığı aileler ondan hep memnun kalmışlardı. Bir gün Samuel Cooper'la karşılaştı ve ileride işe yarayabileceğini düşünerek onunla sevgili oldu. Adamı uyuşturucu ve seksle kendine bağımlı hale getirdi.

Uzak köşedeki masaları şöyle bir taradım. Kapıya en uzak masada, sivil kıyafetli bir genç kız oturuyordu. Henüz mahkûm edilmemiş mahpusların hapishane üniforması giymesi şart değildi. Parlak, sarı saçları uzamaya başlamıştı ve yüzünde makyaj yoktu ki zaten ihtiyacı da yoktu. Bu haliyle bile hayatımda gördüğüm en güzel kızlardan biriydi.

Bu güzel kız, defalarca sorulmasına rağmen, Birleşik Krallık'a döndükten sonra benimle hiç temasa geçmediği ve işlediği cinayetlerle bir ilgim olmadığı konusunda ısrar etmiş, yaptıklarının suçunu çekmemem için oldukça kararlı davranmıştı.

Beni görünce gülümsedi ve masaya, yanına gidene kadar gözünü benden ayırmadı. Etrafa bakındım. Konuştuklarımızı duyabilecek mesafede olan insanlar muhabbet ediyor ve yalnızca kendileriyle meşgul görünüyorlardı.

"Selam Tic," dedi.

Bu takma ismi duymayalı uzun zaman olmuştu. Tombul ağzıyla gerçek Hristiyan ismimin dört hecesini bir araya getiremeyince bana ilk kez bu şekilde seslenen o küçük kızdan gelmediği kesindi. Kardeşim bebekken Victoria demeyi başaramazdı, bu yüzden bana Tic derdi.

"Merhaba Cathy," diye yanıtladım.

94

Cathy ve ben uzun sayılabilecek bir süre boyunca konuşmadık. Sonra masanın üzerinden elini uzattı ve parmaklarını sarılı bileğimde gezdirip kendine doğru çevirdi.

"İyileşecek misin?" diye sordu.

Hafifçe omuz silktim. "Hatırlıyor musun sana bir gün piyano dersleri alacağımdan bahsederdim? Sanırım artık bu hayalden vazgeçmek zorunda kalacağım."

Bileğimi bırakıp yeniden gülümsedi. "Yaptıklarım için üzgünüm," dedi. CD'lerimden birini çizdiği için özür diliyor olabilirdi.

"O kadınları öldürdüğün için mi?" diye fısıldadım.

"Tanrım, tabii ki hayır," dedi hafifçe ürpererek. "Seni Joanna'yı öldürmeye zorladığım için özür dilerim. Böyle bir şeyi asla yapmayacağını bilmeliydim."

Ona verecek bir cevabım yoktu.

"Curtis ve Groves'a uyarı notlarını göndermenden bu oyuna katılmayacağını anlamam gerekirdi," diye devam etti. "Bu arada dedektiflere o notları benim gönderdiğimi ve kendimi durdurmaya çabaladığımı söyledim. Sanırım bana inandılar."

"Öyle oldu," dedim. Karen Curtis ve Jacqui Groves'a uyarı notlarını gönderirken çok dikkatli olmuş ve bunu, beni takip edemeyecekleri bir şekilde yapmıştım. Gerçi uyarılarım Karen'ı kurtaramamıştı. Jacqui ise zaten asıl hedef değildi.

"Ayrıca o zamanlar söylediklerim için de özür dilerim," dedi Cathy ve hafifçe geriye doğru eğildi. "Biliyorsun, senin bota geldiğin ve benim biraz aklımı yitirdiğim gün. O çocuklarla parkta yaşadıklarımız senin hatan değildi. Yalnızca seni..."

"Başından atmak zorundaydın," diye tamamladım cümlesini.

Başını sallayarak onayladı. "Sekiz ay boyunca beni aradın," dedi. "Beni asla rahat bırakmayacağını biliyordum. Üzgünüm Tic. Yalnız kalmaya ve zamana ihtiyacım vardı."

Anlayış gösteriyormuş gibi başımı hafifçe aşağı yukarı salladım. Kız kardeşim gerçekten de beş aileyi parçalama planı için zamana ihtiyaç duymuş olmalıydı.

"Botu sen mi ateşe verdin?" diye sordum ve yere doğru çevirdiği gözlerinden öyle olduğunu anladım. Artık vicdan azabı çekeceğim ölüm sayısı artmıştı. Masada öne doğru eğildi. "Bunu neden yaptın?" diye sordu. "Neden nehirdeki ölü kızın ben olduğumu söyledin?"

"Seni özgür bırakmak için," diye yanıtladım. "Bunu istediğini biliyordum. Birkaç gün sonra bir arkadaşım öldü ve ben de aynı şansa kavuştum. Dünyanın Llewellyn kardeşleri özleyeceğini sanmıyordum."

"Lacey miydi ölen?"

Başımla onayladım.

Yaşamım boyunca sadece bir kişinin bana Tic diye seslenmesine izin vermiştim ve o da on yıl önce evsiz kaldığımda tanıştığım ve yakınlaştığım, her daim üzgün, tatlı, uyuşturucu bağımlısı bir kızdı. Cardiff'teki otel odasında Dedektif Joesbury'ye anlattığım hikâye yüzde yüz doğruydu fakat diğer kızın gözünden anlatılmıştı. Mutlu sonu ise ben uydurmuştum. Cathy'nin kâğıt üzerindeki ölümünden sonra yer altı mezarlığına geri döndüğümde Lacey'yi ağır hasta bir halde bulmuştum. Onu caddeye kadar sürüklemeyi başarmış ve başka bir çarem kalmadığı için düzgünce kilitlenmemiş bir arabayı çalmıştım. Amacım onu önce en yakın hastaneye götürmek ve daha iyi olunca özel bir kliniğe yatırmaktı. Fakat arabayı çaldıktan sonra onu bıraktığım yere döndüğümde o çoktan ölmüştü.

Bu sayede kendime yeni bir hayat kurma şansı doğmuştu bana. Lacey'nin polisteki kayıtları benimkilere nazaran çok daha temizdi.

Sahile gidip elindeki belgeleri benimkiyle değiştirdim. Sonra arabayı ve içindeki arkadaşımı denize sürdüm. Sabaha karşı saat üçte, Sussex'teki o uçurumda artık Lacey Flint'tim.

Planım işe yaramıştı. Kız kardeşim ve arkadaşım için tuttuğum yasın ardından kendime yeni bir hayat kurma çabalarına başladım. Sokaklardan çekildim ve Lacey'yle beni tanıyabilecek kimselerle karşılaşabileceğim yerlerden uzak durdum. Lacey'nin de benim de fazla akrabamız yoktu. Bu sayede kaçınmam gereken insan sayısı önemli ölçüde azalıyordu. Üstelik param da vardı, bunun oldukça fazla yardımı olmuştu.

Kendimi hazır hissettiğimde Londra Polisi'ne iş başvurusunda bulundum. Hayatımda hiç uyuşturucu kullanmamıştım. Uyuşturucu testlerinden ve bir dizi giriş sınavından geçtim. Hukuk diploması aldım ve dedektiflik programına kabul edildim. Dedektiflik kariyerimin devam ettiği süre boyunca iyi bir hayatım olmuştu.

"Onlara kim olduğumuzu söylemek zorundayız," dedim.

Cathy'nin yıllar öncesinden hatırladığım bir numarası vardı, göz bebeklerini yalnızca gözlerinin akı görünene dek kaldırır ve geri indirirdi. Yine aynı numarasını yaptı. "İyi de Victoria Llewellyn bütün dünyanın gözünde sadist, kana susamış bir katil," dedi. "Orası kesin. Yeniden Victoria olmak istediğinden emin misin?"

Orada oturup karşımdaki ela gözlerin parıltısına bakarken beni korumaya mı çalışıyordu yoksa hayatımı mahvetmek mi istiyordu emin değildim. Hal böyle olunca belirsiz bir hisse kapıldım. Yıllar boyunca kardeşimi ihmal edişim, ilgilenmeyişim onu bu hale getiren sürecin başlangıcı olmuştu. Kardeşimi bir katile dönüştürmüştüm.

"Bu arada, şu dedektif arkadaşını öldürmüş müyüm?" diye sordu.

Gülümsemesi sona erene kadar bekledim.

"Hayır," dedim. "Ciğerlerinden birini patlatmışsın ama doktorlar zamanında dikmeyi başardı. İyileşecek."

Arkadaşlardan aldığım duyumlara göre konuşuyordum. Neredeyse ikimizin de öleceği o geceden sonra Mark'ı bir daha görmemiştim. Gerçi o geceden sonra onu düşünmediğim bir saniye bile geçmemişti.

Joesbury'nin ölmediğini öğrenen Cathy hafifçe omuz silkip başını aşağı yukarı salladı. Öldürmediğine sevinmiş olmalıydı. Zira o adamın benim için önemli olduğunu fark etmişti. Yoksa umurunda bile olmazdı. İşte o an kardeşimin bir kaçık olduğunu artık kabul ettim.

"Cathy," dedim.

"Sus," diye yanıtladı ve bana doğru eğildi. "Bana öyle seslenme. Artık Vicky'yim. Zaten hep senin ismini daha çok beğenmişimdir."

"Cath... Şey, ömür boyu hapis cezası alacağının farkında mısın?"

Oturduğu yerde şaşkınlıkla doğruldu. "Gerçekçi ol Tic," dedi. "On yıla çıkarım."

Hayal dünyasına dalıyorduk.

"Cathy," diye söz başlamıştım ki işaret parmağını sallayarak o isimle devam etmemem konusunda uyardı. Kız kardeşimin benim adıma yaptığı korkunç şeylerden sorumluydum. Ona en azından ismimi verebilirdim.

"Vicky," diye yeniden söze girdim. Bu kelimeyi söylemek bile içimdeki önemli bir şeyin sonsuza dek kayıp gittiğini hissettirdi bana. "Dört kadın öldürdün. Seni asla..."

"Ah, Tanrı aşkına." Parmaklarıyla hesap yaparak konuşmaya devam etti. "Bir, onlara yaptıklarım için pişman olduğumu söyleyeceğim. Bu her zaman cezayı azaltır. İki, örnek bir mahkûm olacağım. Terapi alacağım, kiliseye gideceğim, okula döneceğim. İzle ve gör. On yılda şartlı olarak salıverecekler beni."

Masalar arasında dolaşan gardiyan, ziyaret saatinin bitmek üzere olduğunu bildirdi. Cathy başını kaldırıp şaşkın bir halde gardiyana ve sonra da endişeli gözlerle bana baktı. Okuldaki ilk gününde yüzüne yerleşen korku dolu ifadeyi gördüm yeniden gözlerinde.

"Beni tekrar ziyaret edeceksin değil mi?" diye sordu. Tek yapabildiğim başımı aşağı yukarı sallamak oldu. Artık hiç olmadığı kadar sorumluluğum altındaydı. Sonuçta benim yüzümden bu hale gelmişti.

Herkes gidiyordu. Mahkumlar ayağa kalkıp hücrelerine geri giden kapılara doğru yürümeye başladılar. Ben de ayağa kalktım ve Cathy'nin beni öpmesine izin verdim. Gitmeden önce kapıdan son kez, tıpkı eskiden okula gittiği zamanlar yaptığı gibi el salladı.

Oradan ayrılırken bir dahaki görüşümde onu hapishane hayatı yüzünden biraz daha yıpranmış ve ruhunu biraz daha kaybetmiş olarak bulacağımdan emindim. Zamanla daha fazla kaybedecek ve bu böyle sürüp gidecekti.

Hoşgörü yasalarıyla ilgili söyledikleri doğru değildi. Mahkemede savunmasını nasıl verirse versin, hapishanede nasıl davranırsa davransın on veya yirmi yılla kurtulamayacaktı. Kız kardeşim ömrünün geri kalanını yaptıklarının cezasını çekerek geçirecekti.

Ben de öyle.

Yazarın Notu

Karındeşen Jack: Gerçek mi yoksa efsane mi? (Yoksa bir kadın mı?)

Polisin asla yakalayamadığı bu sadist seri katilin ortaya çıkışının üzerinden geçen yüz on yıl boyunca kimliği ve inançları hakkında sayısız hikâye yazıldı, fikirler ortaya atıldı. Tıpkı Lacey'nin dediği gibi: "Karındeşen Jack gerçek biriydi fakat sonradan bir efsaneye dönüştü." Sizlere en sevdiğim Karındeşen saçmalıklarından bazılarını sunayım:

Prens Jack. Karındeşen Jack'ten bahsedildiğinde şu soruyla karşılaşma ihtimaliniz yüksektir: "Kraliyet ailesinden değil miydi o?" Burada aslında karıştırılan kişi Kraliçe Victoria'nın torunu ve tahtın doğrudan varislerinden Prens Albert Victor'dur. İddialara göre Prens Albert bir fahişeden frengi kapmıştı ve otoriteler (muhtemelen Masonik bağlantıları vardı), kraliçeyi korumak için skandalı örtbas etmişlerdi. Bu hoş bir fikir olsa da prensin hangi tarihlerde nerelerde bulunduğu kamuya açık bilgiler olduğundan, ne yazık ki cinayetlerin işlendiği tarihlerde Whitechapel yakınlarında olmadığı bilinmektedir. Kraliyet ailesiyle ilgili komplo teorilerini hepimiz sevsek de bu teori tıkanıp kalmaya mahkûmdur.

İç organları toplayan Cerrah Jack. Annie Chapman ve Catharine Eddowes'un ikisinin de vücudu parçalanmıştı ve bazı iç organlarının kayıp olduğuna inanılıyordu. Bu durum, organları çıkaranın Karındeşen Jack'in kendisi olduğu ve bu cerrahi işlemleri yapabilmek için eğitim aldığı iddialarını ortaya çıkardı.

Benzer şekilde, organların ölümlerden bir süre sonra denetimden uzak ve vicdansız morg asistanları tarafından çalındığı ve karaborsada satıldığı da konuşuluyordu. Jack'in anatomi bilgisi temel seviyeden öteye geçmiyor olabilirdi.

Elinde Gladstone marka çantayla gezen, şık giyimli bir beyefendi olarak tarif edilen Jack. Karındeşen Jack'i kadınları kolayca tuzağa düşüren bir Viktoryen züppe olarak tanıtan sayısız fikir vardı. Esasen görgü tanıkları yaş, görünüm, kıyafet ve uyruk konusunda o kadar farklı tariflerde bulunmuşlardı ki Karındeşen Jack'e dair güvenilir bir portre çizmek imkânsız hale gelmişti. Fakat yine de şüphe çekmemek için bir beyefendi gibi giyindiği ve yanında siyah, parlak bir çanta taşıdığı fikri kimilerince benimsenmişti. Her ne kadar çantalı katille ilgili somut deliller bulunamasa da bu bilgiler bir düzineden fazla siyah çanta hikâyesinin ortaya atılmasına neden olmuş ve siyah çanta satan dükkânların sahiplerinin de şüpheli olarak görülmesi noktasına kadar varmıştı.

Polis teşkilatı ve Masonik bünyeyle ilgili büyük bir örtbasın öznesi olan Jack. Catherine Eddowes'un öldürüldüğü yerin yakınına tebeşirle yazılmış "Juwes" yazısının yanı sıra cinayet ve bilindik bir Mason efsanesi arasındaki benzerlikler, katilin Masonik bir komplo teorisiyle ilişkilendirilmesine neden oldu. Gerçekte duvar yazısının cinayetlerle hiçbir ilgisi olmayabilirdi ve "Juwes" kelimesinin üç Masonik katil Jubela, Jubelo ve Jubelum'la alakası tam bir spekülasyondan ibaretti. Ayrıca polisin katil bulunsun diye kamuoyu, basın ve hükümet tarafından yoğun bir baskıya maruz kaldığı bir dönemde herhangi bir örtbastan bahsedilemezdi.

Karındeşen Jack, polise gönderdiği mektup ve kartpostallar aracılığıyla tüm teşkilatla alay etmişti. Cinayetlerin işlendiği aylar ve takip eden yıllar boyunca polis, basın ve toplumun hatrı sayılır isimleri bile katilin gönderdiği varsayılan mektuplar almaya devam ettiler. Mektupların birçoğu "Karındeşen Jack" imzasını taşıyordu ve hatta mektuplardan biriyle beraber bir insan böbreği bile gönderilmişti. Mektuplar polis ve farklı alanlardan bağımsız uzmanlar tarafından sayısız soruşturmaya maruz kaldı ve genel olarak sahte olduklarına kanaat getirildi. Son yıllarda polisiye yazarı Patricia Cornwell oldukça tartışmalı bir görüşün altına imza atarak mektupların çoğunun sanatçı Walter Sickert tarafından yazıldığını ileri sürmüştü. Fakat aynı zamanda katilin de Sickert olduğu konusundaki iddialar, en azından bana göre yetersiz kaldı.

Son olarak...

Karındeşen Jack bir kadındı. Orijinal soruşturmanın başındaki Dedektif Abbeline, tıpkı bizim gibi Karındeşen Jack'in aslında kadın olabileceği yönündeki teoriyi oldukça ciddiye almıştı. O zamanlar Karındeşen'in bir ebe olduğu ve bu sayede geceleri de sokaklarda dolaşmasının yadırganmadığı ve ebe kimliği sayesinde üstündeki kan lekelerinin dikkat çekmediği teorisi tartışılıyordu. Bu sayede onu gören kadınları korkutmadan onlara yaklaşabildiği ve kurbanlarını a) zapt edecek, b) organlarını çıkarıp takacak medikal bilgisinin olduğu düşünülüyordu. Evet, bütün bu suçları bir kadının işlediğine dair kanıt yoktu fakat bütün dünyanın üzerinde hemfikir olduğu bir erkek şüpheli ortaya çıkana kadar Karındeşen Jack'in cinsiyeti her ikisi de olabilirdi.

Teşekkür

Polisiye roman yazmak ciddi bir meydan okumaydı ve bu süreci atlatmamda gerek mizahı gerek sabrıyla bana destek olan ve aynı zamanda beni birçok faydalı insan ve eski meslektaşıyla tanıştıran Adrian Summons'a minnettarım. İsimlerini anmama izin veren Baş Dedektif Brian Cleobury ve Londra Polisi Southwark Teşkilatı'ndan Dedektif Harvey Martin'e, ayrıca Deniz Polisi'nden Baş Dedektif Derek Cateer'e teşekkür ederim. İsmini kullanma iznimin olmadığı bir kişiye daha ayrıca teşekkür ederim.

Mike Katesmark'a metindeki medikal ve patolojik düzeltmeleri yaptığı ve karakter oluşturma kısmında katkıda bulunduğu için minnettarım. Sorularımla sürekli olarak taciz ettiğim ve bir kez bile şikâyet etmeyen Denise Stott ve Jacqui Socrates'e, son okumada keskin gözleriyle katkıda bulunan Gareth Cooper'a ve muhtemelen ebeveynlerinin onaylamayacağı şeyler hakkındaki geniş bilgisini esirgemeyen Edward Teggin'e teşekkürlerimi sunuyorum.

Geriye kalan hatalar bana aittir.

Yer üstü ve yer altında geçen Camden sahneleri, doğruluklarını Camden Railway Heritage Trust'tan Peter Darley'e, hatalarını ise alev almaya yüz tutan hayal gücüme borçlular. Şunu belirtmem gerekir ki Lacey'nin yer altı mezarlığında yaptığı son yolculuğun izini sürmek yasadışı, oldukça tehlikeli ve yıkılmış bodrumlar ve tüneller yüzünden imkânsız olabilirdi. Peter'a zaman konusundaki cömertliği ve bölgeye dair engin bilgisini benimle paylaştığı için ve ayrıca Heritage Trust'a bu harika bölgeye sahip çıkıp koruduğu için teşekkür ederim.

Kitabın yazımında referans aldığım kitaplar arasında şunlar bulunuyor: Patricia Weaver Francisco, *Telling: A Memoir of Rape and Recovery;* Nancy Venable Raine, *After Silence;* Linda Ledray, *Recovering from Rape;* Philip Sudgen, *The Complete History of the Ripper;* Andrew Cook, *Jack the Ripper;* Trevor Marriot, *Jack the Ripper: The Twenty-First Century Investigaton;* Patricia Cornwell, *Portrait of a Killer;* Richard Jones, *Jack the Ripper: The Casebook.*

Transworld, Birleşik Devletler'deki St Martins Minotaur'la birlikte dünyanın en iyi yayıncısı olmaya devam ediyor. Atlantik'in bir ucundaki Sarah Adams, Lynsey Dalladay, Nick Robinson, Kate Samano ve Jess Thomas'a ve diğer ucundaki Kelley Ragland ve Matthew Martz'a özellikle teşekkürlerimi sunarım.

Her daim bilgili, destekleyici ve gayretli olan Anne Marie Doulton, Peter Buckman, Rosie Buckman ve Jessica Buckman; sizlere bir kez daha teşekkür ediyor ve sevgilerimi sunuyorum.

"Tüyler ürpertici, esrarengiz ve çarpıcı.
Bu, uyumadan önce okunacak bir roman değil."
News of the World

KÂBUS GÖRMEYECEKSİNİZ...
ÇÜNKÜ UYUYAMAYACAKSINIZ

"Şeytani bir zekâ... Dehşet verici bir son... Klas, hızla akan, sürükleyici bir gerilim. Kaçırmak istemezsiniz..."
Lancashire Evening Post

"Elinizden bırakamayacağınız bir gerilim romanı."
Booklist (Yılın En İyi 10 Suç Romanı)

"Soluk kesici bir gerilim." *Daily Mail*

"S. J. Bolton'ın ilk romanı *Kurban*'ın ardından yazdığı *Zehir* tam gerilim arayanlara göre. Heyecanlı bir gerilim romanı daha...
Bolton çok iyi yazıyor."
The Bookseller

DOĞARSIN, YAŞARSIN, ÖLÜRLER

"Gizemli bir efsaneden esinlenen *Kurban*, kanınızı donduracak büyüleyici bir gerilim romanı.
S. J. Bolton kesinlikle takip edilmesi gereken bir yazar."
Tess Gerritsen

'Olağanüstü bir şekilde tasarlanmış, tedirgin edici… Bu çıkış romanı bir bestseller olmayı hak ediyor.'
The Times

'Başından sonuna kadar tutkunu olacaksınız. Sürükleyici bir roman."
Literary Review

'Gerilim romanı olarak harika bir çıkış: Tempolu, etkileyici ve dolu dolu.'
Crimesquad

'Bu kitabı okuduktan sonra S. J. Bolton'ın bir sonraki kitabını sabırsızlıkla bekliyorum."
Simon Beckett

Bir süredir seni izliyor…
Onunla yüzleşmek
zorundasın.

"S. J. Bolton gerilimi nasıl tırmandıracağını çok iyi biliyor ve insanı korkudan çıldırtan hikâyeler yazıyor."
Guardian

"Çürümeye yüz tutmuş bir kasabanın gizemli patikalarına dalmaya hazır olun…"
Observer

"Bu kitap adrenalin üreten bir makine gibi. Karanlık olaylarla insan psikolojisinin sınırlarını zorluyor."
Independent